CAROLINE SENDELE
Chiemsee-Komplott

STAR IN DER KRISE Am Tag, als Fernsehstar Robert Adelhofer in München seine Biografie vorstellt, wird sein Bruder Lukas tot in der elterlichen Scheune in Breitbrunn am Chiemsee gefunden. Hat sein Tod etwas mit der Challenge zu tun, durch die »beautiful Robert« berühmt wurde? Der Moderator der wöchentlichen Talkshow »Krise« hatte sich vor Jahren zum Ziel gesetzt, allein einen Winter in den Bergen zu überleben. Fünf Monate später war er wiederaufgetaucht – abgemagert, zerlumpt und mit einem fehlenden Mittelfinger. Bruder Lukas hatte inzwischen dafür gesorgt, dass die Nation mitfieberte mit dem verschwundenen »Bua vom Chiemsee«. Star-Reporterin Katharina Langenfels soll über Adelhofer schreiben. Gemeinsam mit dem hypochondrischen Anwalt Oliver und der begnadeten Hackerin Birgit stößt Katharina auf dunkle Geheimnisse – und wird auch mit dem schwärzesten Kapitel ihrer eigenen Vergangenheit konfrontiert ...

Caroline Sendele wurde 1965 in Heidelberg geboren. Aufgewachsen in München, verbrachte sie viel Zeit am Chiemsee. Während des Studiums verließ sie Bayern und machte nach einem Abstecher nach Sevilla ihren Magister in Germanistik, Romanistik und Geschichte in Freiburg. Ein Volontariat beim Privatradio eröffnete ihr den Weg Richtung Journalismus. Die nächste Station war SWF3 in Baden-Baden, wo sie als Moderatorin und Redakteurin arbeitete. Auch im SWF/SWR Fernsehen hat sie einige Jahre moderiert. Heute ist sie Teamchefin der Nachmittagssendung »Kaffee oder Tee« im SWR Fernsehen. Ihre Herzensgegend ist der Chiemgau geblieben. Auszeiten dort, vor allem auf der Fraueninsel, stehen fest im Terminkalender.

CAROLINE SENDELE
Chiemsee-Komplott

Kriminalroman

Immer informiert

Spannung pur – mit unserem Newsletter informieren wir Sie
regelmäßig über Wissenswertes aus unserer Bücherwelt.

Gefällt mir!

Facebook: @Gmeiner.Verlag
Instagram: @gmeinerverlag
Twitter: @GmeinerVerlag

Besuchen Sie uns im Internet:
www.gmeiner-verlag.de

© 2021 – Gmeiner-Verlag GmbH
Im Ehnried 5, 88605 Meßkirch
Telefon 0 75 75 / 20 95 - 0
info@gmeiner-verlag.de
Alle Rechte vorbehalten
1. Auflage 2021

Lektorat: Teresa Storkenmaier
Herstellung: Mirjam Hecht
Umschlaggestaltung: U.O.R.G. Lutz Eberle, Stuttgart
unter Verwendung eines Fotos von: © marsj / photocase.de
Druck: CPI books GmbH, Leck
Printed in Germany
ISBN 978-3-8392-2799-2

Personen und Handlung sind frei erfunden.
Ähnlichkeiten mit lebenden oder toten Personen
sind rein zufällig und nicht beabsichtigt.

PROLOG

Sie kamen vom Friedhof nach Hause. Beide hängten die Trachtenjanker an die Garderobe und zogen die Schuhe aus. Den Kaffeetisch hatte sie vorher gedeckt. Heute würden sie die Frau kennenlernen, mit der sie irgendwie verbunden waren. Zwei Stunden Fahrt nahm sie dafür auf sich – eine Idee der netten Journalistin.

Hier würden sie sie empfangen, hier in ihrem neuen Leben. Eine Zweizimmerwohnung hatten sie gefunden – mit Blick auf den See, wie früher. Das alte Leben rückte weiter von ihnen weg. Sie setzte sich neben ihn und streichelte ihm kurz über die Hand: »Schee, dass d' mit aufm Friedhof warst.«

Er brummte freundlich: »Hast den guadn Käskuchn gmacht, den mags bestimmt.«

Es klingelte an der Tür.

JULI 2019
DIENSTAGMORGEN, REDAKTION »FAKTEN« MÜNCHEN

»Und zur Vorstellung der Biografie von Robert Adelhofer um 14 Uhr gehen Sie, Frau Langenfels.« Redaktionsleiter Bernd Riesche-Geppenhorst hatte dies nicht als Frage formuliert. Katharina wusste seit zwei Wochen, dass sie über den »bayerischen Bub aus den Bergen« – wie Adelhofer sich selbst nannte – schreiben würde. Dass Adelhofer ihr nicht direkt sympathisch war, hatte sie bereits hinlänglich geäußert. Klar, dass RG – Katharinas Kürzel für ihren Chef – dies für die ideale Voraussetzung hielt, um die Adelhofer-Serie zu schreiben.

»Es muss polarisieren, polarisieren, Frau Langenfels«, hörte sie bei eigentlich jedem Thema.

»Mit der Biografie werden natürlich die ganze Bergwinter-Challenge und die Folgen noch richtig hochkochen. Nehmen Sie sich Zeit dafür. Ein Vierteiler über Adelhofer sollte es mindestens werden.«

»Hm«, brummte Katharina, obwohl ihr Chef nicht auf eine Antwort wartete. Sie war auf den allerletzten Drücker in die Redaktionskonferenz gerast. 9 Uhr war eigentlich spätester Dienstbeginn, RG bestand darauf, dass jedes Redaktionsmitglied vor der Konferenz um 9.30 Uhr mindestens drei Zeitungen durchgeschaut hatte. »Konkurrenzbeobachtung und Themenfindung«, nannte er das. Svenja hatte getrödelt, es herrschte Stau auf dem Weg zu ihrer

Schule und Stau auf dem Weg in die Redaktion, der alltägliche Münchner Morgenwahnsinn. Katharina war um 9.28 Uhr in den Konferenzraum gestürzt und hatte sich unter dem vorwurfsvollen Blick ihres Chefs auf ihren Platz gesetzt. Sie war nicht zum ersten Mal die Einzige, vor der keine Zeitungen oder ausgeschnittene Artikel lagen. Es gab von manchen Kollegen genervte, von manchen – vor allem Kolleginnen – mitleidige Blicke. Wie sie es hasste. Jedenfalls lauschte sie schweigend der Diskussion über Themen, Längen und Erscheinungsdatum der vorgeschlagenen Artikel.

Ihr Blick fiel auf das Foto an der Wand gegenüber: Bob Woodward und Carl Bernstein, die beiden Journalisten, die einst Präsident Nixon zu Fall gebracht hatten. Nach der Amtseinführung von Donald Trump hatte es eines Morgens im Konferenzraum von »Fakten« gehangen, schön gerahmt und ohne jeglichen Kommentar. Wer es aufgehängt hatte, wusste niemand. RG ließ es hängen. Er, der ansonsten darauf bestand, dass der Konferenzraum völlig schmucklos blieb, weil er nur zum Arbeiten diente. Bilder oder Pflanzen hielt er für unangebracht. Als Katharina die beiden amerikanischen Helden in diesem Moment ins Gespräch vertieft an ihren Schreibtischen sah, dachte sie voller Neid: Euch haben bestimmt eure Frauen schön den Rücken freigehalten. So könnte ich auch pünktlich und bestens vorbereitet in jede Sitzung kommen.

»Frohes Schaffen.« Dieser Satz, mit dem RG jeden Tag die Konferenz beendete, holte Katharina zurück in die Realität. 14 Uhr Pressekonferenz Adelhofer. Wie sie den Termin wahrnehmen sollte, war ihr ein Rätsel. Sie hatte völlig vergessen, für den Nachmittag eine Betreuung für Svenja zu organisieren. Ehrlich gesagt hatte sie den Adelhofer-Termin insgesamt verdrängt, wie sie beschämt feststellte. In

Gedanken begann sie, den Tag umzuorganisieren. Eigentlich sollte dieser Dienstag nämlich, zumindest ab mittags, Svenja gehören. Sie hatte ihrer Tochter versprochen, sie von der Schule abzuholen, mit ihr Burger zu essen und danach ins Kino zu gehen. In wenigen Wochen hatte Svenja die erste Klasse geschafft und Katharina war in dieser für ihre Tochter so wichtigen Phase zu selten für sie da gewesen.

Die Schuld dafür gab sie dem grünen Landtagsabgeordneten Michael Medell beziehungsweise seinen Kontrahenten der rechtskonservativen »Anderen Partei« AP. Sie hatten Medell unterstellt, bei der illegalen Verhinderung von Abschiebungen mitgeholfen zu haben. Katharina hatte nachweisen können, dass angeblich von Medell stammende Aufrufe im Internet von AP-Accounts unter seinem Namen gepostet worden waren. Mithilfe ihrer Freundin Birgit Wachtelmaier – Archivarin bei »Fakten« und routinierte Hackerin – war sie dem Betrug auf die Schliche gekommen. Der Artikel hatte hohe Wellen geschlagen und der rechten Partei deutlich geschadet. Ihre Sympathiewerte waren um mehrere Prozent gesunken.

Die Verkaufs- und Downloadzahlen von »Fakten« schossen in der Woche in die Höhe, als die Story rauskam.

»Großartig, Frau Langenfels, großartig, es polarisiert. ›Fakten‹ schreibt das, was wehtut.«

Derart überschwänglich hatte ihr Chef sie vorher noch nie gelobt. Er ertrug stoisch die Angriffe der Rechtskonservativen, die mit Klagen gedroht und via Facebook und Twitter versucht hatten, eine Lügenpresse-Kampagne gegen »Fakten« loszutreten. RG hatte die Onlineredaktion personell aufgestockt. Die Kollegen konnten jeden Angriff in den sozialen Netzwerken sachlich und kompetent entkräften. Die AP hatte recht schnell die Lust verloren und Katharina lernte eine Seite ihres Chefs kennen, die ihre ansonsten eher kritische Haltung ihm gegenüber ins Wanken brachte. Das Ganze war gerade vier Wochen her.

Als er ihr wenig später die Adelhofer-Sache zuteilte, hatte sich leider die andere Seite von Riesche-Geppenhorst gezeigt. Dass Katharina alleinerziehend war, spielte für ihn keine Rolle. Darauf zu achten, dass sie zumindest vorübergehend Themen bekam, die während normaler Arbeitszeiten recherchiert werden konnten und ihr die Möglichkeit gaben, Svenja pünktlich aus dem Hort abzuholen, kam ihrem Chef nicht in den Sinn. Bei Themen, die sie selbst spannend fand, ertrug sie die familienunfreundlichen Arbeitszeiten. Sie wusste, dass es eine Auszeichnung war, dass sie die großen Geschichten für »Fakten« schrieb. Dies galt auch für das Adelhofer-Thema. Für diesen Mann einen schönen Nachmittag mit Svenja sausen zu lassen, reizte sie allerdings nicht. Jedenfalls schlappte sie nach der Konferenz lustlos in ihr Büro und rief Oliver an – ihren »platonischen Lebenspartner«, wie sie ihn liebevoll nannte.

»Warum heiratet ihr eigentlich nicht? Ihr habt euch doch lieb, und wir wären eine richtige Familie«, kommentierte Svenja regelmäßig.

Oliver und Katharina kannten sich seit der ersten Klasse. Damals hatte er ihr ein paarmal begeistert durch die dunkelbraunen Locken gewuschelt, bis Katharina ihm eine geknallt hatte.

»Nur, weil du komische Haare hast, brauchst du mir nicht dauernd in meine zu fassen«, hatte sie ihn dazu belehrt.

Oliver war überrascht zurückgezuckt und hatte sich entschuldigt. Was an seinen glatten blonden Haaren komisch war, verstand er nicht. Ab diesem Tag wurden sie Freunde, saßen fast die ganze Schulzeit nebeneinander und halfen sich gegenseitig durchs Abitur. Während Olivers Jura- und Katharinas Journalistikstudium blieb der Kontakt genauso eng.

Oliver hatte sich sämtliche unglücklichen Liebesgeschichten von Katharina angehört und selbst nur von Frauen berichtet, die er entweder für unerreichbar hielt oder deren Interesse er nicht erwiderte. Bis zum heutigen Tag war er Dauersingle. Dass sie beide etwas anderes sein könnten als gute Freunde, war ihnen nie in den Sinn gekommen – auch wenn das außer ihnen niemand verstand. Vor allem nachdem Katharinas letzte Beziehung noch vor Svenjas Geburt zu Ende gegangen war, was Oliver eine neue Rolle zugewiesen hatte.

»Ich kann Kinder nicht leiden. Wenn du es unbedingt willst und sonst niemanden hast, spiele ich natürlich den Patenonkel für Svenja. Aber glaub nicht, dass ich ewig Zeit habe zum Dutzi-Dutzi-Machen. Ich habe schließlich einen fordernden Beruf.«

Das waren Olivers einfühlsame Worte gewesen, als er seine Freundin nach Svenjas Geburt im Krankenhaus besucht hatte. Hätte Katharina Oliver und seinen angeborenen Pessimismus nicht mehr als 30 Jahre gekannt, hätte sie ihn wahrscheinlich rausgeschmissen. Und wie sie es vermutet hatte, tat Oliver alles für Svenja. Seine Bedeutung ging weit über die eines Patenonkels hinaus. Oft musste sie an die Zeit denken, als ihre Tochter drei Jahre alt war und Oliver einen besonders schwierigen Fall bearbeitet hatte: Eine junge Frau hatte ihn gebeten, sie zu verteidigen. Sie berichtete ihm, ihr Freund habe sie mehrfach vergewaltigt, streite dies aber ab. Sie hatte ihn angezeigt, nachdem sie ins Frauenhaus gezogen war. Dieser Fall ging Oliver sehr an die Nieren, letztlich wurde der Täter verurteilt – vor allem dank Olivers akribischer Arbeit. Obwohl er in dieser Zeit oft bis spät in die Nacht Akten wälzte, war er zur Stelle, wenn Svenja »Olipfa«, wie sie ihn damals nannte, sehen wollte oder Katharina ihn als Babysitter brauchte.

Ob die Liebe zum Patenkind speziell heute so groß wäre, dass Oliver einspringen würde, bezweifelte Katharina. Sie hatte seine Großzügigkeit in letzter Zeit recht häufig strapaziert. Und Svenja hatte wahrscheinlich wenig Lust, von Oliver aus der Schule abgeholt zu werden, weil ihre Mutter es nicht schaffte. In der Regel nahm Oliver Svenja mit in seine Kanzlei, was Svenja anfangs »cool« fand. Immerhin gab es ein eigenes Kinderzimmer für sie. Aber was war das speziell heute gegen Burger und Kino? Katharina merkte, wie sich das schlechte Gewissen breitmachte. Mit flauem Gefühl in der Magengegend griff sie zum Hörer:

»Hallo, Oliver, wie geht's?«

»Mittelprächtig, ich habe den ganzen Morgen einen komischen Druck auf der Stirn und den Nebenhöhlen, ich frage mich, ob das wirklich nur eine Nebenhöhlenentzündung ist. Vielleicht sollte ich eine Computertomografie machen lassen. Die letzte ist immerhin schon ein Jahr her.« Auch das noch, Oliver hatte einen seiner hypochondrischen Anfälle. Er würde noch ungehaltener reagieren.

»Und du, hast du die Kinokarten? Svenja hat mich gestern extra angerufen, um mir zu erzählen, dass sie heute Mama-Tag hat. Sie freut sich wahnsinnig auf den Nachmittag mit dir.«

Katharina schnürte es den Hals zu und kurz verfluchte sie ihren Chef – und Robert Adelhofer gleich dazu.

»Katharina, du willst nicht etwa sagen …« Oliver kannte sie einfach zu gut. Der Kloß im Hals wurde größer.

»Sagt dir Robert Adelhofer was?«

»Dieser Idiot mit seiner Talkshow? Klar sagt der mir was. Ein selbstgefälliger Vollpfosten, der aus seiner Bergwinter-Nummer Kapital geschlagen hat. Frauen finden angeblich, dass er gut aussieht. Warum?«

»Weil der heute Nachmittag seine Biografie vorstellt.«

»Katharina, du hast wochenlang deine Tochter vernachlässigt, du hast heute endlich einen freien Nachmittag für dich und Svenja, sag mir nicht, dass du die bist, die zu diesem Termin muss.«

Nein, natürlich nicht, ich kann mir meine Aufträge aussuchen und habe RG einfach gesagt: »Nee, den Adelhofer muss leider ein Kollege machen, auf den habe ich keine Lust«, dachte Katharina wütend.

»Warum sagst du nichts? Ich habe also recht. Ich soll meine Kopfschmerzen vergessen, meine Klienten gleich mit und mit Svenja Burger essen und ins Kino? Okay, ich mache es, wegen Svenja, weil sie mir wirklich langsam leidtut. Und noch was: Heute Abend um 21 Uhr bin ich im Jazzclub. Wenn du bis dahin nicht zu Hause bist, nicht mehr mein Problem. Tschüss.«

Idiot, gefühlskalter Macho, schoss es Katharina durch den Kopf. Das Telefon klingelte, Olivers Nummer auf dem Display.

»Hallo, ich bin es. Tut mir echt leid, dass ich eben ausgerastet bin.«

»Oliver, vergiss es, du hast vollkommen recht. Und ich schwöre dir, heute Abend bin ich um 18 Uhr zu Hause. Spätestens, versprochen. Nach der Pressekonferenz findet noch ein Umtrunk statt, und da sollte ich hin, weil RG was Größeres über Adelhofer will. Um 18 Uhr bin ich aber daheim, komme, was wolle. Das Ganze fängt erst um 14 Uhr an, ich hole Svenja auf alle Fälle von der Schule ab und ich kann auch noch mit ihr Burger essen. Nur das Kino müsstest du übernehmen. Du bist dann übrigens Svenjas Vater. Sie will unbedingt in den neuen ›Fack ju Göhte‹, der ist für Kinder unter zwölf nur in Begleitung eines Elternteils erlaubt. Bei zu übler Fäkalsprache halt ihr bitte die Ohren zu. Ich hab mich breitschlagen lassen, ihre halbe Klasse war schon drin.«

»Alles klar. Auch noch gegen das Gesetz verstoßen. Super! Dann gehe ich aber selbstverständlich mit zum Burgerladen. Ohne einen Chickenburger ertrage ich diesen furchtbar gut aussehenden M'Barek nicht.«

Katharina grinste vor sich hin. Chickenburger waren das einzige Fast Food, das ihr hypochondrischer Freund aß.

»Hühnerfleisch ist fettarm, das verstopft die Arterien nicht wie Pommes«, pflegte er zu sagen, wenn er zwei Portionen Barbecuesauce zu seinem Burger orderte und anschließend genüsslich in das Hühnerpressfleisch biss.

»Klar kannst du mit, ich dachte nur, dein Job und deine Kopfschmerzen ...«

»Das krieg ich irgendwie hin. Wenn du ab morgen dein Leben im Griff hast, werde ich ab sofort sowieso alle Zeit der Welt haben, um mich um meinen Beruf und meine Gesundheit zu kümmern statt um anderer Leute Kinder.«

»Um 12.15 Uhr vor der Schule?«

»Okay, bis später. Wenn du nicht da bist, werde ich mir mit Svenja übrigens nicht die Beine in den Bauch stehen, du weißt, wo du uns findest.«

»Ich bin pünktlich«, sagte Katharina grimmig und legte auf.

Die nächsten zwei Stunden verbrachte sie im Archiv von »Fakten« und suchte mit ihrer Freundin und Archivarin Birgit Wachtelmaier die wichtigsten Infos zu Robert Adelhofer zusammen. In kürzester Zeit hatte Birgit die verschiedenen Datenbanken abgefragt. Und obwohl Katharina ihre Freundin einige Jahre kannte, war sie über deren Schnelligkeit mal wieder überrascht. Sie passte nicht zu ihrem eher gemütlichen Aussehen. Birgit war mit ihren 38 Jahren das, was Frauenzeitschriften als »vollschlank« bezeichneten, dazu nur 1,62 Meter groß. Und durch die enganliegende Kleidung, die sie liebte, wurde ihre Leibesfülle zusätzlich betont. Heute trug sie zu knallgelben Leggins schwarze High Heels – wobei »high« wörtlich zu nehmen war. Obenrum hatte sie sich in einen froschgrünen, mit Pailletten bestickten Body gezwängt. Ihre Outfits ergaben ein beeindruckendes Bild, das Katharina immer aufs Neue faszinierte. Seit der Scheidung von einem netten, etwas farblosen Beamten, den Birgit einst tatsächlich auf dem Finanzamt bei einem Beratungsgespräch für ihre Steuererklärung kennengelernt hatte, lebte sie ihre gewonnene Freiheit vor allem mit ihrer Kleidung exzessiv aus. Arnulf hatte sich damals Hals über Kopf in Birgit verliebt und sie genoss das Umsorgtwerden. Zehn Jahre später erwies sich das als zu wenig. Birgit lebte seit drei Jahren allein – glücklich, wie sie betonte.

Um ihre Erscheinung noch farbenfroher zu gestalten, hatte sie heute ihre schulterlangen, schwarz gefärbten Haare mit einer Haarspange nach hinten gesteckt, auf der eine große rote Stoffblume leuchtete. Birgits Gesicht war sorgfältig geschminkt, Rouge und Lippenstift passten zur Haarspange. Während Katharina staunte, hörte sie Birgit streng sagen: »Du ziehst dir bestimmt noch was Anständiges an? Ich meine, diese alte Jeans und das graue Kapuzen-Shirt, das ist vielleicht was für den Spielplatz mit Svenja, aber nicht für die Adelhofer-Pressekonferenz. Der Mann ist schließlich wichtig, was glaubst du, wer da heute alles hingeht? Vielleicht wäre für dich auch einer dabei.«

Katharina verbiss sich jeglichen Kommentar, schaute nur grinsend an sich runter und sagte: »Auf alle Fälle weiß mein Zukünftiger gleich, dass er sich auf eine Frau mit Kind einlässt. Ich bin nämlich tatsächlich in meiner Svenja-Kluft, weil ich mir eigentlich heute mit ihr einen schönen Nachmittag machen wollte.«

»Von mir aus lass die Jeans an, aber zieh oben wenigstens Bluse und Blazer an, du weißt, ich habe reichlich Auswahl.« Tatsächlich hatte Birgit Wachtelmaier im Laufe der Jahre für ihre Freundin eine Art Kleider-Fundus bei sich im Archiv angelegt. Und sie war, wenn es um Katharinas Kleidung ging, geschmackssicher. Sie hatte sie des Öfteren vor peinlichen Auftritten bewahrt. Katharinas oberste Priorität in Sachen Mode war nämlich »praktisch«. Das bedeutete meistens – wie heute – T-Shirt, Hoodie, Jeans, Lederjacke und Sneaker, im Sommer Clogs oder Flipflops.

»Danke, Birgit, bist ein Schatz, ich komme nachher noch vorbei.« Sie warf ihrer Freundin eine Kusshand zu und ging zurück in ihr Büro. Auf dem Weg warf Katharina einen kurzen prüfenden Blick in den Spiegel auf dem Damenklo. Zumindest hatte sie sich heute Morgen noch die Haare gewaschen und, wie ihre Friseurin ihr geraten hatte, lufttrocknen lassen.

»Für Naturlocken das einzig Wahre, sonst stehen sie dir nur kreuz und quer vom Kopf ab«, hatte sie ihr beim letzten Besuch wieder gepredigt, nachdem sie Katharinas Mähne zu einer hübschen, halblang gestuften Frisur geschnitten hatte.

»Für eine junge berufstätige Mutter genau das Richtige,

schick und praktisch. Farbe brauchen wir noch keine, du hast ein fantastisches Naturbraun«, hatte Manuela festgestellt und sie zufrieden entlassen.

»Danke für das ›jung‹«, hatte Katharina erwidert, die sich mit Anfang 40 für keine junge Mutter mehr hielt. Aber die Figur ist ganz nett, sprach sie sich Mut zu, als ihr prüfender Blick auf die untere Körperpartie fiel. Die Jeans war glücklicherweise ein neueres Modell einer edlen Marke, die sie sich nach der Medell-Sache gegönnt hatte.

»Der beigefarbene Blazer sieht einfach toll aus zu deinen braunen Haaren und Augen«, hörte Katharina Birgit sagen, wenn sie nachher ihr Pressekonferenz-Outfit bei ihr ausleihen ginge.

Sie wendete sich mäßig interessiert dem Fall Adelhofer zu. »Ein Mann wie ein Erdbeben«, titelte eine große Boulevardzeitung nach Adelhofers erster Fernsehshow. »Die deutsche Antwort auf Robert Redford« nannte eine Modezeitschrift ihr Fotoshooting mit »beautiful Robert«. Katharina grinste bei diesen einfallsreichen Schlagzeilen und schaute sich die Fotos von Adelhofer näher an. Skilehrertyp, dachte sie. Robert Adelhofer sah nicht nur so aus, er war tatsächlich Skilehrer und Bergführer gewesen, als ihn noch niemand kannte. Aus dieser Zeit grinste ihr von den Fotos der typische Vorzeige-Bayer aus dem Alpenvorland entgegen, mit dunkelblonden Locken, braungebranntem Gesicht und schlanker, hochgewachsener Figur. »Mit seinem charmanten Lächeln erobert er jede Frau im Sturm«, sinnierte die »Society«.

Katharina bezweifelte, dass Robert Adelhofer das bei ihr gelingen würde.

Dann kamen die Storys über das Ereignis, das Adelhofer berühmt gemacht hatte. Mit 24 Jahren, am 17. Oktober

2014, war er von Ramsau aus Richtung Watzmann aufgebrochen, dem bayerischen Schicksalsberg, an dem diverse Bergsteiger ihr Leben gelassen hatten. Es war der letzte schöne Herbsttag – für den Tag danach war ein Wetterwechsel angekündigt. Es wären nicht mehr viele Bergsteiger unterwegs. Genau so hatte Adelhofer das geplant. Eingeweiht war nur sein älterer Bruder Lukas, der ihn auf der Tour begleitete. Mit ihm hatte er zwei Jahre vorher eine Watzmann-Überquerung gemeistert, beide Brüder kannten die Gegend gut. Lukas Adelhofer wusste, dass er allein würde zurückgehen müssen. Robert wollte einen Winter lang in den Bergen überleben – ohne Unterstützung, ohne Vorräte, seine persönliche Challenge, wie er später erklärte. Lukas sollte das seinen Eltern mitteilen – ohne zu erwähnen, wo Robert losgelaufen war, und mit dem Hinweis, dass man ihn nicht suchen solle. Es würde ihn sowieso niemand finden, dafür werde er sorgen.

Dass nicht nur die Eltern Adelhofer, sondern einige Wochen später alle großen Boulevardblätter von Adelhofers Challenge erfahren hatten, lag laut Lukas Adelhofer daran, dass Roberts Abwesenheit natürlich aufgefallen war. Er habe sich irgendwann entschlossen, bei Nachfragen von Roberts Challenge zu berichten, um wilden Gerüchten vom Tod in den Bergen vorzubeugen.

Irgendjemand müsse wohl die Presse verständigt haben. Ob das stimmte, war mehr als fraglich. Wahrscheinlicher erschien eine Absprache zwischen Robert und Lukas Adelhofer, nach der Lukas nach einiger Zeit an die Öffentlichkeit gehen würde. Der jüngere Bruder schloss auffallend schnell einen Exklusivvertrag mit einer Klatschzeitung und dem Privatsender »Monaco TV« ab und gab bereitwillig Auskunft über alle Details aus dem Leben von Robert und seiner Familie. Nur wo sich sein Bruder aufhielt und wo er ihn zuletzt gesehen hatte, das verschwieg er beharrlich. Da es keinerlei Anhaltspunkte gab, wie sie an Exklusivfotos von Adelhofer herankommen könnten, sparten sich sogar die hartgesottensten Klatschblätter die Suche nach dem Abenteurer. Stattdessen bekam der interessierte Leser Fotostrecken geliefert vom jungen Bergsteiger aus Breitbrunn am Chiemsee – Robert beim Klettern, Robert als Kind im Kuhstall, Robert als Jugendlicher auf einer Motorradtour durch Oberbayern, Robert beim Knutschen auf einer Party. Nichts war banal genug, es nicht zu zeigen.

Und beautiful Robert traf offenbar einen Nerv: Auf dem Adelhofer-Hof in Breitbrunn stapelten sich die Briefe weiblicher Verehrerinnen, die anboten, den armen Robert nach seiner Challenge aufzupäppeln – spätere Eheschließung nicht ausgeschlossen. Robert Adelhofer war schon berühmt, bevor er fünf Monate später, an einem klaren Märztag, wiederauftauchte. Bergsteiger begegneten am Fuß des Watzmann einer vollkommen ausgemergelten Gestalt, übelriechend, mit langem Haar, langem Bart, langen Fingernägeln – an neun Fingern, an der linken Hand fehlte der Mittelfinger – und vollkommen zerfetzter Kleidung. Der Mann gab an, Robert Adelhofer zu sein, und ließ sich von den Bergsteigern nach unten begleiten. »Der schöne Robert – nur noch Haut und Knochen«, stand unter dem ersten Foto von Adelhofer nach seiner »Wiedergeburt«. Tatsächlich sah er relativ abgemagert aus und das penetrante Siegerlächeln war auf diesem Foto nicht vorhanden. Das sollte sich schnell ändern. Der junge Star zog sich für zwei Wochen auf den Hof seiner Eltern zurück. Währenddessen gab er »Monaco TV« kurze Exklusivinterviews. Deutschland konnte daran teilhaben, wie Robert langsam wieder »beautiful« wurde.

Nach 14 Tagen folgte ein ausführliches Gespräch mit »Monaco TV« und die Presse jubelte: »Robert ist zurück.« Weiterhin verging kein Tag ohne Fotos von Robert Adelhofer in den Zeitungen, meist in Begleitung ständig wechselnder Frauen.

Wie gut, dass es ihn nur einen Finger gekostet hat, dachte Katharina entnervt, während sie sich durch den Wust von Artikeln wühlte, die spannende Themen behandelten wie Roberts Lieblings-Schweinsbraten-Rezept und Roberts Meinung zur Potenzpille Viagra.

Weil Adelhofer sich so gut vermarkten ließ, wurde ihm von »Monaco TV« schnell eine eigene Fernsehshow angeboten. »Krise« hatte von Anfang an top Einschaltquoten und Deutschland diskutierte eine Woche lang über die Frage, ob das für die Sendung gewählte Logo geschmacklos oder progressiv war: Robert Adelhofers Gesicht groß im Hintergrund und vorne Roberts linke Hand, deren Zeige- und Ringfinger das Victoryzeichen formten. Dazwischen deutlich zu sehen: die Narbe des fehlenden Mittelfingers. Und drunter der Slogan: »Krise überleben – bei Robert reden.« Das Konzept der nachmittäglichen Talkshow bestand darin, dass Adelhofer Menschen zu Gast hatte, die entweder in einer Krise steckten oder diese bewältigt hatten. Bei den Gesprächen mit seinen Gästen weinte er gerne auch mal, wenn sich die Gelegenheit bot.

Mit Grausen dachte Katharina an die Sendung zurück, die sie sich einmal angeschaut hatte: Adelhofer hatte eine Frau zu Gast gehabt, deren achtjähriges Kind bei einem Verkehrsunfall ums Leben gekommen war und die in den Jahren danach drei Totgeburten erlitten hatte. Nachdem ihr Mann sie verlassen hatte, überlebte sie nur mit starken Beruhigungsmitteln und weiteren Psychopharmaka.

Adelhofer schaffte es, dass die Frau ihre Gefühle vor dem Fernsehpublikum ausbreitete, und fing schließlich mit den Worten »ich spüre ganz intensiv, wie Sie sich fühlen, das tut weh, so unendlich weh« selbst an zu weinen.

Katharina hatte damals angewidert aus- und nie wieder eingeschaltet.

Aber »Krise« lief inzwischen fast vier Jahre höchst erfolgreich und Deutschland teilte sich in zwei Lager: Robert-Adelhofer-Fans und Robert-Adelhofer-Hasser. Der Sender hatte erreicht, was er wollte. Den 29-jährigen Adelhofer kannten inzwischen 80 Prozent der Deutschen zwischen 10 und 70 Jahren. Und das, obwohl die Sendung nur einmal in der Woche lief, mittwochs von 14 bis 16 Uhr.

Die Quoten hatten sich an diesem Tag derart vervielfacht, dass der Sender »Krise« am liebsten täglich ausgestrahlt hätte. Robert hatte abgewunken.

Clever. Er verbrauchte sich nicht so schnell, dachte Katharina.

Und jetzt die Biografie. Von jeder zweiten Litfaßsäule grinste derzeit Robert Adelhofer und streckte seine verstümmelte Hand ins Bild. Die erste Auflage war schon vor dem Erscheinen ausverkauft, der Verlag kam mit dem Nachdruck kaum hinterher. Das musste als Adelhofer-Background-Wissen reichen, beschloss Katharina und packte ihre Sachen zusammen.

Als sie gerade zur Tür raus wollte, klingelte das Telefon, Birgit:

»Kommst du zum Klamottenwechsel? Ich habe außerdem noch eine nette Randinfo gefunden.«

»Ich war sowieso gerade auf dem Weg zu dir runter.« Katharina überlegte, welche Quelle ihre Freundin angezapft hatte. Birgit hackte sich gern in verschlüsselte Dateien von Polizei oder Staatsanwaltschaft und gab die Infos mit Unschuldsmiene an Katharina weiter. Während sie sich im Archiv in eine braune Seidenbluse und den besagten beigefarbenen Blazer warf und von Birgit durch zustimmendes Nicken das Okay für dieses Outfit bekam, berichtete die Archivarin:

»Im Stehsatz der ›Abendausgabe‹ gibt's einen Artikel, bisher noch nicht erschienen. Lukas Adelhofer soll völlig abgestürzt sein, alkoholabhängig, arbeitslos, hat wohl erfolglos versucht, in Rosenheim Immobilien zu verkaufen, und vegetiert auf dem Hof seiner Eltern vor sich hin, nimmt Antidepressiva und ist ziemlich am Ende.«

»Ehrlich gesagt, Birgit, finde ich die Tatsache, dass du dich in die Datenbank der ›Abendausgabe‹ eingehackt hast, genauso interessant wie den abgestürzten Lukas, danke für beides!«

Birgit lächelte geschmeichelt. »Dafür besorgst du mir ein Autogramm von beautiful Robert, okay?«

Katharina hatte sich inzwischen ihrer Sneakers entledigt und braune Wildledermokassins angezogen – dazu Daumen hoch von Birgit. Als sie auf ihre Bitte nicht reagierte, setzte Birgit nach:

»Eigentlich hatte ich mir vorgenommen, dir zu sagen, ich brauche das Autogramm für meine Nichte, aber ich will es für mich, ich schau ›Krise‹ immer. Man kann so schön mitweinen. Und der Adelhofer ist halt ein Sahneschnittchen.« Birgits hellblaue Augendeckel klapperten verlegen auf und ab. Ihr Gesäß rutschte nervös auf dem Bürostuhl hin und her.

»Zum Beispiel neulich diese Frau, die mit zusammengewachsenen Vierlingen schwanger war, die sie hat abtreiben lassen, das war unglaublich, wie cool die das weggesteckt hat. Cooler als ich vor dem Fernseher.«

Katharina grinste. »Ich werde sehen, was sich machen lässt.«

DIENSTAGMITTAG, BREITBRUNN AM CHIEMSEE

Das Telefonklingeln hallte durchs ganze Erdgeschoss des Adelhoferschen Bauernhofes und versetzte Rosa Adelhofer in Panik. Seit Roberts Verschwinden in seinem »Bergwinter«, wie der Bub diesen Wahnsinn genannt hatte, kam das Herzrasen bei Rosa immer, wenn sie das Telefon hörte. Gehetzt eilte die stämmige Frau aus der Küche in den Gang, um den Hörer des altmodischen Wählscheibentelefons abzunehmen. Gegen ein tragbares Gerät, das Robert ihr seit Langem schenken wollte, hatte sie sich bisher erfolgreich gewehrt. Sie wollte so wenig wie möglich mit diesem Apparat zu tun und ihn nicht ständig in Reichweite haben. »Adelhofer«, meldete sie sich mit unsicherer Stimme und lauschte in den Hörer, um möglichst schnell zu erahnen, wer dran sein könnte.

»Hallo, Mama, ich bin's, der Robert.«

»Ah, Robert, Gott sei Dank. Geht's dir gut, Bub?« Das war seit der Rückkehr ihres Sohnes aus den Bergen jedes Mal ihre erste Frage und Robert reagierte darauf zunehmend ungeduldig: »Bestens, sag mal, der Lukas ist noch nicht da. Weißt du, wann er losgefahren is'?«

Wenn Robert Adelhofer mit seinen Eltern sprach, verfiel er sofort in seinen Heimatdialekt. Dabei hatte er sich den am Anfang seiner Karriere als Fernsehstar hartnäckig abtrainiert. Nur ein leichter bayerischer Einschlag durfte es sein, den liebte die Zielgruppe. Das hatte die Medienforschung von »Monaco TV« herausgefunden.

»Mei, Robert, du weißt es eh, dass ich den Lukas fast nie mehr seh. Der kommt aus seiner Wohnung kaum raus und bei uns schaut er sowieso ned rein. Beim Bettenmachen hab ich eben ausm Fenster gschaut und sei Auto steht ned aufm Hof. Also müsst' er gfahren sein. Hoffentlich ist ihm nix passiert, meinst, ich sollt' bei der Polizei anrufen?«

»Na, wart ma noch a bissl, wahrscheinlich hängt er in irgendeiner Kneipn rum, der wird schon noch kommen. Dankschön Mama. Ich komm die Woch' raus und bring genug Bücher mit, damits die bei den Führungen verkaufen könnts.«

»Is' recht, Bub, weißt es ja, dass des der Papa macht, ich kann's ned. Wenn's halt bloß ned jede Woch glei' so viel Leut' wärn, des is' so ein Lärm, ich mag's halt gar ned. Aber ich weiß ja, dass es wichtig für dich is'.«

An die wöchentlichen Führungen auf dem Adelhofer-Hof hatte sich Rosa nicht gewöhnt. Wildfremde Menschen besichtigten ihre persönlichen Räume, das Schlafzimmer, in dem sie seit mehr als 40 Jahren schlief und in dem sie ihre beiden Söhne auf die Welt gebracht hatte, die ehemaligen Kinderzimmer von Robert und Lukas, ihre Küche, ihr Wohnzimmer, einfach alles. Robert hatte das nach seinem Bergwinter vorgeschlagen. Und mit der Landwirtschaft auf dem Adelhofer-Hof ging sowieso nichts mehr. Die alten Adelhofers konnten das Geld gut gebrauchen – wobei die Einnahmen Robert bekam und ihnen jeden Monat etwas gab – wie viel, das wusste Rosa Adelhofer nicht. Wie in einem Museum wurden jedenfalls einmal die Woche Schilder aufgestellt, nicht zu besichtigende Räume abgeschlossen und an der Haustür eine provisorische Kasse aufgebaut. Für zehn Euro Eintritt durften die Robert-Adelhofer-Fans einen Blick in sein Geburtshaus werfen, während sich die Mutter des Stars meistens in der Bügelkammer einschloss.

Nachdem Lukas sich zurückgezogen hatte, übernahm Vater Max Adelhofer die Führungen. Am Schluss verkaufte er im Erdgeschoss massenweise Poster von Robert und Pins mit dem Logo seiner Show.

»Mama, jetzt machst dir keine Sorgen wegen dem Lukas, der wird schon auftauchen, er is' halt einfach nimmer so zuverlässig wie früher. Nachher bei der Pressekonferenz is' er bestimmt da. Kannst es dir ja im Fernsehen anschauen, wennst magst.«

»Na, Bub, des mach ich lieber ned, weißt, ich mag halt ned an des denken von damals. Bist a guter Bub, ich bin stolz auf dich, wie du des gschafft hast mit dem Fernsehen.«

»Ja, ja, Mama, Servus, bis bald, gell, ich komm die Woch' runter.«

Unglücklich legte Rosa Adelhofer den Hörer auf die Gabel und ging zurück in die Küche. So hatte sie sich das nicht vorgestellt. Sie wollte zwei Söhne mit netten Schwiegertöchtern, Enkelkinder, die bei ihr auf dem Schoß saßen und ihre Kuchen aßen. Stattdessen blieb ihr nur der Lukas, von dem sie nicht genau wusste, was eigentlich mit ihm los war – bloß, dass er viel trank und nichts mehr mit seinen alten Freunden aus Rosenheim zu tun hatte. Das erzählten sich die Leute beim Bäcker und beim Metzger im Dorf. Lukas selber kam kaum noch zu ihr in die Küche. Sie hörte ihn nur nachts oft. Dann stand er fluchend vor seiner Zimmertür im ersten Stock und bekam den Schlüssel nicht ins Schloss.

Und der Robert lebte sowieso weit weg da in München, arbeitete beim Fernsehen. Anscheinend war er richtig berühmt. Aber ihr Robert war er auch nicht mehr, die beiden Söhne hatten nichts mit den Buben gemeinsam, die früher zu ihr in die Küche gerannt waren und geschrien hatten:

»Mama, Mama, komm, erzähl uns a Gschicht.«

Auf der Bank vor dem Kachelofen saßen sie in die Kissen gekuschelt, Robert hatte sich – teilweise mit Gewalt – den besseren Platz erobert, und Rosa hatte erzählt, was ihr gerade eingefallen war, von Feen und Königen, von Drachen und Helden.

Rosa Adelhofer holte ein Taschentuch aus ihrer Schürze, wischte sich die Tränen ab und begann, einen Kuchen zu backen – wie immer, wenn ihr Leben dunkel war.

DIENSTAGNACHMITTAG, MÜNCHEN INNENSTADT

Danke, Birgit, dachte Katharina, als sie mit einem Glas Champagner in der Hand im gelben Salon des Hotels Bayerischer Hof stand, umgeben von lauter schönen, bestens gekleideten und maßlos wichtigen Menschen. Mit ihrer »Die kann man zu jedem Anlass tragen«-Jeans, dem Blazer und der Seidenbluse war ihr Outfit auf der Skala der auf dieser Veranstaltung vertretenen modischen Offenbarungen zwar relativ weit unten angesiedelt, aber zumindest noch im grünen Bereich. Der gelbe Salon war einer der vielen edlen Räume, die Münchens bekanntestes Luxushotel zu bieten hatte. Schwere gelbe Brokatvorhänge und französische Paneele wirkten auf Katharina wie aus der Zeit gefallen. Eher aus dem Jahr 2019 stammte das an einer Seite aufgebaute und bisher noch völlig unberührte Buffet. Die offizielle Buchvorstellung war zwar seit einer guten halben Stunde vorbei, jetzt wurde es allerdings für die meisten Journalisten erst richtig interessant.

Vorhin hatten sie alle nur dagesessen und Adelhofers kurzen Zitaten aus seinem Buch gelauscht. Glückliche, bayerische Kindertage, eiskalte Nächte in seinem einsamen Bergwinter im Bereich des Watzmann – genauer legte er sich zu seinem Aufenthaltsort nicht fest – und sein einziges großes Lebensziel: die Welt ein kleines bisschen besser zu machen. Das Ganze wurde garniert mit einführenden und abschließenden Worten von Manager Achim Wedel, die so salbungsvoll waren, dass Katharina den Eindruck gewann, Adelhofer solle als Mischung aus dem Papst, Reinhold Messner und Günther Jauch rüberkommen.

Achim Wedels Äußeres hingegen würde nach Katharinas Dafürhalten zu einem Zuhälter passen: blonde gegelte Haare, dicker Siegelring, satinglänzendes rosa Sakko.

Jedenfalls waren Adelhofer und sein Wedel umlagert von einer hin- und herwogenden Blase aus Kameras, Aufnahmegeräten und Mikrofonen. Katharina schaute sich die Hektik aus der Ferne an. Alle wollten die exklusive Aussage, das exklusive Bild. Und letztlich würde am nächsten Tag in jeder Zeitung dasselbe stehen, in jedem Fernsehsender dasselbe Bild gezeigt werden und in jedem Radiosender derselbe O-Ton kommen. Chancen auf die Exklusivstory würden nur die haben, die nachher am Buffet oder noch später nach drei bis vier Gläsern Sekt Adelhofer in ein Gespräch verwickeln konnten. Und genau das würde sie versuchen müssen, überlegte Katharina gerade, als sie das fleischgewordene Hindernis dieses Plans auf sich zusteuern sah. Horst Riebelgeber von der »Abendausgabe«, der Mann für alle Fälle von Münchens größter Boulevardzeitung.

Wenigstens nicht das graue Polyesterhemd, konstatierte Katharina und hoffte, dass der leichte Baumwollanzug, in den sich Riebelgeber zur Feier des Tages geworfen hatte, das Geruchsproblem, das er normalerweise für seine Umwelt darstellte, lindern würde.

»Man merkt eben, wer die echten Profis sind. Nur Anfänger stellen sich in den Pulk«, begrüßte Riebelgeber Katharina und zog das obligatorische karierte Stofftaschentuch aus seiner Hosentasche, um sich den Schweiß von der Stirn zu wischen. Das Haar klebte ihm fettig am Kopf und Katharina fühlte sich eingehüllt in eine Wolke aus »ungewaschen«, wie sie diese Duftmarke gerne beschrieb.

»Auf die eigentlich interessante Frage kriegen die sowieso keine Antwort«, sagte Riebelgeber mit einer wegwerfenden Geste in Richtung der Kollegen.

»Hm«, murmelte Katharina vage und versuchte, durch ein paar kleine Schritte rückwärts aus Riebelgebers Dunstkreis zu fliehen.

»Du glaubst doch nicht, dass die nur irgendeinem von diesen Lutschern erzählen, wo Lukas Adelhofer heute war. Der Mann hat Robert letztlich berühmt gemacht, hat für ihn Verträge mit Fernsehen und Printmedien abgeschlossen, hat alles für ihn getan und ist heute bei dieser Pressekonferenz nicht anwesend. Da muss ich nachher wohl dem Achim ein bisschen auf die Pelle rücken.«

Armer Achim, dachte Katharina.

»Wenn ich dem sage, was bei uns im Giftschrank für ein Artikel auf Veröffentlichung wartet, wird er bestimmt gesprächiger sein.«

»Was für ein Artikel?«, fragte Katharina scheinheilig und dankte insgeheim bereits Birgits Hacker-Fertigkeiten.

»Das musst du schon selbst recherchieren, der kleine Hinweis vom lieben Horst sollte genügen. Ich werde jetzt was essen.«

Tatsächlich war inzwischen die Journalisten-Fragestunde zu Ende und wurde von der Schlacht ums kalte Buffet abgelöst. Katharina entdeckte Robert Adelhofer bei der Sushi-Station. Ihre eigene Abneigung gegen rohen Fisch musste sie ignorieren. Sie drängelte sich durch das Gewühl, um einen Platz in Adelhofers Nähe zu ergattern. Nachdem sie einer Blondine aus Versehen auf den Fuß getreten war und die daraufhin einen spitzen Schrei ausstieß, hatte Katharina ihr Ziel unfreiwillig erreicht: Alle Umstehenden inklusive Robert Adelhofer drehten sich nach ihr um. Er musterte sie mit einem interessiert-süffisanten Lächeln und steuerte mitsamt seinem Sushi-Teller auf sie zu. »Frau Langenfels, wie schön, ich hatte gehofft, dass Sie kommen würden. Allerdings hätte ich nicht vermutet, dass Sie sich in die Niederungen der Lebensbeichte eines Buben aus den Bergen begeben, als seriöse Journalistin. Freut mich natürlich sehr!«

Adelhofer kannte sie also, vermutlich von der Medell-Sache. Die Blondine warf giftige Blicke zu ihr herüber. Adelhofer sah das und drehte ihr den Rücken zu. »Kommen Sie, Frau Langenfels, das reicht für zwei. Begleiten Sie mich nach nebenan, da haben wir unsere Ruhe.«

Adelhofer steuerte auf eine kleine Tür direkt hinter dem Buffet zu, die von einem Sicherheitsbeamten bewacht wurde. Der ließ ihn sofort durch und verzog keine Miene, als Adelhofer mit einem genuschelten »die Dame gehört zu mir« Katharina hinter sich herlotste.

Die Tür fiel ins Schloss und Katharina befand sich allein mit Robert Adelhofer in einem kleinen Raum, der sie an ihre einstige Lieblingsfernsehserie »Das Haus am Eaton Place« erinnerte. Schwere, braune Ledersessel, ein Kamin mit einem sicherlich nicht billigen Perserteppich davor, riesige Ölgemälde an den Wänden und dieselben Brokatvorhänge wie im Gelben Salon. Es fehlte nur noch der Butler Hudson, der mit würdigem Schritt und einer Kognak-Karaffe in der Hand durch den Raum schritt.

Katharina setzte sich Adelhofer gegenüber in einen der Sessel und lehnte höflich ab, vom Sushi zu probieren. Adelhofer schien das nicht weiter zu stören, er schob sich lustvoll ein Stück rohen Fisch in den Mund.

»Herr Adelhofer, ich arbeite an einer Serie über Sie und es wäre wunderbar …« Katharina kam nicht weiter. Achim Wedel riss die Tür auf und stürzte auf Robert zu. »Hier steckst du. Das gibt's doch nicht. An dein Handy gehst du auch nicht. Wir müssen sofort fahren.« Nach einem kurzen entnervten Blick Richtung Katharina fixierte er Adelhofer, als würde der sich dadurch hypnotisch aus dem Sessel bewegen.

Der blieb entspannt sitzen und sagte ruhig, mit nicht zu überhörender Schärfe: »Ich komme gleich, Achim. Wartest du bitte draußen?« Wedel machte auf dem Hacken kehrt und schloss die Tür hinter sich etwas zu laut. Adelhofer überging das.

»Frau Langenfels, das tut mir ausgesprochen leid, entschuldigen Sie bitte Herrn Wedels ungebührliches Verhalten. Es ist offenbar wichtig. Dürfte ich Sie kommende Woche anrufen, damit wir unser Gespräch fortsetzen? Bitte seien Sie mir nicht böse.« Er hatte den »Der liebe Bub aus den Bergen«-Blick aufgesetzt, mit dem er offenbar bei den Frauen recht erfolgreich war. Katharina bemerkte das eher amüsiert.

»Auf Wiedersehen, Herr Adelhofer. Ich freue mich auf unser Gespräch nächste Woche. Hoffentlich erwarten Sie keine schlechten Nachrichten.«

Sie bemerkte ein kurzes Aufflackern von Unsicherheit in Adelhofers Gesicht, und schon war Katharina draußen. Der Bodyguard mit Knopf im Ohr stand weiterhin vor der Tür. Ein Stück entfernt telefonierte Achim Wedel. Er war sichtlich nervös, eine gegelte Haarsträhne war ihm ins Gesicht gefallen, er schien es nicht zu bemerken. Katharina nahm sich ein Glas Sekt, das eine Servierdame ihr anbot, und schlenderte durch den Salon. In Hörweite Wedels blieb sie stehen. Er konnte sie nicht sehen, schlemmende Kollegen verdeckten die Sicht.

»Das weiß ich noch nicht, macht lieber einen Plan B ... Heute auf keinen Fall ... An den Chiemsee, habe ich doch gesagt ... Ich habe keine Ahnung, wie lang er dableibt und ich habe auch keine Zeit mehr. Servus.« Wedel winkte nervös Adelhofer zu sich, der inzwischen aus dem Nebenraum gekommen war, und die beiden verschwanden.

Katharina rief Birgit in der Redaktion an. »Schaust du mal, ob du den Rosenheimer Polizeifunk anzapfen kannst? Da muss irgendwas passiert sein. Ich sollte nach Hause, habe ich Svenja und Oliver fest versprochen.«

»Alles klar, Chefin«, kam es gut gelaunt zurück. Dann war die Verbindung unterbrochen und sie wusste, dass ihre Freundin sofort beginnen würde, sich in geheime Netze zu hacken.

DIENSTAGNACHMITTAG, BREITBRUNN AM CHIEMSEE

Malerisch lag die alte Scheune des Adelhofer-Hofs auf der kleinen Anhöhe inmitten einer saftigen Sommerwiese. Für Touristen war dieser Anblick normalerweise ein begehrtes Fotomotiv, man hatte von hier oben einen wunderbaren

Blick auf den Chiemsee und einen Zipfel der Insel Herrenchiemsee. Für die Adelhofers stellte das Gebäude einen überflüssigen Rest der großen landwirtschaftlichen Vergangenheit dar. Ende des 18. Jahrhunderts hatte ein Urahn die Scheune aus Holz gebaut. Einige Hundert Meter vom Hof entfernt wurde hier das Heu der umliegenden Wiesen gelagert – und Generationen von Adelhofers hatten in der romantischen Abgeschiedenheit ihre Unschuld verloren.

Das lag lange zurück, inzwischen stand die Scheune ungenutzt da und wurde in der Regel nur noch von Mäusen und Mücken bewohnt.

Daher bot die Adelhofer-Höhe heute ein ungewohntes Bild. Mehrere Polizeiwagen hatten tiefe Spuren in die Wiese gegraben. Die ganze Scheune war weiträumig abgesperrt. Geduldig schickten Polizeibeamte ein paar Neugierige weg, die von dem Auftrieb auf der Höhe angelockt worden waren. Gesehen hatten den Tatort bislang nur Kriminalhauptkommissarin Nina Obermann, die Spurensicherung und der Streifenpolizist, den die Bereitschaftspolizei hier vorbeigeschickt hatte, nachdem ein Anrufer die Polizei in Prien über das Verschwinden von Lukas Adelhofer informiert hatte. Der Mann hatte die Scheune ins Spiel gebracht, aber angegeben, selbst nicht dort gewesen zu sein. »Des erspar' ich mir lieber, ich kann mir vorstellen, wie's da ausschaut.«

Tatsächlich bot sich ein schrecklicher Anblick: Ein Toter lag inmitten einer riesigen Blutlache auf dem Boden. Eine Leiter führte neben dem Toten auf den oberen Scheunenboden. Von dort schien der Mann gefallen oder gesprungen zu sein, aus circa fünf bis sechs Metern, schätzte die Kommissarin. Der Schädel war am Hinterkopf eingedrückt, Hirnmasse war herausgelaufen. Über den Boden verteilt lagen NATO-Draht und Unmengen von Glasscherben, auf denen der Körper offenbar gelandet war. Wie die Unterseite des Toten aussah, mochte sich Nina Obermann lieber nicht vorstellen. Arme und Beine zeigten aberwitzige Verrenkungen, waren vermutlich mehrfach gebrochen. »Sammelt bitte alle Spuren, Fingerabdrücke, Stoffreste, Essensreste, liegen gelassene Tatwaffen, Abschiedsbriefe und so weiter.« Die genervten Blicke der Kollegen von der Spurensicherung verrieten, dass sie sich nicht gerne ihre Arbeit erklären ließen.

Nina Obermann verließ daher lieber die Scheune. Draußen sah sie eine dunkelblaue Limousine die Anhöhe hochrauschen. Sie grub eine weitere Spur in die Wiese und blieb mit quietschenden Reifen direkt vor der Absperrung stehen. Nina Obermann kannte Robert Adelhofer von den Plakaten, mit denen er zurzeit Werbung für sein Buch machte. An denen kam keiner vorbei. Und der Mann, der dynamisch und mit resolutem Gesichtsausdruck aus dem Auto stieg, war tatsächlich derselbe, der von den Litfaßsäulen grinste. Der Fahrer – gegelte Haare, rosa Sakko – blieb sitzen.

»Was ist hier passiert und wieso darf ich nicht in unsere eigene Scheune?«, schnauzte Adelhofer einen Polizeibeamten an, der ihm den Weg versperrte, als er über das rotweiße Absperrband steigen wollte.

Nina Obermann ging auf Adelhofer zu und reichte ihm die Hand: »Guten Tag, ich bin Nina Obermann, Kriminalpolizei Rosenheim, wer sind Sie?« Adelhofer erstarrte.

»Das ist der Fernsehmoderator und Buchautor Robert Adelhofer und ich bin sein Manager Achim Wedel. Diese Scheune gehört der Familie Adelhofer, er wird wohl diese Wiese betreten dürfen«, mischte sich der Gegelte ein.

Nina Obermann wandte sich dem Mann zu: »Herr Wedel, ich muss Sie bitten, sich aus der Absperrung zu entfernen. Sie können am Wagen auf Herrn Adelhofer warten. Herr Adelhofer, kommen Sie bitte mit.«

Wedel plusterte sich auf – wodurch sich eine unschöne Rotfärbung in seinem fleischigen Gesicht ausbreitete. Eine kurze Handbewegung und ein Kopfnicken Adelhofers Richtung Auto sorgten allerdings sofort dafür, dass der Manager sich zurückzog.

»Wenn mein eigener Bruder hier drin tot liegt, werde ich wohl das Recht haben, ihn zu sehen.« Mit diesen Worten ging Adelhofer Richtung Scheune.

»Herr Adelhofer, ich kann Ihre Aufregung verstehen. Jemand wie Sie ist es nicht gewohnt, dass andere Ihnen sagen, was Sie zu tun und zu lassen haben. In diesem Fall müssen Sie sich damit abfinden. Zunächst möchte ich wissen, wie Sie darauf kommen, dass der Tote dort drin Ihr Bruder ist? Soweit ich informiert bin, hat man Sie in München angerufen und gebeten hierherzukommen, um einen Toten zu identifizieren. Ihre Eltern sahen sich dazu nicht imstande. Sie sagten uns noch, dass Ihr Bruder mit Ihnen auf einer Pressekonferenz in München gewesen sei?«

Die Kommissarin beobachtete, wie für einen Moment Unsicherheit über Adelhofers Gesicht flackerte.

»Ich weiß natürlich nicht, ob der Tote mein Bruder ist. Und ich finde es ungeheuerlich, wie Sie mich indirekt für verdächtig erklären, nur weil ich den berechtigten Verdacht äußere, der Tote könnte mein Bruder sein. Er war nicht mit auf der Pressekonferenz in München, ich dachte, diese Recherchefähigkeit hätte sogar die Kripo Rosenheim«, fügte Adelhofer spitz hinzu. »Ich habe mir bereits den ganzen Tag Sorgen gemacht, wo er bleibt. Dann ist es doch nachvollziehbar, dass ich bei einem solchen Anruf der Polizei denke, es handelt sich um meinen Bruder. Könnten wir dieses Versteckspiel endlich beenden und in die Scheune gehen?«

»Folgen Sie mir«, erwiderte Nina Obermann knapp.

Adelhofer trottete mit verächtlichem Blick hinter der Kommissarin her. Die glänzend schwarzen Schnürschuhe und die Hosenbeine des grauen Designeranzugs wurden zunehmend von kleinen braunen Dreckspritzern bedeckt, die der stampfende Schritt Adelhofers aus den in die Wiese gegrabenen Fahrrillen emporschleuderte.

Bevor sie die Scheune betraten, nötigte die Kommissarin ihn, sich Plastiküberzüge über seine Schuhe zu streifen. Er tat dies widerwillig und ging mit zunehmend erschrockenem Blick über die Glasscherben und den NATO-Draht zur Leiche.

Dort angekommen wurde Robert Adelhofer kreidebleich und nickte nur kurz auf die Frage, ob es sich bei dem Toten um seinen Bruder Lukas Adelhofer handle. Dann drehte er sich um, verließ schnellstmöglich die Scheune und erbrach sich auf die saftige Sommerwiese der Adelhofer-Höhe.

DIENSTAGABEND, MÜNCHEN HAIDHAUSEN

»Unglaublich. Du hier? 20 Minuten zu früh? Bist du krank? Ist die Pressekonferenz ausgefallen? Hat RG dich endlich gefeuert?«

»Darf ich erst mal in meiner eigenen Wohnung ankommen? Übrigens, entzückend siehst du aus.« Katharina ging mit einem liebevoll-spöttischen Blick auf sein interessantes Outfit an Oliver vorbei in die Küche und ließ sich auf einen Stuhl fallen.

Mit dem Fahrrad in der Rushhour vom Bayerischen Hof durch die Münchner Innenstadt nach Haidhausen, wo sie wohnte, war kein Vergnügen.

Aber ihre Wohnung war für Münchner Verhältnisse nicht teuer, hatte drei Zimmer, einen kleinen Balkon und lag direkt am Weißenburger Platz, den sie schon als Kind geliebt hatte. Für keinen Job der Welt würde sie diese Wohnung hergeben. Amüsiert betrachtete sie das Treiben in der Küche.

Oliver war mit der Zubereitung von Kartoffelpuffern beschäftigt. »Ich kann nicht kochen und das ist gut so.« Dieser Spruch prangte auf der einzigen in Katharinas Haushalt verfügbaren Schürze und jetzt auf Olivers Bauch. An den Händen trug er dicke Latexhandschuhe, um sich nicht beim Schälen der Kartoffeln zu schneiden. Zu einer Blutvergiftung würde es nicht kommen. Auf dem Kopf – das hatte ihm vermutlich Svenja aufgeschwatzt – saß eine Baseballkappe mit dem Konterfei von Elyas M'Barek. Der Mann, der ansonsten mit seinen intellektuellen Freunden Free-Jazz-Sessions organisierte, ließ sich für Svenja in die Niederungen der Populär-Unterhaltung herab, Katharina schmunzelte: »War's schön? Wo ist Svenja überhaupt?«

»Die ist zu euren Nachbarinnen gegangen, um Apfelmus auszuleihen. Als sie festgestellt hat, dass ihr keines mehr dahabt, hat sie einen kleinen Tobsuchtsanfall bekommen und ist gleich zur Problemlösung geschritten – ganz die Mutter.« Oliver grinste.

Im selben Moment klingelte es Sturm. Mit einem kleinen Seufzer ging Katharina zur Wohnungstür. Warum hatte dieses Kind nicht wenigstens ein kleines bisschen von der Gemütsruhe seines Vaters erben können? Tobias' Langsamkeit war ihr manchmal auf den Geist gegangen, als sie noch zusammen waren. Jetzt wünschte sie sich ab und an etwas davon bei ihrer Tochter.

»Wie, du bist da? Hoffentlich hast du was gegessen, die Kartoffelpuffer sind nur für mich und Oliver.« Mit diesen Worten stürzte Svenja an ihrer Mutter vorbei in die Küche und stellte zwei Gläser Apfelmus auf dem Esstisch ab.

»Ella und Sibylla sind super, die haben mir das Apfelmus geschenkt.« Svenja strahlte.

»Ich freue mich auch, dich wiederzusehen«, erwiderte Katharina und drückte ihrer Tochter einen Kuss auf die sommersprossige Stirn. »Und gegessen habe ich noch nichts. Ich werde einfach noch ein paar Kartoffeln schälen und dann reicht es für drei.«

»Aber es gibt kein zweites Paar Handschuhe in diesem mehr als improvisierten Haushalt«, kam es aus Olivers Ecke.

»Ich werde die Kartoffeln unter Einsatz meines Lebens mit nackten Händen schälen«, konterte Katharina. »Wie war der Film, Svenjalein?«

»Spitze«, sagte Svenja, während Oliver über ihren Kopf

hinweg den Finger in den Hals steckte und unverkennbare Zeichen starker Übelkeit mimte.

»Einen Lehrer wie den Herrn Müller hätte ich auch gern. Der ist superlustig und soooo cool. War toll, selber schuld, dass du lieber auf deine Versammlung gegangen bist.« Svenjas tiefbraune Augen leuchteten, während sie eingekuschelt in ihre Schmusedecke auf der Eckbank in der Küche saß und erzählte. Sie trug ihr Lieblingsoutfit: rote Latzhose, Tote-Hosen-Shirt (sie kannte die Musik zwar nicht, fand aber den Bandnamen »mega«) und natürlich dieselbe »coole« Kappe auf dem Kopf wie Oliver. Darunter schauten ihre braunen Wuschelhaare heraus. Sie sah zum Knuddeln süß aus.

Zufrieden setzte Katharina sich an den Küchentisch und half, Kartoffeln zu schälen. Offenbar hatte Svenja weniger auf die zum Teil deftige Wortwahl des Films als vielmehr auf Elyas M'Barek geachtet. Umso besser.

»Wolltest du nicht um 21 Uhr im Jazzclub sein? Von Haidhausen bis nach Schwabing brauchst du eine halbe Stunde.« Es war 20.30 Uhr, Oliver lag auf Katharinas Sofa und schenkte sich gerade von dem edlen italienischen Bio-Rotwein nach, den er selbst mitgebracht hatte. Mehr als sechs Euro für eine Flasche Wein auszugeben, lehnte Katharina ab. Billige Weine konnten nach Olivers Meinung zu viele Giftstoffe enthalten, deshalb brachte er seinen Alkohol meist selbst mit. Er hatte Katharinas Schürze inzwischen abgenommen und trug noch sein Job-Outfit – dunkelblaue Bundfaltenhose, blau-weiß gestreiftes Designerhemd. Krawatte und Slipper hatte er ausgezogen. In der Luft hing der Duft nach den Puffern, aus Svenjas Zimmer leuchtete der blaue Plastikbär, eine Lampe, die auf Anweisung der Siebenjährigen die ganze Nacht zu brennen hatte.

»Als großer Adelhofer-Fan kann ich später kommen.« Oliver grinste. »Erzähl.«

Katharina wusste, welch Sakrileg es war, unpünktlich zum wöchentlichen Jazz-Treffen zu kommen. Dass Oliver den Anpfiff für sie in Kauf nahm, rührte sie. Sagen wollte sie das nicht, stattdessen kuschelte sie sich mit einem knappen »rutsch mal« zu seinen Füßen in die Sofaecke, umschloss ihr Rotweinglas mit beiden Händen und begann zu erzählen.

Das Handyklingeln zwei Stunden später erreichte nur Katharinas Mailbox. Oliver war inzwischen nach Schwabing entschwunden und Katharina auf dem Sofa eingeschlafen. »Birgit hier, Lukas Adelhofer ist tot. Die Obduktion zeigt keine Spuren von Fremdeinwirkung. Bin leicht in den Polizeifunk reingekommen.«

DIENSTAGABEND, BREITBRUNN AM CHIEMSEE

»Jetzt is' der Bub tot.« Das war das Einzige, was seit Roberts Ankunft in der Adelhoferküche gesagt worden war. Rosa Adelhofer hatte den Satz in den Raum gestellt. Seit zehn Minuten schwang die traurige Botschaft zwischen ihnen.

Als Erinnerung, dass bis vor Kurzem Normalität geherrscht hatte auf dem Adelhofer-Hof, hing noch der Geruch von angebratenen Zwiebeln in der Küche. Wurstsalat und Bratkartoffeln hatte es zu Mittag gegeben, das Lieblingsessen ihrer drei »Mannsleit«, wie Rosa Adelhofer in glücklicheren Tagen ihren Mann und die beiden Söhne genannt hatte.

Tränen liefen über das faltige Gesicht der alten Bauersfrau. Aus dem ordentlich aufgesteckten Dutt hingen einige graue Haarsträhnen. Nach ihrer Ohnmacht am Nachmittag, als die Polizistin da gewesen war, hatte sie sich ein bisschen hingelegt. Als es ihr besser ging, war sie mechanisch aufgestanden. Sie trug noch immer ihre Kittelschürze, die sie, kurz bevor das Unheil seinen Lauf genommen hatte, zum Kochen über den grünen Lodenrock und die weiße Trachtenbluse gebunden hatte.

Wie ein Relikt aus einer besseren Zeit leuchteten die rosa Blümchen auf der Schürze.

Max Adelhofer blickte starr auf die blau-weiß karierte Tischdecke. Sein wettergegerbtes Gesicht wirkte grau. Die kräftigen Bauernhände, die sonst immer in Bewegung waren, lagen reglos auf dem Tisch. Sein Ehering, auf den die Esstischlampe schien, warf einen kleinen Lichtstrahl an die Wand. Wie um zu sagen, dass die Ehe Bestand hatte, obwohl eins der Kinder, das daraus hervorgegangen war, nicht mehr lebte.

Der Einzige am Tisch, der sich bewegte, war Robert Adelhofer. Sein Handy zeigte alle paar Sekunden mit einem kurzen Ton eine neue Nachricht an. Robert schrieb zurück oder hörte seine Mailbox ab. Der Sender, diverse Zeitungen – alle wollten natürlich Infos über Lukas' Verbleib. Adelhofer wusste, dass es nicht klug wäre, gleich mit der Presse Kontakt aufzunehmen. Das würde sofort gegen ihn verwendet werden:

»Mitleidloser Bruder«, »Adelhofer will Kapital aus dem Tod seines Bruders schlagen«, »Hat er seinen Bruder auf dem Gewissen?« – die Schlagzeilen sah er vor sich.

Außerdem konnte er es seiner Mutter wohl im Moment nicht antun, Journalisten ins Haus zu holen.

Sein Vater würde darüber wegkommen, sein Wahlspruch war: »Was uns ned umbringt, macht uns stärker.« An einen seiner Söhne hatte er diese Einstellung weitervererbt, der andere war offenbar daran zerbrochen. Zum ersten Mal betrachtete Robert seine Situation und die seines Bruders aus dieser Sicht und war ergriffen von seinen eigenen Gedanken. Das Handy gab einen weiteren Signalton von sich, genervt stellte Robert es stumm.

»Gell, Mama, des mit den Führungen lass ma erstamal bleibn, jetzt tu ma unsern Buben begrabn und dann schauma weiter.« Unbeholfen legte der alte Adelhofer seine Hand auf die seiner Frau und rieb darauf herum, in dem Versuch, Trost zu spenden.

DIENSTAGNACHT, BREITBRUNN AM CHIEMSEE

Im Bauernhaus der Adelhofers herrschte Totenstille. Das Erdgeschoss lag im Dunkeln, Kühle kam von den alten Steinplatten in der Eingangshalle. Der lebensgroße heilige Florian, der am linken Ende der Halle in der Ecke stand, war in Umrissen wahrzunehmen. Wie ein Schutz wirkte er nicht, eher wie eine Bedrohung.

Die alten Adelhofers schliefen wohl, es war leicht. Leichter, als sie es sich vorgestellt hatte. Durch das Fenster zur Stube, das gekippt war und Gott sei Dank nach hinten raus ging, konnte sie einsteigen. Zu Lukas' Zimmer ging es über die Hintertreppe, die nicht knarzte.

Drin empfingen sie das übliche Chaos und ein entsetzlicher Gestank. Teller mit verschimmelten Lebensmitteln überall. Die hatte die Polizei stehen lassen. Sie wusste, dass die hier gewesen war. Sie wollte nur kurz sehen, ob alles nach Plan lief. Der Laptop fehlte. Klar, hatten sie mitgenommen. Würden nichts finden. Auch die Ordner waren nicht da, aber da war nichts Spannendes drin. Sie ging zu dem schweren Bauernschrank und zog mit ihrem Handschuh leicht die Schranktür auf. Das Corpus Delicti war weg. Das hatte Lukas sofort rausgerissen, nachdem sie es ihm gezeigt hatte. Durchgedreht war er, auf den Boden geschmissen hatte er es. Spuren gab es keine im Schrank. Kopien hatten sie. Sie musste grinsen über ihren perfekten Plan. Es lief, wie sie es wollte. Die Polizei wäre sie bald los. Beruhigt konnte sie verschwinden – unbemerkt, wie sie gekommen war. Auf das Haarspray hatte sie an diesem Tag verzichtet, damit der Geruch sie nicht verriet.

MITTWOCHMORGEN, MÜNCHEN HAIDHAUSEN

Ein leises, penetrant wiederkehrendes Geräusch weckte Katharina. Im Halbschlaf hatte sie das Klingeln einer Eieruhr in ihren Traum eingebaut. In wachem Zustand schlug sie sich diesen Gedanken gleich aus dem Kopf. Es wäre das erste Mal in sieben Jahren, dass Svenja vor ihr aufstand. Und Frühstück machte – absurder Gedanke. Das Brummen musste vom leise gestellten Festnetz-Telefon kommen.

Katharina stieg verschlafen aus dem Bett und meldete sich mit ebensolcher Stimme. Am anderen Ende eine hellwache Birgit. Manchmal hatte Katharina den Verdacht, dass ihre Freundin im Büro übernachtete. Sie könnte ja einen Anruf verpassen oder mitten in der Nacht auf die Idee kommen, einen Computercode zu knacken.

»Hast du deine Mailbox noch nicht abgehört?«
»Nein«, murmelte Katharina irritiert.

»Lukas Adelhofer ist tot, keine Spuren von Fremdeinwirkung. Die Leiche wird in zwei Tagen freigegeben. Sie haben aufgrund von Dringlichkeit direkt für heute die Obduktion angesetzt. Damit der Fall bald geklärt ist und der berühmte Herr Adelhofer nicht lange von der Presse belagert wird. Im Moment gehen sie davon aus, dass Lukas sich auf den Scheunenboden runtergestürzt und vorher NATO-Draht und Glasscherben ausgelegt hat – um auf jeden Fall zu verbluten, falls der Sturz allein ihn noch nicht umbringt. Solche perversen Vorschläge findet man zuhauf im Internet, habe vorhin in den einschlägigen Foren recherchiert, ziemlich eklig das Ganze. Jedenfalls sieht es danach aus, dass am Samstag die Beerdigung ist, Friedhof Breitbrunn am Chiemsee.«

Katharinas erster Gedanke: bitte nicht Samstag.

Das bedeutete einen freien Tag weniger mit Svenja, kein gemütliches Einkaufen – im Sommer liebten sie es besonders, den Samstag zu verbummeln, erst auf dem Markt, danach auf dem Spielplatz oder im Englischen Garten, später bei einem leckeren Abendessen auf dem Balkon. Lecker bedeutete für Svenja Fischstäbchen mit Pommes und ohne Salat, und Seeteufel mit Orangenrisotto und viel Salat, wenn es nach Katharina ging. Egal, beides würde es diesen Samstag nicht geben. Stattdessen: arbeiten. Und das in Breitbrunn am Chiemsee. »Wie kommst du auf die Idee, dass die Beerdigung ausgerechnet am Samstag stattfindet?«, fuhr Katharina inzwischen hellwach ihre Freundin an.

»Weil beautiful Robert clever ist und am Samstag die meisten Leute kommen. Werd' erst richtig wach, bis später.« Deutlich unterkühlt wurde am anderen Ende der Hörer aufgelegt. Katharina seufzte und beschloss, eine Entschuldigung bei Birgit auf später zu verschieben. Der normale morgendliche Wahnsinn war angesagt. Wie üblich war sie zu spät dran, es führte nichts daran vorbei, demnächst den Wecker auf eine halbe Stunde früher zu stellen. Seit Svenja pünktlich um 8 Uhr in der Schule sein musste, war jeder Morgen die pure Hektik. Das Projekt »wie erkläre ich meiner Tochter, dass ich am Samstag weg bin, und was mache ich mit ihr während dieser Zeit« konnte sie Gott sei Dank vertagen, bis tatsächlich feststand, dass Lukas Adelhofer am Samstag zu Grabe getragen wurde.

Vielleicht war es doch Mord, dann ging es nicht so schnell.

Eineinhalb Stunden später saß sie an ihrem Schreibtisch in der Redaktion und hatte wieder das eigentlich Unmögliche geschafft: Svenja erfolgreich geweckt, in Rekordzeit Müsli mit frischem Obst und gemahlenen Nüssen – ihrer beider Lieblingsfrühstück – gezaubert, selbiges gemeinsam mit Svenja gegessen und sie dabei noch M, N und S vorlesen lassen – die drei neuen Buchstaben, die sie am Vortag gelernt hatte. Danach schnell angezogen, geschminkt (in maximal 90 Sekunden), Svenja in die Schule gebracht, in der Redaktion noch die Zeitungen zum Fall Adelhofer quergelesen, und pünktlich (!) um 9.30 Uhr hatte sie in der Redaktionskonferenz gesessen. Die »Abendausgabe« startete eine große »Robert-Adelhofer-Story«, Untertitel: »Vom Kuhstall am Chiemsee in die glitzernde deutsche Medienwelt«.

Das war ihrem Chef natürlich ein Dorn im Auge.

»Frau Langenfels, Sie haben es sicher gesehen, das Abendblatt zieht Adelhofer groß auf, zehnteilige Serie, aber nur mit altem Material. Die Fotos vom ersten Schultag, das Überleben des Bergwinters – alles tausendmal gesehen. Sie machen es bestimmt anders, wie wir es besprochen hatten, es muss polarisieren. Wir sollten es deutlich größer fahren, jetzt, wo der Bruder tot ist. Am besten wäre mindestens ein Zehnteiler über den wahren Robert Adelhofer, den, den man noch nicht kennt, das Verhältnis zu seinem Bruder, zu den Eltern. Dürfte kein Problem für Sie sein, oder? Gehen Sie auf die Beerdigung, versuchen Sie, nah an ihn ranzukommen, wir wollen nur Insiderinformationen. Sprechen Sie mit der Mutter, dem Vater, den alten Freunden. Wir starten diesen Donnerstag mit einem aktuellen Bericht und mit der Hintergrundstory nächste Woche, einverstanden? Wenn ein paar unerwartete Details vorkommen, wird es polarisieren.« RG grinste zufrieden.

Katharina nickte. Dass Adelhofer polarisierte, war Fakt. Birgit und sie waren dafür das beste Beispiel. Als könnte RG Gedanken lesen, sagte er: »Sie dürfen Frau Wachtelmaier für die nächste Zeit exklusiv mit Ihren Recherchen beschäftigen.«

Eigentlich freute sich Katharina über die neue Aufgabe. Durch den Tod des Bruders war etwas Unvorhergesehenes in Adelhofers perfekte Inszenierung geplatzt. Sie schaute auf das Foto der beiden Watergate-Journalisten, als müsste sie sich dort noch eine Bestätigung holen. Die beiden rauchten und beratschlagten wie immer.

»Alles klar, Herr Riesche-Geppenhorst.« RG nickte zufrieden.

Nach der Redaktionskonferenz ging Katharina als Erstes zu ihrer Freundin, um sich zu entschuldigen.

Als sie das Archiv von »Fakten« betrat, stand Birgit Wachtelmaier am Fenster, blickte hinaus und telefonierte – ihre Lieblingsposition, denn es entging ihr nichts, was auf der Straße passierte. Katharina hatte noch einen Moment Zeit, das erlesene Outfit der »Fakten«-Archivarin zu bestaunen. Heute trug Birgit einen pinkfarbenen Minirock, unter dem sich kleine Wülste abzeichneten. Birgit hatte vorgesorgt und

Stretch gekauft. Zu dem Rock kombinierte sie schwarze Netzstrümpfe und atemberaubend hohe, diesmal goldfarbene Stöckelschuhe mit einem kleinen Glöckchen an der Ferse. Gut, dass sie allein im Büro sitzt, dachte Katharina. Jeder Kollege würde nach einem Tag Glöckchenklingeln kündigen, so viel, wie Birgit mit den Füßen wippte.

Oben herum hatte ihre Freundin heute eine transparente blaue Bluse an, darunter einen sicherlich sündhaft teuren Spitzen-BH, ebenfalls in Blau.

»Du, Servus, meine Liebe, bis Samstag, gell, endlich werden wir schlank, ich koche zehn harte Eier ab, kein Problem. Genau, Eier und Gurkensaft, wird gemacht. Du, ich muss Schluss machen, mein Chef will mich sprechen. Servus, bis Samstag.« Augenrollend legte Birgit auf, setzte sich an ihren Schreibtisch, hob die klingelnden Füße auf den Tisch und schaute Katharina vorwurfsvoll an.

»Sorry, Birgit, ich weiß, ich habe dich völlig grundlos angepfiffen, ich war müde und sauer, weil ich den Samstag nicht für Svenja habe. Übrigens, was hast du am Samstag vor mit Eiern und Gurken?«

Birgits Blick wurde freundlicher. Seit ihrer Scheidung gehörte das Ausprobieren neuer Ernährungsmodelle zu ihrem Leben. Vorher hatte es für Arnulf recht monothematisch Fleisch geben müssen, mal in Schweinsbraten-, mal in Fleischpflanzl-Form. Birgits Figur hatte das nicht gutgetan.

»Das frage ich mich auch. Die Mausi, mit der ich auf der Fortbildung zur Internetrecherche war, die hat Figur-Probleme. Sie hat mich überredet, am Samstag einen Entschlackungstag einzulegen – mit harten Eiern und Gurken –, angeblich der letzte Schrei der Ernährungslehre. Wenn du mich für Sonderschichten brauchst, mir ist jede Ausrede recht.«

»Birgitchen, ich hätte tatsächlich eine Idee.«
»Sprich und nenn mich nie mehr Birgitchen.«
»Was hältst du von einer Undercover-Recherche auf Lukas Adelhofers Beerdigung? Du gibst dich als Robert-Adelhofer-Fan aus und versuchst irgendwie, dich unters Volk zu mischen und zu hören, was geredet wird. Ich kann das nicht machen, mich kennen die Leute und sagen nichts. Und wenn, dann das, was sie demnächst in ›Fakten‹ lesen wollen.«

Birgit zog die frisch gezupften Augenbrauen hoch, nahm ihre Schuhe vom Schreibtisch, rückte den Rock zurecht, erhob sich und ging ernst auf Katharina zu.

Im nächsten Moment fiel sie ihr um den Hals und rief: »Geile Idee. Endlich kann ich mein ganzes Repertoire ausspielen. Ich gehe als Modell ›trauernde Katzenberger‹, ich habe noch ein paar schwarze Schuhe mit kleinen rosa Herzchen vorne auf der Spitze, und dieses schwarze, tief ausgeschnittene Kleid, ich werde ...«

»Ich merke, wir verstehen uns.« Katharina grinste und sah die Beerdigungsszene genau vor sich.

»Du machst einen Schlachtplan und wir reden am Freitag, okay?«

»Okay, Chef«, strahlte Birgit und versuchte unter heftigem Glöckchenklingeln ihre Hacken aneinanderzuschlagen.

Als sie in der Tür war, drehte sich Katharina noch mal um und sagte grinsend: »Das mit dem Autogramm habe ich gestern nicht geschafft. Kannst du dir jetzt selbst holen. Nein, musst du sogar – aus rein professionellen Gründen natürlich.« Birgit zeigte einen Stinkefinger und nahm huldvoll klingelnd an ihrem Schreibtisch Platz.

»Obermann, Kripo Rosenheim.«

»Grüß Gott, Frau Obermann, mein Name ist Katharina Langenfels von ›Fakten‹ aus München. Ich arbeite an einer Serie über Robert Adelhofer.«

»Sie Arme«, kam die spontane Antwort und Katharina war die Frau umgehend sympathisch.

»Es könnte aus der ›Vom Bauernbub zum Starmoderator‹-Story plötzlich ein Krimi geworden sein. Deswegen rufe ich an.«

»Ich fürchte, Sie werden mehr über die unappetitlichen Sendungen des noch lebenden Herrn Adelhofer schreiben müssen als über den Tod des Bruders. Aber bevor ich mehr sage, Frau Langenfels, ich kenne und schätze Ihre Artikel. Die Medell-Sache – Hut ab. Drum verlasse ich mich darauf, dass das, was ich Ihnen erzähle, zunächst unter uns bleibt. Und Sie nur das schreiben, was ich freigebe. Einverstanden?«

»Einverstanden, Frau Obermann, ich kenne die Regeln und halte mich grundsätzlich daran.«

»Gut«, kam es sachlich zurück. »Nach allem, was wir bisher wissen, war es Selbstmord. Und damit zwar eine Story, die Herr Adelhofer vermutlich noch in seiner Sendung auswalzen wird, aber hoffentlich nichts für ein seriöses Blatt wie ›Fakten‹.«

»Das mit dem Selbstmord ist verbrieft?«

»Wir haben keinerlei Hinweise auf Fremdeinwirkung gefunden. Stattdessen ein Büchlein im Zimmer von Lukas Adelhofer, in dem er seinen Selbstmord exakt beschreibt.«

»Bitte?«

»Ja, er hat ziemlich perverse Kurzgeschichten geschrieben, in denen sich ständig Menschen umbringen. Einer davon genau so, wie er es tatsächlich gemacht hat.«

»Und diese Geschichten stammen wirklich von Lukas Adelhofer?«

»Es ist eindeutig seine Handschrift, wir haben es mit anderen Dokumenten verglichen. Sein Freund, der uns überhaupt den Hinweis gegeben hat, dass Lukas Adelhofer sich in der Scheune befinden könnte, hat von Depressionen und Selbstmordgedanken berichtet. Ansonsten legt der Rest des Zimmers ebenfalls nahe, dass es niemand bewohnte, der Spaß am Leben hatte. Seine Eltern hatten keinen Zutritt. Wenn Lukas wegging, hat er zugesperrt. Das hat mir seine Mutter erzählt. Arme Frau übrigens, völlig am Ende.«

»Wie muss ich mir Lukas' Zimmer vorstellen?«

»Na ja, totales Chaos, altes, benutztes Geschirr, Stapel von Zeitungen und Zeitschriften, verschimmelte Lebensmittel. Ich würde es als Zimmer eines Messies beschreiben.«

»Und die Beerdigung ist definitiv am Samstag?«

»Bis heute Abend haben wir das Ergebnis der Obduktion. Wenn die nichts an unserem bisherigen Ermittlungsstand verändert, geben wir die Leiche frei. Auf Wunsch der Familie findet dann am Samstag um 11 Uhr die Trauerfeier statt.«

Katharina verabschiedete sich in Gedanken vom gemütlichen Samstag mit Svenja.

Nina Obermann fuhr fort: »Wenn Sie mich am Samstag nicht dort sehen, haben wir den Fall ad acta gelegt. Sie können mich trotzdem gern kontaktieren, falls Sie noch etwas brauchen. Würde mich freuen, Sie persönlich kennenzulernen. Ausgezeichnete journalistische Arbeit ist man heutzutage nicht mehr gewöhnt.«

»Danke, Frau Obermann.« Wieder konnte Katharina nicht glauben, wie bekannt sie durch die Medell-Geschichte geworden war. Fans bei der Polizei zu haben, konnte jedenfalls nicht schaden.« »Eine Frage hätte ich noch. Wer ist der Freund, der Ihnen den Hinweis auf die Scheune gegeben hat?«

»Das darf ich Ihnen leider wirklich nicht sagen, verstehen Sie sicher, Frau Langenfels. Ich kann ihn fragen, ob ich seine Kontaktdaten rausgeben darf. Rufen Sie mich einfach nach der Beerdigung noch mal an, falls wir uns nicht sehen. Ich muss, Servus, Frau Langenfels.«

Katharina legte mit dem guten Gefühl auf, dass sie mit Frau Obermann eine verlässliche Ansprechpartnerin hatte.

Weniger gute Gefühle holten sie sofort bei dem Gedanken an das ein, was sie als Nächstes vor sich hatte. Ihr Alter Ego tauchte in ihrem Kopf auf und meckerte oberlehrerinnenhaft: »Du bist Mutter, Katharina Langenfels, vergessen? Du bist nicht die Zwischenstation in Svenjas Leben, wo sie übernachtet und morgens ein hektisches Müsli zusammengerührt bekommt. Wie stellst du dir das vor? Findest du, dass du eine gute Mutter bist?«

Katharina nahm trotzig den Hörer in die Hand, fand, dass sie einen guten Plan hatte, und wählte Olivers Nummer.

»Hallo, wie geht's?«

»Zu meinem Druck im Kopf kommen noch Schmerzen im Analbereich. Wenn ich morgens auf der Toilette bin, kannst du dir überhaupt nicht vorstellen, wie das …«

»Äh, Oliver, bitte keine Details …«

»Mein Gott, bist du empfindlich, jeder zweite Deutsche hat Hämorrhoiden, da wird man doch drüber reden dürfen. Wobei ich das in meinem Fall gerne checken lassen möchte, es fühlt sich nicht harmlos an. Ich habe morgen sowieso in der Uniklinik den Kernspintermin wegen meiner Nebenhöhlen. Meinst du, die könnten bei der Gelegenheit gleich untenrum auch nachschauen?«

Katharina versuchte, ruhig zu bleiben, sonst konnte sie ihren geplanten Vorstoß vergessen. »Nein, Oliver, ich vermute, das wird nicht gehen. Um den Darm anzuschauen, macht man eine Darmspiegelung, keine Kernspintomografie. Aber ehrlich gesagt, wegen Hämorrhoiden, ich weiß nicht, überleg's dir vielleicht noch mal. Als Privatpatient kriegst du schnell eine, wenn du es wirklich willst.«

»Ich denke drüber nach. Nächste Woche geht es nämlich nicht, da bin ich montags beim Hautkrebsscreening, Mittwoch beim Osteopathen und irgendwann muss ich mich um meine Klienten kümmern.«

»Klar, Oliver, verstehe ich. Sag mal, was würdest du von einem richtig schönen Ausflug am Samstag halten? Svenja, du und ich? Es ist ewig her, dass wir das zuletzt gemacht haben. Vorschlag: Wir fahren mit meinem Auto an den Chiemsee, Fraueninsel fände ich zum Beispiel toll. Wir gehen baden, lecker essen und abends zurück. Hast du Lust?«

»Hm, gute Idee, Chiemsee, Dampferfahrt auf die Fraueninsel, Schweinsbraten im Biergarten, danach Apfelstrudel ...«

Katharinas Plan schien aufzugehen. Frauenchiemsee war Olivers zweite Heimat. Vielleicht würden sie ihm irgendwann ein ambulantes OP-Zentrum dort einrichten, dachte sie und sagte: »Spitze, ich freu mich.«

»Katharina?«

»Ja?« Katharina versuchte unbedarft und entspannt zu klingen, voller Vorfreude auf den samstäglichen Ausflug.

»Wie lange kennen wir uns?«

»Unser Kennenlerntag war der 15. September, erster Schultag Grundschule. Also vor Ewigkeiten. Du mit deiner weiß-blau rautierten Schultüte neben mir in der Bank, wie könnte ich es vergessen.«

Kein Kichern am anderen Ende der Leitung, stattdessen: »Findest du nicht, dass es an der Zeit wäre, mir gleich reinen Wein einzuschenken, wenn ich auf Svenja aufpassen soll?«

Katharina spürte, wie sie rot wurde. Ertappt. Er hatte recht. »Weißt du, du musst es mir überhaupt nicht schmackhaft machen, mit Svenja Zeit zu verbringen, weil ich sie liebe wie meine Tochter. Und ich helfe dir auch gerne. Sei in Zukunft einfach ehrlich.«

Oliver sprach so ernst, dass sich in Katharinas Hals ein riesiger Kloß bildete. »Oliver, es tut mir leid. Das ist lieb von dir. Woher weißt du ...«

»Dass du auf Adelhofers Beerdigung musst? Das habe ich mir gedacht. Richtig getippt?«

»Ja«, kam es kleinlaut von Katharina.

»Na, wunderbar. Wir fahren zu dritt an den Chiemsee, du gehst zwischendrin jemanden unter die Erde bringen. Solange ich nicht mit muss, alles gut. Vielleicht bin ich sowieso der Nächste, zu dessen Beerdigung du gehst. Während wir telefonieren, habe ich einen Druck in der Brustgegend.«

»Olli, wann warst du im Fitnessstudio diese Woche?«

»Vorgestern.«

»Und: Seilzug? Mit mehr Gewicht, als dir guttut?«

»Hm, sonst verliere ich kein Gramm Fett.« Jetzt war er der Kleinlaute.

»Du hast Muskelkater, Oliver Arends, nicht die Vorboten eines Herzinfarkts.«

Erleichterung am anderen Ende: »Stimmt, du hast recht – Besuch beim Kardiologen gespart. Sofern die Untersuchungsergebnisse morgen mich nicht zu einer sofortigen OP zwingen, könnt ihr mich am Samstag um 9 Uhr abholen. Ich muss auflegen. Meine neue Klientin wartet.«

»Danke, Oliver.« Katharina schmatzte einen Kuss durch den Hörer und legte lächelnd auf. Vor einiger Zeit hatte Oliver einen Freispruch für einen jungen Mann aus dem Rockermilieu erwirkt. Dessen Kumpels wollten ihm einen Mord anhängen, den sie in Wahrheit gemeinschaftlich selbst begangen hatten. Seitdem wurde Oliver von Anfragen aus dem »anderen« Milieu Münchens regelrecht überschüttet. Aktuell verteidigte er eine junge Prostituierte, die ihrem Kunden den Penis abgeschnitten hatte – weil er sie vorher mehrfach brutal geschlagen und misshandelt hatte. Bei der letzten Attacke war sie vorbereitet und im Besitz eines Messers gewesen.

Vielleicht kamen daher Olivers hypochondrische Schübe, überlegte Katharina. Bisher war zwar nichts passiert, aber die Gegenseite seiner Klienten verhielt sich vermutlich wenig zimperlich. Andererseits war Oliver schon als Kind ängstlich gewesen, in seinem Job dagegen extrem cool.

Darüber musste sie irgendwann in Ruhe nachdenken. Jetzt war Adelhofer dran. Katharina verbrachte den restlichen Tag damit, wie mit RG besprochen, den ersten Artikel über Adelhofer für die morgige Ausgabe von »Fakten« zu schreiben. Hauptinhalt: ihr exklusives Treffen mit dem Fernsehstar nach der Pressekonferenz und das abrupte Ende, weil er zu seinem toten Bruder musste. Damit würde sie die weiblichen Adelhofer-Fans für die Serie interessieren. Exklusive Gespräche mit ihrem Helden würden sie vermutlich auch gern führen. Sie kündigte weitere Hintergrundinformationen für die nächsten Folgen an und hoffte, dass sie die bekommen würde.

DONNERSTAGVORMITTAG, »MONACO TV«, MÜNCHEN

»Richtig, die Leiche ist freigegeben ... Sie dürfen fotografieren ... Nein, während der Trauerrede nicht ... Nein, die Gesichter der Eltern nicht groß. So viel Respekt werden sogar Sie aufbringen können, Herr Riebelgeber. Halten Sie sich an Robert, der ist das gewöhnt ... Ja, der Pfarrer hat sich mit dem Begräbnis einverstanden erklärt. Nein, der Selbstmord steht dem nicht entgegen. 11 Uhr am Samstag, alles klar ... ›Ich freue mich‹ finde ich unpassend, Herr Riebelgeber ... Ob die Lesereise stattfindet, kann ich Ihnen derzeit noch nicht sagen. Wiederhören.« Entnervt knallte Achim Wedel den Hörer auf und reckte Robert Adelhofer das Victoryzeichen entgegen. »Geschafft, sie werden alle kommen. Die ›Abendausgabe‹, der ›Münchner Tageskurier‹, die ›Post der Frau‹, ›Szene‹, sogar die Tussi von ›Fakten‹.«

»Und wer wird mir den Tipp mit der Sendung geben?« Robert Adelhofer fläzte in dem roten Ledersessel, den ihm die Mitarbeiter seiner Produktionsfirma zur 200. Sendung geschenkt hatten. Ihm gegenüber saß Wedel an Roberts riesigem Schreibtisch und bewachte Telefon und iPhone. Robert war »in Trauer«, er konnte keinerlei Anrufe persönlich entgegennehmen.

Wedel grinste breit. »Das mache ich mit der Tränendrüsentante von ›Szene‹. Die weiß Bescheid. Sie wird dich am Samstag nach der Beisetzung darauf ansprechen. Dann sind alle Mikrofone und Kameras an. Schließlich wollen die Leute Roberts Tränen haben.«

»Gut, und wann senden wir?«

»Nächste Woche, schließlich trauern wir weiter, nur halt im Fernsehen.« Wedel senkte seine Stimme und fragte betont einfühlsam: »Schaffst du das, Robert? Oder brauchst du noch mehr Zeit?«

Adelhofer zeigte ihm einen Stinkefinger und Wedel grinste.

»Wie sieht unser Zeitplan nach der Beerdigung aus? Ich sollte noch exklusiv mit der Langenfels reden, das ist Publicity für eine neue Klientel, Besseres kann mir nicht passieren.«

»Du sagst deinen Eltern, dass sie eine große, schöne Geschichte über euch zwei Brüder machen will und dass du deshalb nach der Beerdigung noch eine Stunde Zeit brauchst. Danach trinkst du mit Mama und Papa einen Kaffee auf den toten Lukas, wir fahren zurück und du bleibst schön unter Verschluss. Zu viel ›Robert nach der Trauerfeier‹-Bilder können wir nicht gebrauchen.«

»Und die Lesereise?«

Wedels Grinsen wurde breiter. »Verschoben. Wir verkaufen erst mal deine Biografie und aus Trauer um deinen Bruder entfällt die Lesereise. Die machen wir für die zweite Auflage mit der Aktualisierung zu Lukas' Tod. Sie werden uns garantiert die Bude einrennen.«

Adelhofer nickte zustimmend. »Und wer schreibt die Aktualisierung? Ich bin für ein neues Vorwort, exklusiv von mir verfasst.«

Wedel war begeistert. »Super, Robert, ich sehe, wir verstehen uns.«

DONNERSTAGVORMITTAG, REDAKTION »FAKTEN«, MÜNCHEN

Als Katharina Adelhofers Nummer auf ihrem Display sah, beschloss sie, erst abzuwarten, und hörte sich die Nachricht auf ihrer Mailbox an:

»Guten Tag, Frau Langenfels, Achim Wedel hier von Herrn Adelhofers Management. Im Auftrag von Herrn Adelhofer, der sich verständlicherweise derzeit außerstande sieht, selbst Termine zu vereinbaren, folgende Anfrage: Es ist von großem Interesse für die gesamte Familie Adelhofer, einem herausragenden Printmedium ein Exklusivinterview zu den traurigen Ereignissen dieser Woche zu geben. Herr Adelhofer würde sich freuen, wenn ›Fakten‹ das wäre. Sagen Sie mir bitte baldmöglichst Bescheid, ob Ihre Zeitschrift Interesse hat. Schönen Tag noch.«

Herr Wedel konnte auch seriös, stellte Katharina trocken fest. Tatsächlich schien sie die bereits in »Fakten« angekündigten Exklusivinformationen zu bekommen, perfekt.

Katharina griff zum Telefonhörer. Obwohl ihr Chef nur zwei Büros weiter saß, zog sie es grundsätzlich vor, ihn anzurufen.

»Frau Langenfels«, kam RGs Stimme aus dem Hörer. »Was macht happy Robert?«

»Oh, happy ist er vielleicht gerade nicht, Herr Riesche-Geppenhorst, ›beautiful Robert‹ nennen ihn die Kollegen eigentlich.«

Das Schweigen am anderen Ende der Leitung bedeutete nichts Gutes. Daher redete Katharina einfach schnell weiter: »Äh, es geht um Folgendes: Achim Wedel, der Manager von Adelhofer, will uns das Exklusivinterview nach der Beerdigung geben. Machen wir das?«

»Frau Langenfels«, tönte es vom anderen Ende, »Herr Wedel fragt direkt bei ›Fakten‹ an. Das heißt, die wollen seriöse Berichterstattung und keinen erfundenen Schwachsinn. Klar machen wir das.«

»Okay, Herr Riesche-Geppenhorst, das sehe ich genauso.«

»Falls sie nach Geld fragen, werden wir eine Lösung finden. Glaube ich aber eigentlich nicht. Die wollen an die Guten ran und Adelhofer und sein Manager werden auch ohne unser Geld in St. Moritz wedeln gehen. Viel Erfolg, Frau Langenfels.« Kichernd wegen seiner gelungenen Pointe legte RG auf.

Im gleichen Moment hörte Katharina ein leises Klingeln und es klopfte an ihre Bürotür. Birgit betrat mit ihren Klingglöckchen-Schuhen das Büro ihrer Freundin.

»Frag mich bitte, wie geil das ist, was ich herausgefunden habe.«

»Birgit, was hast du Geiles herausgefunden?«, fragte Katharina weisungsgemäß.

Wenige Sekunden später starrte sie auf die Fotos, die ihre Freundin ihr auf den Schreibtisch geknallt hatte.

SAMSTAGVORMITTAG, BREITBRUNN AM CHIEMSEE

»Ziemliche Silikon- und Botoxdichte, würde ich sagen.« Die geschmacklose Bemerkung, die Horst Riebelgeber Katharina am Grab von Lukas Adelhofer meinte, ins Ohr flüstern zu müssen, wurde begleitet von dem feinen Schweißaroma, das Riebelgeber stets umgab. Seine persönliche Note wurde noch durch eine kräftige Knoblauchfahne unterstützt, die dafür sorgte, dass Katharina nach einem knappen »hm« angewidert den Kopf wegdrehte.

Inhaltlich hatte Riebelgeber allerdings vollkommen recht. Nach Einheimischen sah es hier nicht aus. Und immerhin standen nach Katharinas Schätzung rund 200 Menschen in einer riesigen Traube um das offene Grab von Lukas Adelhofer – weibliche Menschen zumeist. Bei der Trauerfeier in der Kirche war Katharina bereits aufgefallen, dass viele der Anwesenden weiblich und mit an Sicherheit grenzender Wahrscheinlichkeit nicht wegen des Toten gekommen waren – sondern, um mit beautiful Robert zu weinen und sich nach der Beerdigung vielleicht in Trauer mit ihm zu vereinen.

Die Auswahl an bizarren Begräbnis-Outfits legte solche Gedanken nahe. Tief dekolletierte schwarze Korsagen, engste schwarze Miniröcke über Netzstrumpfhosen, Stöckelschuhe, in denen die Füße der Trägerinnen fast senkrecht standen.

Birgit passte bestens dazu. Sie hatte sich unter die anderen Fans gemischt und trug ein kleines Schwarzes, bei dem das

Adjektiv »klein« wörtlich zu nehmen war. Dazu schwarze Lack-Stilettos mit einer grünen Spitze aus Krokodilimitat und eine Strumpfhose mit schwarzen Kreuzen – wohl eine Referenz auf die Beerdigung.

Zumindest eine Frau auf dieser Beerdigung war nicht aufreizend gekleidet.

Es musste Roberts und Lukas' Mutter, Rosa Adelhofer, sein. Katharina hatte sie auf Fotos in Homestorys der verschiedenen Klatschblätter gesehen. Sie schaute traurig in die Kamera und versuchte freundlich zu lächeln, was aber missglückte. Im Moment stand sie – den Kopf tief nach unten gebeugt – vor dem offenen Grab und klammerte sich an die Rose, die sie ihrem Sohn gleich als letzten Gruß auf den Sarg werfen würde. Ihr Gesicht konnte Katharina nur von der Seite sehen. Insgesamt wirkte die komplett in Schwarz gekleidete Gestalt gefasst. Kein Schluchzen war von ihr zu hören, kein Beben der Schultern zu sehen. Sie schien die ganze Trauer mit der Rose zu teilen, die sie in den Händen hielt – und anscheinend nicht ins Grab werfen wollte.

Die Grabrede des Pfarrers war gerade zu Ende. Jetzt würden Angehörige und Trauergäste vor den Sarg treten und sich von dem Toten verabschieden. Offenbar sollte Rosa Adelhofer die Erste sein. Sowohl Robert, der links von ihr stand, als auch Roberts und Lukas' Vater Max rechts von ihr versuchten, sie mit kleinen Stupsern dazu zu bewegen, die Zeremonie zu beginnen. Rosa schien das nicht zu bemerken. Sie war offenbar völlig in sich versunken.

Irgendwann entschloss sich Robert, die Dinge selbst in die Hand zu nehmen. Er trat vor und warf seine Rose auf den Sarg. Anschließend erwies er seinem toten Bruder durch eine kurze Verbeugung die letzte Ehre und gab seinem Vater ein Zeichen, das Gleiche zu tun.

Anschließend unternahmen beide einen letzten Versuch, Rosa Adelhofer vom Grab wegzuholen – vergeblich. Sie zeigte keinerlei Reaktion auf das, was ihr Mann und Sohn ins Ohr flüsterten, blieb vor dem Sarg stehen, den Kopf gesenkt, die Rose fest in der Hand.

Schließlich gaben Robert und Max auf und traten zur Seite, um den anderen Trauergästen den Zugang zum Grab zu ermöglichen.

Es begann eine langwierige, stumme Prozession zum Sarg. Anschließend kondolierte jeder und jede Anwesende Robert und seinem Vater. Katharina stellte fest, dass die Blicke vieler Damen alles andere als traurig wirkten, wenn sie Robert die Hand schüttelten. Der selbst war entweder tatsächlich bewegt oder er spielte seine Rolle sehr gut. Er stand mit Tränen in den Augen an der Seite seines gramgebeugten Vaters. Max Adelhofer schaute zu Boden und erwiderte jeweils kurz und mechanisch jeden Händedruck. Robert hatte für diesen Anlass den Designer-Anzug mit dunkler Tracht getauscht und trug wie sein Vater eine dunkelbraune Lederhose, schwarze Haferlschuhe und einen grauschwarzen Trachtenjanker.

Katharina und Riebelgeber hatten sich inzwischen eingereiht in die Kondolierenden.

Ein absurdes Bild, dachte Katharina, wie die beiden Männer dastanden, Hände schüttelten und Rosa Adelhofer den Lebenden den Rücken kehrte.

Nun war sie an der Reihe und drückte zuerst die feuchte Hand von Max Adelhofer. Der alte Mann blickte weiterhin starr vor sich auf den Boden.

Roberts Hand war angenehm trocken, warm, ein fester, selbstsicherer Händedruck.

Genauso selbstsicher wie unpassend schaute Robert

Katharina tief in die Augen, während sie »mein Beileid« murmelte. Er beugte sich vor und flüsterte ihr ins Ohr: »In 20 Minuten im Jesusstüberl im Adler.« Katharina nickte kurz und trat zur Seite.

Die Trauergesellschaft löste sich langsam auf, ein Leichenschmaus war nicht vorgesehen. »Nach der Trauerfeier bitten wir Sie, die Privatsphäre der Familie Adelhofer zu akzeptieren« – das stand in den Todesanzeigen, die Katharina am Morgen in zahlreichen großen Tageszeitungen gelesen hatte. Dies hielt allerdings diverse tief dekolletierte Damen nicht davon ab, mit »Robert, Robert«-Rufen die Aufmerksamkeit des trauernden Bruders zu gewinnen. Manche streckten ihm sogar Autogrammkarten und Stift entgegen. Robert lächelte gequält in Richtung seiner Fans und flüsterte ein »heute nicht«. Achim Wedel besorgte den Rest und schickte die Frauen bestimmt weg. Adelhofer näherte sich unterdessen den wartenden Fotografen und Journalisten.

Max Adelhofer ging mit gesenktem Kopf in Richtung Parkplatz. Dass seine Frau mitkommen würde, hatte er wohl aufgegeben.

Die stand nach wie vor am Grab und hielt ihre Rose fest umklammert. Katharina tat sie unendlich leid. Aus einem spontanen Impuls ging sie auf die alte Frau zu und flüsterte ihr ins Ohr: »Über Ihre Rose würde sich der Lukas bestimmt am meisten freuen, Frau Adelhofer.«

Rosa Adelhofer schaute kurz zu Katharina und der Hauch eines Lächelns zog über ihr Gesicht. Sofort fiel sie in ihre vorige Haltung zurück, den Blick aufs Grab gerichtet, die Rose fest in der Hand.

Katharina ging lustlos zu dem Journalistenpulk hinüber, der sich um Robert und seinen Manager drängte.

Riebelgeber hatte es bis nach vorne zu beautiful Robert geschafft und Katharina stellte sich vor, welche Gerüche sich mit Adelhofers edlem Parfum mischten.

Heike Ballinger vom Klatschblatt »Szene« stand direkt bei Adelhofer. Die tief dekolletierte schwarze Korsage und die enganliegende schwarze Lederhose waren nicht das Outfit, das zu einer Beerdigung passte, aber Feingefühl zu zeigen, war auch nicht ihr Job, wie sie sofort bewies:

»Du, Robert, das ist bestimmt eine unheimlich schwierige Situation für dich, so die emotionale Verarbeitung und so. Aber glaubst du nicht, dass du durch deine treuen Zuschauer und Fans Unterstützung bei deiner Trauerarbeit kriegen könntest? Also, ich meine, wenn du einfach das machst, was du immer machst – eine Sendung. Weißt du, um ein Stück weit Normalität reinzubringen trotz deiner Traumatisierung ...«

Die Sache könnte abgesprochen sein, dachte Katharina. In Roberts Blick lag sowohl tiefe Trauer als auch der gequält-bemühte Versuch, Heike zuzuhören.

Als Heike Ballinger fertig war, sagte Robert: »Danke, Heike, für deine einfühlsamen Worte. Ich habe natürlich darüber nachgedacht, ob eine Sendung zu Ehren meines toten Bruders meinen Eltern und mir vielleicht helfen könnte. Wir werden das im Familienkreis besprechen, ihr alle seht, wie sehr meine Mutter leidet. Ich werde nur das tun, was gut für sie ist und womit sie einverstanden ist.«

An dieser Stelle huschte ein kleines bedauerndes Lächeln über sein Gesicht: »Daher muss ich Sie alle um Verständnis bitten, dass ich mich jetzt um meine Familie, vor allem um meine Mutter kümmern muss.«

Katharina ließ Adelhofer gehen und folgte ihm nach ein paar Minuten Richtung Adler.

Der Gasthof in Breitbrunn am Chiemsee hatte sich wenig verändert in den 20 Jahren, in denen Katharina selten hier gewesen war. Noch immer stand das alte Gasthaus unter dem Schutz einer riesigen Kastanie, die jetzt im Juli mit ihrem gigantischen Blätterwerk als Sonnenschirm für die Tische des Biergartens diente. Für einen Samstag im Sommer war wenig los an den Tischen, ein paar Einheimische saßen beim Bier, Essen hatten nur wenige vor sich stehen. Vielleicht entsprach die deftige, bayerische Küche im Adler nicht mehr den heutigen Ansprüchen, überlegte Katharina.

Wie früher roch es nach Frittierfett – für Katharina ein köstlicher Duft, da sie mit ihm Pommes frites verband, eine Delikatesse, die ihr in ihrer Jugend meist verwehrt geblieben war. Fett war verpönt bei Katharinas gesundheitsbewusster Mutter, ebenso wie Fast Food. Wahrscheinlich deshalb hatte die Tochter bis heute eine ausgeprägte Vorliebe für Dönerbuden und Burger. Ihre Mutter hingegen war ihrer Linie treu geblieben und arbeitete inzwischen erfolgreich als Heilpraktikerin.

Ohnehin hatte Klein-Katharina mit ihren Eltern selten im Adler gegessen, das konnte sich die Familie damals nicht leisten. Ein Tagesausflug an den Chiemsee war teuer genug bei einem Polizistengehalt. Da musste die Brotzeit mitgebracht werden. Warm gegessen wurde abends zu Hause. Katharina hatte dann voller Neid zu den Familien rübergeschielt, die dort sonntags zu Mittag aßen, ohne auf die Preise und den Fettgehalt der Speisen zu achten. Sie hatte höchstens eine Apfelschorle bekommen, an Festtagen Limo, wenn ihre Eltern im Adler einen Kaffee tranken. Katharinas Weg führte anschließend meist zum Kiosk gegenüber. Mit ihrem Taschengeld zumindest durfte sie machen, was sie wollte. Und das investierte sie bei Breitbrunn-Ausflügen in Brausestangen, weiße Schokolade, bunte Gummitiere und Chips. Voller nostalgischer Gefühle betrat sie den Adler.

Zum Jesusstüberl ging es auf ausgetretenen Fliesen in einen kleinen Raum direkt gegenüber der Küche. Katharina hatte noch den verlockenden Geruch von Schweinsbraten in der Nase, als sie die Stube betrat.

Drei Biertische, karierte Tischdecken, Plastikblumengestecke und schwere Holzstühle. Der Namensgeber der Stube fehlte nicht, er hing links im Eck am Kreuz und sah aus, als bewachte er seine Schäfchen.

Robert Adelhofer war allein.

Passenderweise hatte er sich direkt unter dem Holz-Jesus platziert, vor ihm stand eine Tasse Kaffee.

»Frau Langenfels, danke, dass Sie gekommen sind.« Robert stand auf, schenkte Katharina ein freundliches Lächeln und drückte ihr erneut die Hand. Insgesamt wirkte er nach wie vor wie der »Bruder in Trauer«, ob das echt war, wagte Katharina noch nicht zu beurteilen.

»Herr Adelhofer, ich möchte von Anfang an offen zu Ihnen sein. Ich war überrascht, als Ihr Manager uns ein Exklusivinterview angeboten hat. Um spätere Schwierigkeiten zu vermeiden, muss ich Ihnen zunächst eine Frage stellen, die dem Anlass höchst unangemessen ist. Aber das ist ein Exklusivinterview zum Tod Ihres Bruders eigentlich auch, nicht wahr? Natürlich verstehe ich, dass Sie in Ihrer Position nicht darum herumkommen, mit den Medien zu sprechen.« Falls Adelhofer die Spitzen verstanden hatte, ließ er es sich jedenfalls nicht anmerken. Er saß nur da, schaute Katharina an und schien aufmerksam zuzuhören.

»Wie viel wollen Sie für dieses Gespräch?«

Robert lächelte kurz, dann nahm sein Gesicht erneut ernste Züge an und er sprach im Ton des verständnisvollen Geschäftspartners:

»Das ist doch kein Problem, Frau Langenfels, natürlich müssen Sie mir diese Frage stellen. Ich kann Sie beruhigen. Es mag Ihnen ungewöhnlich erscheinen, ich werde umsonst mit Ihnen sprechen. Aus dem Tod meines Bruders Profit zu schlagen, erschiene mir in höchstem Maße unmoralisch. Was Herr Wedel und ich überlegt haben, ist, Kontakt mit Silke Heinrich aufzunehmen.«

Katharina ahnte nichts Gutes.

»Silke Heinrich, Sie wissen, die bewundernswert starke Witwe des Fußballers Sven Heinrich, der sich erhängt hat. Ich möchte sie für nächste Woche in meine Sendung einladen und für ihre Stiftung zur Behandlung von Depressionen Geld sammeln. Es sieht nach außen hin anders aus, ich denke trotzdem, die Schicksale von Sven Heinrich und meinem Bruder lassen sich durchaus vergleichen.«

Dass der Fernsehauftritt von Heinrichs Witwe beautiful Robert beautiful Quoten bescheren würde, spielte bei diesen großherzigen Plänen natürlich keinerlei Rolle, dachte Katharina. Nur gut, dass Silke Heinrich bestimmt viel zu klug sein würde, um darauf einzusteigen.

Dies behielt Katharina für sich und fragte stattdessen interessiert: »Inwiefern sehen Sie Parallelen zwischen dem Leben und Sterben von Sven Heinrich und Ihrem Bruder?«

»Nun, Depressionen sind – wie wir heute wissen – oft ein bereits in den Genen angelegtes Krankheitsbild. Menschen, denen es an nichts fehlt, die nach außen ein glückliches, privilegiertes Leben führen, erkranken daran. Einfach nur deshalb, weil es ihnen in die Wiege gelegt wurde. Von einer depressiven Mutter oder einem depressiven Vater.«

»Und dies trifft – verzeihen Sie – traf auf Ihren Bruder Lukas zu?«

Robert blickte traurig zu Boden, während er leise sagte: »Sie haben meine Mutter heute am Grab gesehen. Ich fürchte, sie steht immer noch da. Wir waren beide eben noch mal bei ihr, mein Vater und ich. Wir kommen nicht an sie ran. Sie ist wie erstarrt.«

»Daraus schließen Sie, dass Ihre Mutter krankhaft depressiv ist und dies an ihren Sohn Lukas weitervererbt hat?« Katharina fiel es schwer, diese Ungeheuerlichkeiten auszusprechen.

»Zumindest gibt es viele Kindheitserinnerungen, in denen ich eine traurige Mutter vor Augen habe, eine weinende Mutter, eine verzweifelte Mutter. Wie man weiß, müssen diese Dinge nicht vererbt werden, aber sie können. Ich scheine derjenige zu sein, der verschont wurde, und der arme Lukas eben nicht.«

»Herr Adelhofer, entschuldigen Sie, dass ich es an diesem schwierigen Tag anspreche. Es gab immerhin in Lukas' und Ihrem Leben ein einschneidendes Ereignis, das sein weiteres Leben beeinflusst haben könnte.«

Robert raufte sich die Haare und wirkte etwas verunsichert.

»Natürlich, Frau Langenfels. Mein Bergwinter, und was danach kam, war logischerweise für unser beider Leben von entscheidender Bedeutung. Aber es ist gut ausgegangen. Ich hätte Depressionen kriegen müssen hinterher, nicht er. Ich kam traumatisiert zurück, Lukas war der wunderbare große Bruder, der mich berühmt gemacht hat. Nein, glauben Sie mir, das sind die Gene«, flüsterte er verschwörerisch.

»Nur eine letzte Frage noch: Sie haben – dem Anschein nach – Ihre Zeit in den Bergen gut überstanden. Würden Sie sagen, es geht Ihnen heute richtig gut?«

»Keine Sorge, Frau Langenfels. Sie sehen einen voll im Saft stehenden bayerischen Buben vor sich. Mit allem, was dazugehört – und ohne psychische Probleme, falls Sie das meinen.«

»Und Ihr Bergtrauma haben Sie in den Griff bekommen? Eine Ihrer ersten ›Krise‹-Sendungen hatte das Thema: ›Traumata bewältigen – Rückkehr an den Ort des Schmerzes‹. Damals sagten Sie, so weit seien Sie noch nicht, die Berge seien ein großes Tabu für Sie. Aber das ist ja schon vier Jahre her.«

Robert Adelhofer grinste verlegen.

»Ertappt. Nein, die Berge werden wohl für den Rest meines Lebens nicht mehr zur Liste meiner Aufenthaltsorte gehören.«

Katharina lächelte ihn an. »Danke, Herr Adelhofer, für dieses offene Gespräch. Es war interessant für mich. Besonders froh bin ich, dass wir die Geschichte mit dem Trauma klären konnten. Ich habe tatsächlich falsche Informationen zugespielt bekommen.«

Adelhofer schaute überrascht. »Ich verstehe nicht?«

Katharina legte nach: »Ach, es gibt einige Leute, die behaupten, Sie nach Ihrem Bergwinter in den Bergen gesehen zu haben. Angeblich gibt es Fotos. Aber das können Sie dann ja nicht gewesen sein. Gut, ich werde mal gehen. Wenn ich noch Fragen habe, darf ich Sie sicher anrufen.«

Katharina stand auf und war schon an der Tür vom Jesusstüberl, als Adelhofer nachhakte:

»Frau Langenfels, entschuldigen Sie meine Neugier, wer behauptet das? Ich muss auf der Hut sein, bei übler Nachrede schalte ich sofort meinen Anwalt ein.«

Katharina drehte sich um, lächelte Adelhofer an und sagte freundlich: »Das verstehe ich gut, verstehen Sie bitte auch mich. Hier gilt der Informantenschutz, ich darf keine Namen herausgeben. Noch mal mein herzliches Beileid, für Sie und Ihre Eltern.«

SAMSTAGNACHMITTAG, FRAUENCHIEMSEE

»Aha, das ist er wirklich auf den Fotos?«

»Ich würde sagen, ja. Wir hatten es vermutet, die Fotos sind zwar unscharf, trotzdem ist eigentlich klar, dass es sich um Robert handelt. Außerdem hat sein Gesicht Bände gesprochen.«

Oliver saß im Biergarten auf der Fraueninsel, ganz der Anwalt im Wochenende: dunkelblaue Bermudashorts, rosa Polohemd und teure Männer-Flipflops. Auf seinem Kopf trug er die Baseballkappe eines namhaften italienischen Sport-Labels. Er hatte Messer und Gabel sinken lassen, während Katharina von ihrem Gespräch mit Adelhofer erzählte. »Wo hat Birgit diese Fotos noch mal entdeckt?«, hakte er nach.

»Das war in diesem Fall nicht schwierig. Auf Fanclubseiten auf Facebook und Instagram gibt es jede Menge Fotos von Begegnungen mit Robert. Auf einigen sieht man ihn undeutlich in einer Menge von Autogrammjägerinnen an der Kampenwand unterhalb vom Gipfel. Sie halten alle ihre Smartphones hoch, drum ist er nicht gut erkennbar.«

Katharina schaute versonnen auf Olivers Teller. Mit dem Schweinsbraten und den Knödeln war er inzwischen fertig. Die Kellnerin brachte gerade einen großen Becher Spaghettieis. Vorne am Wasser saß Svenja auf dem Steg und hatte offenbar eine interessante, circa achtjährige Männerbekanntschaft gemacht. Eigentlich hätte Katharina ihrer Tochter gern kurz Hallo gesagt. Als könnte Oliver Gedanken lesen, riet er:

»Lass es sein, Svenja hat gerade sowieso keine Augen für dich.«

Tatsächlich war ihre Tochter so vertieft ins Gespräch mit dem rothaarigen Wuschelkopf, dass Mütter nur stören würden.

»Bei diesem ausgefallenen Männergeschmack muss sie sich später wenigstens nicht mit anderen Mädels um den Gleichen kloppen«, seufzte Katharina.

Nachdem sie beschlossen hatte, Olivers Beispiel zu folgen und heute Kalorien Kalorien sein zu lassen, bestellte sie ebenfalls den Schweinsbraten mit Knödeln, Rotkraut und »viel Kruste«.

»Hat Birgit sich bei dir gemeldet?«, fragte sie Oliver, der mit weiten Teilen seines Gesichts im Eisbecher verschwunden war, um noch den letzten Rest rauszuschlecken.

»Nein, du müffteft doch beffer wiffn, wo fie fteckt«, ertönte es undeutlich aus der Glasschale.

Weiter kamen sie nicht, denn Svenja hatte offenbar bereits genug von ihrem rothaarigen Flirt. Sie kam ohne Schuhe und mit nassen Füßen an den Tisch und forderte in klarem Befehlston: »Ich will auch Schweinsbraten und Spaghettieis.«

»Hallo, Svenja«, blieb Katharina freundlich und drückte ihrer Tochter einen Kuss auf den Wuschelkopf. »Warum hast du deinen Freund nicht mitgebracht?«

»Der ist nicht mein Freund. Der ist saudoof. Und außerdem heißt er Konstantinus. Voll arschblöder Name.«

Oliver und Katharina warfen sich einen Blick zu und wechselten das Thema. Svenja würde ohnehin nicht mehr erzählen über ihren Ärger.

»Was haben Oliver und du Schönes gemacht, mein Schatz?«, fragte Katharina liebevoll, nachdem die Kinderportion Schweinsbraten bestellt war.

»Wir haben im Klosterladen Marzipan gekauft und wir waren baden. Ich bin Olli davongeschwommen.« Svenja kicherte bei der Erinnerung daran.

»Olli?«, fragte Katharina mit hochgezogenen Augenbrauen in Richtung Oliver. »Wenn ich dich Olli nennen will, sprichst du drei Tage nicht mehr mit mir, und Svenja darf das?«

»Svenja ist eben was Besonderes«, grinste Oliver und streichelte seinem liebsten Pflegekind über die heute zu zwei Zöpfen gefassten braunen Wuschelhaare.

»Logisch ist Svenja was Besonderes«, tönte es hinter Katharina. »Bei dieser Mama cool zu bleiben, da muss man was Besonderes sein, gell Svenja?«

Svenja strahlte vor Stolz darüber, dass eine Erwachsene sie als cool bezeichnete, während sich Birgit Wachtelmaier auf den letzten freien Stuhl am Tisch setzte.

»Oh, Schweinsbratentag. Bin dabei«, sagte sie mit einem Blick über den Tisch, auf dem Olivers leerer und Katharinas gut gefüllter Teller standen.

»Passt die Eier-Diät nicht zum kleinen Schwarzen?«, fragte Katharina grinsend. »Wobei«, sie warf einen prüfenden Blick über Birgits Freizeitoutfit – knallrote Turnschuhe, gelbe Leggings, darüber schwarze Leinenshorts und dies kombiniert mit einem giftgrünen, tief dekolletierten T-Shirt, unter dem ein orangefarbener Spitzen-BH hervorlugte – »du siehst wieder normal aus.«

Svenja hatte inzwischen den Nächsten an der Angel – am Nachbartisch saß ein circa zehnjähriger bayerischer Bursch mit Lederhose und kariertem Hemd, verspeiste genüsslich seinen Schweinsbraten, flirtete mit Svenja ... und sie zurück. Sie grinsten sich an, schauten weg, grinsten sich wieder an. Bis Svenja die Sache in die Hand nahm und zu ihrer Mutter im Aufstehen sagte: »Du, Mama, sag der Kellnerin bitte, sie soll meinen Schweinsbraten an den Nachbartisch bringen.«

Sprach's und saß neben ihrem neuen Schwarm, schüttelte dessen Eltern artig die Hand und war flugs in ein Gespräch mit Ludwig vertieft. So hatte sich der braungelockte Nachwuchs-Casanova jedenfalls eben vorgestellt.

»Na, in Sachen Männeraufriss könntest du von deiner Tochter echt noch was lernen«, kommentierte Birgit.

»Danke für den Tipp. Und, was ist noch passiert auf der Beerdigung?«

»Mmh, vielen Dank.« Birgit strahlte die Kellnerin an, die ihr ihren Schweinsbraten, bestehend aus zwei großen Bratenscheiben mit lecker duftender dicker brauner Sauce, zwei ebenfalls recht überdimensionierten Kartoffelknödeln und einer beachtlichen Schale Rotkraut, vor die Nase stellte.

»Die Kinderportion bitte für die Partnerin des jungen Herrn am Nachbartisch«, bat Birgit schmunzelnd die Bedienung. Während sie ihre Knödel zerlegte, begann sie, über Schweinsbratenrezepte zu philosophieren: »Der Arnulf wollte ihn nur mit Biersauce, finde ich auch nach wie vor am besten. Man kann alternativ Brühe nehmen. Das Wichtigste ist sowieso, den Braten stundenlang mit der Schwarte nach unten in Flüssigkeit zu legen, sonst wird sie nie knusprig. Mmh, genau so haben die das hier gemacht. Köstlich.«

Oliver warf Katharina einen verwirrten Blick zu, sie machte unauffällig eine beschwichtigende Geste in seine Richtung.

»Birgit?«, fing sie vorsichtig an.

»Ja? Willst du noch ein Stück, könnte ich verstehen, der ist zum Reinlegen, hier, nimm.« Birgit hielt ihrer Freundin eine Gabel mit einem ansehnlichen Bratenstück vor die Nase.

»Danke, ich bin satt. Könnten wir noch mal kurz über die Beerdigung sprechen?«

»Logisch. Die meisten Botox-Tanten sind abgedüst, als Robert weg war. Nur diese fürchterliche Heike Ballinger von ›Szene‹ stand noch eine Weile mit dem Wedel herum und es ging offenbar um die nächste Sendung von Adelhofer. Der Wedel hat der Heike auf die Schulter geklopft und ›gut gemacht‹ gesagt.«

»Wusste ich es, dass das geplant war«, sagte Katharina und berichtete Oliver und Birgit von ihrer Beobachtung am Grab. »Alle haben gehört, warum es ohne Unterbrechung mit Roberts Sendung weitergehen wird, und viele der Kollegen werden es brav schreiben und den untadeligen Ruf des Robert Adelhofer weiter zementieren«, erläuterte Katharina entnervt. »Und ich muss mir die Sendung natürlich reinziehen.«

Während Birgit weiter den Schweinsbraten in sich hineinschaufelte, berichtete Katharina ihr von dem Gespräch mit Adelhofer und seiner Reaktion auf die vermeintlichen Fotos aus den Bergen.

Birgit wischte sich den Mund ab und schlug mit der Hand auf den Tisch. »Das ist doch ein Beweis, dass er lügt.«

»Das glaube ich auch, aber so richtig gut erkennt man ihn auf den Fotos nicht.« Ein breites Grinsen ging über Birgits Gesicht. »Er ist es, Wahrscheinlichkeit 98,6 Prozent.«

Katharina und Oliver starrten Birgit verwundert an.

»Tja, ihr Lieben, ihr habt es schließlich nicht mit einer Dilettantin zu tun. Ich habe mir eine Gesichtserkennungssoftware besorgt, die nicht mal die Polizei nutzt, und die hat dieses Ergebnis ausgespuckt. Beautiful Robert war definitiv noch mindestens einmal in den Bergen.«

Bester Laune bestellte sich die Archivarin einen Apfelstrudel, hob ihr Glas und sagte: »Prost, lasst uns Wochenende machen.«

SAMSTAGABEND, MÜNCHEN HAIDHAUSEN

Oliver Arends saß in Katharinas Küche und rieb sich die Schläfen. Es war kurz nach 10 Uhr, Svenja befand sich nach einem flirtreichen Tag am Chiemsee im Bett, Birgit, Katharina und Oliver saßen vor der zweiten Flasche Rotwein.

Aufs Abendessen hatten sie nach dem übermäßigen Bratenkonsum zu Mittag verzichtet.

»Wie macht sich eigentlich ein Aneurysma bemerkbar?«, fragte Oliver recht unvermittelt nach seiner sachlichen Zusammenfassung des aktuellen Recherchestandes im Fall Adelhofer.

Katharina stöhnte leise auf. Birgit, die Olivers hypochondrische Seite nicht gut kannte, fing sofort an, medizinisches Wissen auszupacken: »Na ja, das kann unterschiedlich sein. Viele merken nichts, manchen wird schwindlig, andere haben Kopfschmerzen.«

»Kopfschmerzen«, stieß Oliver erschreckt hervor. »Ich habe ständig Kopfschmerzen. Im Moment klopft es an den Schläfen.«

Er sah Katharinas entnervtes Gesicht und schob nach: »Sind sicher nur Verspannungen, der Physiotherapeut langt meist zu fest zu, danach ist mir oft schwindlig. Wo waren wir? Katharina, du glaubst, dass an dem Adelhofer und seiner Geschichte irgendwas faul ist. Warum? Weil ihm nicht gefallen hat, dass Leute über ihn erzählen, sie hätten ihn in den Bergen gesehen. Hm, bisschen dünn, finde ich.«

Katharina staunte, dass Oliver von selbst das Thema wechselte, ließ sich aber nur zu gerne darauf ein. »Na ja, fassen wir zusammen: Er behauptet in seiner ersten Sendung, er sei nie mehr in den Bergen gewesen. Sieht danach aus, dass das nicht stimmt. Könnte also sein, dass das Trauma des Bergwinters nicht so groß ist. Und ansonsten sagt mein Bauchgefühl mir, dass irgendwas nicht stimmt. Du hast recht, seine Reaktion auf die Bergfotos reicht nicht, aber ich bin erst am Anfang. Lass mich nur mal recherchieren, also Birgit und mich«, sagte sie und streckte ihrer Freundin den erhobenen Daumen entgegen.

EINIGE STUNDEN VORHER, BREITBRUNN AM CHIEMSEE

Achim Wedel wurde langsam unruhig. Okay, Robert hatte heute seinen Bruder beerdigt. Es gab lustigere Termine. Aber eigentlich konnte er froh sein, dass er Lukas loshatte. Er war in den letzten Jahren nur noch ein Klotz am Bein gewesen. Neidisch, ständig besoffen, pleite. Keine gute PR für beautiful Robert.

Jetzt lag Lukas unter der Erde. Eigentlich besser fürs Business.

Robert schien das anders zu sehen. Er saß wie erstarrt neben ihm, seitdem sie vom Adelhofer-Hof weggefahren waren. Hatte sich auf den Beifahrersitz gesetzt. Und sprach kein Wort. Seit einer halben Stunde.

Dabei mussten sie dringend die Sendung planen. Wedel beschloss zu handeln:

»Robert, ist irgendwas?« Wedel nahm eine Hand vom Lenkrad und klopfte unbeholfen auf Roberts Oberschenkel.

Robert fuhr auf, als würde ihm gerade erst klar, dass jemand neben ihm saß. Er schaute Achim mit starrem Blick an und sagte: »Mein Bruder ist heute beerdigt worden, schon vergessen?«

»Nein, nein, Robert, klar, tut mir leid. Ich dachte nur ...«

»Du dachtest nur, das wäre mir egal. Nein, du dachtest, das wäre mir sogar recht. Endlich ist der Lukas weg. Gell, Achim? Bloß so einfach ist das nicht, verstehst du? Nein, das verstehst du natürlich nicht. Familie ist dir ja fremd. Gibt's nicht bei Herrn Wedel. Sondern nur Geld und Macht und Macht und Geld, ich weiß. Aber ich habe eine Familie. Verstehst du? Eine Mutter, die fast stirbt vor Kummer über den Tod ihres Sohnes, und einen Vater, der die Welt nicht mehr versteht.« Jetzt brüllte Robert. »Und du fragst mich, ob irgendetwas ist? Du Vollidiot!«

Achim Wedel hätte gute Lust gehabt zurückzubrüllen. Wahrscheinlich war es mit der Tussi von »Fakten« nicht gut gelaufen. Deshalb machte er hier einen auf betroffen.

Ausrasten würde Achim erst, wenn Robert die Sendung platzen ließe. Sie musste stattfinden. Traumquoten waren garantiert. Und ein deutlich höheres Honorar für alle auch.

»Tut mir leid, Robert. Ich bin ein Gefühlstrampel. Ich war nur den ganzen Nachmittag in Kontakt mit der Redaktion wegen der Sendung und es gäbe einiges zu besprechen.« Dramatische Kunstpause. »Aber ich bin der Letzte, der dich zu der Sendung zwingt. Wenn es dir nicht gut geht, fällt ›Krise‹ mit Robert Adelhofer nächste Woche eben aus. Das wird jeder verstehen. Norma kann dich bestimmt vertreten.«

Jetzt würde sich rausstellen, wie sehr Robert litt. Wenn er freiwillig zuließ, dass Norma Andall ihm den Sendeplatz abnahm – und sei es nur für einen Abend –, müsste man ernsthaft anfangen, sich Sorgen zu machen.

Dass Norma seine Urlaubsvertretung war, hatte Robert am Anfang akzeptiert. Sie machte ihre Sache allerdings so gut, dass der Programmchef bereits geäußert hatte, es seien zwei Moderatoren für »Krise« denkbar. Das passte Robert gar nicht.

Seine Urlaube in diesem Jahr hatten deshalb maximal sechs Tage gedauert, jede Sendung hatte er moderiert.

Wedel trat zufrieden aufs Gaspedal, schaltete im Radio auf Bayern zwei und sagte entschuldigend zu Robert:

»Sorry, dass ich die ganze Zeit das Popgedudel laufen hatte. Danach ist dir wahrscheinlich nicht.«

Robert fuhr sich durch die Haare, holte fahrig sein iPhone aus der Hosentasche. Als er die eingegangenen Nachrichten gecheckt hatte, fragte er: »Silke Heinrich kommt also nicht?«

Wedel musste sich ein Grinsen verkneifen. Er starrte – ganz der konzentrierte Autofahrer – auf die Fahrbahn und gab in bedauerndem Tonfall zurück: »Nein, sie haben wirklich alles versucht. Aber die Frau schirmt sich komplett ab. Ihre Eltern kriegt man nicht, Heinrichs Eltern auch nicht. Die Freunde blocken, ihr jetziger Mann sowieso. Keine Chance. Verstehe ich zwar nicht, ist inzwischen eine Weile her und sie könnte gut Geld verdienen mit einem Auftritt bei uns, aber wer nicht will, der hat schon.« Er schaute vorsichtig zu Adelhofer rüber, um zu checken, ob er zu weit gegangen war. Robert saß neben ihm, als hätte er überhaupt nicht zugehört.

»Wir haben also die Frau, deren Baby im Krankenhaus durch die infizierte Spritze gestorben ist, den alten Mann, dessen Frau sich neben ihm im Bett mit Schlaftabletten umgebracht hat, und den Siebzehnjährigen, dessen Freundin vergewaltigt und umgebracht wurde an dem Abend, als er keine Lust hatte, sie nach Hause zu bringen. Sonst noch jemand?«

»Nein, Robert, das sind bisher alle, die wir kriegen konnten. Ich weiß, es ist ein Gast zu wenig ...«

»Und mein Vater.«

»Bitte?«

»Mein Vater kommt. Ich habe ihn vorhin gefragt. Er hat zugesagt.«

Jetzt nichts Unüberlegtes sagen. Robert durfte nicht merken, dass Achim Wedel am liebsten laut »Juhu« gebrüllt hätte.

»Willst du ihm das wirklich zumuten, Robert?«

»Er schafft das. Und er will das. Ich habe ihn nicht gedrängt. Er hat es angeboten.«

»Gut.«

Klappe halten, nicht gleich weiter planen. Sonst würde er vielleicht wieder durchdrehen. Wedel kannte seinen Robert.

»Du, Robert, super, wir haben alle Gäste, lass uns für heute Schluss machen. Was meinst du? Ich fahr dich heim, du ruhst dich aus und morgen um zehn bestell ich die ganze Truppe in die Redaktion?«

»Gute Idee, Achim.«

Adelhofer stellte den Autositz in Schlafposition und schloss die Augen. Die Unruhe über die Andeutungen der Langenfels ließ ihn nicht los.

SAMSTAGABEND, MÜNCHEN BOGENHAUSEN

Die widerspenstige Welle fiel über das rechte Auge. Das durfte sie nicht. Alles musste akkurat sein auf ihrem Kopf. Aber wofür gab es Haarspray. Sie hielt die Locke in der richtigen Position und sprühte. Na bitte. Zufrieden lächelte sie ihr Spiegelbild an und verließ das Badezimmer.

Entspannt konnte sie die nächsten Schritte planen. In ihrer neuen Designerküche machte sie sich einen doppelten Espresso. Nach dem konnte sie besser denken, in ihrem Lieblingssessel vor dem Panoramafenster. Achter Stock Bogenhausen mit einem fantastischen Blick über München – genau, wie sie es sich gewünscht hatte. Und die Wohnung kostete sie letztlich keinen Cent, überlegte sie und war sehr zufrieden mit sich.

So sollte das auch bleiben. Wie es künftig geregelt werden würde, wusste sie noch nicht. Aber dass es geregelt werden musste, und zwar von ihm, daran bestand kein Zweifel. Er wollte sie nicht, das war hart gewesen, aber sie konnte ja ansonsten jeden haben. Zahlen würde er trotzdem, da kannte sie kein Pardon. Er wusste, was passieren würde, wenn er sich nicht an die Vereinbarung hielt. »Ein Leben lang«, hatte sie gefordert und er hatte es damals wohl oder übel zugesagt. Zusagen müssen, sie hatte ihm keine andere Chance gelassen. Darin war sie einfach gut.

Mal sehen, wie er sich das künftig vorstellte, überlegte sie und lehnte sich entspannt zurück.

MONTAGVORMITTAG, REDAKTION »FAKTEN«, MÜNCHEN

»Und, war's a scheene Leich?«

Katharina kannte diese Frage seit ihrer Kindheit. Trotzdem überkam sie ein leichtes Schaudern, wenn im Zusammenhang mit einer würdigen Beerdigung in Bayern von einer »scheenen Leich« gesprochen wurde.

Bei Kriminalhauptkommissarin Nina Obermann meinte Katharina immerhin, etwas Ironie herauszuhören.

Sie hatte gleich beim Aufwachen am Montag beschlossen, die Polizistin noch mal anzurufen.

Zuerst waren Svenja und sie pünktlich aufgestanden, hatten gemütlich zusammen gefrühstückt und Svenja hatte ihr zum Abschied einen Kuss gegeben mit den Worten: »Das war ein tolles Wochenende, Mama.« Nur beim Gedanken daran wurde Katharina warm ums Herz. Ihrer Tochter hatte das Wochenende gefallen, obwohl sie am Samstag hatte arbeiten müssen. Ihre Kleine war nicht beleidigt, sondern hatte den halben Samstag mit Oliver genossen. Und der Sonntag war auch nach ihrem Geschmack gewesen. Sie hatten nur herumgelümmelt – in Katharinas Bett, auf dem Sofa, auf dem Balkon und wieder auf dem Sofa. Kulinarisch war es ein »Bestell-Sonntag« gewesen. Mittags indisch, abends italienisch. Auch das hatte Svenja geliebt.

»Frau Langenfels, sind Sie noch dran?«

»Äh, ja, also nein, eine schöne Beerdigung war es eigentlich nicht, eine würdevolle auch nicht. Dafür war zu viel

Botox und Getue im Spiel. Dass Sie nicht gekommen sind, bedeutet, Ihre Ermittlungen sind abgeschlossen?«

»Sieht danach aus. Ich kann Ihnen gern noch mehr berichten. Wie wäre ein gemeinsames Mittagessen? Ich muss sowieso nach München, kurz zum Adelhofer. Vorher vielleicht? 12 Uhr im ›Brauhaus‹? Die haben super Schweinsbraten.«

»Oh, den hatte ich am Chiemsee reichlich. Aber ›Brauhaus‹ ist bestens. Bis später.«

Katharina legte auf und begann, den zweiten Artikel der Adelhofer-Reihe vorzubereiten. Die Beerdigung, ihr exklusives Treffen mit Adelhofer und am Mittwoch würde sie noch die Sendung mit unterbringen.

Anschließend berichtete sie ihrem Chef vom Trip nach Breitbrunn, vom Gespräch mit Adelhofer und dem engen Kontakt mit Nina Obermann. RG zog beeindruckt die Augenbrauen hoch, mehr Zustimmung war von ihm nicht zu erwarten.

Von ihrem Verdacht gegenüber Adelhofer hatte sie nichts erzählt. Das war noch viel zu dünn.

Zwei Stunden später traf sie im »Brauhaus« ein und brauchte nicht lang zu suchen. Eine kräftige Frau Mitte 40 mit roten Haaren und flottem Kurzhaarschnitt trat auf sie zu und drückte fest ihre Hand: »Hallo, Frau Langenfels. Ich bin Nina Obermann. Ich hab da drüben den Tisch freigehalten.«

Es war nach wie vor ungewohnt für Katharina, dass Menschen, die sie noch nie gesehen hatte, sie sofort erkannten. Eigentlich war das der Vorteil einer schreibenden Journalistin, dass man nicht wusste, wie sie aussah. Seit der Medell-Sache hatte sich das bei ihr grundlegend geändert. Sie war selbst fast genauso ins Zentrum des Interesses gerückt wie ihre Story. Ihr Foto tauchte in allen Zeitungen auf, sie hatte diversen Radio- und Fernsehsendern Interviews gegeben. Höhepunkt: ihr Auftritt bei Anne Will. Nette Frau, gute Journalistin, die im Gegensatz zu vielen ihrer Kolleginnen und Kollegen sinnvolle Fragen gestellt und ihre Privatsphäre respektiert hatte. Die »Alleinerziehende Mutter deckt Mega-Skandal auf«-Nummer war ihr erspart geblieben.

Katharina folgte Nina Obermann zu dem Tisch in der Ecke, wo sie ungestört sprechen konnten.

Tatsächlich bestellte die Kommissarin sich einen Schweinsbraten, Katharina beließ es bei einem Salat mit Putenstreifen. Dazu orderten beide große Johannisbeer-Schorlen – »zwoa große Johann für die Damen«, wiederholte die für Münchner Verhältnisse ungewohnt freundliche Kellnerin. »Wenn Ihnen des mit dem Salat zu grün wird, lasst sie Ihre Freundin bestimmt vom Krusterl probirn, ge«, fügte sie noch hinzu, als wollte sie ihre gute Laune und Kunden-Zugewandtheit definitiv unter Beweis stellen.

Nina Obermann und Katharina grinsten sich an, die Bedienung verschwand zufrieden.

»Frau Obermann, nachdem wir fast Freundinnen sind: Können Sie mir noch mehr über den Zustand von Lukas' Zimmer sagen?«

»Sie verlieren keine Zeit, ich merk' schon. Kein unnötiger Small Talk, gleich zum Punkt. Ehrlich gesagt, ich bin genauso, passt.«

Die »zwoa großen Johann« kamen, Frau Obermann hob das Glas und deutete ein Anstoßen an. »Auf die neue Freundschaft.«

»Dem Lukas sein Zimmer – grauslig eben, das hatte ich Ihnen ja gesagt. Essensreste überall, das Bett nicht gemacht, die Bettwäsche wahrscheinlich wochenlang nicht gewechselt, wenn man von dem – vorsichtig ausgedrückt – unangenehmen Geruch in dem Zimmer ausgeht. Überall lag dreckige Wäsche rum, alte Zeitungen ... Langer Rede kurzer Sinn: das Zimmer eines Messies. Es gab einen kleinen Pfad von der Zimmertür zum Schreibtisch und zum Bett, ansonsten alles voll mit Müll. Und eben das besagte Heftchen mit den verschiedenen Selbsttötungsmethoden, furchtbar, übrigens handschriftlich. Lukas Adelhofer muss eine Weile dran gesessen haben. Wahrscheinlich aus dem Internet zusammengetragen.«

»Noch eine Frage zu den Zeitungen: Waren es Ausschnitte, die herumlagen, oder einfach irgendwelche alten Zeitungen?«

Frau Obermann schaute Katharina interessiert an.

»Ein Braterl mit Krüsterl und Knödl und einmal Grün mit Putenstreifen.« Das gastronomische Gute-Laune-Wunder stellte zwei nicht gerade kleine Teller vor den Frauen ab. »Lassens sich guad schmecka und ...«, sie deutete auf die Schweinebratenkruste, »Krüsterl probiern lassn.«

Einen Moment lang blieb es still am Tisch, bis beide den ersten Happen gegessen hatten. Nina Obermann tunkte das nächste Stück Knödel in die Sauce, während sie weiter berichtete. »Es waren tatsächlich Zeitungsausschnitte, und zwar ging es nur um Robert Adelhofers Bergwinter, sein Wiederauftauchen, seine beginnende Karriere und so weiter. Völlig unsortiert übrigens, nichts angestrichen, keine Ordner irgendwo zu dem Thema – sah aus, als hätte der Lukas alles aufgesaugt, was über seinen Bruder geschrieben wurde, und es – im wahrsten Sinne des Wortes – einfach fallen lassen.«

»Eine perfekte Methode, depressiv zu werden – sich an der Karriere des Bruders weiden, der einen umgekehrt links liegen lässt«, überlegte Katharina laut.

»Krüsterl probiern?« Frau Obermann deutete grinsend auf die Schweinsbratenkruste. Katharina lehnte dankend ab und widmete sich weiter ihrem Salat.

»Und das Büchlein, das Sie gefunden haben, was hat es damit auf sich?«

Nina Obermann zog eine graublaue abgegriffene Kladde aus ihrer Handtasche und schob sie über den Tisch: »Schaun Sie sich's an.«

Katharina blickte überrascht auf das Buch und dann auf die Kommissarin. Die beantwortete die unausgesprochene Frage direkt: »Ja, Sie dürfen reinschauen, ich habe die alten Adelhofers gefragt. Sie wollen nur nicht, dass es der Robert bekommt. Als ich gesagt habe, dass ich eine hervorragende Journalistin kenne, die mit dem Buch verantwortungsvoll umgehen wird und nichts veröffentlicht, ohne nachzufragen, waren sie einverstanden. Nichts veröffentlichen, ohne nachzufragen, Frau Langenfels, in Ordnung? Ich habe mich für Sie verbürgt!«

»Selbstverständlich geht das in Ordnung, vielen Dank! Dass Robert Adelhofer das Buch nicht bekommen soll, das haben sie so gesagt?«

»Die Rosa Adelhofer hat sowieso die ganze Zeit geweint, und als ich von dem Buch erzählt habe, wollten sie es beide nicht sehen. Der Max Adelhofer hat nur gesagt, dass Robert das nicht in die Finger kriegen darf, damit er es nicht in seiner Sendung verwendet. Das spricht Bände.«

»Gut, ich nehme es mit und schaue es mir gründlich an.« Katharina steckte die Kladde ein. »Das heißt, für Sie ist der Fall Adelhofer Geschichte?«

Nina Obermann wischte mit dem letzten Stück Kartoffelknödel über den Teller und steckte es sich in den Mund.

»Na ja, die Obduktion hat genau die Verletzungen bestätigt, die bei einem Sprung entstanden sein müssen. Keine Spuren von Fremdeinwirkung. Reichlich Alkohol im Blut, der zu den leeren Flaschen in seinem Zimmer passt. In der Scheune haben wir eine umfassende Beweisaufnahme und Spurensicherung gemacht, haben Fingerabdrücke von Robert und den Adelhofer-Eltern genommen, und: nichts, absolut nichts. Die einzigen Spuren, die wir gefunden haben, sind von Lukas. Überall seine Fingerabdrücke. Auf den Glasscherben, auf dem NATO-Draht, Fußabdrücke von ihm auf dem Boden der Scheune, Faserspuren im Stroh, aus dem er runtergestürzt ist. Keine anderen Spuren oder unbekannte Fingerabdrücke, nichts.«

»Sie haben Fingerabdrücke von den Eltern genommen? Wie haben die reagiert?«

Nina Obermanns Miene wurde ernst: »Es war schrecklich, dass wir der alten Frau Adelhofer das antun mussten, dafür hasse ich meinen Beruf. Sie war wie erstarrt. Und die ganze Zeit hat sie gemurmelt: ›Wir ham doch unsern Buben ned umbracht, wir ham doch unsern Buben ned umbracht.‹ Der alte Bauer hat ihr die Wange gestreichelt und nichts gesagt. Und wie nicht anders zu erwarten, haben wir keinerlei Fingerabdrücke von den beiden in der Scheune gefunden.«

Katharina überlegte: »Ist das nicht seltsam, dass vom alten Adelhofer keine Fingerabdrücke in der Scheune zu finden sind? War er nicht öfter dort? Könnte es sein, dass jemand gründlich Fingerabdrücke beseitigt hat?«

Nina Obermann grinste: »Bei Ihnen muss man gescheit achtgeben, dass Sie einem nicht den Job streitig machen. Wenn's Ihnen bei ›Fakten‹ zu blöd wird, die Polizei kann schlaue Frauen brauchen. Jetzt im Ernst: Das habe ich mich natürlich auch gefragt. Der alte Adelhofer sagt, dass er seit Jahren nicht in der Scheune war. Die Adelhofers haben keine Landwirtschaft mehr, leben von der Rente und der Vermarktung des Sohnemanns. Der Einzige, der oft in der Scheune war, war der Lukas. Das bestätigen unabhängig voneinander seine Mutter, sein Vater und sein Kumpel Alfred Birnhuber.«

Katharina horchte auf: »Alfred Birnhuber ist ...«

»Der, der uns angerufen hat, als er mitgekriegt hat, dass der Lukas nicht bei der Pressekonferenz war.« Nina Obermann grinste Katharina an. »Übrigens würde er gern mit Ihnen sprechen, soll ich Ihnen ausrichten. Er hat uns jedenfalls zur Scheune geschickt, weil er einen Verdacht hatte. ›Robertfreier Raum‹ hat der Lukas die Scheune genannt, sagt der Birnhuber.«

»Robertfreier Raum?« Katharina zog fragend die Augenbrauen hoch.

»Ja, ein Herz und eine Seele waren sie wohl schon lange nicht mehr, die beiden Adelhofer-Brüder. Die Vermarktung auf dem Hof hat dem Lukas wohl noch den Rest gegeben, sagt zumindest der Alfred. Er hätte sich oft bei ihm ausgeweint darüber, dass niemand sieht, dass Robert ohne ihn, den Bruder, niemals diese Karriere gemacht hätte. Und dass man sich für ihn mindestens genauso interessieren müsste wie für Robert. Aber er war halt kein Menschenfänger wie der Robert. Das hat sich Alfred wohl in den letzten Jahren ständig angehört.«

Nina Obermann schaute auf die Uhr: »Ich würde gern noch weiter mit Ihnen plaudern, aber beautiful Robert darf man nicht warten lassen.« Sie rollte die Augen.

»Bevor Sie fragen: Ja, ich werde Ihnen von dem Treffen mit Adelhofer berichten.«

»Warum fahren Sie überhaupt zu ihm, wenn der Fall abgeschlossen ist?«

»Ich will ihm unsere Ermittlungsergebnisse mitteilen, das gehört sich so zum Abschluss. Und nachdem ich sowieso in München zu tun hab, habe ich ihm die Fahrt nach Rosenheim erspart.« Nina Obermann winkte die Kellnerin heran, die mit Unverständnis reagierte, als Katharina auf ihre Nachfrage verneinte, das »Krusterl« probiert zu haben. Kopfschüttelnd steckte sie ihr Trinkgeld ein, während Katharina der Kommissarin zur Tür folgte.

»Nett war's mit Ihnen, Frau Langenfels, und denkens an unsere Vereinbarung, was Lukas' Buch betrifft, bitte. Normalerweise bin ich nicht so freundlich zu Journalisten.«

»Versprochen, Frau Obermann, Sie können sich hundertprozentig auf mich verlassen. Eine Frage noch: Wo finde ich diesen Alfred Birnhuber?«

»Anscheinend jeden Tag ab 17 Uhr beim Seewirt in Gstadt, freitags ab 12. Servus Frau Langenfels.«

Katharina beschloss, zu Fuß in die Redaktion zurückzugehen. Zum einen, um ihre Gedanken zu sortieren, und zum anderen bewegte sie sich sowieso viel zu wenig. Mit Alfred Birnhuber müsste sie in den nächsten Tagen reden. Gstadt am Chiemsee war zwar nicht gerade der perfekte Rechercheort für eine alleinerziehende Mutter aus München, aber in diesem Fall hatte sie Glück: Freitag war Oma-Tag. Svenja freute sich seit Wochen darauf, nach der Schule zur Oma zu dürfen. Katharinas Mutter war – manchmal leider, meistens Gott sei Dank – keine von den Omas, die zu Hause saßen und darauf warteten, dass ihre Enkel zu Besuch kamen. Stattdessen musste Katharina mit ihrer Mutter Susanne Wochen im Voraus einen Termin vereinbaren.

Vor zehn Jahren hatte Susanne ihrer Tochter mitgeteilt, dass sie sich von ihrem Vater scheiden lassen würde. Nachdem Katharina auf eigenen Füßen stand, hatte ihre Mutter genug gehabt vom Leben an der Seite eines eher wortkargen Polizisten. Katharina wunderte das nicht, sie selbst hatte auch nie richtig Zugang zu ihrem Vater gefunden. Seitdem er im Ruhestand war und die meiste Zeit auf Mallorca lebte, bestand ihr Kontakt aus zwei bis drei Telefonaten im Jahr und Geburtstagspostkarten.

Ihre Mutter hatte kurz nach der Trennung verkündet, dass sie nun eine Heilpraktikerinnen-Ausbildung mache und wieder Hartschmidt heiße, ihr Mädchenname.

Heute hatte Susanne Hartschmidt eine florierende eigene Praxis – und wenig Zeit.

Aber diesen Freitag würde Svenja bei ihr sein und Katharina konnte in aller Ruhe an den Chiemsee fahren.

Für heute stand erst etwas anderes an: Fotodateien durchsuchen mit Birgit.

Als Katharina in Birgit Wachtelmaiers Büro eintraf, stand die Archivarin von »Fakten« an einem kleinen Beistelltisch neben ihrem Schreibtisch und rührte lustlos in einem Messbecher. Vermutlich ein Schlankheitsdrink, Eier-Diät ade, mutmaßte Katharina. Birgit trug auch heute schwindelerregend hohe Pumps – diesmal aus schwarzem Samt –, dazu eine schwarze Marlene-Dietrich-Hose, für ihre Verhältnisse ungewohnt einfarbig. Dies änderte sich allerdings oberhalb der Gürtellinie. Sie hatte eine giftgrüne, transparente Chiffon-Bluse an, darunter ein orangefarbenes Top. Die hellblauen Spitzenträger des BHs konnte man erahnen. Birgit lächelte ihre Freundin erfreut an: »Du kommst genau rechtzeitig zum Mittagessen! Auch einen Sojadrink? Total gesund, aus dem Reformhaus. Meiner ist Vanille, ich kann dir ansonsten eine herzhafte Geschmacksrichtung anbieten, Salami, Schinken, Chili …«

»Nein, danke, Birgit, ich habe keinen Hunger. Hast du im Netz noch irgendetwas Interessantes gefunden in Sachen Adelhofer?«

Birgit setzte sich an den Computer, nahm einen Schluck von ihrem Drink, verzog das Gesicht und legte los: »Eine normale Recherche habe ich ja schon gemacht, da kamen die besagten Facebook- und Instagram-Bilder raus, ohne Ende Artikel und Blogs, die sich mit Adelhofer beschäftigen, Homestorys vom Hof am Chiemsee, übrigens aus den letzten Jahren so gut wie keine Fotos mehr mit den beiden Brüdern allein. Höchstens auf irgendwelchen Events, ich suche die interessantesten raus und schicke sie dir. Ich glaube, dass Robert und Lukas keinen Draht mehr zueinander hatten, ehrlich gesagt.«

Katharina nickte. »Das meint die Obermann von der Kripo auch.«

Birgit klopfte sich grinsend auf die Schulter und fuhr fort: »Viel spannender als diese normale Netzrecherche wären Infos, die Menschen verschlüsselt auf ihren Seiten haben, das, was man eben genau nicht der Öffentlichkeit zeigen will oder darf. Richtig?« Erwartungsvoll schaute Birgit Katharina an.

Die räusperte sich und antwortete diplomatisch: »Klar, aber an die kommt man legal nicht ran.«

»Ach, Katharina, das Internet ist ein offenes Buch. Wenn man sich ein bisschen auskennt, ist alles zugänglich. Ich werde weitersuchen, verlass dich drauf.«

Katharina wusste, dass Einspruch zwecklos war, und wechselte deshalb das Thema. »Vielleicht bringt uns Alfred Birnhuber noch auf eine neue Spur. Der scheint einige Geheimnisse zu kennen, und zwar über Lukas Adelhofer.«

Birgits Kopf flog herum, die rosa Plastikherzen, die die Archivarin heute als Ohrringe trug, vibrierten heftig.

So sollte man mit Herzen nie umgehen, philosophierte Katharina im Stillen.

»Gut, stelle ich meine Recherchen eben ein. Madame Redakteurin ist offenbar lieber allein unterwegs«, giftete Birgit los. »Danke, dass du mich an deinen Infos genauso teilhaben lässt wie ich dich an meinen. Darf man erfahren, wer Alfred Birnhuber ist?«

Katharina fragte sich, ob sie den Schlankheitsdrinks die Schuld an Birgits plötzlichem Wutausbruch geben sollte, schwieg aber. Stattdessen stand sie auf, trat hinter ihre Freundin und begann, ihr die vom vielen Internetsurfen verspannten Nackenmuskeln zu massieren.

»Birgit, dass es einen Alfred Birnhuber gibt, weiß ich erst seit einer halben Stunde. Nina Obermann hat mir von ihm erzählt, er ist ein Freund von Lukas Adelhofer. Der scheint mehr darüber zu wissen, warum es Lukas so schlecht ging. Es kommt noch ein Haufen Arbeit auf mich zu und ich bitte dich inständig, mir dabei zu helfen. Ohne dich schaffe ich das niemals. Ohne dich hätte ich keine meiner Geschichten jemals zu Ende recherchieren können.«

Katharina merkte, wie sich Birgit unter ihren Händen entspannte.

»Okay, danke, lieb, dass du das sagst. Ich weiß es eigentlich auch. Ich glaube, ich sollte mit diesen Scheißschlankheitsdrinks aufhören, die machen mich fertig. Gut, du triffst dich mit diesem Alfred Hirnhuber, Dirnbuber, Birnhuber und dann schauen wir weiter.«

Katharina seufzte erleichtert.

»So machen wir es, Birgit. Bist ein Schatz!«

Katharina verließ das Archiv und beschloss, durch Birgits Worte ermuntert, heute bald Schluss zu machen, einzukaufen, Svenja früh aus dem Hort abzuholen und abends lecker zu kochen. Vielleicht hatte Oliver Lust dazuzukommen.

Als sie gerade zum Hörer greifen wollte, um ihn anzurufen, klingelte das Telefon.

»Obermann hier, melde mich zum Adelhofer-Rapport.«

»Hallo, Frau Obermann, das ging aber schnell. Hatte Herr Adelhofer nicht viel Zeit für Sie?«

Das donnernde Lachen, das aus dem Hörer kam, war so laut, dass Katharina den Arm ausstreckte, um die Lautstärke ertragen zu können. »Umgekehrt. Wissens, Nina Obermann von der Kripo Rosenheim entscheidet selbst, wie viel Zeit sie für ein Gespräch erübrigen kann. In diesem Fall gab es kaum noch etwas zu besprechen. Ich habe ihm gesagt, was wir herausgefunden haben. Er hat zugehört, wirkte nicht weiter überrascht und das war's. Dass es eine grauslige Bruderbeziehung war, wissen wir beide und das weiß vielleicht auch der Robert Adelhofer, aber das ist nicht kriminell. Wenn jeder Narzisst auf dieser Welt in den Knast käme, würden mir einige einfallen, zum Beispiel Donald Trump.«

Katharina schmunzelte. »Danke für die Infos, Frau Obermann. Bleibt die Frage, wem Sie zu viel Bedeutung mit diesem Vergleich beimessen – Donald Trump oder Robert Adelhofer.«

Dröhnendes Gelächter am anderen Ende. »Wahrscheinlich beiden, Frau Langenfels, wahrscheinlich beiden.«

MONTAGABEND, MÜNCHEN HAIDHAUSEN

Mit rot verweinten Augen stand Oliver in Katharinas Küche. Neben ihm saß Svenja auf der Arbeitsplatte, am Herd drückte Katharina den Spätzleteig durch die Presse ins kochende Wasser.

»Mensch, Oliver, nicht heulen, Zwiebeln fertig schneiden, Käsespätzle ohne Zwiebeln geht nicht«, drängelte Svenja.

Schniefend wandte sich Oliver von dem Brett ab, auf dem eine Zwiebel zur Hälfte geschnitten war. Drei weitere warteten noch auf ihre Zerkleinerung.

»Das geht nicht, Katharina. Meine Augen brennen wie Feuer. Von mir aus reibe ich den Käse, um die Zwiebeln müsst ihr euch selbst kümmern. Ich esse sie sowieso nur euch zuliebe. Von wegen geht nicht ohne Zwiebeln«, schimpfte er in Svenjas Richtung. »Ich esse Käsespätzle nur ohne Zwiebeln und deine Mutter weiß, warum.«

Bedeutsam blickte er in Katharinas Richtung. Als ihm klar wurde, dass sie gerade kein Ohr für seine Zwiebel-Unverträglichkeit und die daraus resultierenden Folgen hatte, holte er den Schweizer Bergkäse aus dem Kühlschrank und begann ihn zu reiben.

»Okay, ich schneide die Zwiebeln. Immer muss man alles selber machen.« Mit diesen altklugen Worten rutschte Svenja von der Theke und verschwand in ihrem Zimmer. Kurz darauf kam sie mit einer Skibrille über den Augen zurück und begann ruhig und routiniert, eine Zwiebel nach der anderen zu bearbeiten. Wie man mit den Fingern eine Kralle machte, um sich nicht zu schneiden, hatte ihre Mutter ihr ausführlich erklärt.

»Siehste, so macht man das.« Triumphierend hielt Svenja Oliver das Ergebnis unter die Nase.

»Toll, Svenja, ganz toll, und jetzt stell sie bitte möglichst weit weg von mir.«

Nachdem Oliver – nicht ohne gründlich das Risiko einer Schnittverletzung zu erläutern – den Käse gerieben hatte, schichtete Katharina Spätzle, Zwiebeln und Käse in eine Auflaufform mit »oben viel Käse«, wie ihre Tochter angeordnet hatte.

Als die Spätzle im Ofen waren, begannen die drei mit der Vorspeise: Katharina hatte ihnen echten Büffel-Mozzarella gegönnt und den zusammen mit nach Urlaub duftenden Tomaten, Olivenöl und viel Basilikum angerichtet – ein Gericht, das auch Svenja glücklicherweise schätzte. Unter anderem, weil sie Kühe liebte und der Mozzarella »lecker nach Kuh schmeckt«.

»Wo ist eigentlich deine Elyas-M'Barek-Kappe?«

»Die habe ich einem Kontaktmann geliehen.« Gelassen aß Svenja weiter.

Katharina und Oliver schauten sich kurz an und schnell wieder weg, um sich das Lachen verbeißen zu können.

»Was für ein Kontaktmann, Svenja? Und woher weißt du überhaupt, was das ist?«

Svenja rollte die Augen: »Mensch, Mama, ich bin kein Baby mehr, du redest doch dauernd von deinen Kontaktmännern und dass die dir geheime Sachen erzählen. Und ich hab halt auch welche.«

»Aha. Was hat der dir im Tausch für die Kappe erzählt?«

»Dass der Niko in die Eileen verliebt ist, der blöde Arsch.«

»Für die Information hast du deine Lieblingskappe verliehen?«

Svenja wurde feuerrot und nickte.

»Und wann gibt dir der Kontaktmann das Teil zurück?«

»Wenn ich ihm sagen kann, ob die Luisa noch Single ist.«

»Ah, klar, na, das dürfte für dich kein Problem sein, das rauszufinden.«

»Nee, ich weiß es schon. Luisa ist kein Single, sie ist mit Fritz zusammen. Die Kappe muss mir der Jan trotzdem zurückgeben.«

Dass Svenja eben ihren Kontaktmann geoutet hatte, übergingen Katharina und Oliver diskret.

»Und wie sieht's mit deinen Kontaktmännern aus, Mama?«

Svenja wollte offensichtlich das Thema wechseln.

»Ich habe im Moment nur einen, den ich noch gar nicht kenne. Mit dem treffe ich mich am Freitag, wenn du bei der Oma bist.«

»Musst du dem auch irgendwas geben, damit er dir was erzählt?«

»Gute Frage, Svenjalein, das weiß ich erst am Freitag.«

Zwei Stunden später, nachdem eine Riesenschüssel Käsespätzle und der Lieblingsnachtisch von allen dreien, türkischer Schokoladenpudding »Supangle«, vertilgt und Svenja im Bett war, konnte Katharina Oliver auf den aktuellen Stand ihrer Recherchen bringen. Sie beendete ihren Bericht mit der Aufzeichnung von »Krise«, die sie am nächsten Tag besuchen würde. Achim Wedel hatte ihr heute die Gästeliste gemailt. Erneut hatte Katharina festgestellt, dass beautiful Robert vor nichts zurückschreckte. Seinen Vater in die Sendung zu schleppen eine Woche nach dem Selbstmord seines Sohnes, das toppte ziemlich alle Geschmacklosigkeiten, die sich »Krise« seit ihrem Bestehen geleistet hatte. Oliver nickte zustimmend und nippte nachdenklich an seinem

Rotwein: »Gibt es eigentlich von Adelhofer genaue Schilderungen, wie er diesen Winter in den Bergen überlebt hat? Wo er war, was er gegessen hat, wo er geschlafen hat, wie ihm der Finger abhandengekommen ist?«

»Klar, das hat er erzählt, unendlich oft sogar. Feuermachen kann er natürlich als echter Bub aus den Bergen, er hat Tiere getötet und gegessen, mit dem Fell Umhänge hergestellt und Überzieher für die Füße. Wo er genau überwintert hat, sagt er nicht, nur dass es in der Watzmann-Region war. Die hat er sich ausgesucht, weil er sie von der Überquerung mit seinem Bruder gut kannte. Angeblich will er verhindern, dass sein Aufenthaltsort zu einer Pilgerstätte von Schaulustigen wird. Quasi als Umweltschützer behält er diese Info für sich. Er hat dafür vom Alpenverein und von Umweltinitiativen viel Lob bekommen.«

»Und das mit dem Finger? Wie ist das passiert?«

»Erfroren, fing an, langsam abzufaulen. Er hat ihn sich selbst abgeschnitten, um die restliche Hand zu retten.«

»Messer hatte er also dabei?«

Katharina schmunzelte über Olivers kriminalistischen Spürsinn. »Ja, ein Taschenmesser und sonst das, was ein normaler Bergsteiger für eine Eintageswanderung mitnimmt: Messer, Thermoskanne, Vliespulli, Regenjacke, zweites Hemd, zweite Socken und ein paar Kleinigkeiten.«

»Hat er vorgeführt, dass er das wirklich kann, Tiere töten, Felle gerben, Feuer machen?«

»Eigentlich bin ich die für die wilden Theorien«, grinste Katharina. »Wenn mein seriöser Freund überlegt, ob Adelhofer sich das alles nur ausgedacht hat, werde ich diese Spur selbstverständlich verfolgen. Vielleicht kann mir Alfred Birnhuber am Freitag einen Hinweis geben.«

»Wie heißt der? Birnhuber? Klingt eher danach, als könnte er dir Hinweise auf das beste Weißbier im Chiemgau geben. Ich gehe jetzt jedenfalls nach Hause. Morgen früh um 8 habe ich einen Termin beim Augenarzt und möchte ausgeschlafen dort ankommen.«

»Hast du ein Problem mit den Augen?« Katharina kannte die Antwort, aber es war klar, dass Oliver gefragt werden wollte.

»Nee, nur ein Check, sollte man ja alle zwei Jahre machen. Ich muss danach auch schnell in die Kanzlei. Meine neue Klientin bekommt anonyme Drohbriefe und wir prüfen, ob Polizeischutz möglich ist. Wahrscheinlich nicht, vielleicht kriege ich sie dann zumindest dazu, vorübergehend ins Frauenhaus zu gehen.«

Oliver verschwand und Katharina stellte überrascht fest, dass die Unterhaltung über Krankheiten heute quasi ausgefallen war. Seit ihrer Kindheit war sie es gewohnt, ihren Freund zu beruhigen, wenn er irgendwelche Symptome an sich feststellte und die sofort für eine schwere Krankheit hielt. Ihre Devise war eher »wird schon nichts sein«, was für Oliver oft die Rettung gewesen war. Welch ein Segen für beide, dass er ihr damals in der ersten Klasse durch die Haare gewuschelt hatte, dachte Katharina und trug die Weingläser in die Küche. Auf dem Weg ins Bad beschloss sie, Birgit um eine zusätzliche Recherche zu bitten: Was musste man können, um einen Winter in den Bergen zu überleben?

MITTWOCHVORMITTAG, »MONACO TV«, MÜNCHEN

»Die ganz links ist Rebekka Waldus mit dem toten Baby. Daneben sitzt Hubert Sauter, dessen Frau sich umgebracht hat. Und zwischen ihm und deinem Vater, das ist Christoph Lachstein, dessen Freundin ermordet wurde.«

Es war 11 Uhr, Robert Adelhofer stand im Studio von »Krise« hinter der Deko und bekam von der Chefin vom Dienst die Gäste vorgestellt.

Die saßen in schwarzen Ledersesseln rund um einen ovalen Glastisch, auf dem Wassergläser standen und eine Vase mit weißen Calla.

Robert überblickte die Szenerie zufrieden und sagte:

»Gute Arbeit, Requisite, Redaktion, Regie. In der kurzen Zeit die Sendung dem Anlass gemäß hinzubekommen – Kompliment. Übrigens haben wir heute hohen Besuch. Darf ich vorstellen, Katharina Langenfels von »Fakten«. Sie wird dabei sein, weil sie eine große Story über mich, äh, über uns schreibt. Drum, höflicher Ton bitte, Ronnie, kein Gebrülle aus der Regie. Nicht durchs Bild laufen mit einer Flasche Wasser, Tanja. Und nicht schlafen an der Kamera, Bernd!« Den Gesichtern der Angesprochenen war deutlich anzusehen, was sie von Adelhofers Einlassungen hielten. Der selbst schien es allerdings nicht zu bemerken. Er nahm Katharina am Arm und führte sie weg von seiner Studiomannschaft.

»Frau Langenfels, es freut mich, dass Sie sich die Zeit nehmen, bei meiner Sendung zuzusehen.«

»Na, das ist wohl das Mindeste, wenn man über Robert Adelhofer schreibt. Außerdem ist es eine besondere Sendung heute. Ich hoffe, ich bin keine zu große Belastung für Sie. Sie haben ja keine leichte Aufgabe vor sich.« Dezent befreite sie sich aus Roberts Griff, der weiter ihren Arm festhielt.

Robert schien das nicht wahrzunehmen. Er schaute sie ernst an: »In keinem Fall sind Sie eine Belastung für mich. Eher das Gegenteil. Ich freue mich sehr, dass wir uns so schnell wiedersehen. Kommen Sie nach der Aufzeichnung in meine Garderobe. Vielleicht tauchen noch Fragen auf. Die beantworte ich Ihnen gerne.«

»Mal sehen, Herr Adelhofer, danke. Ist sicher für Ihren Vater nicht leicht, heute hierherzukommen, oder?« Einen kurzen Moment glaubte Katharina, ein verunsichertes Flackern in seinen Augen wahrzunehmen.

»Das habe ich natürlich auch gedacht. Ich hätte das niemals von meinem Vater verlangt. Er wollte unbedingt in die Sendung. Ich habe noch versucht, es ihm auszureden, aber keine Chance. Ich glaube, das ist für ihn Teil der Verarbeitung.«

Katharina nickte und nahm sich vor, am Freitag Alfred Birnhuber nach dem alten Adelhofer und dem Verhältnis zu seinen Söhnen zu fragen.

Sie ging in den Zuschauerbereich. Die üblichen weiblichen Adelhofer-Fans waren natürlich reichlich anwesend, die Zahl der Schönheitsoperierten im Raum überstieg deutlich den Gesamtschnitt in der Bevölkerung, davon war Katharina überzeugt. Sie sah viele enorme Körbchengrößen, die in großzügig dekolletierten Oberteilen zur Schau gestellt wurden, viele auffällig geschminkte Gesichter und toupierte Frisuren – irgendwie musste frau es ja schaffen, beautiful Robert aufzufallen. Und es gab biedere Mittfünfziger- und -sechzigerinnen, die wohl eher mitleiden wollten mit den Schicksalen wildfremder Menschen. Bei der einen oder anderen Dame lagen die Taschentücher bereit. Am Rand einer Stuhlreihe sah Katharina ein Transparent mit der Aufschrift »Robert und Max, wir trauern mit euch«. Sie selbst hatte man in der ersten Reihe platziert, wo sie sich hinsetzte und nun das bizarre Publikum im Rücken hatte.

Robert Adelhofer legte eine routinierte Probe hin, erklärte den Gästen, dass er die Fragen an sie erst in der Sendung stellen würde, damit sie nicht zweimal durch diese schwierige Situation durchmüssten. Er ergriff kurz die Hand der Mutter, die ihr Kind verloren hatte, strich dem Witwer über den Arm, vermied aber jegliches Gespräch.

Tränen will er natürlich erst in der Sendung sehen, dachte Katharina.

Max Adelhofer war noch nicht da, zumindest das hatte ihm sein Sohn wohl erspart. Nach einer halben Stunde war die Probe vorbei und das Studio so ausgeleuchtet, dass später jede Gefühlsregung bestmöglich und in Großaufnahme gezeigt werden konnte. Robert Adelhofer verschwand hinter den Kulissen, sein Vater wurde hereingeführt. Er setzte sich mechanisch auf den noch freien Sessel und schaute vor sich hin. Die übrigen Gäste wurden noch mal im Gesicht abgepudert – Max Adelhofer hatte dies offenbar bereits hinter sich –, dann begann die Aufzeichnung. Katharina vermutete, dass die Verantwortlichen sich nicht trauten, »Krise« live zu senden. So konnten zu heftige Passagen rausgeschnitten oder bei zu wenig Tränen ein Gespräch noch mal rührseliger wiederholt werden. Heute würde dies vermutlich nicht nötig sein.

Robert Adelhofer betrat – dem Anlass entsprechend begleitet von getragener Musik – das Studio.

Er trug einen schwarzen Anzug und ging mit ernster Miene auf den freien Sessel neben seinem Vater zu, streichelte ihm kurz über den Arm und setzte sich.

Max Adelhofer saß mit versteinerter Miene neben seinem Sohn. Die drei anderen Gäste wirkten nervös.

»Herzlich willkommen zu ›Krise‹, liebe Zuschauerinnen und Zuschauer. Dass dies keine normale Sendung für mich ist, wissen Sie. Der Mann neben mir ist mein Vater und der Vater meines verstorbenen Bruders Lukas. An ihn wollen wir heute voller Trauer erinnern, ebenso wie an die lieben Verstorbenen meiner anderen Gäste. Und wir wollen heute auch an die guten Zeiten denken, an die schönen Dinge, die wir mit unseren Lieben erlebt haben.«

Robert zog einen Zettel aus der Tasche:

»Um meinen Bruder zu ehren, möchte ich Ihnen eine kleine Botschaft vorlesen, die er mir vor meinem Bergwinter zukommen ließ.«

Raunen im Zuschauerraum, selbst die bestinformierten Adelhofer-Fans schienen von der Existenz einer solchen Nachricht nichts zu wissen:

»Robert, ich pass auf dich auf.«

Adelhofers Augen wurden feucht, als er den Zettel wegsteckte.

»Dieser Satz war der Leitsatz meiner Kindheit. Sobald der kleine Bruder in Schwierigkeiten geriet, und das tat er oft, gell Papa«, lächelnder Blick zu Max Adelhofer, der nach wie vor nicht aus seiner Erstarrung erwachte. »Ja, äh, also, wenn ich Probleme hatte, hat mein großer Bruder genau das zu mir gesagt. Und es hat gestimmt. Er hat mich jedes Mal rausgehauen, egal ob es eine sechs in Mathe war und er zu meinem Lehrer gegangen ist oder er die Bäckerin beschwichtigt hat, der ich eine Brezn stibitzt hatte, das war mein großer Bruder Lukas. Ich hoffe, er passt von oben auf mich auf.«

Ein kräftiger Schnäuzer ins Taschentuch und weiter ging es.

Nun erzählten die Gäste rührende Geschichten über die Verstorbenen. Rebekka Waldus konnte nicht mehr aufhören zu weinen, nachdem sie stockend berichtet hatte, dass ihr Baby sie an dem Nachmittag, als es starb, zum ersten Mal angelächelt hatte.

Max Adelhofer zeigte weiterhin keine Regung. Er saß stocksteif da und starrte vor sich hin.

Robert sprach ihn direkt an: »Papa, was möchtest du gern vom Lukas in Erinnerung behalten?«

Der alte Adelhofer hob den Kopf und schaute seinen Sohn an.

Angespannte Stille im Studio. Robert Adelhofer legte seinem Vater die Hand auf den Arm und fragte: »Magst uns was erzählen vom Lukas, Papa?«

Der alte Adelhofer schüttelte nur den Kopf.

Raunen im Zuschauerraum. Robert schien sich zu sammeln.

Die Hand auf dem Arm seines Vaters erklärte er:

»Mein Vater wollte Lukas zuliebe heute hierherkommen, damit die Öffentlichkeit erfährt, was für ein wertvoller Mensch sein Sohn war. Wir alle, und Sie sicher auch, liebe Zuschauerinnen und Zuschauer, haben natürlich Verständnis dafür, dass er das nun doch nicht fertigbringt. Niemand muss reden in meiner Sendung. Es ist völlig in Ordnung, nur dabei zu sein und die Anteilnahme der anderen zu spüren. Die tut allen meinen heutigen Gästen, auch meinem Vater und mir, sehr gut in dieser für uns so schwierigen Zeit.«

Es folgte eine letzte Gesprächsrunde zum Thema Trauerbewältigung, bei der Robert seinen Vater vorsichtshalber gar nicht erst ansprach. Danach Abspann, Ende.

Die Zuschauer applaudierten verhalten, Robert verabschiedete sich. Zumindest ließ er sich heute nicht wie sonst feiern, wenn vor der Show Einheizer mit dem Publikum trainierten, wann und wie lange zu klatschen war. Das hatte Katharina in einer Reportage über »Krise« gelesen.

Robert Adelhofer verließ das Studio mit gesenktem Kopf und hob nur einmal die Hand in Richtung der Zuschauer. Direkt nach ihm stand sein Vater auf und ging mechanisch und ohne aufzublicken.

Nachdem Gäste und Moderator sich zurückgezogen hatten, standen die Zuschauer auf und Katharina hörte beim Hinausgehen Kommentare wie: »Gut gemacht«, »der arme Vater«, »hat er sich wohl überschätzt, wahrscheinlich ist er nur Robert zuliebe gekommen«, »bestimmt ist die ganze Familie kaputt«. Niemand sprach über die anderen Gäste. Viele Zuschauerinnen verließen mit verweinten Augen erschüttert das Studio.

Katharina beschloss nach dieser seltsamen Sendung, Adelhofers Angebot anzunehmen, und machte sich auf den Weg hinter die Kulissen. Diesmal wusste Achim Wedel Bescheid und geleitete sie zuvorkommend zu den Garderoben. Die Tür mit dem Namensschild »Max Adelhofer« stand offen und Katharina sah, dass der Raum leer war. Robert Adelhofer nebenan war allein und begrüßte sie freundlich.

»Ist Ihr Vater gleich abgefahren?«

Adelhofers Miene wurde ernst. »Ja, ich hätte es doch verhindern sollen, dass er kommt. Aber er wollte es unbedingt. Ich dachte, das ist wichtig für ihn, ich gebe ihm die

Möglichkeit. Jetzt weiß ich, dass es ein Fehler war, ein großer Fehler.«

Er schaute betrübt vor sich hin. Katharina sagte nichts.

Nach einer Weile räusperte Adelhofer sich. »Noch mal wegen der Fotos aus den Bergen, Frau Langenfels. Es ist mir etwas peinlich, aber ich will ehrlich zu Ihnen sein. Ich habe geflunkert in der Sendung damals. Ich wollte verhindern, dass die Leute alle auf meine Lieblingsberge rennen in der Hoffnung, mich zu treffen. Im Prinzip der gleiche Grund, warum ich nicht genau sage, wo ich war in meinem Bergwinter. Das wissen Sie sicher.« Katharina nickte.

»Ich habe damals völlig unterschätzt, wie bekannt ich schon war. Auf der Kampenwand war ich dann sofort umringt von Fans, die Fotos haben Sie wohl gemeint.« Adelhofer schaute Katharina erwartungsvoll an. Sie reagierte nicht.

Er räusperte sich und fuhr fort. »Na ja, wie auch immer, diese Fotos gibt es jedenfalls und mehr nicht. Hat sich tatsächlich nicht gut angefühlt, in den Bergen zu sein, das wollte ich testen.«

Katharina nickte.

»Gut, danke für Ihre Offenheit. Ich werde das vorerst nicht veröffentlichen, dies nur als Info. Morgen erscheint mein zweiter Artikel über Sie, ich werde mich auf die Beerdigung, unser Gespräch danach, die heutige Sendung und den Auftritt Ihres Vaters konzentrieren.«

»Wunderbar, Frau Langenfels, wunderbar. Und Sie können ruhig schreiben, dass ich einen Riesenfehler gemacht habe, dass ich meinen Vater hätte abhalten sollen zu kommen.«

»Mal sehen. Dazu bräuchte ich ein Statement Ihres Vaters, damit will ich ihn derzeit aber nicht belästigen. Ich denke, ich werde einfach bei dem bleiben, was ich mit eigenen Augen gesehen habe.«

»Wie Sie meinen. Entschuldigen Sie mich bitte, ich würde mich gern abschminken.« Katharina verließ einen leicht unterkühlten Robert Adelhofer.

Währenddessen ging eine der anderen Zuschauerinnen bestens gelaunt zum Parkplatz. Im Auto, das sie abseits gestellt hatte, nahm sie die dunkle Perücke ab. Dunkelbraune Locken, die ihre Frisur plattdrückten. Sie hatte ein echtes Opfer gebracht. In diesem Fall war es ihr das wert. Diese Show wollte sie sich nicht entgehen lassen. Der alte Adelhofer hatte ihr fast ein bisschen leidgetan. Aber nur ein bisschen. Irgendwie waren sie alle selbst schuld. Der trauernde Bruder und der trauernde Vater – das hätten sie sich vielleicht früher überlegen müssen. Ihr Plan schien jedenfalls aufzugehen. Das war das Wichtigste. Jetzt erst mal notdürftig die Frisur richten, in diesem Zustand konnte sie nicht losfahren. Sie nahm Haarspray und einen Kamm aus einer Tasche vom Beifahrersitz und richtete im Rückspiegel die blonde Welle. Normalerweise brauchte sie morgens eine Stunde, bis das Haar perfekt saß – schön nach außen geföhnt und mit Haarspray zum festen Stand gebracht –, hier musste ausnahmsweise die schnelle Variante reichen. Als sie fertig war, folgte der übliche Sicherheitsblick in den Spiegel – für die begrenzten Möglichkeiten hier im Auto nicht schlecht. Ihre Frisur war ihr Kapital, ihr Erfolg bei Männern hatte nicht nur mit ihren inneren Werten zu tun. Lächelnd griff sie in ihre Handtasche. Sie brauchte etwas Süßes, ihre Belohnung, wenn sie besonders stolz auf sich war. Sie biss in ihren Lieblingsschokoriegel, grinste ihr Spiegelbild im Rückspiegel an und dachte an ihr nächstes Opfer. Der wusste noch nichts von seinem Glück. Das würde sich bald ändern. Und seine kleine Ehefrau konnte mit ihren zwei lieben Kinderlein die Sachen packen und Leine ziehen. Sie, Jana, würde ihn glücklich machen.

Summend startete sie ihren kleinen Flitzer. Ein rotes Peugeot Cabrio, ihr Traumauto. Der kleine Deal hatte es möglich gemacht.

Sie trat aufs Gas und düste Richtung Heimat.

Plötzlich im Auto vor ihr: Lukas, er starrte sie im Rückspiegel an. Erschrocken verriss sie das Lenkrad und schlitterte kurz auf die Gegenfahrbahn. Hupen, quietschende Bremsen, erschrockene Gesichter in entgegenkommenden Autos. Sie lenkte schnell – zu schnell – zurück auf ihre Spur und schlingerte auf den Seitenstreifen. Kurz vor den Leitplanken kam sie zum Stehen. Der Fahrer im Wagen vor ihr hatte angehalten. Er schaute kopfschüttelnd zu ihr, als er weiterfuhr. War nicht Lukas, nur auch ein Blonder.

»Janalein, nicht die Nerven verlieren, keep cool, läuft alles nach Plan.« Mit zittrigen Knien startete sie erneut ihren Flitzer und brauste Richtung München.

Noch früh am Tag, stellte Katharina fest, als sie um 14.30 Uhr das Fernsehstudio verließ. Um Birgits kleine Missstimmung endgültig auszuräumen, beschloss sie, mit ihr als Erster die Erlebnisse zu teilen.

Svenja musste sie erst um 17 Uhr abholen, sie hatte ausnahmsweise Zeit.

Als sie an Birgits Bürotür klopfte, kam von drin ein ungewohnt lustloses »herein«. Katharina öffnete und sah ihre Freundin in sich zusammengesunken am Fenster stehen. Das einzig Lebensfrohe war ihre Kleidung: ein pinkfarbenes knalleges Strickkleid mit beeindruckendem Rückendekolleté. Es ermöglichte den Blick auf zwei lila BH-Träger mit Spitzenbesatz. Dazu trug Birgit High Heels in Rot. Katharina würde es eine gewagte Kombi nennen, Birgit pflegte zu sagen: »Heutzutage kann man alles mit allem kombinieren, Katharina, trau dich was. Kreiere deinen eigenen Style.«

»Birgit, was ist los?«

»Ach, ich habe Daten vom Adelhofer in einer Cloud entdeckt. Aber die sind verschlüsselt und ich komme nicht rein. Das nervt mich. Themawechsel. Warum bist du überhaupt hier? Ich dachte, du bist bei Roberts Sendung?«

»Schon vorbei.« Katharina ließ sich in den knallbunten Ohrensessel fallen, mit dem Birgit ihr Büro aus privaten Beständen aufgehübscht hatte.

»Und danach wollte Robert nicht noch einen kleinen Plausch mit seiner Lieblingsjournalistin halten?« Birgit setzte sich Katharina gegenüber auf ihren Bürostuhl, der pinkfarbene Strick rutschte nach oben, sodass eine orangerote Strumpfhose besser zur Geltung kam.

»Doch. Papa Adelhofer hat keinen Ton gesagt in der Sendung, ich glaube nicht, dass Robert das recht war. Jedenfalls wirkten beide sehr eigenartig. Vorher und nachher hat Robert mir versichert, sein Vater sei absolut freiwillig gekommen, wolle damit den Tod von Lukas verarbeiten.«

Katharina schilderte ihrer Freundin Adelhofers Statement zu den Kampenwand-Fotos und ihre Einschätzung dazu. »Vielleicht stimmt das sogar, dass er seine Bekanntheit unterschätzt hat. Ich glaube aber eher, er ist so scharf auf Publicity, dass er bewusst auf die Kampenwand gerannt ist, um erkannt zu werden. Und an seine erste Sendung und die Story vom Bergtrauma hat er nicht mehr gedacht.«

Birgit seufzte: »Weißt du, ein bisschen schade finde ich

es schon, dass langsam mein schönes Bild vom Gutmensch Robert Adelhofer in die Binsen geht.«

»Tja, in diesem Fall kann ich nicht mal sagen, dass es mir leidtut. Vielleicht gibt's noch was, was dein Adelhofer-Bild endgültig zum Einsturz bringt: Oliver hat mich gestern gefragt, ob es eigentlich Beweise gibt, dass Robert diesen Bergwinter wirklich so durchgestanden hat, wie er behauptet. Klar, er hat das tausendmal erzählt und erklärt. Das kann man sich theoretisch aber auch alles anlesen. Drum folgende Idee: Du recherchierst, ob das so gewesen sein kann, wie Robert Adelhofer es schildert, sprichst mit Experten, findest raus, was man wissen und können muss, um einen Winter in den Bergen zu überleben. Wir schauen ...«

Birgits Gesicht leuchtete: »Geil! RG musst aber du überzeugen.«

»Mache ich gerne. Kann nur sein, dass ich zu unkonventionellen Mitteln greifen muss. Okay?«

Katharina kannte die Antwort bereits. »Du weißt, ›unkonventionelle Mittel‹ ist mein zweiter Vorname. Mach und ich bin dabei!«

»Super, Birgit, nur noch zwei Kleinigkeiten.«

Birgit stöhnte: »Ich spare mir die Recherche verschlüsselter Daten – vorerst. Ich muss dir sowieso erst noch die Ergebnisse meiner sonstigen Recherchen schicken. Und ja, ich ziehe mich anständig an, wenn ich mit seriösen Menschen spreche.«

Katharina grinste.

»Frau Langenfels, ich habe Ihnen zugesagt, dass Frau Wachtelmaier für die Recherchen in der Adelhofer-Sache frei ist von anderen Verpflichtungen. Aber Außentermine? Quasi als verdeckte Ermittlerin? Das geht zu weit. Darf man fragen, was Frau Wachtelmaier tun soll?«

Katharinas Chef klopfte mit den Fingern genervt auf seinen Schreibtisch.

»Herr Riesche-Geppenhorst, ich möchte prüfen, ob die Angaben zu Adelhofers Bergwinter wirklich alle wasserdicht sind. Dafür müssten wir mit verschiedenen Experten sprechen. Da ich zu bekannt bin, würde es schnell die Runde machen, wenn ich anfange, mich in diesem Bereich umzuhören. Frau Wachtelmaier kennt niemand, sie wäre mit anderer Identität unterwegs. Sie ist die Einzige, die in der Redaktion Bescheid weiß und die das sehr gut recherchieren könnte.«

Riesche-Geppenhorst hob die Arme und verschränkte sie hinter dem Kopf – ein Zeichen, dass er nachdachte.

»Frau Wachtelmaier ist Archivarin und keine Kriminalkommissarin. Daher sage ich: Nein. Wie kommen Sie überhaupt darauf, dass Adelhofer lügt? Der halbe bayerische Landtag hat ihm damals gratuliert, die sind doch nicht alle auf der Brennsuppn dahergeschwommen.«

Katharinas Chef nahm die Arme wieder herunter und klopfte auf den Schreibtisch. Diesmal mit dem Kugelschreiber.

»Herr Riesche-Geppenhorst, Sie haben natürlich recht. Allerdings hat beispielsweise auch die rechte AP Adelhofer gratuliert. Für mich nicht unbedingt eine verlässliche Quelle. Ich würde der Sache gern nachgehen. Aber Frau Wachtelmaier und ich können verstehen, dass Sie sie nicht einfach für diese Außenrecherche freistellen können.«

Riesche-Geppenhorst hob überrascht die Augenbrauen.

Katharina nahm ein Blatt Papier aus ihren Unterlagen.

»Daher haben wir bereits einen Plan B überlegt.«

Sie schob ihrem Chef den Urlaubsantrag von Birgit über den Schreibtisch. Der las und schaute Katharina amüsiert an. »Na, wenn Frau Wachtelmaier für solche Recherchen Urlaub nehmen will, von mir aus. Das wäre geklärt.«

Um Katharina zu bedeuten, dass er ihren Besuch als beendet betrachtete, begann er, sich seinem Computer zuzuwenden.

»Gut. Danke, dass Sie den Urlaub so kurzfristig genehmigen.«

Riesche-Geppenhorst grinste geschmeichelt.

Katharina stand auf. An der Tür drehte sie sich noch mal um:

»Nur eins noch. Wenn Frau Wachtelmaier während ihres Urlaubs an wichtige Informationen im Fall Adelhofer kommt, ist sie natürlich nicht verpflichtet, sie ›Fakten‹ zur Verfügung zu stellen. Das wissen Sie ja. Vielleicht verkauft sie ihre Recherchen exklusiv an uns. Das hängt dann eben vom Preis ab.«

Wie zu erwarten, blickte sie in das entgeisterte Gesicht ihres Chefs.

»Wie, ich verkaufe die Nachricht exklusiv an euch? Ich kriege noch Kohle für den Spaß?« Begeistert starrte Birgit Katharina an, die kleinen Plastik-Auberginen, die sie heute als Ohrschmuck gewählt hatte, baumelten hin und her.

»Vorschlag: Du arbeitest heute noch normal und ab morgen von zu Hause, so lange wie nötig. Jetzt müssen wir uns nur noch deine Legende überlegen.«

»Meine was?« Die Auberginen vibrierten.

»Na, deine neue Identität, Legende heißt das in Geheimdienstkreisen.«

Birgits Augen leuchteten. »Habe ich mir schon überlegt. Ich heiße Andrea Moosbacher, Mutter des 16-jährigen Kevin Moosbacher. Der will Robert nacheifern und einen Bergwinter überleben und ich als besorgte Mutter frage naiv bei den Fachleuten nach, ob das funktionieren kann. Dass es Kevin nicht gibt, weiß niemand, weil die Mama das natürlich heimlich recherchiert. Kevin würde sie ja umbringen, wenn er das wüsste.«

Katharina grinste: »Klingt gut. Eine besorgte Mutter, da kommt niemand auf komische Gedanken und Roberts Geschichte ist gleich mit im Spiel.«

Dann setzte sie hinzu:

»Und wie gesagt, Frau Moosbacher, Sie sind ein Mauerblümchen! Keine Auberginenohrringe, kein Dekolleté, keine High Heels, sondern Gesundheitssandalen, graue Polyesterhosen, braune Twin Sets – wir verstehen uns?«

Birgit grinste: »Wir verstehen uns, kein Problem. Muss ich wohl modisch zurück in die Zeit mit Arnulf. Finanzbeamtengattin, du verstehst?« Birgit lachte hämisch. »Den ganzen Biederkram habe ich in zwei Koffern auf dem Speicher, ist immerhin noch mal für was gut. Ab morgen von neun bis fünf graue Maus.«

Birgit kam aus dem Strahlen gar nicht mehr heraus.

Katharina war froh, dass ihre Freundin die notwendige modische Verwandlung mit Humor nahm. »Ach, und eins noch: Ich glaube nicht, dass du Urlaub nehmen musst.«

Birgit zog erstaunt die Augenbrauen hoch.

»Ich bin sicher, dass Riesche-Geppenhorst bereits mehrmals bei mir angerufen hat. Um mir zu sagen, dass es verboten ist, dass Mitarbeiterinnen von ›Fakten‹ in ihrem Urlaub frei arbeiten und er deswegen aus reiner Großzügigkeit erlaubt, dass du den Job während deiner Arbeitszeit machst.«

»Das können wir uns von hier auch anhören.«

Birgit drückte einige Tasten an ihrem Computer, schaltete den Lautsprecher ein und Katharina hörte ihre eigene Stimme auf der Mailbox ihres Bürotelefons. Danach die wenig überraschende Nachricht von Riesche-Geppenhorst, fast wörtlich, wie Katharina es vorhergesehen hatte. Sie versuchte zu verdrängen, was Birgit sich in der Vergangenheit alles hätte anhören können, nachdem sie sich mit solcher Leichtigkeit in ihr Telefon einklinkte.

Birgit war schon einen Schritt weiter und nahm ein Handy aus ihrer Schreibtischschublade. »Bevor ich ab morgen ins seriöse Fach wechsle, will ich dir noch kurz meine sonstigen Rechercheergebnisse vorspielen.« Birgit grinste ihre Freundin an, Katharina konnte Birgits Freude nicht völlig unbeschwert erwidern.

»Was hast du gemacht?«

»Ich habe mich in Roberts Handy umgeschaut.« Katharinas entsetzten Blick konterte sie souverän: »Robert hat bei der Beerdigung sein Handy im Auto liegenlassen, ohne Sperre drin, und das Auto war offen. Ich habe ihm schnell eine Mail mit einem Link geschickt, bin hin, habe die Mail geöffnet und zack, kann die liebe Birgit dem süßen Robert ein bisschen über die Schulter schauen. Selbst schuld, wenn er so schlecht auf seinen Kram aufpasst.«

»Ich möchte dich nie zur Feindin haben, Birgit.« Mehr fiel Katharina nicht ein. Robert Adelhofer war im Fadenkreuz von Birgit Wachtelmaiers digitaler Welt aufgetaucht und daraus würde sie ihn nicht entlassen, bevor sie auch sein letztes Geheimnis entdeckt hatte.

Wie zum Beweis verkündete ihre Freundin:

»Drei gewählte Nummern, ein angenommener Anruf.« Ein paar Tasten später: »Angerufen hat ihn der Wedel und er selbst hat telefoniert mit seinen Eltern, und schau dir das an.« Birgit winkte Katharina zu sich: »Kennst du die Nummer?« Es war Katharinas Handynummer.

»Mich hat er angerufen? Habe ich noch gar nicht gecheckt«, sagte Katharina überrascht.

»Kannst du auch nicht, beautiful Robert lässt seine Rufnummer unterdrücken. Machen viele Prominente, das allein ist noch nichts Besonderes. Spannender wäre natürlich zu wissen, was er von dir wollte. Und er hat den Birnhuber Alfred angerufen. Mit dem hat er gesprochen.«

»Woher weißt du, dass diese Handynummer von Birnhuber ist?«

»Ich habe natürlich die Nummern aus dem gesamten Umfeld Adelhofers recherchiert und in mein Wundermaschinchen eingegeben, damit wir schneller vorankommen.«

Schon ertönte Adelhofers Stimme: »Servus Alfred, ich bin's, der Robert. Wie geht's?«

»Robert, dass du dich noch anrufen traust!«, empörte sich eine tiefe, rauchige Stimme. Im Hintergrund hörte man Gesprächsfetzen, untermalt von Gläsergeklirr. Kneipenatmosphäre.

»Wie meinst des, Alfred?«

»Robert, des weißt du genau, du Mörder. Ruf mich nie mehr an, des sag ich dir. Nie mehr, verstehst, wir sind fertig mitanand.«

42 Sekunden Gesprächsdauer zeigte das Display an.

»Birgit, als seriöse Journalistin muss ich dich für deine gesetzlosen Recherchemethoden tadeln. Ansonsten: danke. Da weiß ich deutlich mehr, bevor ich den Birnhuber übermorgen treffe.«

Birgit blickte kurz von ihrem Schreibtisch auf, zwinkerte und sagte: »Gut, Frau Langenfels, ich suche Ihnen bis heute Abend alle Artikel aus der Chiemseezeitung raus für den Besuch bei Birnhuber übermorgen. Gehen in Kopie an Riesche-Geppenhorst, Arbeitsnachweis, Sie verstehen.«

Katharina warf ihrer Freundin eine Kusshand zu und ging.

In der Zeit, bis sie Svenja abholte, entstand der zweite Artikel der Adelhofer-Reihe. Sie blieb bei den Fakten, ließ aber für die Freunde des Klatschs ihren engen Kontakt zu Adelhofer durchblicken.

MITTWOCHNACHMITTAG, MÜNCHEN BOGENHAUSEN

Mit einem leisen Summen öffnete sich die Tür ihrer Wohnung – wobei – Penthouse traf es besser. Sie warf den elektronischen Türöffner auf die Kommode am Eingang und trat ans Fenster – ihr Ritual beim Nachhausekommen –, als müsste sie sich bestätigen, dass sie tatsächlich hier wohnte, mitten in Bogenhausen, über den Dächern von München. Sie seufzte zufrieden, bis ihr der notdürftige Zustand ihrer Haare einfiel. Schnell ging sie ins Bad und begann das übliche Prozedere. Nach einer Dreiviertelstunde trat sie vor den Spiegel und war zufrieden. Sie fühlte sich wieder wie ein Mensch und konnte beginnen, ihren Plan in die Tat umzusetzen. Kurze WhatsApp: »Hallo, Thomas. Kann dir dein neues Handy gern erklären. Gruß, Jana.«

Nur nicht zu freundlich klingen, kein »liebe Grüße«, kein Date vorschlagen. Nur die nette Jana spielen, die dem Kumpel Thomas mit seinem neuen Smartphone hilft ...

Stolz griff sie zum Schokoriegel.

WhatsApp-Alarm: »Gerne, komme morgen 19 Uhr zu dir. Adresse? LG Thomas«.

Grinsend schickte sie ihm ihre Anschrift. Morgen würde sie ihr Haar besonders gründlich stylen, reichlich Parfum auftragen, den neuen Stringtanga anziehen und dann würde es laufen wie immer ...

FREITAGMORGEN, MÜNCHEN HAIDHAUSEN

Punkt 10 Uhr klingelte Katharina bei ihrer Mutter. Neben ihr stand Svenja, ihren Elyas-M'Barek-Rucksack auf dem Rücken, die Elyas-M'Barek-Kappe auf dem Kopf und ein strahlendes Lächeln im Gesicht.

Die Tür ging auf und sofort sprang Svenja ihrer Oma an den Hals.

»Svenjalein, wie schön, dass du da bist. Und was für eine tolle Kappe du aufhast. Mensch, die hätte ich auch gern.«

Über Svenjas Kopf hinweg grinste Susanne Hartschmidt ihre Tochter an. »Katharinchen, magst du noch auf einen Kaffee reinkommen?« Mit Svenja auf dem Arm kam ihre Mutter auf Katharina zu und drückte ihr liebevoll einen Kuss auf die Wange.

»Nein, Mama, das ist lieb, aber ich muss los. Um 17 Uhr bin ich zurück.« Svenja zappelte auf Omis Arm, Susanne Hartschmidt konnte nur noch über die Schulter rufen: »18 Uhr kommt meine Qi-Gong-Gruppe, bis dahin habe ich alle Zeit der Welt für meine Enkeltochter. Du musst jetzt selbst stehen, Svenjalein, so leicht bist du nicht mehr.« Nach einem schmatzenden Kuss auf die Wange stellte sie Svenja auf den Boden. Katharina drückte ihre Tochter zum Abschied und fuhr los. Breitbrunn am Chiemsee, 124 Kilometer laut Navi.

Gedanklich war Katharina noch bei ihrer Mutter. Was für ein Glück sie mit ihr hatte. Sie führte ein erfülltes, für Katharinas Geschmack etwas zu esoterisches Leben und war vollkommen mit sich zufrieden. Kamen Katharina oder ihre Enkelin, war sie zu hundert Prozent Mama oder Oma. Fantastisch! Und keine Selbstverständlichkeit, wie Katharina von diversen Freundinnen mit mehr als schwierigen Mutter-Tochter-Beziehungen wusste.

Habe ich ihr das eigentlich jemals gesagt, fragte sie sich schuldbewusst – wahrscheinlich hat sie es bei einer ihrer Liebesmeditationen gespürt, beruhigte sie sich gleich selbst.

Eineinhalb Stunden später stand Katharina in Breitbrunn vor einer großen alten Kastanie – diesen kurzen Abstecher musste sie sich heute gönnen. Die Kastanie war »ihr« Baum, auf den sie sich früher oft zurückgezogen hatte, wenn Familie Langenfels sich ein Wochenende auf dem Stangerlhof gönnte.

Es gibt ihn noch, dachte sie und sah, wie leicht der Baum für sie als Erwachsene zu erklettern war. Die drei großen Stämme boten jeweils in der richtigen Höhe Einbuchtungen, die man als Stufen benutzen konnte.

30 Sekunden später war sie oben. Als Kind war die Besteigung ein kleines Abenteuer gewesen.

Von oben sah sie den vertrauten Ausblick auf den Chiemsee auf der linken Seite und die Straße Richtung Gstadt auf der rechten. Kam damals ein Auto vorbei, hatte Katharina Kennzeichen, Wagentyp und Auffälligkeiten der Insassen in ein imaginäres Walkie-Talkie geflüstert – dass sie später nicht Polizistin werden würde, hätte sie damals nie geglaubt.

Unzählige Seiten Tagebücher hatte sie hier oben vollgeschrieben – mit Liebeskummer, Ärger über Lehrer, Ungerechtigkeiten der Eltern. Einen ganzen Karfreitagnachmittag hatte sie beleidigt hier verbracht – und sich gefreut, als ihre Eltern unten nach ihr suchten und nicht auf die Idee kamen, nach oben zu schauen.

Den Grund wusste sie nicht mehr, nur wie ihre Mutter liebevoll die Arme ausgebreitet hatte, als sie wiederaufgetaucht war.

Während sie vom Baum stieg, überlegte Katharina, dass es vielleicht kein Zufall war, dass sie 20 Jahre später hierherkam, um zu recherchieren, wenn auch nicht als Polizistin. Immerhin war ein Toter im Spiel.

Oh, Frau Langenfels, ganz die spirituelle Mama, dachte Katharina lächelnd, stieg ins Auto und fuhr zum Seewirt nach Gstadt.

Fünf Minuten später stellte sie ihr Auto auf dem Parkplatz am See ab. Vor ihr lag Frauenchiemsee, rechts gab es noch den Wanderweg nach Breitbrunn. Eine Stunde Marsch hatte sie als Kind oft auf sich genommen, um von hier mit dem Dampfer auf die Fraueninsel rüberzufahren. Die Lebkuchen im Klosterladen der Benediktinerinnenabtei waren es ihr wert.

Frag dich nie mehr, woher Svenja ihre Vorliebe für Süßigkeiten hat, dachte sie.

Heute musste der Inselausflug ausfallen. Stattdessen stieg Katharina die Treppen zum Seewirt hoch.

Drin roch es ungewohnt. Schweinsbraten, Rotkraut, heißes Fett, das war normal. Was fehlte, war der Zigarettenrauch, der gehörte für sie zu dieser Wirtschaft wie das Kloster zur Fraueninsel. Ein deutliches Zeichen, wie die Zeiten sich geändert hatten. Die Männer saßen an der Theke vor ihrem Weißbier – ohne Kippe in der Hand.

Drei Tische waren besetzt. An einem hockte eine Touristenfamilie, deutlich zu erkennen am »Oberbayern«-Reiseführer auf dem Tisch und der Tatsache, dass sich die Eltern abmühten, mit Messer und Gabel die Haut von ihren Weißwürsten zu kriegen. Das Fleisch aus der Wurstpelle herauszuzuzeln, Katharinas Lieblingstechnik, war bei Touristen unbekannt.

Am zweiten Tisch saßen zwei junge Frauen vor ihrer Cola und warteten offenbar auf den Dampfer nach Prien – sie planten bereits, in welcher Reihenfolge welche Läden abgeklappert werden mussten.

Am dritten Tisch erkannte sie einen einzelnen Mann – vor sich Schweinsbraten mit Knödeln, Krautsalat in einer Schale daneben, und gerade bekam er das nächste Weißbier gebracht. »Alfred, dass der Schweinsbraten besser schwimmt, gell. Lass dir's schmecken.«

Als die Bedienung sich umdrehte, sah sie Katharina, kam auf sie zu und fragte: »Grüß Gott, wolln Sie was essen? Tisch könnens sich aussuchen, ist nicht viel los heut'.« Mit einer ausladenden Geste, bei der sich der beeindruckende Busen im Dirndl hob und senkte, zeigte die bayerische Vorzeigekellnerin auf die freien Tische.

»Vielen Dank, ich möchte eigentlich zu Herrn Birnhuber.« Überrascht zog die Kellnerin die Augenbrauen hoch, schaute zu Alfred hinüber und rief durch das ganze Lokal: »Alfred, Besuch für dich, eine Frau ...« Fragend musterte sie Katharina. Die beschloss, die neugierige Dirndlträgerin einfach zu ignorieren, und ging auf Birnhuber zu:

»Grüß Gott, ich bin Katharina Langenfels aus München. Man hat mir gesagt, dass Sie freitags um diese Zeit hier sind. Darf ich mich kurz zu Ihnen setzen?«

Alfred Birnhuber, der die ganze Zeit seinen Kopf nicht vom Schweinsbratenteller abgewendet hatte, schaute nun auf und sagte:

»Für schöne Fraun hab ich immer Zeit, setzn sich her.« Er klopfte auf den Holzstuhl neben sich und rief zu der Bedienung rüber: »Mari, bringst noch an Schweinsbraten und a Bier für die Schönheit aus München.«

»Wasser bitte, kein Bier«, rief Katharina hinterher und beschloss, die übergriffige Schweinsbratenbestellung zu ignorieren.

»Sie wolln von mir wissn, was mit dem Lukas los war«, konstatierte Birnhuber.

»Wenn Sie mit mir darüber reden wollen, gerne.«

Birnhuber nickte, häufte sich geschickt eine große Ladung Braten, um den herum er Knödel und Krautsalat drapierte, auf die Gabel und schob sich das Ganze in den Mund.

Während er kaute und nichts sagen konnte, kam das

bedienende Dirndl-Dekolleté mit Katharinas Essen an den Tisch: »Ihr Schweinderl, gell. Kennen Sie sich? Alfred, des hast mir ja gar nicht gsagt, dass du eine Freundin in München hast.«

»Ge Mari, schleich di, des geht dich nix an.«

Beleidigt wogte der Busen mitsamt seiner Trägerin davon.

»Frau Obermann hat mir erzählt, dass Sie die Polizei verständigt haben an dem Tag, als Lukas Adelhofer gefunden wurde. Weil Sie wohl einen Verdacht hatten. Mich würde interessieren, warum Sie den hatten.«

Alfred Birnhuber kaute konzentriert weiter. Katharina begann zu essen und musterte dabei den Mann aus dem Augenwinkel. Er hatte gut geschnittenes, dunkelbraunes Haar, trug ein gebügeltes hellbraunes Polohemd, gepflegte Jeans und braune Halbschuhe. Sie schätzte ihn auf Mitte 40. Nachdem er sich mit der Serviette den Mund abgewischt hatte, legte er los:

»Wissens, ich bin an dem Tag nach München gfahrn auf die Pressekonferenz, weil mich der Lukas eingladen ghabt hat. Sie hab ich übrigens auch gsehn, wie Sie den Robert angschaut ham, als er Sie nach Ihrem Zusammenstoß mit der Blondine entdeckt hat. Liebe auf den ersten Blick ist anders.« Birnhuber grinste.

Schlaues Bürschchen, dachte Katharina und wischte mit dem letzten Stück Kartoffelknödel den Saucenrest vom Teller.

Laut sagte sie: »Herr Adelhofer hatte Sie auf diese Pressekonferenz eingeladen. Wann war das?«

»Zehn Tage vorher. Am Freitag simma hier gsessn, wie Sie und ich jetzt. Beim Schweinsbraten hat er zu mir gsagt, dass er mich als Unterstützung braucht. Wieso Unterstützung, hab ich ihn gfragt. Weil es sein könnt', dass er danach jemanden braucht, der noch mit ihm redet, hat er gsagt. Ich hab gfragt, wieso, aber er hat mir keine Antwort gebn. Nur gschaut hat er, wie er noch nie gschaut hat, traurig, wütend, entschlossen, alles in einem.«

»Was, glauben Sie, hatte das zu bedeuten?«

»Der Lukas hat eine Bombe platzen lassen wollen. Den Robert bloßstellen, vor der ganzen Presse, vor allen.«

»Was für eine Bombe? Was gab's Schlimmes, was er hätte erzählen können?«

»Viel. Der Robert hat den Lukas total kaltgestellt, als er aus seinem Bergwinter zurück war – hat sich selber in den Vordergrund drängt und den Bruder links liegen lassn. Dass er den Wedel als Manager gholt hat, des hat dem Lukas den Rest gebn. Weil er alles geregelt ghabt hat während dem Robert seinem Bergwinter und auch danach. Und dann hat der Robert ihm gsagt, ›dass man in der modernen Medienwelt einen Fachmann braucht‹. Da hat's angfangen mit dem Lukas seinem Absturz.«

»Das wollte er in dieser Pressekonferenz erzählen?«

»Könnt' ich mir vorstellen. Am Lack vom tadellosen Helden bissl kratzn, verstehns?«

»Warum hat er sich dann an dem Tag umgebracht, an dem er dazu die Chance gehabt hätte?«

»Des frag ich mich die ganze Zeit. Ich glaub, dass der so Angst vor dem Robert ghabt hat, dass er sich des doch nicht traut hat. Weil er genau gwusst hat, dass der Robert zusammen mit seinem grausligen Wedel ihm des Leben noch mehr zur Hölle machen würde, wenn er was gsagt hätt'. Der Robert hätt' des bestimmt so hingedreht, dass alle ihm geglaubt hätten und ned dem versoffenen Bruder.«

»Und weil er nicht auf der Pressekonferenz war, haben

Sie vermutet, dass er sich umgebracht hat, und zwar in der Adelhofer-Scheune?«

Birnhuber trank einen großen Schluck Weißbier und seufzte: »Mei, nicht direkt. Wenn er gar nimma konnt hat, isser halt meistens in die Scheune. ›Robertfreier Raum‹ hat er die gnannt. Und wie er nicht in München war und nicht an sein Handy gegangen is', hab ich mir halt dacht, dass er in der Scheune is'. Befürchtet hab ich, dass was passiert is', vielleicht auch vermutet.« Nachdenklich starrte Birnhuber auf die weiß-blau rautierte Tischdecke.

Das Dirndl-Dekolleté hatte einen Vorwand gefunden, an den Tisch zu kommen.

»Darf's noch a Kaffeetscherl sein und an Apfelstrudl dazu?«

Katharina und Birnhuber bestellten beide einen Espresso.

»Freust dich, Alfred, dass du a nette Gesellschaft hast am Freitag? Wissns«, sagte Dirndl-Mari und schaute verschwörerisch zu Katharina, »seitdem, dass der Lukas tot ist, sitzt er halt allein da, der arme Alfred. Tröstens ihn halt a bissl.«

Lukas bedeutete Mari mit einer unmissverständlichen Geste, dass sie verschwinden solle, und sie wogte erneut beleidigt davon.

»Weiß Robert Adelhofer eigentlich, wie Sie über ihn denken, Herr Birnhuber?«

Augenblicklich erwachte der Bayer aus seiner Melancholie.

»Des könnens glauben, logisch! Gestern hat er mich angrufn und wollt mit mir reden. Ich hab ihm gsagt, dass er mich in Ruh lassn soll und dass er ein Mörder is', und hab aufglegt.«

»Wieso haben Sie zu ihm gesagt, dass er ein Mörder ist?«

»Weil er den Lukas auf dem Gewissen hat. Auch wenn er ihn nicht umbracht hat.«

»Was glauben Sie, warum Robert Sie angerufen hat? Was wollte er von Ihnen?«

»Der wollt' genau des wissen, was ich ihm gsagt hab. Wie ich zu ihm steh. Da hab ich jetzt einen richtigen Feind oder sogar zwei. Den Wedel und den Robert. Aber des halt ich aus, des Bürscherl, des verlogene, der soll mir bloß deppert kommen, wird schon sehn, was er davon hat.«

»Herr Birnhuber, was für ein Verhältnis hat Max Adelhofer zu seinen Söhnen?«

»Oh mei, der Max und seine Bubn. Wissns, ich glaub, dass er den Robert lieber gmocht hat als den Lukas. Weil er dacht hat, dass der Robert ein Macher is', einer, der's im Griff hat. Der Lukas is' nie richtig zum Zug kommen. Der war zwar gradraus und ehrlich, aber immer im Schatten vom Robert. Des hat der Max ned gsehn, dass der Lukas sich untergeordnet hat. Und wie er abgstürzt is', des war erst recht ned leicht für den Max. Weil psychische Probleme, des gibt's im Max seiner Welt ned. Reden ist auch nicht sei Sach. Dann hat er den Lukas machen lassn und hat nix dazu gsagt. Ich glaub, dass ihm des jetzt leidtut. Des weiß er wahrscheinlich selber noch gar ned. Und der Robert hat halt a Geld auf den Adelhofer-Hof bracht mit den depperten Führungen und dem ganzen Schmarrn. Gfalln hat dem Max des ned, aber der Robert war halt sein Robert und des Geld brauchens, der Max und die Rosa. Landwirtschaft hams keine mehr und Fremdenzimmer vermietens auch nimmer – des war der Rosa irgendwann zu viel. Und da is' die ›Geldquelle Robert‹ halt praktisch.«

»Ist Max Adelhofer deswegen in Roberts Sendung aufgetreten?«

Birnhuber schaute Katharina an: »Logisch. Der Max is' garantiert ned freiwillig dahin. Niemals. Des war ein Deal zwischen dem Robert und dem Max. Da is' bestimmt Geld gflossn. Oder auch nicht, wo er ja keinen Ton gsagt hat.« Birnhuber starrte vor sich hin. »Des wird der Max niemals zugeben, weil er genau weiß, dass dann der Geldhahn zugedreht wird.«

Eine Weile lang schwiegen beide und rührten in ihren Tassen, bis Katharina ihre letzte Frage stellte: »Warum haben Sie der Polizei nicht erzählt, dass Lukas Sie auf die Pressekonferenz eingeladen hat?«

»Hab ich. Nur, was er mir dazu gsagt hat, warum er mich eingladen hat, des hab ich nicht erzählt. Dass ich auf der Pressekonferenz war, hat die Frau Kommissarin ned so interessant gfunden. Also, Frau Langenfels, Sie haben echte Exklusivinformationen.«

Birnhuber lächelte melancholisch. »Vielleicht könnens damit dem Robert endgültig die Suppe versalzen.« Er drückte ihr eine Visitenkarte in die Hand: »Wenns noch was brauchen, müssens nicht herfahren, rufens mich einfach an. Dem Robert das Handwerk zu legen, bin ich jederzeit dabei.«

Nach dem Gespräch mit Birnhuber hatte Katharina noch reichlich Zeit, bis sie Svenja abholen musste, und beschloss spontan, auf dem Friedhof vorbeizufahren.

Ein paar Minuten später parkte sie neben einem Lieferwagen mit der Aufschrift »Floristik Angerer – Ihre Nummer eins für Chiemseeblumen«.

Tatsächlich war die Nummer eins gerade dabei, ein Blumenarrangement an Adelhofers Grab abzustellen.

Als Katharina näher kam, entdeckte sie Rosa Adelhofer. Sie stand wie bei der Beerdigung in Schwarz gekleidet neben dem Grab und weinte ohne Unterlass. Ihr rot kariertes Stofftaschentuch hob sich als fröhlicher Farbklecks von ihrer Trauerkleidung ab. Es war völlig durchnässt. Katharina trat auf sie zu und reichte ihr schweigend ein Papiertaschentuch. Rosa Adelhofer schaute kurz auf, nahm es und schnäuzte kräftig hinein.

»Frau Adelhofer, wollens nicht wiederkommen, wenn wir fertig sind? Sie müssen sich das doch nicht antun.« Der junge Mann in Arbeitshosen und sandiger Jacke, offensichtlich ein Angestellter von Floristik Angerer, war mit der Situation leicht überfordert. Mit einem zweiten Kollegen versuchte er, das Gesteck zu platzieren und dabei die vielen verwelkten Trauerkränze, die nach wie vor auf dem Grab lagen, unbeschadet zu lassen.

»Frau Adelhofer, der Mann hat vielleicht recht. Soll ich Sie heimbringen und Sie kommen heute Abend wieder? Dann schaut das hier bestimmt schön aus.« Rosa Adelhofer blickte auf das Grab, schnäuzte sich noch mal, nickte und machte sich auf den Weg zum Ausgang. Katharina ging schweigend neben ihr her und merkte, wie Rosa sich langsam beruhigte.

»Ich schreibe eine Serie über den Robert, ich glaube, die Frau Obermann von der Polizei hat Ihnen von mir erzählt. Mögen Sie vielleicht ein bisschen mit mir über Ihre beiden Söhne sprechen? Ich hätte noch etwas Zeit, bis ich zurück muss nach München, um meine Tochter bei meiner Mutter abzuholen.«

Rosa Adelhofer nickte und sagte: »Die Frau Kommissarin hat gsagt, dass Sie a Gute san. A Tochter hams, schön, ich hätt gern noch a Tochter ghabt zu den beiden Buben. Aber der Max hat net wolln.« Gedankenverloren ging die alte Frau weiter, schaute dann Katharina an und fügte hinzu:

»Eigentlich mag ich mit der Zeitung und dem Fernsehen nix zu tun ham, aber ich glaub des, dass Sie anders san. Hoffentlich täusch ich mich ned.«

Katharina drückte kurz Rosa Adelhofers Arm: »Ich verspreche Ihnen, nichts zu schreiben, womit Sie nicht einverstanden sind. Ist das in Ordnung?«

Rosa Adelhofer nickte. »Ich kann Ihnen bloß nix anbieten außer Kaffee und Wasser.«

Am Adelhofer-Hof angekommen nahm die Bäuerin Katharina die Jacke ab und hängte sie zusammen mit ihrem Lodenmantel an zwei Garderobenhaken.

»Ist Ihr Mann nicht zu Hause?«, fragte Katharina mit einem Blick auf die leere Garderobe.

»Ich weiß ned. Mir sehn uns fast nimma, zum Frühstück kommt er manchmal in d Küch', was er sonst den ganzen Tag macht, weiß ich ned.«

»Er leidet wahrscheinlich wie Sie unter dem Tod Ihres Sohnes. Männer können das oft nicht gut ausdrücken«, versuchte Katharina irgendetwas Tröstliches zu sagen und kam sich im gleichen Moment ziemlich blöd vor mit ihrer Stammtischpsychologie.

Frau Adelhofer ging vor ihr in die Küche und deutete auf die Eckbank. Katharina setzte sich und schaute zu, wie die alte Frau den Kaffee zubereitete.

»Sie haben vom ganzen Haus einen wunderbaren Blick auf den See.« Katharina konnte bis zum Beginn von Herrenchiemsee schauen. Roberts Mutter nickte gedankenverloren. Sie schien nur noch aus Selbstbeherrschung zu bestehen, wie sie den gewohnten Alltagshandgriffen nachging. Plötzlich nahm sie den vorherigen Gesprächsfaden wieder auf:

»Mit dem Reden hat's der Max noch nie ghabt, da hams scho' recht. Aber seitdem dass der Bub nimmer is', hab ich meinen Mann nimma. Vorher hat er zwar ned viel geredet, aber ich hab gwusst, dass er da is'.« Rosa Adelhofer stellte zwei große geblümte Kaffeetassen auf die Wachstuchtischdecke und setzte sich Katharina gegenüber.

»Und jetzt hab ich ihn nimmer, wie wenn er auch tot wär'.«

Die alte Frau starrte in ihre Tasse. Getrunken hatte sie bislang keinen Schluck.

»Hat Ihr Mann ein enges Verhältnis zu Lukas gehabt?«

Rosa Adelhofer sah weiter auf ihren kalt werdenden Kaffee: »Mei, wissns, vom Lukas hama gar nix mehr gwusst. Es ist ihm halt ned gut gegangen, und er war neidisch auf den Robert und hat dacht, dass wir den Robert lieber ham als ihn. Er hat nix mehr mit uns zu tun ham wolln. Mit mir auch ned. Aber ich bin doch seine Mama.« Verstohlen wischte sich Rosa Adelhofer Tränen aus dem Gesicht.

Katharina legte ihre Hand auf die faltige, raue Hand der Bäuerin.

»Entschuldigen Sie bitte meine Fragen, Frau Adelhofer. Das war dumm und unsensibel von mir.«

Rosa schaute auf. In ihrem Blick lag etwas Liebevolles: »Is' scho' gut, Madl. Ich bin froh, dass ich mit jemand reden kann, is' doch sonst keiner mehr da. Wissns, was des Schlimmste war? Ich hab dem Lukas jeden Tag was zu essen vorbeibracht, weil ich gwusst hab, dass es ihm ned gut geht. Seine Leibspeisen hab i gmacht – Rahmschwammerl mit Semmelknödel, Backhendl, Dampfnudeln oder an Obazdn. Er hat mir die Tür aufgmacht, hat's Essen gnommen und hat die Tür zugmacht. Aber beim letztn Mal ...«, Rosa Adelhofer konnte die Tränen nicht mehr zurückhalten. Katharina reichte ihr ein Taschentuch und streichelte hilflos ihre Hand.

»Beim letztn Mal hat er mir die Tür nicht aufgmacht. Geredet hat er eh nie was mit mir, aber an dem Tag hat er mich mit den Töpfen vor der Tür grad stehnlassn. Sei eigene Mutter.« Wieder liefen die Tränen. »Dabei hab ich gehört, dass er da war. Rumbrülln hab ich ihn hörn, ich weiß ned, mit wem ers ghabt hat. Er hat ja fast mit jedem irgendwann an Streit ghabt, der Lukas. Dann bin ich halt gegangen. Des gute Essn hab ich weggschmissn, des war wie vergift. Und am nächsten Tag war er tot.«

Mit rotunterlaufenen Augen starrte Rosa Adelhofer Katharina an. »Können Sie des verstehn? Was hab ich falsch gmacht, dass sich mein Bub umbringa tut?«

Die Bäuerin weinte und weinte, der Berg Taschentücher auf dem schweren Holztisch kam Katharina unpassend vor. So sollte das nicht sein in einer gemütlichen Bauernküche im Chiemgau, auf einer hundert Jahre alten Holzbank, an einem Tisch, an dem unzählige Hochzeiten und Taufen geplant worden waren, an dem gelacht und gegessen wurde. Es durfte Probleme geben, aber doch nicht solche. Keine Selbstmorde, keine Söhne, die der Mama solchen Kummer machten, dass sie von Weinkrämpfen geschüttelt wurde.

»Kann ich Ihnen irgendwie helfen, Frau Adelhofer?«

Die alte Frau schnäuzte sich heftig. Danach wirkte sie gefasster. Entschlossenheit lag in ihrem Blick:

»Sagens mir, was passiert ist. Sagens mir, wieso sich der Lukas umbracht hat.«

In den eineinhalb Stunden Fahrt vom Chiemsee nach München philosophierte Katharina über Mütter. Die, die sie gerade näher kennengelernt hatte, ihre eigene, sich selbst. Rosa Adelhofer, die sich für ihre Kinder aufgeopfert hatte – dass es Söhne waren, tat bestimmt sein Übriges. Die stolze bayerische Mama dachte mit Sicherheit nicht an sich selbst, sondern nur an ihre Buben und den Mann. Ihre eigene Mutter war viel selbstständiger gewesen, hatte, auch als sie noch verheiratet war, ihr eigenes Leben gehabt, ihre Freundinnen, ihre leicht esoterischen Interessen, erinnerte sich Katharina schmunzelnd. Aber sie war früher wie heute eine liebevolle, verständnisvolle Mama. Wenn es eng wurde in Katharinas Leben, war ihre Mutter der Fels in der Brandung. Nie würde sie den Nachmittag vor fast acht Jahren vergessen, als sie weinend in der Küche gesessen hatte, schwanger und betrogen von Tobias, Svenjas Vater. Susanne Hartschmidt hatte gefühlt stundenlang Katharinas Kopf gestreichelt, Taschentücher gereicht, zugehört und nicht viel gesagt außer »das versteh ich«, »du Arme«, »komm her, meine Süße.«

Als Katharina gegen Abend gefragt hatte: »Mama, was mach ich denn jetzt?«, hatte ihre großartige Mutter geantwortet:

»Katharinchen, ein Kind ist das Tollste, was es im Leben gibt – egal, von wem es ist. Das schaffst du, ich weiß das. Mich gibt es ja auch noch und Oliver genauso … Es ist aber auch völlig in Ordnung, wenn du es nicht willst. Es ist ja noch früh. Du bist jung, kannst später noch Kinder kriegen. Jetzt gibt's erst mal Hähnchen mit Pommes, dann schläfst du hier und danach schauen wir weiter. Was meinst du?«

Katharinas vegetarisch lebende Mutter hatte das Lieblingsessen ihrer Tochter zubereitet und offenbar nach dem verzweifelten Anruf sofort eingekauft. Das hatte die nächste Heulattacke ausgelöst, diesmal vor Rührung über diese bedingungslose Liebe. Katharina hatte tatsächlich bei ihrer Mutter übernachtet und sich am nächsten Morgen ein kleines Stückchen besser gefühlt. Im Laufe der nächsten Tage war bei ihr die Überzeugung gewachsen, dass sie das Kind haben wollte.

Was Svenja wohl später über ihre Mutter sagen würde? Sie war noch klein und Mama die Beste auf der Welt. Aber was wäre mit 20: »Du hattest nie Zeit, deine Scheißrecherchen waren wichtiger als ich, seit Jahren gehe ich zur Psychotherapie – wegen dir.« Katharina kannte diese Gedankenschleife, sie holte sie regelmäßig ein. Wie immer in diesen Situationen sagte sie sich, dass sie zwar nicht so viel Zeit hatte wie andere Mütter, aber genauso verständnis- und liebevoll war wie ihre eigene. Das erschien ihr besser, als eine unzufriedene Hausfrau zu sein, die wie eine Klette an ihren Kleinen klebte. Jedenfalls schaffte sie es, wie versprochen um kurz vor 17 Uhr bei ihrer Mutter in Obermenzing zu klingeln. Als die Tür aufging, blickte sie in zwei strahlende Gesichter. »Mama, komm, ich zeig dir, was ich gebaut habe.« Svenja zog Katharina in den Garten des kleinen Reihenhauses. Susanne Hartschmidt hatte gerade noch Zeit, ihrer Tochter eine Kusshand zuzuwerfen. Im Garten hatte Katharinas Mutter extra für Svenja einen Sandkasten eingerichtet. Und darin befand sich eine kleine Flusslandschaft. Von hübschen Steinen eingerahmt hatte Svenja einen Flusslauf gebaut, der in ein größeres Becken mündete. Das Wasser kam aus einem Gartenschlauch und lief an der höchsten Stelle in die Konstruktion hinein. Dass es in dem Becken einfach versickerte, war der ansonsten sehr ökologisch eingestellten Oma Hartschmidt offenbar egal. Noch mehr wunderte sich Katharina über den Einsatz der Steine: »Sind das deine Heilsteine, Mama?«

»Ach, Kind, Svenja hat so lieb gefragt, ich konnte nicht Nein sagen.« Susannes Augen strahlten. Die Heilsteine waren eigentlich verbotenes Terrain, eine falsche Berührung könnte die Heilkraft auslöschen, hatte ihre Mutter stets erklärt. Offenbar galt das nicht für Kinderhände und Gartenschlauchwasser. Katharina liebte ihre Mutter auch für ihre Inkonsequenz. Sie legte den Arm um sie. Gemeinsam beobachteten sie, wie Svenja das Wasser stärker aufdrehte. Ein paar Heilsteine hielten dem Druck nicht stand und die ganze Konstruktion begann, sich in eine wässrige Sandpampe ohne Regulierung zu verwandeln.

»Svenjalein, super. Jetzt dreh das Wasser aus, wir fahren langsam. Oma hat gleich ihren Kurs.«

»Okay, Mama, was essen wir heute Abend? Bei der Oma gab's Fischstäbchen mit Pommes und Erbsen zu Mittag.« Auch für ihre Enkelin ignorierte Susanne ihre eigenen kulinarischen Vorlieben und kochte das, was Svenja sich bei einem Telefonat am Abend vor dem Omabesuch wünschte. Die merkwürdige Mischung aus Fischstäbchen und Erbsen war eine von Svenjas Leibspeisen.

»Mmh, wie wäre es mit Fleischpflanzl, Kartoffelbrei und Rotkraut?«

Svenja jauchzte begeistert: »Au ja, den Kartoffelbrei machen wir selber, ich zermatsch die Kartoffeln.« Katharina und Susanne grinsten sich an. Svenja war seit jeher eine Feindin von Fertigessen. Als Baby hatte sie Gläschen meist ausgespuckt, selbst gekochten Karotten- oder sonstigen Brei aber in großen Mengen in sich hineingeschaufelt.

»Wie war es am Chiemsee?«, fragte Susanne ihre Tochter, mit der sie weiter Arm in Arm dastand.

»Interessant, Mama, sehr interessant. Würde zu lang dauern, das zu erzählen. Es wird eine spannende Geschichte, die ich schreiben darf. Weißt du, was das Beste an dem Tag heute war?« Susanne schaute ihre Tochter interessiert an.

»Dass ich mal wieder gemerkt habe, was für eine großartige Mutter ich habe.«

»Und ich eine tolle Oma.« Svenja kam mit einer Tüte voller Heilsteine aus ihrem Schlammparadies. Ihre Beine und Arme starrten noch vor nassem Sand, Omas Steine hatte sie alle säuberlich abgespült und eingesammelt.

»Hier, damit deine Kranken alle gesund werden.« Stolz überreichte sie Susanne den Beutel, die ihn gerührt entgegennahm.

»Kinder, das ist mir zu viel Harmonie. Svenja, wasch dich, damit Mamas Auto nicht voller Sand wird, und ab mit euch.«

Nicht ganz so harmonisch verlief die Heimfahrt, Diskussionsthema: Schauen wir heute Abend das Finale von »Germany's Next Top Model« an? Für Svenja klare Sache, Katharina versuchte noch, andere Köder auszuwerfen wie »DVD-Abend Pippi Langstrumpf« oder »Harry Potter«. Keine Chance.

»Alle in meiner Klasse dürfen, ich will das auch sehen. Und Mama«, Svenja schaute ernst zu Katharina rüber, die kurz den Blick von der Straße wendete und in die mitfühlenden Augen ihrer Tochter blickte. »Du musst dir echt keine Sorgen machen, dass ich Model werden will. Das ist mir viel zu langweilig. Und ich könnte nicht mehr so viel Kartoffelbrei essen, wie ich will.«

Katharina grinste ob der Weitsicht ihrer siebenjährigen Tochter. »Svenjalein, na gut, wir schauen das Finale an. Das heißt aber nicht, dass wir bei der nächsten Staffel bei jeder Folge dabei sind. Abgemacht?«

Svenja seufzte und nuschelte: »Okay.«

Nach einem kurzen Abstecher zum Supermarkt fand sich Katharina in der Küche wieder und formte Fleischpflanzl, während die Kartoffeln vor sich hin kochten und auf ihre Verwandlung in Brei warteten.

»Jippieee, der Papa kommt«, hörte sie plötzlich ihre Tochter. Katharina fuhr es in den Magen. Sie schaltete sofort auf »er ist der Vater deiner Tochter«, und fragte freundlich: »Ist Tobias auf dem Anrufbeantworter? Wie schön!« Es war schließlich gut, dass er sich um Svenja kümmerte. Nur sie selbst hätte gern so wenig wie möglich mit ihm zu tun.

»Was will er mit dir machen?«

»Er holt mich morgen ab, wir gehen in den Tierpark, danach Burger essen und dann bringt er mich heim.«

»Aha, das heißt, er kommt mittags?«

»Das sollen wir mit ihm ausmachen, ich soll ihn anrufen.« Svenja strahlte und Katharina gelang es, sich mit ihr zu freuen. Auf keinen Fall beabsichtigte sie, ihr das Treffen mit ihrem Papa zu vermiesen. Sie hatte zwar Pläne für das Wochenende gehabt, aber immerhin wollte sich Tobias mit ihr abstimmen.

Dass ihre Beziehung wegen irgendeiner Tussi auseinandergegangen war, tat immer noch weh. Sie lebte mit Svenja ein glückliches Leben, aber die Erinnerung an damals kehrte regelmäßig zurück – meistens, wenn Tobias sich meldete. Seine jämmerliche Vorführung damals, als sie ihn gefragt hatte, für wen das schick verpackte Parfum in seinem Rucksack war. Sie hatte es gefunden, als sie das Fernsehprogramm herausholen wollte.

»Es ist nicht, wie du denkst«, war noch einer der harmloseren Sprüche gewesen. Dass er sich von der Schwangerschaft überfordert fühle – nachdem sie beide sich seit zwei Jahren ein Kind gewünscht hatten –, war schon härter. Dann kam noch: »Du hast doch nie Zeit für mich gehabt, ich finde, dass du auf 50 Prozent hättest reduzieren können. Mein Geld hätte für uns beide gereicht. Du hast mich quasi in die Arme einer anderen getrieben.« Da war es vorbei. Sie hatte ihn angeschrien, er solle gehen und nie wiederkommen. Als er sie überrascht angeschaut hatte und sitzen geblieben war, hatte sie ihm ein paar Sachen in eine Reisetasche gepackt und selbige mitsamt ihm vor die Tür gesetzt. Am nächsten Tag hatte sie das Schloss ihrer Wohnungstür ausgetauscht und vor Svenjas Geburt mit Tobias nur noch einmal gesprochen: als er kam, um seine restlichen Sachen abzuholen. Er hatte einen Versuch zur Versöhnung unternommen, wohl vor allem deshalb, weil seine neue Flamme ihn bereits verlassen hatte. Katharina hatte sich sein Gejammer äußerlich ungerührt angehört und ihn gebeten, zu packen und zu gehen. Anschließend hatte sie zwei Stunden lang Rotz und Wasser geheult. Getröstet hatte sie ein Telefonat mit ihrer Mutter, die ihr erklärte, was für eine starke Frau sie sei und wie großartig sie es finde, dass sie Tobias gegenüber hart geblieben war.

Als Svenja schließlich auf der Welt war, schickte Katharina Tobias eine Karte. Ein paar Tage nach der Geburt kam er mit einer Rassel und einem Blumenstrauß, hielt Svenja ein paar Minuten auf dem Arm, versprach, sich regelmäßig zu melden und natürlich seinen finanziellen Anteil zu leisten, und ging. Als sie ihm sachlich mitteilte, dass sie das alleinige Sorgerecht für Svenja beantragen würde, stimmte er etwas hilflos zu. Ob ihm das irgendwann leidgetan hatte, wusste Katharina nicht. Sie sprachen so gut wie nie miteinander, alle Entscheidungen, was Svenja betraf, traf sie allein. Rat holte sich Katharina bei ihrer Mutter, Birgit oder Oliver. Tobias zahlte aber genug für Svenja, meldete sich regelmäßig und machte seine Sache als Papa gut. Seine Eltern waren ebenso wie ihre Mutter liebevolle Großeltern. Anni und Bernhard Fissler trafen Svenja oft. Katharina hielt sich im Hintergrund, immerhin waren sie trotz allem die Eltern des Mannes, der sie so verletzt hatte. Dass sie Svenja ins Herz geschlossen hatten und sich um sie kümmerten, das rechnete sie ihnen dennoch hoch an.

»Mama?«

»Äh, Svenja, Entschuldigung, was hast du gesagt?«

»Ich will die Kartoffeln zermatschen, nach dem Essen telefonieren wir mit Papa und dann kommt Heidi Klum.«

»Ich sehe, du hast alles im Griff.«

Katharina schüttete die gekochten Kartoffeln in eine Schüssel und gab Svenja den Stampfer. Die stieg routiniert auf ihren Hocker und verarbeitete die Kartoffeln zu Brei.

Eine Stunde später – Svenja hatte drei Fleischpflanzl mit reichlich Kartoffelbrei und Rotkraut verdrückt – war die Küche gemacht, Chips und Limo standen vor dem Fernseher bereit und in einer halben Stunde würde Heidi Klum anfangen, über das Leben, die Figur und das Wesen junger Mädchen zu richten. Vorher gab es noch den Programmpunkt »Papa«. Katharina wählte Tobias' Nummer und gab das Telefon direkt an Svenja weiter.

»Nein, hier ist nicht Katharina, ich bin's, Svenja.« Die Kleine strahlte und hörte aufmerksam zu, was ihr Vater ihr zu sagen hatte. »Echt? Für Margarine? Iiih, Margarine mag ich nicht. Mama hat gesagt, du sollst um zwei kommen. Super, ich freu mich, in Hellabrunn gibt's neue Elefantenbabys. Schauen wir die an? Und danach will ich einen doppelten Cheeseburger. Okay, klar, das verstehe ich. Bis morgen, Papa.«

»Klappt«, informierte Svenja ihre Mutter. »Er denkt sich gerade eine Werbung für Margarine aus, iiih.«

»Das muss es auch geben, Svenjalein«, sagte Katharina und erinnerte sich, wie sie früher abends im Bett gemeinsam mit Tobias Werbespots überlegt hatte – für Schokoladencreme, Glasreiniger, Handcreme – was gerade anfiel. Bei dem Auftrag für Kondomwerbung hatte sie ihn damals davon überzeugt, der richtige Spruch würde ihm gleich einfallen, sie müssten das Produkt nur testen. Falsche Gedanken, Katharinchen, sagte sie zu sich selbst und setzte sich mit einem Glas Rotwein zu Svenja aufs Sofa.

FREITAGABEND, MÜNCHEN BOGENHAUSEN

Freitagabend und kein Date – Jana lag unzufrieden auf ihrer Couch. Missmutig ermahnte sie sich selbst zur Geduld. Es war klar gewesen, dass es nicht so schnell gehen würde. Thomas war am Vorabend Punkt 19 Uhr gekommen. Sie hatte ihm Bier angeboten und selbst Sekt getrunken. Wie sie es geplant hatte, waren sie sich nähergekommen, als sie ihm über sein Smartphone gebeugt die Funktionen erklärte. Anfangs hatten sie sich kichernd entschuldigt, wenn sich ihre Hände, Schultern und Oberschenkel für einen Moment berührten. Nach dem dritten Bier hatte Thomas die Hand nicht weggenommen, als sie aneinanderstießen. Sie hatte ihn vermeintlich überrascht angeschaut und dann hatte er sie geküsst – ein langer, leidenschaftlicher Zungenkuss. Danach lief es, wie sie es kannte und vorausgesehen hatte. Er hatte ihr gesagt, wie schön es gewesen sei, dass er aber verheiratet sei, Kinder habe und sich solch ein Vorfall nicht wiederholen dürfe. Sie solle sich keine falschen Hoffnungen machen. Und Abgang. Was er nicht wusste: Jana hatte ihm mit einer Flirt-Mail eine kleine Schadsoftware geschickt.

Damit war garantiert, dass das gestrige Treffen nicht das letzte war. Sobald er die Mail öffnete, würde sich das Virus ausbreiten. Hilfesuchend würde er sich bei ihr melden.

In besserer Stimmung stand sie auf und ging ins Bad – Sicherheitsblick: Das Gelümmel auf der Couch hatte ihre Haare verdrückt, aber: ein routinierter Griff zum Haarspray und alles saß wieder perfekt.

Mit einem Schokoriegel in der Hand ging sie pfeifend in ihr Arbeitszimmer, öffnete ihren Laptop und begann, eine E-Mail zu schreiben. Schließlich mussten die Zahlungen weitergehen. Es war fest vereinbart. Sie konnte nur hoffen, dass das der anderen Seite klar war.

SAMSTAGNACHMITTAG, MÜNCHEN HAIDHAUSEN

Nachdem Svenja am Samstag tatsächlich pünktlich um 2 Uhr mit ihrem Vater Richtung Tierpark entschwunden war, beschloss Katharina, die unerwartete kinderfreie Zeit zu nutzen, um ein bisschen zu arbeiten. Sie setzte sich mit ihrem Laptop auf den Balkon und fand eine Mail von Birgit vor.

»Hallo, Katharina, Montag fange ich mit den Bergwinterrecherchen an, heute habe ich Klamotten dafür gekauft (drei Ekel-Smileys). Ansonsten bin ich noch mal ins Netz. Aber du kannst ganz ruhig bleiben: Die verschlüsselten Adelhofer-Daten sind weiterhin verschlüsselt. Anbei wie versprochen die interessantesten Fotos, die ich außer den Bergbildern noch gefunden habe. Es ist übrigens nur eine kleine Auswahl ...«

Im Anhang sah Katharina Fotos ohne Ende. Und weibliche Fans ohne Ende: Robert und knackige Blondinen auf Partys, Robert und leicht bekleidete Mädels am Strand, Robert und Dirndl tragende Fans auf dem Hof seiner Eltern, Robert umringt von Verehrerinnen im Fernsehstudio. Es war zwar eine große Ausbeute, half Katharina aber nicht richtig weiter, genau wie Birgit es vorausgesagt hatte. Sie beschloss, den dritten Adelhofer-Artikel für die kommende Woche zu planen.

Wie schnell das ging, wenn keine Svenja dazwischenquakte, war erstaunlich. Gleichzeitig vermisste sie ihre Tochter und hoffte, dass sie Spaß mit ihrem Papa hatte.

Nachdem sie sogar noch Zeit für eine entspannte Maniküre gefunden hatte, drehte sich Punkt 19 Uhr der Schlüssel im Schloss und Svenja kam hereingestürmt. »Mama, bin wieder da, es war toll, wir waren bei den Elefanten und den Würgeschlangen, ich durfte eine halten, irre. Die war ganz warm, oder, Papa?« Svenja drehte sich zur offenen Wohnungstür, wo Tobias stand und unsicher lächelte. Der gleiche Sonnyboy wie früher, dachte Katharina, schwarze lockige Haare, Lederjacke, teure Jeans, Sneakers.

»Mama, darf ich Papa noch mein Zimmer zeigen? Ich hab extra aufgeräumt.« Svenja strahlte ihre Mutter erwartungsvoll an.

»Klar. Hey, Tobias, komm rein. Willst du noch was trinken?«

»Danke, ein Espresso wäre super.«

Und schon nahm Svenja ihren Vater an die Hand und zog ihn ins Kinderzimmer. Katharina hörte nur ihre Tochter reden und ab und zu ein »spitze«, »aha«, »super« von Tobias.

Sie warf einen kurzen Blick in den Raum und fragte: »Kakao für dich, Svenja?« Ihre Tochter nickte und redete sofort weiter.

Ein paar Minuten später saßen sie zu dritt am Küchentisch.

Auf einem Foto würden wir aussehen wie eine normale Familie, dachte Katharina bitter.

Die Unterhaltung verlief schleppend. Beziehungsweise redete eigentlich nur Svenja. Für Katharina gab es nichts, was sie Tobias erzählen wollte, und vieles, was sie gern fragen würde, war vermintes Terrain.

Als Tobias verkündete: »Ich geh dann«, fragte Svenja sofort: »Gehst du mit mir in den neuen Disney-Film, Papa? Der läuft nächste Woche an.«

Tobias Fissler wuschelte sich durch die Haare – wie immer, wenn er unsicher war. Die Dreierkonstellation in der Wohnung, die früher auch seine gewesen war, stresste offensichtlich nicht nur Katharina.

»Klar. Ich melde mich, sobald ich weiß, wie die nächste Woche aussieht, okay?«

»Supi, Papili.« Svenja strahlte, fiel Tobias zum Abschied um den Hals und verschwand in ihrem Zimmer.

»Was ist denn das? Wie kommst du an dieses Foto? Spionierst du mir nach?« Tobias schaute auf Katharinas Laptop, das geöffnet im Gang neben dem Telefon stand. Sie hatte vor Svenjas Rückkehr noch kurz mit einer aufgelösten Birgit telefoniert und sie beruhigt. Es brachte ihre Freundin fast um den Verstand, dass sie nicht an die verschlüsselten Adelhofer-Daten rankam.

»Äh, dir nachspionieren? Es gibt Spannenderes«, gab Katharina zurück. »Das ist Robert Adelhofer, ich kann nicht sonderlich viel Ähnlichkeit mit dir feststellen.«

Tobias blitzte sie wütend an. »Du weißt genau, dass es nicht um den Typen geht. Woher kennst du sie, hast du Kontakt mit ihr aufgenommen? Was willst du von ihr?«

Katharina schaute auf den Bildschirm. Das Foto zeigte Robert Adelhofer im Vordergrund und dahinter Lukas Adelhofer im Gespräch mit einer jungen Frau.

»Tobias, erklärst du mir bitte, worum es geht? Ich recherchiere über Robert Adelhofer, sonst nichts.«

Tobias' Wut verrauchte nicht. »Ich wollte zu dir zurück, vergiss das nicht, du wolltest es nicht. Ich rate dir dringend, hör auf, in meiner Vergangenheit herumzuschnüffeln.« Sprach's und knallte die Haustür hinter sich zu.

Während Katharina noch verdattert auf ihren Computer schaute, kam Svenja aus ihrem Zimmer: »Hat sich der Papa geärgert, Mama?«

In Katharina stieg der altbekannte Zorn auf ihren Ex hoch. Routiniert ließ sie ihn ihre Tochter nicht spüren.

»Er hat das Foto hier gesehen und jemanden verwechselt. Ich habe es ihm erklärt, alles gut.«

Svenja zog beruhigt ab.

Katharina schaute sich das Foto genauer an. Robert Adelhofer – wie auf fast allen Fotos aus Birgits Recherchen – umgeben von vielen, meist jungen Frauen. Er schrieb Autogramme. Hinter ihm Lukas Adelhofer, der sich mit einer Blondine unterhielt. Tobias war offenbar der Meinung, dass ihr Trennungsgrund bei Lukas Adelhofer stand. Optisch passte sie jedenfalls voll ins Klischee des jungen, weiblichen Adelhofer-Fans. Katharina schloss die Datei. Mehr wollte sie im Augenblick nicht wissen. Falls nötig, hätte Birgit schnell herausgefunden, wer die Frau war.

MONTAGVORMITTAG, MÜNCHEN SCHWABING

»Hallo, ich bin Andrea Moosbacher, ich hatte am Freitag angerufen und habe um 10 Uhr einen Termin mit Jan Wendelin.«

Birgit Wachtelmaier stand im Vorzimmer des Geschäftsführers von »Alpenliebe«, einer Eventagentur, die von der normalen Wanderung bis zur Hochzeit in der Steilwand und wochenlangen Extremtouren alles organisierte. Das Geschäft schien gut zu laufen, die Büroräume befanden sich immerhin direkt an der Münchner Freiheit mitten in Schwabing. Die ganze fünfte Etage eines Jugendstilbaus war von »Alpenliebe« belegt. Als Birgit im Internet nach Ansprechpartnern für ihre Bergwinter-Recherche gesucht hatte, war der erste Treffer gleich »Alpenliebe« gewesen. Dafür musste die Agentur ordentlich Geld hingelegt haben.

»Hallo, schön, dass Sie da sind, ich bin Angelina Michlbichler, Herrn Wendelins Assistentin.« Frau Michlbichler stand auf und kam hinter ihrem Schreibtisch hervor, um Birgit die Hand zu reichen. Sie trug eine zünftige bayerische Trachtenlederhose, dazu eine rot-weiß-karierte Bluse und Haferlschuhe – wahrscheinlich die Berufskleidung bei »Alpenliebe«, dachte Birgit und erwiderte den recht kräftigen Händedruck. Sie selbst sah aus wie ein trauriges Mauerblümchen in ihrem cremefarbenen Faltenrock mit dem braunen Twinset und den flachen dunkelbraunen Ballerinas. Danke, Katharina, dachte sie grimmig.

»Nehmen Sie noch einen Moment Platz. Herr Wendelin hat gleich Zeit für Sie. Ich sage ihm Bescheid.« Frau Michlbichler verschwand hinter einer Flügeltür, die neben ihrem Schreibtisch vermutlich direkt ins Chefbüro führte. Birgit setzte sich in einen mit Kuhfellimitat bezogenen Ohrensessel und schaute sich um. Frau Michlbichler hatte von ihrem Schreibtisch eine fantastische Aussicht Richtung englischer Garten. Die Wände hingen voller Fotos von »Alpenliebe«-Events: glückliche Bräute, die mit flatterndem Schleier in der Felswand hingen, stolze Kletterer, die Selfies auf tief verschneiten Berggipfeln machten, gedeckte Tafeln mitten im Schnee vor sonnigem Gipfelpanorama – daran sitzend Menschen in Daunenjacken und Thermohosen.

Warum man an solchen Dingen Gefallen finden konnte, erschloss sich Birgit nicht. Sie saß und aß lieber auf maximal 530 Metern über dem Meeresspiegel, so hoch lag München. Bergtouren konnte sie ebenso wenig abgewinnen. Dabei geriet sie nur ins Schwitzen und bekam eine feuerrote Birne. Dann lieber Eier-Diät, statt auf solch anstrengende Art Kalorien zu verbrennen.

Aufgrund dieser Überlegungen entschied sich die Archivarin dagegen, einen der verlockenden »Auszognen« zu verspeisen, die vor ihr auf einer weiß-blau rautierten Porzellanplatte dufteten. Sie liebte zwar Fettgebackenes jeder Art, überschlug aber sofort, dass ein Stück mindestens 400 Kalorien hatte, und verzichtete.

Gott sei Dank öffnete sich in diesem Moment wieder die Flügeltür und Frau Michlbichler bat sie ins Büro des Chefs.

In einem riesigen Raum stand ein Mann Anfang 30 mit blau kariertem Hemd und einer Lederhose, vermutlich aus Hirschleder. Dazu trug er hippe blaue Sneaker, nicht etwa altmodische Haferlschuhe. Jan Wendelin hatte dunkelblonde Haare, dazu gut gebräunte Gesichtshaut. Birgit ging ihrer Rolle entsprechend schüchtern auf den Naturburschen zu, der sie anstrahlte:

»Servus Frau, äh …«

»Moosbacher, Herr Wendelin, Andrea Moosbacher. Danke, dass Sie sich die Zeit für mich nehmen, wo es um eine rein private Angelegenheit geht.«

»Aber Frau Moosbacher, fast alle Leute kommen hierher in privaten Angelegenheiten, that's my business, das ist mein Job, wissens. Setzen Sie sich«, forderte Wendelin sie auf und ließ sich selbst auf einen blau-weiß rautierten Sitzsack fallen. Für Andrea zeigte er auf einen riesigen Ledersessel, der als Armlehnen und Stuhlbeine Stücke von Hirschgeweih hatte, Imitat, wie Birgit unschwer erkannte.

»Äh, gern«, sagte Andrea schüchtern und setzte sich mit eng zusammengepressten Beinen auf den Hirschsessel, die Handtasche hielt sie auf dem Schoß umklammert. Zwischen ihnen stand ein zur Tischplatte umfunktionierter Baumstamm. Darauf: Brezeln, Butter, Obazda.

»Greifens zu, Frau Moosbeier.«

»Moosbacher«, korrigierte Birgit höflich und schüttelte den Kopf. »Nein, danke, ich muss auf meine Linie achten.«

»Aber ein Mineralwasser werdens nehmen, oder?« Jan Wendelin grinste sie jovial an und holte eine Flasche »Alpenwasser medium« aus einem gigantischen Kühlschrank, dessen Front eine saftig grüne Alpenwiese zeigte. Birgit hatte langsam genug von der Bayern-Deko, aber sie bewahrte die Fassung und nahm höflich das Wasserglas – selbstverständlich mit weiß-blauem Rautenaufdruck – entgegen.

»Was kann ich für Sie tun, Frau Moosbauer?« Wendelin hatte sich wieder gesetzt und nahm einen kräftigen Schluck aus dem vor ihm stehenden Weißbierglas. »Alkoholfrei, nicht dass hier ein falscher Eindruck entsteht.«

Birgit lächelte schüchtern, nahm einen Schluck von ihrem Wasser und begann ihre Recherche.

»Da hams ja ein unternehmungslustiges Bürscherl daheim, Frau Moosbrauer.« Jan Wendelin hatte sich bierschlürfenderweise Birgits ganzes Märchen vom Sohnemann, der Robert Adelhofers Bergwinter nachmachen wollte, angehört. Birgit hatte längst aufgehört, ihren ohnehin falschen Nachnamen zu korrigieren. Herrn Wendelins jovial-gönnerhafte Art ging ihr gewaltig gegen den Strich, aber sie musste durchhalten.

»Herr Wendelin, kann der Junge das schaffen? Er will genau wie Robert Adelhofer nur Ausrüstung für eine Tagestour im Winter mitnehmen, eine warme Jacke, keinen Schlafsack, keine Campingausrüstung, nichts.«

»Das kann ich mir vorstellen.« Wendelin seufzte. »Wir haben hier oft Anfragen von irgendwelchen Verrückten, die diese Adelhofer-Nummer nachmachen wollen. Und ich hab bisher allen gesagt: Lasst's die Finger davon. Der Adelhofer is' a verrückter Hund, außerdem is' er in den Bergen aufgwachsen. Ich würd niemandem raten, das nachzumachen. Und Sie sehen ja, Frau Moorbader« – er deutete selbstgefällig auf die Plakate an den Wänden, die die durchgeknallten »Alpenliebe«-Events zeigten, »dass wir nicht zimperlich sind, in den Bergen einen loszumachen.«

Birgit hoffte, dass es ihr gelang, noch besorgter auszusehen.

»Der Kevin will das unbedingt. Ich kann gar nichts dagegen tun. Wenn ich es ihm verbiete, haut er mir ab. Drum habe ich halt gedacht, dass es besser ist, unauffällig dafür zu sorgen, dass er sich gescheit auf diesen Blödsinn vorbereitet.«

Wendelin grinste etwas unsicher – mit Muttergefühlen war er in seinem »Business« offenbar nicht oft konfrontiert. Ihre Situation schien ihm dennoch nahe zu gehen.

»Also, Frau Moosberger, schreibens mal auf.«

Wendelin räusperte sich verlegen und holte einen – natürlich blau-weiß rautierten – Schreibblock aus einer Schublade im Baumstamm und legte ihn mitsamt rautiertem Kuli vor Birgit hin.

»Er muss Fallen stellen können, damit er was zum Essen hat, ein totes Tier ausnehmen natürlich, Fell abziehen und gerben, damit er Felle als Decken und Unterlagen verwenden kann. Feuermachen sowieso und mindestens einen Topf herstellen, zum Beispiel aus Baumrinde. Wozu der Adelhofer nie was gesagt hat, ist, ob er ein Smartphone dabeigehabt hat mit zusätzlichem Ladegerät. Zumindest für die ersten Tage hätte er dann Wetterprognosen abrufen können, wenn's denn einen Empfang gegeben hat, da, wo er war. Das weiß ja niemand so ganz genau. Schauns einfach, dass ihr Kevin ein Smartphone mitnimmt, zur Not stecken Sie's ihm heimlich in den Rucksack. Damit kann man ihn in jedem Fall orten, falls was wär'.« Wendelin schaute prüfend Richtung Birgit. Wahrscheinlich wollte er checken, ob die Formulierung »falls was wär'« zu viel war für das leidgeprüfte Mutterherz. Birgit versuchte gleichbleibend besorgt zu schauen.

»Die Gegend, in die er will, muss er natürlich wie seine Westentasche kennen, jede Höhle, jeden Felsvorsprung, unter dem er Schutz suchen könnt', Wasservorräte, kleine Seen. Welche Tiere gibt's, sind die gefährlich? Er sollt' wissen, welche Wurzeln man ausgraben und essen kann. Er muss prüfen, ob's genug Möglichkeiten gibt, Holz zum Feuermachen zu finden. Er muss die Wettersituation der letzten Jahre genau studieren. Also, Frau Moosbauer, ganz ehrlich, ich beneid' Sie nicht.«

Birgit starrte Herrn Wendelin aus – wie sie hoffte – schreckgeweiteten Augen an.

»Wissens, ich hab mich auch bei dem Adelhofer gfragt, wie der des gschafft hat, allein schon des mit dem Holz zum Feuermachen. Des Holz ist im Winter feucht. Er muss Unmengen irgendwo in eine Höhle geschleppt haben, in der es trocken ist. Und es brennt halt nicht jedes Holz gleich gut. Ist absolut nicht einfach. Versuchens noch mal mit Ihrem Kevin zu reden. Vielleicht will er zum Testen bei einer von unseren Touren mit, ich tät Ihnen einen Sonderpreis machen.« Wendelin grinste jovial.

»Das ist ein nettes Angebot, Herr Wendelin, vielen Dank. Ich werde es dem Kevin vorschlagen. Nur noch eine Frage: Glauben Sie, dass es überhaupt möglich ist, so einen Winter in den Bergen zu überleben, oder hat der Adelhofer hauptsächlich Glück gehabt?«

Wendelin überlegte kurz: »Glück ghört schon dazu, Frau Moosbierer.«

MONTAGNACHMITTAG, REDAKTION »FAKTEN«, MÜNCHEN

»Mit Holz vor der Hüttn kennt er sich bestimmt aus. Ob er gut und schlecht brennendes Holz kennt, das ist eine interessante Frage.« Katharina saß an ihrem Schreibtisch, ihr gegenüber Andrea Moosbacher. Als Birgit Wachtelmaier ging sie derzeit definitiv nicht durch.

»Frau Langenfels, wo haben Sie diese Machosprüche her?« Birgit grinste ihre Freundin an. »Holz vor der Hüttn«, der bayerische Ausdruck für eine beeindruckende Oberweite, passte nicht in Katharinas Vokabular.

Katharina stand auf und ging hinter ihrem Schreibtisch auf und ab. »Das ist super, wie viel du herausgefunden hast.«

Frau Moosbacher-Wachtelmaier errötete geschmeichelt. »Als Nächstes werde ich noch mit einem Biologen sprechen, wie man sich im Winter in den Bergen ernähren kann. Habe schon einen Telefontermin. Und du?«

»Ich muss mit den Eltern Adelhofer reden. Vielleicht wissen die was über die Bombe, die Lukas hat platzen lassen wollen auf der Pressekonferenz. Ich glaube es aber nicht. Und ansonsten muss ich ...«

»Oliver wird sie schon nehmen«, kam es von jenseits ihres Schreibtischs. Katharina musste lächeln. Das gab es nur zwischen Freundinnen, wortlose Verständigung. Sie konnte sich nicht erinnern, das jemals mit einem Mann erlebt zu haben.

»Ach Birgit«, sagte sie, ging um den Schreibtisch herum und massierte die stets verspannten Nackenmuskeln ihrer besten Freundin.

»Wie wäre es, Svenja zu Andrea Moosbacher zu bringen?«, fragte sie in den Nacken hinein.

»Andrea Moosbacher hat Ausgang. Sie kann nicht«, kam es untermalt von leichtem Stöhnen zurück. Katharina war gut darin, die Triggerpunkte in Birgits Nacken zu treffen.

»Okay, okay, ich rufe Oliver an.« Katharina beendete die Massageaktion und hatte Sekunden später die skeptische Stimme von Olivers Assistentin am Ohr. Sie machte bereits durch ihren Tonfall klar, dass sie keine Lust hatte, die Kanzlei binnen einer Stunde zum Kinderzimmer verwandelt zu sehen. Immerhin verband sie kommentarlos mit Oliver.

»Hey Katharina, was gibt's?«

»Hallo, mein Lieber, ich wollte mich nach deinem Augeninnendruck erkundigen.«

»Oh, Katharina, bitte, das haben wir echt nicht nötig. Wann soll ich Svenja nehmen?«

Katharina schloss die Augen und zählte bis drei. Dreimal durchatmen. Einmal schlechtes Gewissen wegen Svenja wegatmen. Einmal schlechtes Gewissen wegen »besten Freund schlecht behandeln« wegatmen. Einmal »Wut auf die ganze Welt« wegatmen.

»Katharina, bist du noch dran?«

»Jaha, bin ich. Oliver, es tut mir so leid …«

»Ich hole sie ab, mache mit ihr Hausaufgaben, koche was Leckeres, du kommst, wann immer es dir passt.«

»Okay, danke, super, äh … Oliver, ist was passiert?«

»Nichts, ich habe alle Vorsorgeuntersuchungen für dieses Jahr hinter mich gebracht, alles in bester Ordnung, sagen die Ärzte. Und zum ersten Mal in meinem Leben glaube ich das. Das ist ein so irres Gefühl, unbeschreiblich. Was mir mein Therapeut seit Jahren sagt, funktioniert jetzt. Als wir am Samstag am Chiemsee waren und dann noch bei dir, das war so schön, ich habe mich gefühlt wie mit einer eigenen Familie, und da hat's zum ersten Mal geklappt: Ich hatte keine Lust mehr, mir ständig Sorgen zu machen, es hat geklappt, es hat geklappt!« Oliver jauchzte fast ins Telefon.

Während Katharina noch sprachlos war, hatte er den Schalter schon wieder umgelegt.

»Was gibt's Neues von Adelhofer, warum musst du noch mal an den Chiemsee?«

Katharina brachte Oliver auf den Stand der Dinge, er hörte geduldig zu.

Als sie fertig war, sagte er: »Du musst Rosa Adelhofer allein erwischen, die soll dir Lukas' Zimmer zeigen. Eltern wissen in der Regel so gut wie nichts über ihre erwachsenen Kinder, und in dem Fall ja wohl erst recht nicht. Drum musst du in das Zimmer.«

Katharina grinste. »Olli, danke, stimmt, du hast recht. Deswegen will ich morgen Vormittag fahren, da sitzt Max Adelhofer nämlich am Stammtisch.«

»Wunderbar, wir sehen uns morgen Abend, tschüss Katharina.« Und aufgelegt – keine Frage nach irgendwelchen Krankheitssymptomen. Sie vermisste es fast ein bisschen.

MONTAGNACHMITTAG, MÜNCHEN BOGENHAUSEN

»Du kriegst die Kohle. Gleiche Zeit, gleicher Ort. Wer sie bringt, weiß ich noch nicht.«

Jana runzelte die Stirn. Etwas freundlicher könnte er schon sein. Sie war schließlich nicht schuld an dem Schlamassel. Sie wollte nur ihren gerechten Lohn. Wie es vereinbart war. Sie hatte den Preis klar genannt. Dass die Stimmung ihr gegenüber nicht besser geworden war, nicht ihr Problem.

Ein böses Grinsen ging über ihr Gesicht, verwandelte sich aber sofort, als sie eine gerade eingegangene E-Mail in ihrem offiziellen Account entdeckte. Thomas Herbinger meldete sich brav zurück. Sie hatte es gewusst. Männer waren alle gleich. Sie überprüfte mit einem schnellen Griff den Sitz der blonden Welle und las:

»Liebe Jana, danke für den Support bei meinem neuen Smartphone. Klappt super. Herzliche Grüße, Thomas.«

Sprachlos starrte sie auf ihren Laptop. Was sollte das heißen? Ein verlängertes Vorspiel? Sollte sie mit ähnlichem Geplänkel über moderne Technik antworten? Oder war das das Ende, bevor es überhaupt angefangen hatte? Das würde sie nicht zulassen. Sie musste eben mit härteren Bandagen ran.

»Das freut mich, lieber Thomas. Ich wünsche dir weiterhin viel Spaß mit deinem neuen Phone.« Wenn er die Mail öffnete, würde sich die Schadsoftware installieren. Und dann würde er sich melden – melden müssen. So schnell gab Jana Waldemat nicht auf. Sie hatte schon andere Typen rumgekriegt, es hatte immer funktioniert, immer.

DIENSTAGVORMITTAG, BREITBRUNN AM CHIEMSEE

»Frau Adelhofer, sind Sie zu Hause?« Katharinas Ruf hallte durch das Erdgeschoss des alten Bauernhofs. Aus der Küche am Ende des breiten, mit alten Steinfliesen ausgelegten Ganges hörte man Musik – Radio, vermutete Katharina. Wie das auf dem Land üblich war, ging sie einfach rein und klopfte an die Küchentür.

»Ja«, hörte sie Rosa Adelhofers Stimme. »Kommens rein.«

Katharina betrat die Küche und fand Lukas' und Roberts Mutter mit mehlbestäubter Schürze beim Teigkneten vor.

In der Spüle eine Schüssel mit geschälten Äpfeln, neben der Teigschüssel warteten die Mandelstifte.

»Hallo, Frau Adelhofer, ich bin noch mal vorbeigekommen, weil ich Sie etwas fragen wollte. Ich störe beim Backen, das tut mir leid.«

Die alte Frau Adelhofer drehte sich um und ein kleines Lächeln erschien auf dem traurigen alten Gesicht, als sie Katharina erkannte. Sie wischte sich die Hände an der Kittelschürze ab und deutete auf den Küchentisch. »Naa, Sie stören mich gar nicht. Wissens, ich back immer einen Kuchen, wenn's Leben dunkel is'. Und wenn jemand mit mir a Stückerl isst, is' des a kleine Freud. Setzens sich hin und in einer halben Stund' gibt's einen frisch gebackenen Apfelkuchen mit Streusel und Mandeln.«

»Hm, lecker, Frau Adelhofer, gern. Ihr Mann freut sich bestimmt auch über Ihren Apfelkuchen, oder?«

Rosa Adelhofers Miene verdüsterte sich. »Ach der Max, der kann meine Kuchen nimma sehn, wissens. Waren halt zu viel in letzter Zeit. Haben Sie denn was rausgfunden?«

»Leider noch nicht so richtig, Frau Adelhofer. Ich habe mir das Heftchen vom Lukas angeschaut.«

Rosa Adelhofer nickte und belegte weiter den Kuchenteig mit Apfelschnitzen.

»Weitergeholfen hat das leider nicht. Es ist traurig, was er schreibt, es schien ihm wirklich schlecht zu gehen.« Die akribische Zusammenstellung verschiedener Selbstmordarten, die Lukas sich offenbar aus dem Internet zusammengesucht hatte, ersparte sie seiner Mutter lieber.

»Des hab ich schon gmerkt, dass ihm schlecht gegangen is', und ich hab ihm nicht helfen können. Des werd' ich mir nie verzeihen.« Verstohlen wischte Rosa sich ein paar Tränen mit der Kittelschürze von der Wange. »Wissens, was des Schlimmste is', Frau Langenfels? Ich weiß ned, was ich mit seinem Zimmer machen soll. Jeden Tag geh ich hoch und setz mich rein und bet' für den Lukas, und danach bin ich noch viel trauriger als vorher. Des Zimmer, des schaut schlimm aus, aber ich will's ned ausräumen. Der Max sagt die ganze Zeit, dass wir des machen müssen, damit's mal ein End hat. Aber ich schaff's nicht. Können Sie des verstehen?« Frau Adelhofer schaute Katharina so traurig und zugleich hoffend an, dass sich ihr der Magen zusammenzog vor lauter Mitgefühl.

»Natürlich verstehe ich das, Frau Adelhofer, der Lukas ist Ihr Kind. Seine Sachen sind eine Erinnerung für Sie. Vielleicht wäre es besser, wenn Sie die guten Dinge in Erinnerung behalten und nicht die traurige letzte Zeit. Sie könnten sich alte Fotoalben anschauen, das ist zwar auch traurig, aber Sie sehen, dass der Lukas viele schöne Zeiten in seinem Leben hatte.«

Rosa Adelhofer schob den Kuchen in den Ofen, dann drehte sie sich zu Katharina um: »Wenns wollen, zeig ich Ihnen Bilder, die beiden Buben waren goldig, wies klein waren.«

Eine Stunde später saßen die alte Frau Adelhofer und Katharina in der »guten Stube« – Rosa hatte extra das blauweiß geblümte Sonntagsporzellan herausgeholt – bei frisch gebackenem Apfelkuchen und schauten sich Kinderfotos der Adelhofer-Buben an:

Robert und Lukas in der Badewanne, Robert und Lukas beim Klettern, Robert und Lukas im Sonntagsstaat mit Lederhosen und Trachtenhemd, Robert und Lukas in einem Berg von Geschenken unter dem Weihnachtsbaum – eine glückliche Familie offenbar, zumindest damals, dachte Katharina.

»Zwei hübsche Buben haben Sie, Frau Adelhofer, Sie können stolz sein.«

»Ja, hübsch sinds beide, nur dem Lukas war des wurschd. Der Robert hat des halt ausnutzen wolln und des macht er bis heut'. Wissns, Frau Langenfels, ich hab so eine Angst, dass der Robert Geld verdienen will mit dem Lukas seim Tod. Neulich hat er den Max nach dem Computer vom Lukas gfragt. Ob er den haben könnt'. Der Max hat's ihm nicht erlaubt, er hat gsagt, dass den noch die Polizei hat. Weil er weiß, dass ich des nicht ertragen würd', wenn irgendwas aus dem Lukas seinem Zimmer fehlt. Aber die Polizistin hat ihn ja zurückbracht, und irgendwann nimmt der Robert den mit, des weiß ich genau, und dann macht er irgendwas Schlimmes mit den Sachen, die da drinstehen.«

Katharina schwieg und wusste, dass Rosa Adelhofer mit ihren Befürchtungen vollkommen richtiglag. Sie sah den Buchtitel förmlich vor sich: »Die Trauer bewältigen – Robert Adelhofer und der Tod seines Bruders«.

»Sagens, Frau Langenfels, könnten Sie den Computer vielleicht mitnehmen? Ich sag dem Robert, ich hab ihn beim Sperrmüll mitgebn, weil ich nicht wollt', dass irgendjemand des liest, was der Lukas gschrieben hat.«

Woher nahm die alte Frau das Vertrauen zu ihr? Katharina staunte.

»Wenn Sie das wirklich möchten, Frau Adelhofer, mache ich das natürlich. Ich werde nichts davon lesen, was er dort gespeichert hat, darauf können Sie sich verlassen.« Leider, dachte Katharina, es wäre nämlich spannend zu sehen, was sich in Lukas' Laptop fand.

»Des dürfens ruhig, vielleicht findens was, damit ich endlich weiß, warum der Lukas des gmacht hat. Und jetzt essens noch ein Stück Kuchen.«

Rosa lud Katharina ein zweites Stück des besten Apfelkuchens auf den Teller, den sie jemals gegessen hatte. Die Äpfel waren durch den Zucker, den Rosa Adelhofer noch darüber gestreut hatte, leicht karamellisiert, der Mürbeteig enthielt ein bisschen Zimt, fantastisch.

Während Katharina genüsslich aß, beschloss sie, ihre eigentlich geplante Frage zu stellen. Bisher wollte sie zum einen den Redestrom der alten Frau nicht bremsen und sie zum anderen nicht mit noch mehr Traurigem belasten. Aber vielleicht hatte sie die entscheidende Information, um den Grund für Lukas' Selbstmord herauszufinden.

»Frau Adelhofer, Lukas hat anscheinend zu einem Freund gesagt, dass er bei der Pressekonferenz von Robert eine Bombe platzen lassen will. Vielleicht wollte er irgendetwas erzählen, was dem Robert nicht passt. Haben Sie eine Idee, was das gewesen sein könnte?«

Rosa Adelhofer schlug sich die Hände vors Gesicht und wurde noch blasser. »Des hat er gsagt? Mei, die beiden Bubn, sie ham sich so gut verstanden, warn in den Bergen zusammen, warum hat des so kommen müssn. Ich versteh's nicht. Nein, ich weiß nix, nur halt, dass der Lukas rumbrüllt hat an dem Abend bevor ...«, sie schluchzte und schnäuzte sich. Dann schaute sie Katharina traurig, aber entschlossen an: »Wir gehn hoch in dem Lukas sein Zimmer und holn den Computer raus. Vielleicht finden Sie was, was wichtig is'. Und auch sonst dürfens mitnehmen, was Sie brauchen, damit ich weiß, was mit meim Bub los war.«

Depressive habe ich mir anders vorgestellt, dachte Katharina. Sie pickte die letzten Krümel mit der Kuchengabel vom Teller und beschloss, Rosa Adelhofer das Bild zu ersparen, das ihr Sohn Robert von ihr skizziert hatte. Depressive backten – ihrer Ansicht nach – keine leckeren Kuchen, um auf andere Gedanken zu kommen. Und sie hatten nicht die Energie, den geschäftstüchtigen Sohn zu hintergehen, um das Andenken des zweiten Sohns zu schützen und dessen Selbstmord aufzuklären.

Rosa Adelhofer war bereits aufgestanden und räumte das Geschirr zusammen. Mit einem Tischstaubsauger entfernte sie die Krümel von der reich bestickten Tischdecke – rote Rosen, blaue Veilchen am Rand, in der Mitte prangte eine riesige gelbe Sonnenblume. »Was für eine tolle Tischdecke, Frau Adelhofer, haben Sie die selbst bestickt?«

Rosa Adelhofer drehte sich um und lächelte: »Na, die hat mei Oma gmacht. Die Deck' is' scho' fast 100 Jahr alt. Und in der Männerwirtschaft war des ned so leicht, dass die Tischdeckn des überlebt. Schee, dass Ihnen auffallt.« Der Blick wurde trauriger. »Kommens, gehma rauf zum Lukas.«

Katharina nickte und folgte der alten Frau die ausgetretene Holztreppe nach oben in den ersten Stock des Bauernhauses. An den Wänden hingen Fotos vom Adelhofer-Hof, wie er früher war – Feriengäste auf der Terrasse vor dem Haus, riesige Geranienkästen vor den Fenstern, Schwarz-Weiß-Bilder früherer Adelhofer-Generationen.

Oben angekommen ging es über den breiten Gang, dessen alte Holzdielen mit Flickerlteppichen belegt waren. Hinten rechts öffnete Rosa vorsichtig die schwere Eichentür, als habe sie Angst, dass ihr gleich Lukas entgegentreten würde.

Das Bild, das sich Katharina bot, war tatsächlich schrecklich. Wie Frau Obermann es ihr beschrieben hatte, lag überall Müll herum, Papiere, Zeitungen, Besteck, dreckiges Geschirr. Der Geruch war nicht so schlimm, wie sie es erwartet hatte. Vermutlich hatte Rosa Adelhofer zumindest die herumliegenden Lebensmittel eingesammelt.

Beherzt ging die Bäuerin auf den Schreibtisch ihres Sohnes zu und nahm den Laptop an sich. »Brauchens noch was dazu? Ich kenn mich halt mit dem gar ned aus.«

»Nein, wir sollten nur schauen, ob Lukas noch irgendwo Sicherheitskopien gemacht hat, auf einem Computerstick zum Beispiel. Wissen Sie, was das ist?«

Rosa Adelhofer schüttelte verständnislos den Kopf. »Naa, schauns ruhig, obs irgendwo was finden. Ich will bloß, dass der Robert des ned kriegt. Des Handy hat er anscheinend schon.«

Katharina schaute Frau Adelhofer fragend an.

»Des Handy vom Lukas is' ned da, zwei hat er sogar ghabt. Des hab ich ihn mal gfragt, für was er zwei Handys braucht. Er hat gsagt, eins fürs Dienstliche, eins fürs Private. Des hab ich nie verstanden, was des Dienstliche war, wo er nix gearbeitet hat. Aber ich hab's mich nicht fragen traun. Und jetzt sinds beide weg. Die hat bestimmt der Robert, aber den hab ich ned gfragt, der wär gleich wütend gworden. Und jetzt is' er doch mein einziger Bub, auch wenn er kein guter is'.«

Frau Adelhofer wischte sich über die Augen.

Katharina durchsuchte das Zimmer, öffnete Schubladen, schaute unter das Bett, hinter Bücher im Bücherregal, entdeckte aber nichts Interessantes. Nur in einem Regal stand ein Ordner mit der Aufschrift »Lukas privat«.

»Frau Adelhofer, soll ich den Ordner mitnehmen? Ich weiß nicht, was drin ist. Trotzdem ist es vielleicht besser, wenn er nicht in Roberts Finger kommt?«

Die alte Frau Adelhofer nahm den Ordner und blätterte darin herum. »Des is' bestimmt besser. Die Polizei hat den zurückbracht, nehmens ihn mit. Und schauns ruhig rein, vielleicht findens was Wichtiges.«

Katharina legte kurz den Arm um die alte Frau und sagte: »Ich tue, was ich kann, Frau Adelhofer, ehrlich. Sobald ich was rausfinde, sind Sie die Erste, die es erfährt. Sagen Sie, die Nummern von den beiden Handys vom Lukas, haben Sie die?«

»Na, nur die eine, bei der dienstlichen hat er gsagt, dass er nicht angrufen werden kann. Die private, die is' unten in der Küch' in der Schublad', die könnens ham.«

Unten angekommen übertrug Katharina die Handynummer des toten Lukas Adelhofer in ihr eigenes Smartphone.

»Danke, Frau Adelhofer, ich fahre dann, bevor ich Sie noch um ein Stück Kuchen anbettle. Es riecht so gut, dass ich wieder Hunger kriege.«

»Nehmens noch zwei, drei Stückerln mit, Frau Langenfels, für Sie und Ihr' Tochter und eins für gleich.« Ein Strahlen ging über das faltige Gesicht der alten Frau, Katharinas Besuch hatte ihr anscheinend ein paar Lebensgeister zurückgegeben.

»Gerne, Frau Adelhofer, Svenja wird sich freuen, sie liebt Apfelkuchen.«

Ein paar Minuten später saß Katharina im Auto, im Ohr die Verabschiedung von Rosa Adelhofer: »Kommens bald wieder, Madl, Sie san a gutes Madl, so a Tochter hätt' ich mir gwünscht.«

DIENSTAGNACHMITTAG, REDAKTION »FAKTEN«, MÜNCHEN

Birgit Wachtelmaier blickte zufrieden auf ihre Notizen und beschloss, sich ein hartes Ei zu gönnen. Sie hielt die Gurken-Eier-Diät nicht exakt ein, hatte ihren Speisezettel lediglich um das eine oder andere harte Ei am Tag ergänzt. Ob das ernährungsphysiologisch Sinn machte, war ihr gerade ziemlich egal. Harte Eier liebte sie jedenfalls.

Während sie das Ei schälte, überlegte sie, was die nächsten Schritte sein könnten. Sie hatte jedenfalls genug Informationen gesammelt, um selbst einen Bergwinter auszuprobieren, dachte sie grinsend. Wobei ihre Recherchen eher ergeben hatten, dass solch ein Unterfangen nicht unbedingt zu empfehlen war. Nicht nur harte Eier würde sie nicht essen können, auch der sonstige Menüplan, den ihr ein freundlicher Biologieprofessor der Münchner Uni skizziert hatte, war nicht eben verlockend. Zunächst gab es wenig Essbares in den Bergen im Winter und das, was es gab, war zum einen schwer zu bekommen (Tiere und Wurzeln) und zum anderen schwer zuzubereiten und zu essen (Fell abziehen, zerteilen, Feuer machen, ungewürzt essen, bei Wurzeln den Würgereiz überwinden und einfach schlucken …). Birgit schüttelte es beim bloßen Zuhören und sie erwachte aus ihren Ekelfantasien erst, als der beherzte Biologe das Telefonat mit den Worten beendete: »Frau Moosbacher, redens noch mal mit Ihrem Kevin, der soll sich was anderes überlegen, jobben in Australien, mountainbiken in den Alpen, aber Letzteres im Sommer …« Ein fröhliches Lachen folgte diesen Tipps und der Mann hatte aufgelegt.

Birgit biss gerade genüsslich in ihr Ei, als Katharina das Büro betrat.

»Oh, schick, und weiter auf Diät.« Birgit schaute an sich herunter und fand auch, dass ihr heutiges Outfit – Trachtenbluse mit Dirndl-BH darunter und dazu als Kontrapunkt eine lila Röhrenjeans mit Tigermuster – ihr ausgesprochen gut stand. Auf das Thema »Diät« ging sie nicht näher ein, sondern deutete fragend auf den Laptop, den Katharina ihr auf den Schreibtisch stellte.

»Von Lukas Adelhofer – mit Genehmigung der Mama mitgenommen. Offiziell ist er im Sperrmüll gelandet. Vielleicht findest du was, reinschauen dürfen wir, die Mama hat es erlaubt.«

Birgits Augen begannen zu leuchten. »Spitze, Katharina, das gefällt mir. Ansonsten sage ich dir, Andrea Moosbacher hält die Wahrscheinlichkeit, dass beautiful Robert einen Bergwinter durchlebt hat, für nicht besonders groß.«

»Soso, Frau Moosbacher«, grinste Katharina und hörte

interessiert zu, als Birgit von ihren Gesprächen mit Jan Wendelin und dem freundlichen Bio-Professor berichtete.

»Danke, Birgit, super. Ich werde Herrn Adelhofer in Sachen Bergwinter ein bisschen auf den Zahn fühlen. Die alte Frau Adelhofer traut ihrem berühmten Sohn jedenfalls nicht über den Weg.«

Katharina berichtete ihrer Freundin vom Besuch auf dem Adelhofer-Hof. Das Sahnehäubchen für Birgit hob sie sich für den Schluss auf.

»Lukas hatte anscheinend zwei Handys, ein privates und ein dienstliches. Das sagt seine Mutter. Beide sind verschwunden. Rosa Adelhofer glaubt, dass Robert sie hat. Die Nummer vom dienstlichen hat er wohl nicht rausgerückt, die vom privaten hat Rosa mir gegeben. Ich habe sie dir auf dein Handy geschickt.«

Birgits Blick wechselte zwischen Unverständnis und Begeisterung.

»Wieso hat der ein dienstliches Handy? Für welchen Dienst? Liebesdienst?«, kicherte sie plötzlich.

»Keine Ahnung, Birgit, Rosa hat sich genau das Gleiche gefragt. Das müssen wir klären. Und es wäre gut zu wissen, wer die Handys hat und ob es sie überhaupt noch gibt.«

Katharina überlegte kurz: »Weißt du was? Das mit dem Liebesdienst. Vielleicht stimmt das. Vielleicht hat er irgendwas Geheimes gemacht – für wen auch immer. Finde es raus. Ich versuche, einen Termin bei beautiful Robert zu kriegen.«

»Jawohl, Chef. Über das Handy von Robert bin ich bisher jedenfalls nicht weitergekommen. Ist nichts Spannendes mehr passiert. Er telefoniert mit Wedel, ab und zu mit seiner Mutter, mit seiner Redaktion, nichts Interessantes. Vielleicht nur, mit wem er nicht spricht: mit seinem Vater und mit Birnhuber. Ich muss an die Daten in der Cloud ran, da findet sich die Lösung, das weiß ich.« Genervt hackte Birgit auf ihrem Laptop herum.

Katharina grinste, machte ein Victoryzeichen in Richtung ihrer Freundin und ging.

DIENSTAGNACHMITTAG, MÜNCHEN BOGENHAUSEN

Jana stand im Bad und machte sich die Haare. Sie hatte ausgiebig geduscht, sich die Beine und andere Körperteile rasiert, ihre liebste Bodylotion aufgetragen und nun war sie dabei, ihr größtes Kapital in Form zu bringen. Sie wusste, dass sie eine E-Mail bekommen würde, sie wusste es einfach.

40 Minuten später schaute sie zufrieden in den Spiegel – die monatlichen Überweisungen hatten den edlen Panoramaspiegel ermöglicht, in dem sie ihre Haare jederzeit von allen Seiten genau begutachten konnte – perfekt!

Sie ging in die Küche und schenkte sich ein Gläschen ihres Lieblingssektes ein, aus Ostdeutschland – es war einfach der beste, den es gab. Nicht mal Champagner konnte mithalten. Mit dem Glas in der Hand setzte sie sich auf ihren Designersessel und blickte durch die großen Fenster auf München.

Sie liebte ihre Wohnung und vor allem diesen Ausblick. Wie gut, dass es so gekommen war. Sie musste nicht wirklich arbeiten und konnte sich den schönen Seiten des Lebens widmen – ein bisschen Schicksal spielen und Freude daran haben, wenn es geklappt hatte. Sie nippte an ihrem Sekt, als ihr Handy den Eingang einer Mail anzeigte. Ein breites Grinsen ging über Janas Gesicht, als sie den Absender sah – hatte sie es doch gewusst.

Sie las. Der Sekt fiel ihr aus der Hand, sie stand wutentbrannt auf und schmiss das Handy durch die Wohnung. Es prallte gegen eine Bodenvase und blieb unbeschädigt liegen. Jana rannte hin und las den Text noch mal, das musste ein Irrtum sein, das konnte nicht stimmen.

»Hallo, Jana, spar dir deine üblen Tricks. Der Abend mit dir war ein Ausrutscher, vergiss ihn einfach. Und Schadsoftware installieren, nur um im Kontakt zu bleiben, das ist ein bisschen billig. Thomas.«

Woher wusste er ... Er hatte keine Ahnung von Computern und wie konnte er ... Sie raste ins Bad, um ihre Haare zu checken, das Einzige, was ihr jetzt helfen konnte.

DIENSTAGNACHMITTAG, REDAKTION »FAKTEN«, MÜNCHEN

Als Katharina ihr Büro betrat, waren bereits vier Anrufe ihres Chefs eingegangen. Seufzend griff sie zum Hörer.

»Frau Langenfels, das ist nett, dass Sie sich gleich zurückmelden. Ich will Sie nicht lange stören, nur eine kurze Terminabsprache. Hätten Sie diese Woche irgendwann eine halbe Stunde für mich?«

Bei Katharina schrillten sämtliche Alarmglocken. Wenn Riesche-Geppenhorst so höflich war, war irgendetwas im Busch, in der Regel nichts Gutes.

»Äh, natürlich, Herr Riesche-Geppenhorst, wann wäre es Ihnen recht? Und können Sie mir ein Stichwort sagen, worum es geht?«

»Ich denke an berufliche Veränderungen, und darüber wollte ich mit Ihnen sprechen. Wie wäre Donnerstag nach der Redaktionskonferenz?«

»Klar, ich werde da sein.«

Aufgelegt, keine Frage nach Adelhofer, nichts. Katharina hatte keinen blassen Schimmer, was ihr Chef von ihr wollte. Sie beschloss, sich bis Freitag nicht darum zu kümmern, und rief Achim Wedel an.

»Hallo, Frau Langenfels, was kann ich für Sie tun?«

Katharina antwortete in der gleichen Tonlage: »Ich würde gern noch mal mit Herrn Adelhofer sprechen. Das letzte Gespräch war ergiebig, aber Herrn Adelhofers Biografie ist derart facettenreich, dass wir nur einen kleinen Teil besprechen konnten.«

»Oh, das sieht ganz schlecht aus. Kaum hatten wir die Lesereise abgesagt, war der Terminkalender wieder voll. Daher: In so kurzer Zeit gleich zwei Exklusivinterviews hintereinander, das klappt nicht, tut mir wirklich leid.«

»Klar, ich kann mir gut vorstellen, wie viel beschäftigt Herr Adelhofer ist. Andererseits, eine große Serie ist gute PR, vielleicht fragen Sie ihn einfach noch mal selbst.«

Pause am anderen Ende, nervtötende Warteschleifenmusik, dann … Adelhofer selbst:

»Frau Langenfels, wie schön, von Ihnen zu hören. Was kann ich für Sie tun? Lust auf ein gemeinsames Mittagessen? Gleich heute?«

Der Unmut vom letzten Treffen schien kein Thema mehr zu sein.

»Herr Adelhofer, wie nett, leider bin ich heute belegt. Hätten Sie vielleicht demnächst Zeit für ein zweites Interview? Je mehr ich mich mit Ihrer Biografie beschäftige, desto spannender wird das. Ein paar Dinge würde ich Sie gern selbst fragen, um Sie in meiner Serie möglichst oft zitieren zu können. Das wird Ihren Fans bestimmt gefallen.«

»Selbstverständlich. Wann passt es Ihnen? Für Sie nehme ich mir natürlich die Zeit, auch wenn das meinem Manager nicht gefällt.«

»Das ist wirklich sehr nett. Wie wäre es morgen Nachmittag nach Ihrer Aufzeichnung? Ich komme zu Ihnen ins Büro?«

»Jaja, verstehe, ein rein beruflicher Termin, Botschaft angekommen, meine schöne Lieblingsjournalistin. Kommen Sie gern hierher. Kaffee und Kuchen bereitzuhalten, wird hoffentlich nicht verboten sein.«

»Danke, Herr Adelhofer, bis morgen.« Sie konnte sein amüsiertes Gesicht fast vor sich sehen, als sie auflegte.

Bestimmt war er fest davon überzeugt, sie irgendwann rumzukriegen. Er ahnte offenbar nicht, wie komplett aussichtslos dieser Plan war. Weiter konnte sie den Gedanken nicht verfolgen, das Telefon klingelte.

Birgit war dran. »Spannend an dem Laptop ist vor allem das, was nicht drauf ist.«

»Wie, du weißt schon was?« Katharina staunte mal wieder über die Schnelligkeit, mit der Birgit Wachtelmaier Licht ins digitale Dunkel brachte.

»Na ja, zumindest weiß ich, dass Daten gelöscht wurden, und zwar in der Nacht nach Lukas' Tod. Er selbst kann es also nicht gewesen sein.«

»Kannst du die Daten wiederherstellen? Und vielleicht sogar rausfinden, wer sie gelöscht hat?«

»Tja, Ersteres hängt davon ab, wie fit der Löscher ist. Wenn er die Daten wirklich überspielt hat, sind sie weg – für immer. Falls er das nicht kann und sie einfach nur vom Laptop gelöscht hat, aber nicht aus allen Speichern, kann ich sie wiederherstellen. Und übrigens, wegen Lukas' Handys: Ich habe die Nummern angerufen, waren beide im Adressbuch von Roberts Handy. Beide nicht mehr zu erreichen.«

»Alles klar, Birgit, danke. Bleibt die Frage, wo die Handys sind. Na ja, werden wir schon rausfinden. Morgen Nachmittag geh ich zu beautiful Robert. Er freut sich wie Bolle.«

Birgit lachte laut in den Hörer. »Oh, Katharina, jede zweite Frau in Deutschland würde gern mit dir tauschen, so solltest du es sehen.«

»Ich werde morgen daran denken. Ich bräuchte nur von dir noch ein paar von deinen Recherchen zu dem Bergwinterthema. Kannst du mir was mailen?«

»Klaro«, kam es zufrieden aus dem Hörer, begleitet von einem leichten Klingeln. Katharina sah vor ihrem geistigen Auge die Ohrringe in Form von lila Kugeln mit kleinen Glöckchen dran, die Birgit regelmäßig trug. Die permanente Geräuschkulisse direkt an ihren Ohren schien sie kein bisschen zu stören.

»Super, danke dir! Und nimm die Ohrringe raus, bevor du einen offiziellen Anruf tätigst.«

Mit einem belustigten »jawoll, Chef« legte Birgit auf.

Als Nächstes versuchte Katharina, Alfred Birnhuber in Breitbrunn anzurufen. Und erreichte ihn tatsächlich.

»Die schöne Frau Langenfels, Servus, und? Hams den Robert am Arsch?«

Katharina schmunzelte über die recht bayerische Art, Flirten und Geschäftliches ohne Probleme zu verbinden.

»Herr Birnhuber, ich habe inzwischen einige Informationen gesammelt und wollte Sie ein paar Dinge fragen, um das Ganze richtig einzuordnen. Einverstanden?«

»Logisch, Frau Langenfels, wie gsagt, alles, was dem Robert schadet, jederzeit gerne.«

»Erste Frage: Kennt sich Max Adelhofer mit Computern aus?«

»Äh, was is' denn des für eine Frag... Des weiß ich nicht, vorstelln kann ich's mir eigentlich nicht. Der kassiert bei den Führungen mit einer Metallschachtel mit Geld drin, ned mim Computer. Und ansonsten braucht er keinen. Also ich glaub's nicht.«

»Okay, zweite Frage: Rosa Adelhofer sagt, am Tag vor Lukas' Tod, als sie ihm Essen hochbringen wollte, hat sie einen heftigen Streit gehört. Aufgemacht hat er ihr nicht. Haben Sie eine Idee, mit wem er gestritten haben könnte?«

Nachdenken am anderen Ende, dann: »Mei, Leute, mit denen er gstritten hat, hats genug gebn, bloß eigentlich is' niemand zu ihm heim. Des war kaum zum Aushalten in dem Zimmer mit dem ganzen Müll und dem Gestank. Die Banker und alle andern, die Geld von ihm wolln ham, ham gschriebn oder angrufen. Nein, des weiß ich nicht, wer des war.«

»Und die letzte Frage, Herr Birnhuber: Gab's eigentlich mal eine Frau in Lukas' Leben?«

»Oh mei, Frau Langenfels, logisch hat's nicht nur eine Frau, sondern Frauen im Lukas seinem Leben gebn. Aber glücklich war des nie. Immer so One-Night-Stands oder scho' verheirat' und von denen hat der Lukas die Finger lassn. Einmal hat's eine gebn, da hat's ihn voll erwischt, des is' aber scho' a paar Jahr her.«

»Wer war das?«, hakte Katharina nach.

»Des muss ein Madl aus Bayern gwesn sei, ich hab sie nie gsehn, der Lukas war total verknallt. Und von einem Tag auf den andern wollt er nicht mehr über sie reden. Nie wieder hat er sie erwähnt.«

»Wann war das, können Sie sich noch erinnern?«

»Des muss gwesn sein, kurz nachdem der Robert wiederauftaucht is'.«

»Einen Namen oder wo die Frau herkam wissen Sie nicht zufällig?«

»Na, Namen weiß ich nimma, blond wars und der Lukas hat von ihren Haaren gschwärmt. Und extra nach München is' er gfahrn, um ihr einen Rock zu kaufen, den sie unbedingt gwollt hat, einen sauteuren Trachtenrock. Inzwischen gibt's die überall, damals war des noch was Bsonders.«

Katharina grinste. Sie hatte offenbar etwas gemeinsam mit der Ex-Flamme von Lukas Adelhofer. Auf die Röcke der Designerin aus Oberbayern hatte sie in Münchens

Trachten-Läden auch schon ein Auge geworfen, waren aber – zumindest für sie – unerschwinglich.

»Na ja, jedenfalls, kurz drauf war's rum. Mehr hat er nie erzählt, ich hab's nie getroffen, nur aufm Foto gsehn. Wissens, Frau Langenfels, des is' lang her, ich glaub nicht, dass die mit der Sach' irgendwas zu tun hat.«

Katharina seufzte: »Das glaube ich eigentlich auch nicht, Herr Birnhuber. Ich wollte nur sicherheitshalber fragen.«

»Logisch, Frau Langenfels, logisch. Jederzeit gern, kommens doch nochamal raus an den See, wenns Zeit ham. Wiederschaun.«

Nachdenklich legte Katharina auf.

DIENSTAG SPÄTNACHMITTAG, MÜNCHEN HAIDHAUSEN

»Mama, ich habe Oliver angerufen, wir machen Burger, er kommt um sieben.« Svenja hing an Katharinas Hals, die es geschafft hatte, ihre Tochter pünktlich aus dem Hort abzuholen.

»Okay, Schätzchen, machen wir. Darf ich fragen, wie

du Oliver angerufen hast?« Sie hatte sich bislang standhaft geweigert, ihrer Tochter ein Smartphone zu kaufen. Mit sieben war sie dafür noch zu jung, fand Katharina. Und helikoptermäßig permanent bei ihrer Tochter anrufen können, das wollte sie nicht.

»Frau Bachmann hat mich telefonieren lassen, ich habe gesagt, dass du bestimmt einverstanden bist.« Svenja strahlte ihre Mutter an und Katharina beschloss, die Sache auf sich beruhen zu lassen.

»Na gut, Svenjamaus, ich sag nur noch schnell danke bei Frau Bachmann und dann gehen wir Hackfleisch kaufen.«

Svenja nahm die Hand ihrer Mutter und hörte interessiert zu, als Frau Bachmann beteuerte, dass es kein Problem gewesen sei, Svenja kurz telefonieren zu lassen. Zum Abschied strich sie dem Mädchen über die Haare und sagte: »Tschüss, wir sehen uns morgen.« Und in Richtung Katharina: »Ach Frau Langenfels, es freut mich übrigens, dass Sie Svenja in letzter Zeit pünktlich abholen. Das macht es uns leichter und für die Kleine ist es natürlich sowieso besser. Übrigens: Ihr Mann ist ein entzückender Vater. Toll, wie er mit Svenja umgeht.«

Die Erzieherin strahlte Katharina so begeistert an, dass sie es sich verkniff, darauf hinzuweisen, dass Oliver nicht der Vater war. Nur der konnte gemeint sein, Tobias hatte Svenja bislang höchst selten vom Hort abgeholt. Und von Oliver waren seit Svenjas Geburt sämtliche Betreuerinnen, egal ob Babykrippe, Kindergarten, Schule oder Hort, vollkommen begeistert gewesen.

Auf dem Heimweg schilderte ihre Tochter ohne Pause die Erlebnisse ihres Tages – die nicht alle unglaublich spannend waren. Daher genügte es, zuzuhören und ab und zu ein »echt?«, »ja, finde ich auch« oder »das hast du gut gemacht«

einzuwerfen und ansonsten den Redefluss nicht zu unterbrechen. Katharina wusste, dass Svenja so ihren Tag verarbeitete und anschließend glücklich und entspannt Burger vertilgen würde.

Und genau so kam es. Katharina hatte Bio-Hackfleisch, Dinkelsemmeln, Bio-Salat, Gurken, Tomaten und Kartoffeln gekauft, um Oliver nicht in Stress zu bringen wegen möglicher Schadstoffbelastungen der herkömmlichen Lebensmittel. Der hatte zwei Burger und einen Riesenberg selbst gemachter Pommes verdrückt und den Hinweis Katharinas auf die hervorragende Qualität der Produkte nur mit einem »ach Gott, das wäre nicht nötig gewesen« kommentiert. Seine Therapie schien tatsächlich anzuschlagen, dachte Katharina, während sie sich dick Ketchup auf ihren Burger drückte und der Unterhaltung von Svenja und Oliver über die letzte Folge von »Shopping Queen« zuhörte. Oliver nahm sich die Sendung auf, um mit Svenja darüber sprechen zu können.

Wobei trotzdem meist nur Svenja redete: »Klar hat die mit dem schwarzen Kleid am besten ausgesehen, die andere war so ein Möchtegern It-Girl und den Rest hat man eh vergessen können.«

»Svenja, woher weißt du, was ein It-Girl ist?« Katharina steckte sich Pommes in den Mund und schaute amüsiert ihre Tochter an.

»Mensch, Mama, das weiß doch jeder. Die Paris Hilton ist zum Beispiel eins, blöde Tussen halt, die viel Geld haben und nichts arbeiten.«

Auf der anderen Seite des Tisches strengte sich Oliver an, so zu tun, als hätte er sich verschluckt, damit Svenja sein Kichern nicht bemerkte, ließ es sich aber nicht nehmen zu fragen: »Svenja, da du das Wort ›It-Girl‹ kennst, weißt du auch, was altklug bedeutet?«

Svenja grinste, streckte ihm die Zunge raus, die deutliche Pommes- und Senfspuren aufwies, und aß weiter. Das, dachte Katharina, war der Unterschied zwischen Müttern und angehimmelten Sozialvätern. Mit ihr hätte Svenja nach dieser Bemerkung einen Tag lang nicht mehr gesprochen, bei Oliver war es kein Problem.

Nach dem Essen machte Svenja sich fertig fürs Bett und Oliver und Katharina setzten sich mit ihrem Rotwein aufs Sofa. Katharina brachte Oliver auf den aktuellen Adelhofer-Stand. Er nickte zufrieden, als sie ihm berichtete, wie gut sein Tipp gewesen war, Rosa Adelhofer allein abzupassen.

»Birgit sitzt vermutlich zu Hause und versucht, die gelöschten Dateien herbeizuzaubern. Mal schauen, ob sie was geschickt hat.«

Katharina holte den Laptop von ihrem Schreibtisch und kam zurück aufs Sofa.

»Du hast eine Rotwein-Schnute«, murmelte sie in Olivers Richtung und reichte ihm ein Taschentuch.

»Wie ein altes Ehepaar«, raunte er zurück und wurde dann deutlich lebhafter: »Was ist das für eine Blondinen-Sammlung?«

Katharina hatte auf der Suche nach Neuigkeiten von Birgit den Ordner mit den Fotos der Adelhofer-Fans geöffnet.

»Da ist übrigens auch mein Trennungsgrund drauf. Habe ich neulich zufällig erfahren«, sagte Katharina trocken und erzählte Oliver von Tobias' merkwürdiger Reaktion auf das Foto.

»Wie? Und das erzählst du mir jetzt erst? Gibt's ja nicht. Wie sieht die aus? Zeig her. Interessiert dich das nicht?«

Katharina wurde klar, dass sie das Thema perfekt weggeschoben hatte. Sie wollte nicht noch mal leiden, wollte nicht durch neue Details alles aufwühlen. Wahrscheinlich deswegen hatte sie die Fotos nicht mehr angeschaut, seit Tobias aus ihrer Wohnung gerauscht war.

»Wenn es zu schwer für dich ist, lassen wir das. So wichtig ist es nicht«, flüsterte Oliver, der Gedanken lesen zu können schien.

Katharina schaute ihn dankbar an, drückte ihm einen Kuss auf die Wange und öffnete das Foto.

»Oh je, die? Sieht noch total jung aus, kann aber natürlich täuschen. Jedenfalls so, wie sie aufgebrezelt ist, passt sie eher in die ›Bravo‹-Schminktipps als zu deinem Tobias. Dieser Fissler, nicht zu fassen. Na ja, wahrscheinlich hat er genau einmal in seinem Leben Geschmack bei Frauen bewiesen, und das war bei dir. Hallo, bist du noch dran? Ich habe dir gerade ein Kompliment gemacht.« Oliver schob Katharina ein Stück von sich weg und schaute sie an. Seine Freundin sah kein bisschen traurig aus, sondern fast euphorisch.

»Was ist los, Süße? Ich finde es auch super, dass sie dir nicht das Wasser reichen kann ...«

»Der Rock, Oliver, schau dir den Rock an.«

»Diese Röcke kenne ja sogar ich, trägt halb München, und sie sind teuer, wenn es das Original ist. Scheint Kohle zu haben die Dame.«

Katharina strahlte Oliver an und sagte: »Sie muss nicht unbedingt Kohle haben, ich vermute nämlich, dass Lukas ihr diesen Rock gekauft hat. War wohl seine große Liebe laut Alfred Birnhuber. Ist wohl eine Weile her, trotzdem könnte es sich lohnen zu recherchieren, wer die Frau ist. Robert Adelhofer müsste sie auch kennen.«

Oliver schaute sie verständnislos an und lauschte gespannt, was Alfred Birnhuber Katharina erzählt hatte.

»Interessant. Da unten steht das Datum, das Foto ist von

Juli 2015. Das heißt, es ist im Sommer nach Roberts Wiederauftauchen entstanden. Tja, mit der Dame zu sprechen, könnte spannend sein. Schaffst du das, Tobias danach zu fragen?«

Oliver schaute Katharina über sein Rotweinglas hinweg forschend an.

Die nickte. »Klar, ist ja was Berufliches. Ich will nur nicht mit ihm über unsere Vergangenheit reden. Morgen ruf ich ihn an. Danke, Olli. Jetzt mal zu dir. Wie geht's? Wir haben heute Abend noch nicht über Krankheiten gesprochen.«

Oliver grinste. »Stimmt. Es ist wie ein neues Leben für mich. Ich mache seit ein paar Monaten ein Training, um das Gehirn anders zu programmieren – von Angst auf Lebensfreude. Das funktioniert tatsächlich, hätte ich nie gedacht. Die Hirnforschung hat festgestellt, dass das Gehirn veränderbar ist, dass Gehirnareale wachsen und schrumpfen können, je nachdem, womit man sie füttert. Wenn man sich weniger mit Angstthemen beschäftigt und mehr mit positiven Gedanken, und das jeden Tag, verändert sich das Gehirn und die Angst wird weniger. Ich habe dir das die ganze Zeit nicht erzählt, weil ich selbst nicht daran geglaubt habe, dass es funktioniert. Ich habe doch sonst schon alles ausprobiert.«

»Allerdings«, seufzte Katharina und dachte an die unzähligen Therapeuten, Homöopathen und Geistheiler, die Oliver aufgesucht hatte, meist mit dem Ergebnis, dass ihm verständnisvoll erklärt wurde, woher seine Angst kam.

»Und jetzt ist die Angst weg?«

»Nein, komplett weg ist sie nicht, aber sie ist viel weniger präsent und ich gebe ihr auch nicht mehr so viel Raum, weil ich häufiger an schöne Dinge denke, und das konsequent jeden Tag. Die Angst fährt jetzt auf dem Rücksitz mit und nicht mehr als Beifahrer, sagt mein Therapeut, und das trifft es.«

Katharina schaute ihren besten Freund gerührt an. »Mensch, Olli, das freut mich total. Darauf eine Tüte Chips?«

»Logo, scheiß auf die Kalorien und die verstopften Blutgefäße. Wir leben nur einmal.«

Katharina küsste in Gedanken Olivers Therapeuten und ging in die Küche, um Chips und eine zweite Flasche Rotwein zu holen.

Als beides leer war, beschloss Oliver, auf Katharinas Sofa zu nächtigen.

MITTWOCHMORGEN, MÜNCHEN HAIDHAUSEN

Angespornt von Frau Bachmanns Lob vom Vortag, stand Katharina am nächsten Morgen trotz Brummschädel pünktlich um 6.15 Uhr auf, weckte Svenja, machte ihr ein gesundes Frühstück – »bitte mit bissl ungesund drin, Mama« – mit diesen Worten kippte Svenja irgendwelche pappsüßen

Flakes über ihr zuckerloses Müsli mit frischen Früchten und schaufelte die Mischung in sich hinein.

Oliver war inzwischen ebenfalls wach, hatte sich zwei Aspirin aufgelöst und erst die und anschließend einen doppelten Espresso zu sich genommen – Katharina staunte erneut, dass weder die Nebenwirkungen von Aspirin noch der Koffeinschock Oliver irgendwie zu stören schienen. Er warf sich in seine Klamotten vom Vortag und teilte Katharina mit, dass er Svenja in die Schule bringen würde, damit sie in Ruhe telefonieren könne. »Ui, Olli fährt mich in die Schule«, jauchzte Svenja und ging, um sich in Rekordgeschwindigkeit anzuziehen.

Katharina durfte ohne Diskussion ihre Wuschelhaare zu zwei Zöpfen flechten und ihr ein gesundes Pausenbrot mitgeben. »Mit Auberginencreme drauf, echt jetzt, Mama? Na gut.«

»Schau, ich nehme auch das gesunde Pausenbrot mit, das ist lecker«, sagte Oliver und steckte sich das Brot in seine Aktentasche.

»Cool! Wir machen eine Zeit aus und essen es gleichzeitig«, schlug Svenja begeistert vor.

»Einverstanden, Svenjalein.« Oliver schob sie zur Tür, machte ein Victoryzeichen Richtung Katharina und war verschwunden. Ob das Zeichen dem unkomplizierten Morgen galt oder als Daumendrücken für Katharinas Anruf bei Tobias gemeint war, wusste sie nicht – spielte aber auch keine Rolle. Oliver war einfach ein Schatz und seit Neuestem ein weitestgehend neurosefreier.

Als die beiden gegangen waren, setzte sich Katharina mit ihrem Roibuschtee auf die Eckbank in ihrer Küche und sprach sich Mut zu. Dann zog sie sich an – neue Jeans mit Knopfleiste, Shirt eines spanischen Designers in Magenta, ihrer Lieblingsfarbe, und einen schicken Blazer in Dunkelblau. Sie musste sich schön fühlen, um ruhig zu bleiben vor und während des Telefonats.

Danach rief sie in der Redaktion an und gab Bescheid, dass sie einen Auswärtstermin habe und erst gegen zehn im Büro sein würde. Nach nochmaligem Rückzug auf die Eckbank und einer zweiten Tasse Roibuschtee war es 8.45 Uhr, eine Zeit, zu der sie Tobias anrufen konnte und er vermutlich noch zu Hause war.

Sie wählte die Festnetznummer, Handy erschien ihr zu dringlich und daher unpassend.

Nach zweimaligem Klingeln hörte sie: »Hallo, liebe Svenja, bist du nicht in der Schule? Bist du krank?«

»Hallo, Tobias, hier ist Katharina … Doch, Svenja ist in der Schule, deswegen rufe ich jetzt an, weil ich etwas Berufliches mit dir besprechen wollte.« Innerlich gab Katharina einen Stoßseufzer von sich. Der Anfang war geschafft.

»Äh, okay, worum geht es?«, kam es überrascht von ihrem Ex.

»Ich recherchiere zurzeit für eine Serie bei ›Fakten‹ über Robert Adelhofer, den Bergwintertyp, du hast bestimmt von ihm gehört.«

»Hm, der mit der ätzenden Sendung«, ergänzte Tobias.

»Genau der. Sein Bruder hat sich vor Kurzem umgebracht und seine Mutter hat mich gebeten herauszufinden, warum er das getan hat. Ich war bei ihr am Chiemsee und habe dort auch einen Freund von Lukas getroffen, der mir von einer Freundin erzählt hat, die Lukas vor einigen Jahren wohl hatte.«

»Und was hat das mit mir zu tun?«

»Tobias, bitte hör mir noch kurz in Ruhe zu. Das Foto, das du neulich auf meinem Laptop gesehen hast, das war nicht drauf, weil ich dir hinterherspioniere, sondern weil unsere Archivarin für mich im Internet recherchiert hat, was es an Fotos von Robert Adelhofer gibt. Und es ist reiner Zufall, dass du die Frau kennst, mit der Lukas Adelhofer zu sehen ist.«

Tobias schwieg, was Katharina für ein gutes Zeichen hielt. Er schien ihr zu glauben.

»Der Hammer ist, dass diese Frau genau die sein könnte, die damals mit Lukas zusammen war. Dafür gibt es einige Hinweise. Drum wollte ich dich fragen, ob du mir sagen könntest, wer diese Frau ist. Ich versichere dir, dass es mir nur um meine Recherche geht. Dass die unser Trennungsgrund war, ist mir nach all der Zeit wirklich egal.« Katharina schwieg und merkte, dass das tatsächlich stimmte, was sie eben gesagt hatte. Es war Tobias gewesen, der sie hintergangen hatte, nicht diese Frau.

»Und du versprichst mir, dass du die ganze andere Geschichte raushalten wirst? Ich habe keine Lust, dass Jana mich deswegen noch mal kontaktiert. Ich will mit ihr nichts mehr zu tun haben. Jetzt weißt du es ja schon, sie heißt Jana, Jana Waldemat, und kommt genau wie ich aus Wolfersdorf. Sie ist als kleines Mädchen mit ihrer Mutter aus Hoyerswerda dahingezogen. Ich kannte sie jedenfalls schon ewig. Wir haben uns damals auf einer Party in München wiedergetroffen und dann … na ja, das ist ja nicht das Thema«, unterbrach sich Tobias selbst.

Wolfersdorf. Den kleinen Ort bei Freising hatte Katharina manchmal mit Tobias besucht, als sie noch zusammen waren. Es waren schöne Wochenenden gewesen bei seinen Eltern. Inzwischen fuhr Svenja hin und wieder dorthin zu ihren Großeltern. Vielleicht war ihr die Dame schon über den Weg gelaufen.

»Alles klar, Katharina, sonst noch was?«

Katharina versuchte, die düsteren Gedanken wegzuschieben. »Weißt du, was sie aktuell macht? Und wo sie lebt?«

Schweigen in der Leitung. Katharina legte nach: »Tobias, ehrlich, ich habe dich sieben Jahre nicht nach dieser Frau gefragt, warum sollte ich es jetzt tun? Es geht nur um diese Geschichte. Sie weiß vielleicht Dinge, die dabei helfen können herauszufinden, warum Lukas Adelhofer sich umgebracht hat. Ich hab Lukas' Mutter versprochen, das zu klären. Bitte hilf mir.«

»Klar, du machst es aus reiner Menschenfreundlichkeit, die Mutter Katharina der Entrechteten. Dass du damit noch berühmter wirst und nebenbei noch der Ex deines Ex an den Karren fahren kannst, spielt natürlich überhaupt keine Rolle.«

Katharina holte tief Luft. Sie kannte das Spiel nur zu gut. Tobias, der eifersüchtig auf ihren Job war und auf ihren Erfolg. Und dies nie zugegeben hatte und nie zugeben würde. Stattdessen hatte er sich damals irgendeine Tussi aufgerissen. Wahrscheinlich hatte sie ihn bedingungslos angehimmelt.

Falsches Thema, das musste ihr egal sein, sie wollte nur die Informationen aus ihm herausbekommen.

»Tobias, ja, ich habe den Auftrag, einen Artikel beziehungsweise mehrere zu schreiben. Damit verdiene ich mein Geld. Es kann gut sein, dass ich nicht selbst mit dieser Frau sprechen werde, sondern dass Birgit das macht. Du siehst, es geht mir wirklich nur um die Recherche, nicht darum, uralte Geschichten aufzuwärmen. Da du den Kontakt gekappt hast, weißt du wahrscheinlich sowieso nichts über sie. Okay, danke, Tobias, trotzdem.«

»Sie lebt meines Wissens in München. Was sie macht, keine Ahnung. Männer sammeln vielleicht. Das ist glaube ich ihre Lieblingsbeschäftigung. Als ich damals Schluss gemacht habe, ist sie komplett ausgerastet, hat mich mit SMS bombardiert, mir in einem Moment mit Selbstmord gedroht und im nächsten geschworen, sie habe noch nie jemanden so geliebt wie mich. Es dauerte eine Woche, bis sie geschnallt hatte, dass es mir ernst ist. Danach hat sie sich nie mehr bei mir gemeldet. Ich weiß, dass sie zwei Wochen drauf den Nächsten an der Angel hatte. Übrigens immer Männer in Beziehungen. Scheint ihr irgendwie Spaß zu machen, Dinge zu zerstören.« Verächtliches Lachen kam aus dem Hörer.

»Danke, Tobias, das ist wirklich nett von dir, dass du mir das erzählt hast. Und ich verspreche dir, dass du keinen Schaden dadurch haben wirst. Zeugenschutz, du verstehst.«

»Ach, weißt du, Katharina«, sie meinte, an seiner Stimme zu hören, dass er schmunzelte, »diese Frau ist unerträglich. Wenn sie irgendwie eins ausgewischt bekommt, hätte ich eigentlich nichts dagegen.«

Katharina schwieg einen Moment, schließlich traute sie sich zu fragen: »Tobias, warum?«

»Warum ich das damals getan habe? Gute Frage. Es war der größte Fehler meines Lebens. Ich will nicht ihr allein die Schuld geben, ich war ja nicht abgeneigt. Sie hat es mir allerdings echt leicht gemacht. Am Anfang hat sie sich öfter gemeldet nach dem Motto ›alte Freunde‹, hat sich interessiert nach dir erkundigt und wie es mit der Schwangerschaft läuft und ob es ein Junge oder ein Mädchen wird.« Tobias unterbrach sich: »Katharina, willst du das wirklich wissen?«

Katharina spürte, wie ihr Herz raste, und gleichzeitig war ihr klar, dass sie es wissen musste, um endlich mit diesem Kapitel abschließen zu können. »Ja, ich bin froh, dass du es mir erzählst.«

»Sag einfach, wenn es dir zu viel wird. Na ja, ich habe gemerkt, dass ich mich in sie verliebt habe. Es war damals echt schwierig für mich mit deiner Schwangerschaft, ich ohne richtigen Job und mit schlechtem Gewissen. Mit Jana gab es plötzlich Leichtigkeit. Wir haben auf einer Fete rumgeknutscht und sie hat mir gesagt, dass sie sich auch in mich verliebt hat. Ich habe sie gebremst, habe ihr gesagt, dass das nicht geht, dass ich Vater werde. Sie hat das verstanden, habe ich damals zumindest gedacht. Nur lockergelassen hat sie nicht, hat mir ständig SMS geschrieben, kleine Aufmerksamkeiten in die Arbeit geschickt und wir haben uns wiedergetroffen. Irgendwann wollte sie mit mir schlafen. Das habe ich abgelehnt, ich habe gesagt, ich will das nicht und ich will meine Familie nicht verlieren. Sie wurde plötzlich aggressiv und drohte mir, dir alles zu erzählen. ›Wenn du nicht mit mir schläfst, wirst du deine Familie in jedem Fall verlieren. Wenn du es tust, gibt es eine gute Chance, dass du sie behältst und mich gratis noch dazubekommst.‹ Das hat sie wörtlich gesagt, ich werde es nie vergessen.«

Katharina schluckte und konnte die Tränen kaum noch unterdrücken. Am anderen Ende hörte sie ein kurzes Schniefen.

»Tobias, wir müssen nicht …«

»Ich bin fast fertig, jetzt erzähle ich es zu Ende, zum allerersten Mal übrigens. Ich habe mich so geschämt, dass ich nie mit jemandem darüber gesprochen habe.

Ich habe an diesem Tag mit ihr geschlafen. Wie das ging, frage ich mich bis heute. Aber es ging. Und es ging auch die nächsten Male. Irgendwann konnte ich nicht mehr. Dann hast du es sowieso rausgefunden und ich habe danach direkt mit Jana Schluss gemacht. Ich war nur noch mit ihr zusammen, damit sie dir nichts sagt. Am Ende des Tages hatte ich eine schwangere Freundin und eine Geliebte weniger. Was Jana betrifft, war es die beste Entscheidung meines Lebens.«

»Was mich betrifft, anscheinend nicht«, dachte Katharina und freute sich ein kleines bisschen.

Beide schwiegen lange, ohne aufzulegen. Irgendwann berappelte sich Katharina und sagte:

»Danke, Tobias. Möchtest du wissen, was wir über Jana herausfinden?«

»Ja, würde mich interessieren. Meld dich.«

Katharina legte nachdenklich den Hörer auf und fühlte sich erleichtert.

Sie beschloss, noch kurz zu Hause zu bleiben und sich den Ordner »Lukas privat« vorzuknöpfen, den sie vom Adelhofer-Hof mitgebracht hatte.

Als Erstes ging sie in die Küche, machte sich eine dritte Tasse Roibusch mit echter Vanille und nahm den leckeren Duft aus der Tasse wahr. Vor dem Telefonat war ihr der nicht aufgefallen. Der Ordner erschien zunächst wenig spannend. Er enthielt die üblichen Einlegeblätter wie »Bank« und »Versicherung«. Interessanter fand sie den Bereich »Freunde«: Das war offenbar das Telefonverzeichnis von Lukas' Bekanntenkreis. Viele Namen waren durchgestrichen, offenbar gab es nur noch wenige Menschen, die es nach Lukas' Meinung wert waren, hier aufzutauchen. Am Ende des Ordners kam das Kapitel »Fotos«: zwei Seiten mit alten Kinderfotos der Adelhofer-Brüder und sechs Seiten mit Fotos unterschiedlicher Frauen, mit Lukas und ohne. Alle schienen Exfreundinnen zu sein – sie lächelten glücklich den Fotografen an oder waren in trauter Zweisamkeit mit Lukas zu sehen.

Von Jana Waldemat gab es in dem ganzen Ordner keine Spur.

Er hatte sie offenbar komplett aus seinem Leben gelöscht.

MITTWOCHMITTAG, REDAKTION »FAKTEN«, MÜNCHEN

»Ich glaube, ich bin auf dem richtigen Weg. Kann aber ein bisschen dauern, bis ich die Daten alle wiederhergestellt habe.«

Birgit strahlte ihre Freundin an, seit diese ihr Büro betreten hatte.

»Ich brauche Unterstützung, mich ruft nachher ein Kumpel zurück, Hacker für die gute Sache, du verstehst.«

Katharina verstand nur zu gut. »Super, Birgit – und denk bei allem, was du tust, bitte daran, dass nichts von alledem so wichtig wäre, dafür ins Gefängnis zu gehen.« Diese Bemerkung konnte sie sich nicht verkneifen.

»Alles klar, Chefin«, grinste Birgit. »Sonst noch irgendwelche wichtigen Botschaften?«

»Ich weiß, wer die Frau auf dem Foto ist, wegen der Tobias so ausgerastet ist. Sie war wohl mal die große Liebe von Lukas Adelhofer und davor war sie die Frau, wegen der Tobias mich verlassen hat.«

Birgit schaute entgeistert: »Welche Frau auf welchem Foto?«

Katharina wurde klar, dass sie mit ihrer besten Freundin nicht über Tobias' Ausraster gesprochen hatte. Sie begann, die Geschichte um das mysteriöse Foto zu erzählen, und schloss ihren Bericht mit der Bitte: »Wenn du bei deinen Internetrecherchen auf irgendwas im Zusammenhang mit dieser Jana Waldemat stößt, bitte sammeln. Vielleicht hilft sie uns nicht weiter, aber zumindest sollten wir mehr über sie wissen. Und vielleicht auch mit ihr selbst reden. Aber damit warten wir noch.«

Birgit hatte – für sie ganz ungewohnt – die ganze Zeit nur zugehört. Sie sah nachdenklich aus.

»Katharina, wie egal ist dir das wirklich? Dass plötzlich Tobias mit im Spiel ist und die alte Geschichte?«

Katharina lächelte ihre Freundin an. »Ach, du Süße, alles gut, glaube ich. Das Telefonat mit Tobias war in Ordnung, vielleicht ist es sogar ein Weg, das Ganze endgültig abzuhaken. Lieb, dass du fragst.« Sie ging um den Schreibtisch herum und drückte ihrer Freundin einen dicken Kuss auf die Wange. Schmunzelnd sah sie zu, wie diese anschließend reflexartig ihren Schminkspiegel heranzog, um zu prüfen, ob der ungeplante Hautkontakt sich negativ auf ihr Make-up ausgewirkt hatte. Da dies nicht der Fall war, warf Birgit Katharina eine Kusshand zu und entließ sie mit der Info, ihre Recherchen zum Überleben in den Bergen lägen bereits auf Katharinas Mail-Account. Als sie gehen wollte, rief Birgit sie zurück. Missbilligend zeigte sie auf Katharinas legere Kleidung, dann auf den Schrank, in dem sie »Termin«-Klamotten ihrer Freundin aufbewahrte. »Bevor du zu Adelhofer gehst, solltest du noch mal bei mir vorbeischauen.« Katharina nickte brav und ging, um sich durch Birgits Bergwinter-Recherchen zu arbeiten.

Punkt 15 Uhr stand sie perfekt gekleidet vor beautiful Roberts Assistentin. Birgit hatte sie in eine hippe, enganliegende dunkelblaue Jeans, ein hellblaues Shirt und eine braune Lederjacke gesteckt. Die Locken waren zu einer schicken Frisur hochgesteckt. Katharina konnte also dem blondierten und mit Sicherheit nicht nur an einem Körperteil mit Botox behandelten Geschöpf, das sie feindselig musterte, entspannt gegenübertreten. Sie hätte den Ablauf des Gesprächs vorhersagen können, so oft hatte sie diesen Typ Frau in Vorzimmern angetroffen. Diese hier hatte tief in die Schminkschatulle gegriffen, die durchscheinende weiße Bluse war eine Nummer zu klein und die oberen Knöpfe standen so weit offen, dass sie bei jedem Vorbeugen freizügige Einblicke gewährte. Nachdem Katharina auf ihren Termin mit Adelhofer hingewiesen hatte, kam wie auf Kommando: »Herr Adelhofer ist heute leider den ganzen Tag nicht zu sprechen.«

Katharina spulte routiniert die Antwort ab: »Ach wirklich? Das ist schade. Es ist wohl etwas Ernstes dazwischengekommen. Ich hätte doch auf seinen Vorschlag eingehen sollen, dass wir uns auf ein Glas Wein treffen. Aber ich wollte einem viel beschäftigten Mann nicht seine wenige freie Zeit rauben.«

Verblüffung und Unverständnis zeichneten sich im Gesicht des Vorzimmerdrachens ab – was allerdings wegen der unterspritzten Gesichtsteile seltsam anmutete.

»Dann gehe ich, auf Wiedersehen. Falls Sie ihn sprechen sollten, sagen Sie ihm, ich melde mich später.«

Botoxine hatte ihre Fassung wiedererlangt und schnauzte: »Ich habe doch deutlich gesagt, dass Herr Adelhofer den ganzen Tag nicht zu erreichen ist. Daher hilft es auch nichts, wenn Sie sich nachher noch mal melden.«

Katharina lächelte nachsichtig: »Oh, entschuldigen Sie bitte, ich habe mich nicht klar ausgedrückt. Sagen Sie ihm, ich melde mich nachher auf seinem privaten Handy, dann muss ich Sie nicht ein weiteres Mal belästigen. Das ist bestimmt unangenehm für Sie, wenn Herr Adelhofer Sie nicht über Termine unterrichtet, die er vereinbart. Ich überlasse Sie wieder Ihren Aufgaben, vergessen Sie mich einfach. Ich kann Herrn Adelhofer nachher ja sagen, dass man so nicht mit seiner Assistentin umgehen kann.« Katharina zwinkerte der Blondie verschwörerisch zu.

In diesem Moment klingelte ihr Handy. Robert Adelhofer! »Hallo, meine schöne Lieblingsjournalistin, sind Sie in meinem Büro?«

»Sagen wir besser, vor Ihrem Büro«, präzisierte Katharina.

»Oh, verstehe, dann befindet sich vor Ihnen das unüberwindliche Hindernis Frau Perlmaier, das tut mir leid. Ich habe vergessen, ihr unseren Termin mitzuteilen. Sie soll Sie in mein Büro lassen, ich bin in fünf Minuten da.«

»Das sagen Sie ihr besser selbst.« Mit diesen Worten reichte Katharina ihr Handy an Frau Vorzimmer-Perlmaier weiter. Fasziniert beobachtete sie, dass die Dame an jedem Finger der rechten Hand einen, manchmal sogar zwei Ringe trug.

»Mach ich, Chef. Allein? Echt? Wie Sie meinen.« Perli gab das Smartphone an Katharina zurück. Beleidigt zeigte sie auf die schicke Plexiglastür hinter sich und sagte kurz: »Sie sollen auf ihn warten. Wollen Sie einen Kaffee?«

»Oh, danke, dass Sie so freundlich fragen, aber nein, lieber nicht. Ich hatte heute schon genug Kaffee.«

Katharina strahlte Frau Perlmaier an und ging an ihr vorbei in Robert Adelhofers riesiges Büro. Darin: ein überdimensionaler halbrunder Schreibtisch, darauf ein iPad. An den Wänden unzählige Fotos von Adelhofer – in der Sendung, mit Fans, in Talk-Runden, mit seinen Eltern, vor dem Adelhofer-Hof und natürlich ein riesiges Bild vom Cover seines Buches. Die diversen Fotos mit seinem Bruder waren alle mit einem schwarzen Trauerband versehen. Bilder von Robert in den Bergen gab es keine.

Zu einer Lounge in Grau gehörte ein bemerkenswerter

Tisch: Der Fuß war die Nachbildung eines Berges, auf dem Gipfel war eine dicke Glasplatte aufgeschraubt. Ein Alpentisch für den Alpenneurotiker? Interessant, befand Katharina und ging zu dem Fenster, aus dem Adelhofer von seinem Schreibtisch aus schauen konnte. Das Gebäude, in dem er seine Produktionsfirma hatte, befand sich im zwölften Stock eines Hochhauses in der Nähe des Stachus – beste Münchner Lage. Vom Fenster schaute man Richtung Norden über die Fußgängerzone, die Feldherrenhalle bis zur Erlöserkirche an der Münchner Freiheit.

Während Katharina überlegte, in der Lounge auf Adelhofer zu warten, piepte das iPad auf seinem Schreibtisch. Ohne groß zu überlegen, ging sie an den Tisch und nach einem Klick konnte sie lesen: »Wie du siehst, habe ich deinen privaten E-Mail Account. Ich empfehle dir dringend, dich an die Vereinbarungen zu halten.«

Keine Unterschrift und auch die E-Mail-Adresse gab keinen Hinweis auf den Absender: info@service222.de. Katharina schoss schnell ein Handy-Foto und schickte es an Birgit. Dann ging sie Richtung Lounge und setzte sich auf einen der Sessel. Kurz darauf öffnete sich die Tür. Adelhofer kam herein. Hinter ihm warf Botoxine noch mal einen giftigen Blick Richtung Katharina.

»Hallo, liebe Frau Langenfels, wie schön. Warum haben Sie keinen Kaffee?«

»Ich wollte keinen, danke, Herr Adelhofer.« Katharina erwiderte Adelhofers Händedruck, der fest und selbstsicher war. Er setzte sich ihr gegenüber und schaute ihr so eindringlich in die Augen, dass Katharina froh war, den Sessel gewählt zu haben.

»Toller Tisch.« Katharina deutete auf den verglasten Berg. Kurzes Zucken in Roberts Gesicht.

»Finden Sie? Na ja, das war ein Geschenk meines Teams nach meiner ersten ›Krise‹-Sendung. Symbolisch nach dem Motto: ›Du hast den Berg erklommen.‹« Adelhofer schaute sie prüfend an. »Sie fragen sich bestimmt, wie das zu meiner Phobie, was Berge betrifft, passt: Auf den muss ich nicht rauf, der steht nur rum.«

»Nein, deswegen habe ich nicht gefragt. Ich fand eher das Design interessant. Und zu Ihrem Lebensthema passt der Tisch in jedem Fall. Welcher Berg ist es? Ich kenne mich da nicht gut aus.«

Robert Adelhofer grinste. »Müssen Sie auch nicht. Ich kann Sie beruhigen, diesen Berg gibt es nicht, ein Phantom quasi.«

Katharina lächelte.

»Los geht's, Frau Langenfels. Fragen Sie, fragen Sie nach Herzenslust, was Ihnen hilft für eine gute Story.« Adelhofer sah wie aus dem Ei gepellt aus, trug ein teures rot-weiß kariertes Hemd, dazu edle, lässig wirkende graue Designerjeans und an Haferlschuhe erinnernde Halbschuhe, vermutlich handgemacht. Botoxperli im Vorzimmer war bestimmt ganz wild auf ihren Robert.

»Danke, dass Sie sich noch mal die Zeit nehmen. Ich würde gern ein bisschen mit Ihnen über Ihre Kindheit sprechen, über Sie und Ihren Bruder, Ihre Liebe zu den Bergen und wie es zu der Idee mit dem Bergwinter kam.«

»Kein Problem, Frau Langenfels. Vom Lukas erzähle ich besonders gern, weil er so ein lieber Kerl war. Und das sag ich nicht bloß, weil er tot ist. Wir waren nicht nur Brüder, sondern die besten Freunde, wir haben alles zusammen gemacht. Am liebsten sind wir in die Berge, im Sommer, im Winter, Hauptsache in die Berge. Als wir noch klein waren mit der ganzen Familie, und später nur noch wir zwei. Ich glaube, es gibt keinen Berg im Chiemgau, auf dem wir nicht oben waren, und in Bayern nur wenige. Nachdem wir selbst Auto fahren durften, hat sich unser Radius natürlich vergrößert, wir sind mal übers Wochenende weg, mal für eine ganze Woche. Mit Übernachtung auf Hütten oder einfach im Schlafsack unterm Sternenhimmel – ganz romantisch, verstehen Sie, Frau Langenfels?« Er zwinkerte Katharina verschwörerisch zu.

»Und wegen der Romantik sind Sie auf die Idee mit dem Bergwinter gekommen?«

Adelhofer grinste. »Na ja, das weniger. Ich wollte meine Grenzen testen, herausfinden, was ich aushalten kann. Wo hätte ich das besser machen können als in den Bergen? Die Berge waren nach Lukas meine besten Freunde. Zu den Bergen hatte ich uneingeschränktes Vertrauen. Ich wusste, dass sie mich nicht im Stich lassen würden. Und bei der Watzmann-Überquerung, die der Lukas und ich zwei Jahre vorher gemacht hatten, habe ich die Region sehr gut kennengelernt. Drum bin ich da los.«

»Was hat Lukas zu Ihrem Plan gesagt?«

»Der hat das sofort verstanden. Er hat mich hundertprozentig unterstützt und das Geheimnis gehütet, genau, wie wir es ausgemacht haben.«

»Warum ist Lukas nicht mit? Wäre das nicht eine bereichernde Erfahrung für Sie als Brüder gewesen?«

Robert Adelhofer schaute Katharina vollkommen verständnislos an. »Das war überhaupt nie ein Thema. Es war klar, dass ich das mach, dass das meine Challenge ist.« Irritiert schob er nach: »Der Lukas hat das genauso gesehen, das weiß ich.«

Schade, dass wir ihn nicht mehr fragen können, dachte Katharina. »Sorgen hat er sich keine gemacht?«

Adelhofer antwortete mit einer wegwerfenden Geste. »Nein, der Lukas war sich sicher, dass ich das pack, wir waren so oft zusammen in den Bergen, der hat gewusst, dass ich jede Situation meistern würde.«

»Aber im Winter monatelang Tag und Nacht in den Bergen, das kannten Sie nicht. Haben Sie sich lange darauf vorbereitet und alle möglichen Situationen durchgespielt?«

Adelhofer lachte laut auf und nahm einen Schluck von dem Cappuccino, den ihm Botox-Perli gerade hingestellt hatte. Katharina hatte sie mit einem ätzenden »Sie wollten ja nichts, Frau äh …« abgefertigt.

»Nein, Frau Langenfels, ein Bub aus den Bergen, der weiß genau, was da auf ihn zukommt, das hab ich nicht durchspielen müssen.«

Langsam begann dieses Gespräch Katharina zu nerven. »Und die Sache mit Ihren Fingern … Da hatten Sie offenbar nicht alles im Griff.«

Wieder lachte Adelhofer herzlich und streichelte die Lücke zwischen Zeige- und Ringfinger. »Kollateralschaden, Frau Langenfels, ein kleiner Kollateralschaden. Es war halt ein paar Nächte arg kalt und die Handschuhe durch und das Feuer aus. Da ist das nicht ausgeblieben.«

»Wie haben Sie das Feuer wieder anbekommen mit fast erfrorenen Fingern?«

»Sie wollen es aber ganz genau wissen, Frau Langenfels, klar, als knallharte Journalistin.« Jetzt zwinkerte Adelhofer ihr nicht nur zu, sondern legte kurz seine Hand auf ihren Oberschenkel. Katharina drehte ihre Beine weg und schaute ihn erwartungsvoll an.

»Na ja, wie man halt ein Feuer anmacht, Steine aneinanderreiben und so weiter.«

»Und das ganze Holz für einen Winter hatten Sie irgendwo aufbewahrt?«

»Ich will ehrlich zu Ihnen sein. Einen kleinen Vorrat für die erste Zeit hatte ich tatsächlich in einer Höhle gesammelt, aber nur wenig.«

»Welches Holz brennt Ihrer Erfahrung nach eigentlich am besten? Ich habe meine eigenen schlechten Erfahrungen mit meinem kleinen Kamin zu Hause«, log Katharina.

Kurze Pause – mit dieser Frage hatte beautiful Robert anscheinend nicht gerechnet.

»Oh, Frau Langenfels, man darf halt nicht wählerisch sein, ich hab gesammelt, was rumlag.«

»Aber das Holz, das Sie später gesammelt haben, muss doch ganz feucht gewesen sein. Das hat sicher ewig gedauert, bis es gebrannt hat.«

»Stimmt. Was dich nicht umbringt, macht dich stärker, das war immer mein Motto. Bei dem Finger war ich mir nicht mehr ganz sicher, aber ist ja auch gut gegangen.«

Wie Adelhofer sich auf dem Berg mit seinem Brotzeitmesser den Finger abgeschnitten hatte, damit der Wundbrand sich nicht ausbreitete, das hatte Katharina in einem älteren Interview gelesen.

»Sie müssen unglaubliche Schmerzen gehabt haben.«

»Kann man sagen, ja, und nicht gerade steriles Verbandszeug.«

»Mit Ihrem Wissen nach diesen Monaten könnten Sie wahrscheinlich ein Buch rausgeben mit den besten Wurzel- und Kräuterrezepten aus den Bergen.«

Adelhofers Blick flackerte kurz: »Oh nein, Frau Langenfels, Kochen ist überhaupt nicht mein Ding. Hab ich auch nicht machen können, gab ja nichts. Hab halt von getrockneten oder gebrutzelten Viechern gelebt.«

»Echt? Einen ganzen Winter lang? Welche Tiere haben Sie gegessen?«

»Was ich erwischt hab. Hase, Reh, Schlange, alles Mögliche.«

»Clevere Idee, eine Schlange im Winterschlaf zu überraschen. Und wie haben Sie die verspeist?«

»Das wollen Sie nicht wissen, Frau Langenfels, das wollen Sie nicht wissen.«

Katharina setzte nach: »Doch, das ist total spannend. Schonen Sie mich nicht, ich halte Einiges aus.«

Adelhofer wurde unruhig. »So spannend ist es nicht. Auseinandergeschnitten, überm Feuer gegart und gegessen. Hat ekelhaft geschmeckt.«

»Interessant. Ich habe mal gehört, Schlange schmeckt wie Hühnchen.«

»Die nicht«, antwortete Adelhofer knapp.

Katharina schwieg und beobachtete ihn.

Er trank einen Schluck Cappuccino und fragte förmlich: »Frau Langenfels, kann ich noch irgendetwas für Sie tun?«

»Nur noch zwei Fragen: Als Sie zurückkamen nach dem Bergwinter, ist Ihnen die gute Freundschaft mit Lukas erhalten geblieben?«

»Natürlich. War zwar mit dem Lukas seiner Depression nicht einfach, den Kontakt zu halten. Aber ich hab mein Bestes gegeben. Anscheinend nicht genug.« Jetzt blickte Adelhofer sinnierend in die Ferne.

»Herr Adelhofer, es tut mir leid, dass Sie dieses Gespräch aufgewühlt hat. Eine letzte Frage: Wer ist Jana Waldemat?«

Katharina sah Überraschung in Adelhofers Gesicht. »Jana Waldemat, das war eine Flamme vom Lukas. Als ich aus den Bergen zurückkommen bin, war er kurz mit der zusammen – ist ewig her, drum haben Sie mich gerade auf dem falschen Fuß erwischt. Ich habe mich über den Nachnamen amüsiert, weil er mich an Lord Voldemort von Harry Potter erinnert hat. Dabei hatte die kleine blonde Jana gar nichts von diesem Ungeheuer. Wie kommen Sie auf die?«

»Ach, wir haben sie zufällig auf einem Foto mit Lukas und Ihnen gesehen. Und in einem anderen Zusammenhang ist sie noch mal aufgetaucht. Wissen Sie, was Frau Waldemat heute macht?«

»Keine Ahnung, das ist so lang her. Ich hab nie viel mit dem Mädl zu tun gehabt, wissen Sie, das war ja dem Lukas seine. Sie haben sich dann auch bald getrennt. Danach ist sie nie wiederaufgetaucht.«

»Ah, alles klar, na ja, kann man nichts machen. Vielen, vielen Dank, dass Sie sich die Zeit genommen haben.« Katharina stand auf und Adelhofer ebenfalls.

»Immer wieder gern, Frau Langenfels. Melden Sie sich einfach in meinem Büro, wenn Sie noch etwas brauchen.«

»Das mache ich. Ach, bevor ich es vergesse: Während ich auf Sie gewartet habe, ist eine E-Mail auf Ihrem iPad angekommen. Jedenfalls war es der gleiche Signalton wie bei meinem, wenn eine E-Mail kommt. Schönen Tag noch.« Katharina lächelte Adelhofer an, drückte kräftig seine Hand und glaubte, ein unsicheres Flackern in seinen Augen zu sehen.

»Katharina, genau diese E-Mail-Adresse, von der die Mail kam, die du abfotografiert hast, habe ich auf Lukas' Laptop gefunden. Ich weiß nur noch nicht, wem sie gehört. Den Inhalt habe ich auch noch nicht entschlüsselt, kann aber nicht mehr lang dauern.«

Kaum war Katharina aus Adelhofers Büro raus, hatte sie Birgit angerufen und ihre Vermutung mitgeteilt: »Irgendjemand erpresst Robert Adelhofer und hat vielleicht auch

Lukas erpresst. Oder Lukas hat mit jemandem gemeinsame Sache gemacht und das wurde irgendwann schwierig.«

»So sieht es aus, das sehe ich genauso. Er hat übrigens seine Handynummer geändert, wahrscheinlich, weil er von irgendwem nicht mehr erreicht werden will. Prominente machen das zwar öfter, aber gerade jetzt … Wäre ein großer Zufall, wenn es nichts mit der aktuellen Situation zu tun hätte. Jedenfalls kann ich leider seine Gespräche nicht mehr mithören.«

»Das macht nichts, Birgit, wir kriegen das hin.« Katharina wollte vermeiden, dass ihre Freundin die nächste halblegale oder verbotene Aktion startete.

Von der kam abgeklärt: »Schon gut. Jedenfalls werden wir mehr wissen, wenn ich in die Mails reinkomme. Was hattest du sonst für einen Eindruck von ihm?«

»Er weicht den Fragen nach dem Überleben in den Bergen aus. Kaum habe ich ihm widersprochen, ist er unsicher geworden. In früheren Interviews hat er nur von Holzsammeln und Wasserschmelzen geredet, Dinge, die jeder weiß, selbst wenn er überhaupt noch nie in den Bergen war. Außerdem könnte er bestimmt mehr über Jana Waldemat sagen. Er ist richtig blass geworden, als ich ihren Namen ins Spiel gebracht habe. Und dann erzählt er von großer Bruderliebe. Dass das nicht stimmt, weiß ich ja schon von Alfred Birnhuber.«

Katharina hörte, wie Birgit auf ihren Computer einhackte, während sie ihrem Bericht lauschte.

»Ich habe mich auf Roberts Konto umgeschaut und auf dem von Lukas. Bei Lukas nichts Auffälliges, außer dass der arme Kerl bedauernswert wenig Kohle hatte. Bekam von Robert jeden Monat 500 Euro, das war's. Verdient hat er zuletzt wohl gar nichts mehr. Gegessen und geschlafen hat er umsonst auf dem Adelhofer-Hof, große Sprünge konnte er trotzdem nicht machen. Robert lebt allerdings auf großem Fuß. Der hebt monatlich zwischen 5- und 8.000 Euro ab. Da sind die laufenden Kosten wie Miete et cetera nicht drin, die gehen separat vom Konto ab. Mit der Produktionsfirma haben die Kosten auch nichts zu tun, dafür gibt es ein Extrakonto. Auf dem scheint auf den ersten Blick alles realistisch zu sein. Bleibt die Frage: Wofür braucht Adelhofer dermaßen viel Bargeld jeden Monat? Würde deine Erpressungstheorie bestätigen.«

»Weißt du, wie lange er schon so hohe monatliche Beträge abhebt?«

»Das ging los, als er mit ›Krise‹ auf Sendung ging, also seit vier Jahren. Vorher hatte er gar nicht so viel Geld, das er hätte ausgeben können.«

»Und die Sendung bekam er ein halbes Jahr, nachdem er aus den Bergen zurück war, richtig?«

»Richtig, Chefin.«

»Das heißt, entweder lebt er seitdem in Saus und Braus oder er braucht monatlich eine Summe Bargeld für was auch immer.«

»Ich tippe auf beides, Katharina. Was er mit dem Bargeld macht, das musst du rausfinden, da kann ich digital leider nichts tun. Und genau deswegen agiert er mit Bargeld, wenn du mich fragst.«

»Wir sollten irgendwie an Jana Waldemat rankommen. Sie ist komplett aus Lukas' Unterlagen verschwunden.

Wenn nichts dran ist, auch gut, dann wissen wir wenigstens das. Vorschlag: Du suchst digital nach Infos über sie und ich analog, okay?«

Birgit lachte herzhaft in den Hörer: »Alles klar, Chefin. Viel Spaß bei der analogen Suche.«

Katharina ging nicht mehr ins Büro, sondern holte pünktlich ihre Tochter vom Hort ab. Svenja war recht aufgedreht und erzählte ihr auf dem Heimweg minutiös ihren ganzen Tag. Katharina war nicht ganz bei der Sache.

»Einverstanden, Mama? Das machen wir.«

Katharina merkte jetzt erst, dass Svenja ihr eine Frage gestellt hatte. »Schätzchen, entschuldige, ich war gerade in Gedanken, was hast du gesagt?«

»Oh Mann, Mama.« Svenja rollte genervt mit den Augen, was so süß aussah, dass es Katharina schwerfiel, ernst zu bleiben. »Ich habe dich dreimal gefragt, ob wir uns heute einen Mädelsabend machen mit Pizza und Fernsehen.«

Nach Fischstäbchen war Pizza Svenjas zweite Lieblingsmahlzeit – natürlich nur mit echtem Mozzarella, frischen Tomaten und gegrilltem Gemüse. Gott sei Dank hatte der Italiener am Weißenburger Platz drei Häuser von ihrer Wohnung entfernt genau diese Pizza. »Klar, Svenjalein, können wir machen. Wir sagen gleich Paolo Bescheid, dass wir in einer halben Stunde die Pizza holen kommen, okay?«

»Okeeee, Mama«, jauchzte Svenja und hakte sich bei ihrer Mutter unter.

»Ah, le donne bellissime di Monaco, Svääänja e Katharina, come stai?« Paolo schaffte es sofort, Katharinas Laune zu heben, wenn er sie und ihre Tochter als die schönsten Frauen Münchens begrüßte und in seinem wunderbaren Italienisch fragte, wie es ihnen ging. Sie wartete lächelnd, bis Paolo »Svääänja«, die ihm direkt auf den Arm gehüpft war, runtergelassen hatte. Wie gewohnt nickte sie auf die Frage: »Una Vegetariana e una Quatro Staggione en venti minuti?«, und ging mit zwei Pizzakartons »for bezaubernde Ella e Sibylla, dann brauche sie nicht komme hole« nach Hause. Tatsächlich fand sie ihre beiden Nachbarinnen Ella und Sibylla auch sympathisch, obwohl noch nie Zeit war, länger miteinander zu plaudern. Svenja hatte mehr Kontakt, sie ging regelmäßig Lebensmittel ausleihen, die ihnen fehlten. Katharina hatte sich dafür noch nie revanchiert, wie ihr mit schlechtem Gewissen bewusst wurde. Immerhin eine Glückwunschkarte hatte sie vor Kurzem eingeworfen, als die beiden geheiratet hatten. Ein geschmücktes Auto hatte vor der Tür gestanden und an der Wohnungstür hatte irgendwer ein »just married« angebracht. Ansonsten schienen sie eine Wochenendbeziehung zu führen, Sibylla war selten zu sehen. Heute schienen beide da zu sein, schloss Katharina aus den zwei bestellten Pizzen und klingelte bei Wecker/Sieland. Eine überraschte Sibylla öffnete die Tür und nahm freudig die beiden Kartons entgegen. »Paolo hat sogar netzwerkende Fähigkeiten«, grinste sie. »Wie lange wohnen wir im gleichen Haus und haben bisher kaum miteinander gesprochen?«

»Das stimmt«, lachte Katharina. »Und das, obwohl ich euch noch Einiges für die diversen Dinge schulde, die Svenja bei euch ausgeliehen hat.«

Sibylla winkte ab. »Vergiss es, machen wir gerne.«

»Für Kinder tut meine Gattin alles, musst du wissen«, erläuterte Ella, die auch an die Tür gekommen war und Katharina die Hand reichte.

»Wenn ihr wie wir Paolo-Fans seid, könnte ich mich bei Gelegenheit mit einer Pizza-Einladung revanchieren«, schlug Katharina vor.

»Gerne«, freute sich Ella und ihre Frau nickte zustimmend.

»Was ist eure Lieblingspizza?«, schaltete Svenja sich ein.

»Meine die Vegetariana und Ellas die Quattro Stagioni«, antwortete Sibylla und kam nicht zur Gegenfrage, weil Svenja begeistert schrie:

»Wie bei uns, Mama, wie bei uns. Da müssen wir unbedingt alle hin, dann hat es Paolo leicht, weil er nur zwei verschiedene Pizzas machen muss.«

Alle vier lachten und vereinbarten, baldmöglichst einen Termin zu finden.

Katharina und Svenja hatten eine Viertelstunde später ihre Pizzen auf dem Teller und Katharina schaute sich mit ihrer Tochter wie versprochen alle Vorabendserien an, bis es um 20 Uhr Zeit für Svenja war, sich bettfertig zu machen. Nach einer Gutenachtgeschichte schlief sie sofort ein. Katharina ging zurück ins Wohnzimmer, als ihr Handy klingelte. Tobias, stellte sie überrascht fest.

»Tobias, was gibt's?«, meldete sie sich etwas unruhig.

»Nichts Dramatisches, Katharina, alles gut.« Er stockte.

»Ist Svenja im Bett? Ich habe extra gewartet mit meinem Anruf, damit sie nicht enttäuscht ist, dass ich nicht mit ihr reden will.«

»Ja, sie ist gerade eingeschlafen.«

»Mir ist unser Gespräch nicht mehr aus dem Kopf gegangen und mir ist eingefallen, dass einer meiner Arbeitskollegen einen Typen kennt, der auch was mit Jana hatte – haben sich indirekt wohl sogar durch mich kennengelernt.« Er lachte verächtlich. »Jana und ich waren zusammen auf einer Fete von besagtem Kollegen, und da war der andere Typ auch. Er scheint einer meiner Nachfolger geworden zu sein. Wenn du willst, kann ich rausfinden, ob der weiß, was sie macht.«

Katharina war sprachlos. »Tobias, klar, gerne. Warum machst du das?«

»Ich habe dir ja gesagt, dass es mir reinlaufen würde, wenn die Dame eins ausgewischt bekäme. Das ist aber nicht der einzige Grund. Ich finde, äh, also ich finde, du hast noch was gut bei mir. Vielleicht kann ich zumindest ein bisschen helfen.«

Katharina schluckte und brachte nur ein »okay, danke« heraus.

MITTWOCHABEND, MÜNCHEN BOGENHAUSEN

»Englischer Garten, Nähe Kleinhesseloher See. Da gibt es einen Baum mit einem versteckten Loch. Anbei der Google-Maps-Link. Am 23. ab ein Uhr nachts steckt dort das Geld. Ab sofort jeden vierten Dienstag im Monat um diese Zeit an diesem Ort. Und schreib mir nie mehr an meinen privaten Account. Auch ich kann ungemütlich werden.«

Wütend knallte Jana ihren Laptop zu. Drohen? Ihr? Warum? Womit? Das wäre ja noch schöner. Und sie sollte ab sofort einmal im Monat mitten in der Nacht im Englischen Garten das Geld holen? Wie eine Verbrecherin? So weit kam es noch.

Bisher war es ein Highlight gewesen. Jeden Monat Lukas' schmachtende Blicke, wenn er ihr das Geld brachte. Das

Treffen jedes Mal in einem anderen Café, in Starnberg, am Ammersee oder am Odeonsplatz. Sie hatte es genossen, dass Lukas sich mit ihr treffen musste. Und sie spürte, wie sehr er sie begehrte. Dass die Affäre vorbei war, das musste er verstehen.

»Ich lieb dich nicht mehr«, hatte sie ihm gesagt, das musste reichen.

Sie hatte es sowieso nur aus dem einen Grund gemacht, besonders erfüllend war es ja nicht gewesen. Auf ihre Kosten war sie nie gekommen. Jana seufzte angewidert. Er hatte nichts von dem, was Jana an einem Mann schätzte: kein Geld, kein Ansehen und – Jana grinste – keine Beziehung, anhand derer sie testen konnte, wie sehr er sie wirklich wollte.

Im Gegenteil, Lukas war ein Ladenhüter, irgendwann hatte sie begonnen, ihn zu verachten. Aber als langfristige Investition hatte die Affäre ja dann doch was gebracht. Und die monatlichen Treffen waren super gewesen. Das durch ein Loch im Baum zu ersetzen, ging gar nicht.

Sie öffnete den Laptop wieder und schrieb – selbstverständlich an den privaten Account: »So geht das nicht. Ich will adäquaten Ersatz für Lukas.«

Sie grinste bei der Vorstellung, welche Wut es bei ihrem Gegenüber auslösen würde, dass sie auf einem unverschlüsselten Account offen Namen benutzte.

Sofort kam die Antwort, natürlich an die verschlüsselte Adresse: »Ich warne dich. Du akzeptierst das, was ich anbiete, und schreibst nie mehr an den privaten Account. Unterschätz mich nicht. Ich kann dich fertigmachen.«

Jana knallte den Laptop zu und rannte ins Bad – Rundumkontrolle im Spiegel: Ihre Frisur saß bombenfest.

»Gut siehst du aus, Kleine, bleib ruhig. Die können dir nichts, es wird nichts passieren. Dann schreibst du ihm eben in Zukunft auf den anderen Account und holst das Geld im Englischen Garten ab, so what.«

Aber irgendwie wurde sie das Gefühl nicht los, dass sie dabei war, eine Schlacht zu verlieren – nach Thomas schon die zweite in ihrem Leben. Wobei Thomas nur Spielzeug war, das hier war ernst, sehr ernst.

MITTWOCHABEND, MÜNCHEN HAIDHAUSEN

Katharina saß mit einer großen Tasse Roibusch-Vanille auf ihrer Eckbank und überlegte. Sollte sie sich unter irgendeinem Vorwand mit Jana Waldemat treffen? Nein, das ging nicht. Abgesehen von der schmerzhaften privaten Komponente war sie zu bekannt. Das Risiko, dass Jana sofort rausfinden würde, weswegen sie mit ihr sprechen wollte, war viel zu groß.

Wenn das stimmte, dass die Dame besonders auf Männer stand, die in festen Beziehungen waren, müsste sie so einen auf sie ansetzen. Oder einen, der vorgab, in einer festen Beziehung zu sein, dachte sie und schmunzelte, während sie zum Telefonhörer griff. Es dauerte eine Weile, bis Oliver Arends ranging.

»Katharina, du willst mich nicht etwa als Babysitter herbeizitieren?« Seine Stimme klang müde.

»Habe ich dich geweckt? Das tut mir leid. Es ist nicht so dringend, ich rufe morgen noch mal an. Es geht übrigens nicht um Svenja. Es geht um du weißt schon wen.«

»Jetzt bin ich wach, war auch noch nicht im Bett. Nur fangen mich die ewig gleichen Intrigenspielchen in ›House of Cards‹ an zu nerven. Und darüber bin ich vor dem Fernseher eingeschlafen. Schieß los.«

Katharina erläuterte Oliver ihren Plan. Sie würde von Tobias erfahren, wo man Jana Waldemat »zufällig« treffen konnte, und da würde Oliver hingehen – mit Ehering am Finger, versteht sich. Den mussten sie noch irgendwo organisieren. Dann würde er Kontakt mit Jana aufnehmen und ein bisschen mehr über sie zu erfahren versuchen.

»Klar mach ich das. Endlich Abwechslung in meinem langweiligen Leben. Wie die Dame gestrickt zu sein scheint, kann sie vielleicht auch anwaltliche Unterstützung brauchen. Wann geht's los?«

»Ich frage rum wegen einem Ehering und sobald ich von Tobias was weiß, melde ich mich.«

»Jawohl! Ich bin bereit.«

Fünf Minuten später stand Katharina wieder vor der Tür von Ella und Sibylla. Es war erst kurz nach neun, da konnte man noch klingeln, fand sie. Wieder öffnete Sibylla.

»Hallo, ich hoffe, es ist okay, dass ich um diese Zeit störe.«

»Klar, komm rein.« Sibylla lächelte freundlich und hinter ihr tauchte Ella auf mit einer Flasche Rotwein und zwei Gläsern in der Hand. »Ich hol gleich ein drittes Glas«, sagte sie und verschwand.

»Äh, nein, das ist lieb, aber Svenja ist alleine, ich wollte nur kurz was fragen, ehrlich gesagt eine ungewöhnliche Frage.«

Sibylla schaute neugierig und bedeutete ihr, in die Wohnung zu kommen. »Setz dich zumindest kurz hin, Svenja wird nicht in den fünf Minuten aufwachen.«

Sibylla ging voraus in ein gemütliches Wohnzimmer mit schickem grauem Sofa. Ansonsten schienen die Damen ein Faible für eine bestimmte Farbe zu haben – Sofakissen in Orange, ein großes Bild an der Wand in ähnlichen Tönen, ebenso wie die Blumen in den Balkonkästen.

Ella kam zurück, stellte drei Weingläser auf den Tisch und schenkte Katharina trotz ihres Abwinkens einen Schluck ein.

»Kurz gesagt, ich brauche einen Ehering für einen Abend, beziehungsweise ein Freund von mir braucht einen. Und ich habe keine verheirateten Menschen in meinem näheren Umfeld, drum seid ihr mir eingefallen. Weil ihr gerade geheiratet habt ...«

Sibylla und Ella schauten sich an und brachen in schallendes Gelächter aus. »Darauf Prost.«

Katharina stieß mit an und trank einen Schluck von dem Rotwein – der hervorragend war. Und wohl nicht billig.

»Darf man fragen, wofür ihr den Ring braucht?«, hakte Sibylla grinsend nach.

»Klar. Keine kriminelle oder sonst wie blöde Aktion. Ich bin Journalistin und recherchiere gerade in einer merkwürdigen Sache. Ich muss Informationen über eine Frau rausbekommen. Mein bester Freund wird versuchen, sie in einer Kneipe zu treffen. Und da sollte er den Ring tragen, weil ... Das kann ich leider noch nicht genau erklären.«

»Na ja, ist doch moralisch in Ordnung. Ein Mann zieht einen Ehering an, der nicht seiner ist, bevor er sich mit einer

Frau trifft«, analysierte Sibylla amüsiert. Ellas Blick fiel auf die rechte Hand ihrer Frau. Katharina folgte ihr und sah den Ehering an Sibyllas Mittelfinger.

»Der könnte einem Mann passen, Schnucki«, sagte Ella. Auf Katharinas verwunderten Blick lachten beide wieder los.

»Weißt du, wenn man mit Mitte 50 noch seine Liebste heiratet, weil es vorher nicht erlaubt und die Liebste auch nicht richtig entschlossen war«, Sibylla lächelte in Richtung Ella, »dann ist das so ungewöhnlich, dass ich den Ring nicht an dem Finger tragen will, an dem ihn alle tragen. Ehrlich gesagt, gern gebe ich ihn nicht her, aber für einen Abend, wenn es für eine gute Sache ist und ich ihn völlig unbeschadet wiederbekomme.«

Katharina lächelte. »Das ist wahnsinnig nett von dir und ich schwöre, dass es für eine gute Sache ist. Später werde ich es euch haarklein erzählen. Ich komme mit Oliver, so heißt mein Freund, bald vorbei, damit wir sehen, ob der Ring passt. Okay?«

»Okay«, seufzte Sibylla gespielt theatralisch und drehte den Ring an ihrem Finger. »Wie gewonnen, so zerronnen.«

Ella grinste Katharina an und rollte die Augen. »Sie braucht diesen Beweis, dass ich ihr nie mehr abhandenkomme, einfach an ihrer Hand, gell Schnucki?« Zärtlich legte sie den Arm um ihre Frau und küsste sie.

Als sie sich später verabschiedete, ging Katharina mit einem warmen Gefühl zurück in ihre Wohnung.

DONNERSTAGMORGEN, MÜNCHEN HAIDHAUSEN

»Sie scheint gerade Single zu sein, und dann geht sie wohl regelmäßig ins R8 – wahrscheinlich, um sich den nächsten Typen zu krallen.« Tobias klang genervt.

»Da kommt sie rein?« Katharina war überrascht. Die Einlassbedingungen für diese elitäre Bar im Zentrum von München waren auch für Frauen strikt.

»Sie kennt wohl sämtliche Türsteher. Die Dame findet ihre Mittel und Wege, das zu kriegen, was sie will. Zumindest bisher. Aktuell scheint sie sich eine Niederlage eingehandelt zu haben.«

»Äh, heißt?«

»Na ja, mit Thomas, den sie auf der Fete kennengelernt hat, von der ich dir erzählt habe, scheint es nicht rundgelaufen zu sein. Sie hat wohl ihre übliche ›ich bin für dich da‹-Masche abgezogen und er hat sich von ihr das Smartphone einrichten lassen. Hat aber entdeckt, dass sie eine Störsoftware installiert hat, und sie abblitzen lassen. Läuft mir richtig gut rein, diese Geschichte, ehrlich gesagt.«

Katharina staunte, wie wütend Tobias offenbar auf Jana war. Sie selbst nahm sich vor, Oliver zu warnen, dass er gut auf sein Smartphone aufpassen musste, wenn er Jana traf. Sie bedankte sich und legte auf.

Es musste ein beschissenes Gefühl sein für Tobias, überlegte sie. Er schien auf ein echtes Früchtchen reingefallen zu sein. Mehr Mitgefühl konnte sie allerdings nicht aufbringen.

Es war 8 Uhr morgens, um diese Zeit müsste Oliver eigentlich noch zu Hause sein.

Tatsächlich hob er gleich nach dem ersten Läuten ab. »Katharina, einen wunderschönen guten Morgen. Wo soll ich heute Abend hin?«

»Ins R8, wobei, Abend ist relativ. Die machen erst um 23 Uhr auf. Schaffst du das? Ich weiß natürlich nicht, wann die Lady auftaucht ...«

»Selbstverständlich schaffe ich das. Der neue Oliver Arends kommt auch mal mit zwei bis drei Stunden Schlaf aus. Was macht die Ehering-Recherche?«

Katharina berichtete vom netten Angebot ihrer Nachbarinnen und Oliver lachte. »Super, ich werde also mit dem Ehering einer lesbischen Frau einer Nymphomanin auflauern – wird ja immer besser ... Ich überlege sofort, was Mann für einen Aufriss anzieht. Bin total aus der Übung.«

Eine Stunde später saß Katharina Birgit gegenüber. Sie hatte sie telefonierend und ein hart gekochtes Ei essend in ihrem Büro angetroffen. Der Geruch war für Katharina morgens um halb zehn gewöhnungsbedürftig, aber sie schwieg. Ihrem Gesichtsausdruck nach zu schließen, schien die Laune der Archivarin ohnehin nicht besonders gut zu sein.

Sie lauschte mit ernstem Gesicht in den Hörer und sagte nur ab und an: »Hm, okay.«

Zum Schluss kam ein fast trauriges »Schade, danke trotzdem«.

Dann legte sie auf und murmelte »Morgen« in Katharinas Richtung.

Birgit trug eine gold-silbern getigerte Röhrenjeans und einen kurzärmeligen, rosafarbenen Mohair-Pullover, auf dem in Rot der Schriftzug »Love« prangte. Das Outfit stand in diametralem Gegensatz zu Birgits Laune, stellte Katharina fest. Sie ging um den Schreibtisch herum, legte einen Arm um ihre Freundin und fragte: »Was ist los?«

»Ich komme mit dieser drecksverschlüsselten E-Mail-Adresse nicht weiter. Und mein Hackerfreund Arno auch nicht. Der sagt, das kann nur die Polizei, ist wohl irgendwo im tiefsten Darknet angesiedelt und an so was kommen wir kleinen Hacker nicht ran.« Birgit schluckte den letzten Rest Ei und spülte ihn mit schwarzem Kaffee aus der Bürotasse herunter, die Katharina ihr geschenkt hatte. »Alltagsheldin«, stand in bunten Buchstaben darauf.

»Wir finden die Wahrheit trotzdem, Birgit, nicht verzagen. Wer ist eigentlich Arno?« Katharina war Birgits Umgang in der Hackerszene meist suspekt.

»Ach, den habe ich beim Jahrestreffen vom Chaos Computer Club kennengelernt, ist ein richtiger Nerd, hackt sich eigentlich überall rein. Wenn der es nicht schafft, schafft es niemand mit den üblichen Methoden.«

»Hast du in den unverschlüsselten Mails von Adelhofer was gefunden?«, fragte Katharina in der Hoffnung, ihre Freundin von ihrer Niederlage ablenken zu können. Und – Bingo. Birgits Augen begannen zu leuchten, die Ohranhänger – Plastik-Tiger links, Plastik-Löwe rechts – schwangen freudig hin und her. »Allerdings, Katharina, allerdings. Da hält sich offenbar jemand nicht an die Regeln und nutzt bewusst nicht den verschlüsselten Account, um Adelhofer Druck zu machen. ›So geht das nicht. Ich will adäquaten Ersatz für Lukas.‹ Das kam nach der Drohung, die du abfotografiert hast. Adelhofer hat wahrscheinlich über den verschlüsselten Account geantwortet. Es ist bestimmt nicht in seinem Sinne, dass Lukas' Name offen auftaucht im

Zusammenhang mit irgendeinem Deal. Was das zu bedeuten hat, weiß ich noch nicht. In jedem Fall wird er erpresst. Vielleicht hat er seinen Bruder doch umgebracht und irgendjemand weiß davon.«

Katharina berichtete ihrer Freundin von dem Plan, Oliver auf Jana Waldemat anzusetzen. Augenblicklich war die Laune der Archivarin wiederhergestellt.

»Spitze, Katharina, das ist spitze!«

Als Birgits Telefon klingelte, hob sie strahlend ab. Schnell wurde ihre Miene ernst und sie wedelte nervös mit der Hand in Katharinas Richtung. »Ja, sie ist hier, Herr Riesche-Geppenhorst, sage ich ihr, ja, umgehend, habe ich verstanden. Schönen Tag noch.«

Seufzend legte Birgit Wachtelmaier auf. »Hast du einen Termin bei deinem Chef vergessen?«

Katharina grinste. »Nö, habe ich nicht. Donnerstag nach der Redaktionskonferenz hat er gesagt. Heute ist Donnerstag und in fünf Minuten ist Redaktionskonferenz. Der Gute ist vermutlich nervös, weil er mich noch nicht gesehen hat. Muss ja was echt Wichtiges sein. Wie sehe ich aus? Cheftauglich?«

Katharina hatte sich zu Hause nach den Telefonaten mit Tobias, Oliver und Ella – der Ringübergabe-Termin für den Abend ging klar – an das bevorstehende Gespräch mit ihrem Chef erinnert und sich ihrer Meinung nach entsprechend gekleidet: orangefarbene Caprihose, schwarze Ballerinas und ein schwarzes Top.

»Du siehst fantastisch aus, als wärst du die Chefin und nicht der Zausel da oben.«

Birgit und Katharina klatschten sich ab und Katharina entschwand Richtung Redaktion.

Riesche-Geppenhorst war offensichtlich nervös. Er bot ihr einen Kaffee an, vergaß dann, ihn einzuschenken. Er fragte sie, wie es mit der Adelhofer-Recherche lief, hörte aber nicht richtig zu, was Katharina an einem monotonen »aha, aha« bemerkte, das ihr Chef auch an Stellen äußerte, an denen es nicht passte. Ihr war das recht. So konnte sie weitermachen, wie sie es geplant hatte.

»Äh, Frau Langenfels, es geht quasi um eine halb private, halb dienstliche Sache.« Riesche-Geppenhorst starrte vor sich hin, bemerkte dann, dass er Katharina noch keinen Kaffee eingeschenkt hatte, entschuldigte sich, gab ihr die volle Tasse, starrte weiter vor sich hin. Langsam wurde Katharina unruhig. Was um Himmels willen war los?

»Herr Riesche-Geppenhorst, Sie machen es echt spannend.«

Ihr Chef schreckte auf und schaute sie an, als würde er erst jetzt wahrnehmen, dass sie vor ihm saß.

»Entschuldigen Sie, Frau Langenfels, entschuldigen Sie! Wir sind schwanger.«

Der Satz blieb im Raum hängen und Katharina musste fast loslachen. Was hatte das mit ihr zu tun? Um die Stille zu überbrücken, sagte sie: »Wie schön, herzlichen Glückwunsch, das ist eine wunderbare Nachricht.«

Riesche-Geppenhorst schreckte erneut auf und starrte Katharina verunsichert an. »Finden Sie? Das ist schön, dass Sie sich mit uns freuen. Wissen Sie, ich wollte unbedingt ein zweites Kind. Meine Frau hat sich darauf eingelassen, ja, sie hat sich darauf eingelassen« – Riesche-Geppenhorst rührte versonnen in seinem Kaffee – »unter der Bedingung, dass ich Elternzeit nehme, wenn das Kind da ist. Ein fairer Deal, zeitgemäß und verständlich. Ich habe natürlich Ja gesagt.«

Und jetzt kommt das Kind tatsächlich und du musst zu Hause bleiben. Katharina amüsierte sich königlich, verstand nur weiterhin nicht, was das mit ihr zu tun hatte.

»Das ist super, Herr Riesche-Geppenhorst. Und Sie werden viel von dem Baby mitbekommen, eine wunderbare Erfahrung.«

Ihr Chef lächelte sie verunsichert an. »Danke, ja. So wird das bestimmt sein. Na ja, und ich habe es schon dem Verleger gesagt. Der ist einverstanden. Er hat vorgeschlagen, dass Sie während meiner Abwesenheit die Redaktionsleitung übernehmen.«

RG musterte Katharina verstohlen. Sie freute sich über die Chance, auch wenn ihr Chef deutlich machte, dass es nicht sein Plan war.

»Das ist eine große Wertschätzung des Verlegers. Freut mich sehr. Ab wann sind Sie denn weg?«

»In sechs Monaten und ich würde ein Jahr zu Hause bleiben.«

Katharina grinste in sich rein. Alles klar geregelt. Ein Jahr Kind, anschließend wieder Karriere. Sollte es irgendwelche Schwierigkeiten geben, konnte sich Frau Riesche-Geppenhorst kümmern.

»Verstehe. Richten Sie doch bitte dem Verleger aus, dass ich mich über dieses Angebot und sein Vertrauen sehr freue. Ich überlege es mir. Bis wann will er Bescheid wissen?«

Riesche-Geppenhorst sinnierte vor sich hin. Ein glücklicher werdender Vater sah jedenfalls anders aus, konstatierte Katharina.

»Das heißt, Sie könnten sich das vorstellen, den Job interimsweise zu übernehmen?« Riesche-Geppenhorst fixierte sie.

»Vorstellen kann ich mir das in jedem Fall. Ich muss

mit meiner Tochter sprechen und überlegen, wie ich mich organisieren würde. Reicht es, wenn ich Ihnen bis Dienstag Bescheid gebe?«

Keine Antwort, stattdessen: »Das überrascht mich schon ein wenig, dass Sie einen Bürojob tatsächlich ernsthaft erwägen. Sie sind eher ein Freigeist, dachte ich.«

Langsam dämmerte Katharina, um was es ging. Riesche-Geppenhorst hatte Angst um seinen Job. Sie war Konkurrenz. Er wollte sie nicht als seine Vertretung.

»Doch, das kann ich mir gut vorstellen. Wäre eine tolle neue Herausforderung. Und in einem halben Jahr habe ich das Adelhofer-Thema bestimmt abgeschlossen. Das würde passen. Dienstag bekommen Sie meine Antwort.«

Riesche-Geppenhorst nickte resigniert.

»Äh, ich bin weg, Herr Riesche-Geppenhorst, habe heute noch Einiges zu recherchieren. Wir sind auf einer interessanten Spur in der Adelhofer-Sache.«

»Jaja, bis Dienstag, Frau Langenfels.«

Keine Nachfrage wegen Adelhofer, nichts. Kopfschüttelnd ging Katharina zurück zu Birgit, um ihr von dem Jobangebot zu erzählen. Außerdem wollte sie wissen, welche digitalen Spuren es von Jana Waldemat offiziell im Internet gab.

»Oh, Frau Redaktionsleiterin, das ist der Hammer. Ich bin total stolz auf dich, das müssen wir feiern.« Birgit legte ihr hartes Ei aus der Hand – wie viele sie davon pro Tag aß, wollte Katharina lieber nicht wissen – und ging zu einem kleinen Kühlschrank in der Ecke ihres Büros. Mit einem Prosecco in der Hand und zwei Gläsern kam sie zurück.

»Ich habe noch nicht zugesagt. Ich muss das erst mit Svenja besprechen und mit Oliver. Und es mir gründlich überlegen.«

Ungerührt öffnete Birgit den Sekt, schenkte ein und reichte Katharina ein Glas. »Was gibt's da zu überlegen? Endlich feste Arbeitszeiten, Svenja wird dir die Füße küssen. Die Redaktion kann sich auch freuen mit einer Chefin, bei der vielleicht nur jeder zweite Artikel polarisieren muss. Und ich hab einen super Draht zur Chefetage.«

Birgit grinste, Katharina blieb angespannt: »Eben, das muss ich mir genau überlegen. In der Redaktion werden nicht alle begeistert sein. Der Zuwinkel wird es nicht gut finden, wenn ich ihm ab sofort bei seinen Honorarabrechnungen auf die Finger schaue. Der Rüber will den Job selber haben. Die Lindenpark wird den Betriebsrat mobilisieren bei der kleinsten Kleinigkeit, die hasst mich.«

»Katharina, Stopp! Prost!« Birgit stieß mit ihrem Glas an Katharinas und bedeutete ihr mit einer unzweideutigen Geste, zu trinken. »Überleg es dir, sprich mit Oliver und Svenja und dann sag zu! Klar werden dich nicht alle lieben. Das war dir bisher aber auch egal. Und in einem Jahr ist Riesche-Geppenhorst zurück. Ob er allerdings seinen Job wiederkriegt, wenn der Verleger sieht, was für eine Granate er da jetzt sitzen hat, mal sehen.«

Katharina winkte ab und trank ihren Sekt.

»Wegen Jana Waldemat, hast du im Netz irgendwas über sie gefunden?«

Birgit biss in ihr Ei, spülte mit Sekt nach – musste eine schauerliche Mischung sein, überlegte Birgit – und sagte abschätzig: »Mädchenkram halt. Auf Facebook und Instagram ist sie natürlich unterwegs, postet ständig Fotos von sich und ihrer blonden Föhnwelle. Im Urlaub, in München, überall. Schreibt fast nichts, lädt nur Fotos hoch, die von irgendwelchen Bewunderern und übrigens auch Bewunderinnen kommentiert werden. ›Spitze siehst du aus‹, ›ach, wie schön du bist‹ und so weiter und so weiter. Ansonsten nichts. Nichts, wo sie sich engagiert, kein Verein, keine beruflichen Infos. Sie ist nicht bei LinkedIn oder anderen Karriereportalen. Das Spannende spielt sich bei dieser Frau vermutlich unter Ausschluss der Öffentlichkeit ab.«

»Danke, Birgit, du hast mir echt viel Arbeit abgenommen.«

»Sehr gerne, Chefin«, grinste Birgit.

Katharina stieß noch mal mit ihrer Freundin an und leerte das Sektglas. »Jetzt muss Oliver ran.«

Ein paar Stunden später saß der Besagte mit Katharina und Svenja bei Ella und Sibylla auf dem Sofa. Svenja hatte einen Kakao vor sich stehen und durfte mit Sibyllas iPad spielen. Die Erwachsenen tranken Espresso oder Milchkaffee.

»Der passt wie angegossen«, staunte Sibylla, als Oliver ihren Ehering anprobierte, er trug ihn allerdings am Ringfinger im Unterschied zu seiner Besitzerin.

»Nimm ihn während des Abends bloß nicht ab, man darf nicht sehen, dass es darunter keine Ringspuren gibt. Dann wüsste sie sofort, dass es nicht dein Ring ist.«

Ella und Sibylla hörten Katharina interessiert zu. »Das klingt hochspannend. Wir fragen nicht weiter nach. Solange der Ring morgen an Sibyllas Mittelfinger steckt, schweigen wir wie die Gräber und warten gespannt auf die Auflösung. Richtig, Schnucki?«

Ella schaute Sibylla an, diese nickte und fuhr sich über ihren ringlosen Mittelfinger. »Ist ein komisches Gefühl, obwohl ich ihn noch nicht lange trage. Es ist halt schön, mit dir verheiratet zu sein.« Sie legte den Arm um ihre Frau und strahlte sie an, diese strahlte zurück.

Oliver und Katharina wechselten kurz einen gerührten Blick.

»Ich verspreche hoch und heilig, den Ring morgen seiner rechtmäßigen Besitzerin zurückzubringen.« Oliver machte die Schwurhand und grinste.

»Mama«, schaltete sich Svenja ein. »Wir können Oliver zum Geburtstag doch einen Ring schenken, wenn er nicht genug Geld hat, um sich einen zu kaufen.«

»Svenjalein, das machen wir.« Katharina war froh, dass Svenja nicht genau wissen wollte, warum Oliver Sibyllas Ring auslieh. Das iPad machte es möglich. Ihre Tochter war vollkommen versunken in irgendein Computerspiel. »Absolut kindgerecht«, hatte ihr Sibylla versichert, die laut ihrer Frau Kinder liebte und Spiele jeglicher Art in der kleinen Wohnung parat hatte, für den Fall, dass ein Kind zu Besuch kam.

Entsprechend schwer war es, Svenja loszueisen. Die Ankündigung, dass sie Essen bestellen würden und jeder das nehmen konnte, was er wollte, ließ sie schließlich einigermaßen freudig mitgehen.

»Du kommst einfach irgendwann wieder und spielst weiter«, schlug Sibylla vor und Svenja willigte begeistert ein.

Gebratene Ente in Curry-Kokos-Sauce für Oliver, gebratene Nudeln mit Hähnchen für Katharina, und Svenja hatte sich zwei Frühlingsrollen und Krabbenchips ausgesucht. Das Trio saß beim Abendessen, als Katharina von dem Jobangebot erzählte. »Kannst du mich dann immer pünktlich vom Hort abholen, Mama?«

Katharina fuhr es bei dieser Frage in den Magen und verlegen streichelte sie ihrer Tochter über den Kopf. »Sicherlich viel öfter als bisher, Svenjalein. Das fändest du super, oder?« Svenja nickte und knabberte an einem Chip. Über ihren Kopf hinweg schaute Katharina zu Oliver, der ihr zulächelte und mit Daumen hoch signalisierte, was er von der neuen Perspektive hielt.

»Svenja, dann kommandiert sie uns bestimmt noch mehr herum als jetzt, wenn sie erst Chefin ist.«

»Aber das klappt nicht, weil wir trotzdem zwei gegen eine sind, wir müssen einfach hart bleiben.« Svenja strahlte Oliver an und hob ihre Hand zum High Five. Der schlug grinsend ein und streichelte Svenja über den Kopf. »Stimmt, Kleine, stimmt absolut.«

»Na, dann muss ich mich nur noch selbst überzeugen, dass ich es spitze finde, nicht mehr die rasende Reporterin zu sein, sondern Personalgespräche zu führen, Budgets zu verwalten, mich mit dem Verleger auseinanderzusetzen und meinen Namen nur noch im Impressum von ›Fakten‹ zu lesen.«

»Und zwar an exponierter Stelle«, ergänzte Oliver. »Ein Jahr, das ist perfekt, du probierst es aus, und dann ist Herr Doppelname zurück. Wenn er den Job überhaupt wiederkriegt …«, grinste Oliver.

Das Gleiche hatte Birgit gesagt, fiel Katharina auf. Entgegen ihrer Gewohnheit, alles gründlichst zu durchdenken, sagte sie: »Okay, ihr Lieben, ich mache es. Und eins noch: Ich habe euch beide sehr, sehr lieb.«

»Wir dich auch«, kam es unisono von Svenja und Oliver.

DONNERSTAGABEND, MÜNCHEN INNENSTADT

»Hallo, Jana, schon wieder hier? Biste auf der Suche?«

»Hey, René, lass mich durch und spar dir die blöden Fragen.«

»Kleine, ein anderer Ton, bitte. Ich kann dich sonst einfach mal hier stehen lassen.«

»Ach ja?« Jana grinste böse. »Kannste machen. Mal schauen, wie deine Frau reagiert, wenn ich ihr erzähle, wie geil du die Nacht mit mir gefunden hast. Ist noch nicht lange her, lass mich überlegen, wann war das noch mal?«

Wütend schob der muskelbepackte Türsteher Jana ins R8.

Zufrieden gab sie ihren Mantel an der Garderobe ab und ging als Erstes auf die Toilette, um ihre Frisur zu überprüfen. An solchen Abenden reichte der Sicherheitsgriff nicht aus. Es musste alles perfekt sein. Der Blick in den Spiegel machte sie zufrieden. Sie hatte sich dezent geschminkt, blauer Lidschatten zu ihren blauen Augen, das sah einfach umwerfend aus. Und die Haare saßen perfekt. Zur Sicherheit sprühte sie noch mal Haarspray drauf.

Danach kurze Überprüfung des gesamten Erscheinungsbildes: tadellos. Das kleine Schwarze saß wie angegossen, der Rückenausschnitt fast bis zum Po, den man von vorne nie erwarten würde – super. Es würde ihr bestimmt gelingen, sich im richtigen Moment umzudrehen. Bei dem bloßen Gedanken daran, was für einen vergnüglichen Abend sie haben würde, musste sie lächeln. Schnell über die glänzenden, silbernen High Heels wischen und auf in den Kampf.

»Noch einen alkoholfreien Caipi, bitte.« Es war bereits der dritte. Oliver saß seit einer geschlagenen Stunde an der Bar im R8 und wartete. Wenn sich jemand neben ihn setzte, wechselte er den Platz, damit neben ihm ein Barhocker frei blieb. Je voller es wurde, desto größer die Chance, dass es klappen würde. Er war hier nicht bekannt, trug einen Ehering, sah ganz ordentlich aus, sollte eigentlich perfekt in Janas Beuteschema passen.

Aber sie kam nicht. Inzwischen war es kurz nach Mitternacht. Dabei hatte alles gut angefangen. An der Tür stand René, ein Klient von Oliver. Türsteher hatten gern mal ein juristisches Problem am Hals, vor allem, wenn sie in Edelschuppen arbeiten wie dem R8. Beim letzten Mal hatte Oliver ihn rausgehauen.

Es war aufgrund von Zeugenaussagen und anhand von Renés Verletzungen und Herrn Klappenburgs Unversehrtheit eindeutig zu beweisen gewesen, wer wen verprügelt hatte. Nur weil René Klappenburg mit dem Hinweis auf sein Hausverbot nicht reingelassen hatte. Das hatte Klappe, wie seine Fans den Ex-Fußballer nannten, nicht gelten lassen. Wurde teuer für ihn.

Jedenfalls fühlte René sich Oliver gegenüber zu Dank verpflichtet und nickte nur, als Oliver ihm mitteilte, dass er heute Marcel hieß und sie sich nicht kannten – schwieriger neuer Fall und so …

»Entschuldigen Sie, darf ich mich neben Sie setzen?«

Überrascht drehte Oliver sich um und nickte zustimmend in Richtung des freien Barhockers. Er hatte sie nicht kommen sehen. Nach männermordender Bestie sah sie nicht aus. Eher nach einem Mädchen, das einen auf »ich spiele mit den Großen« macht. Sie roch stark nach Haarspray, was kein Wunder war. Die blonde Föhnwelle konnte nur mit Unmengen von Chemie stabil gehalten werden, das war sogar Oliver klar.

»Hey Jana, was darf's heute sein?« Der Barkeeper schien für die blonden Reize empfänglich zu sein. Er strahlte sie an, erntete allerdings nur ein kurzes »einen Mai Tai, wie immer«.

Okay, frau flirtete nicht mit jedem. Oliver war gespannt, wie sie den Dreh bekommen würde, ihn anzusprechen. Er durfte auf keinen Fall die Initiative ergreifen, das hatte Katharina ihm eingehämmert. Das würde Jana nicht anmachen. Der Reiz lag für sie in der Eroberung. Sie wollte den eigentlich uninteressierten Mann, nicht den, der ohnehin auf sie stand. Das war der Thrill.

Daher zog Oliver sein Smartphone aus der Tasche und begann, im Internet zu surfen. Wirtschaftswoche, Handelsblatt, sie würde denken, dass er Tag und Nacht nur Geld scheffelte.

»So spät noch geschäftlich aktiv?«, fragte sie prompt und hob ihr Glas, um mit ihm anzustoßen. »Jana, hallo!«

»Marcel, hallo Jana. Hm, geschäftlich aktiv würde ich nicht sagen. Ich komme gerade aus einem anstrengenden Meeting und es entspannt mich, die Börsenkurse zu studieren.«

»Immer?« Jana wollte das Thema offenbar nicht aufgeben. »Auch wenn es schlecht steht an der Börse?«

»Gerade dann«, log Oliver. »Ich besitze keinerlei Aktien, daher kann ich entspannt eine Kurve anschauen, die steigt und fällt. Es ist, wie von außen einer Achterbahn zuzusehen.«

»Das ist ein super Vergleich, muss ich mir merken.« Jana lächelte ihn an und versuchte, verführerisch mit ihrem Strohhalm den Mai Tai zu schlürfen. Auf Oliver wirkte es mehr wie ein kleines Mädchen, das von Mama die ersehnte Limo mit Halm bekommen hatte. Er nickte freundlich und bestellte sich ein alkoholfreies Bier. Die süße Caipi-Plörre hatte er satt.

»Was machen Sie abends in anstrengenden Meetings?« Jana ließ nicht locker. Langsam musste er sich einklinken, ewig würde sie ihn bestimmt nicht mit Fragen löchern.

»Ich bin Anwalt und wegen eines Klienten gerade in München. Sie scheinen öfter hier zu sein? Der Barkeeper kennt Sie jedenfalls.«

Jana machte eine wegwerfende Geste. »Ach, ich komme gern ab und an her. Man trifft interessante Leute hier.« Sie lächelte ihn an, Oliver lächelte zurück.

»Danke, danke. So wahnsinnig interessant bin ich nicht. Verheiratet, zwei Kinder. That's it.«

»Das ist doch großartig – und deutlich mehr, als ich vorzuweisen habe. Keine Kinder, nicht mal jemanden, mit dem ich welche produzieren könnte oder sagen wir, wollte.« Jana grinste versonnen vor sich hin.

Oliver legte nach: »Und was machen Sie? Kommen Sie aus München?«

»Nein, ich bin eine Zuagroaste, wie die Münchner zu sagen pflegen. Von Hoyerswerda über Wolfersdorf nach München.«

Jana kam sich mit ihrem kleinen Schwarzen und den silbernen High Heels vermutlich unglaublich großstädtisch und mondän vor. Für ihn passte sie trotz der Verkleidung besser in »Katrins Frittenjause« in Hoyerswerda als um Mitternacht ins R8.

Was Tobias bewogen haben mochte, Katharina gegen diese Dame zu tauschen, war ihm unbegreiflich.

»Und nirgends gab es den Mann fürs Leben für eine Frau wie Sie? Nicht in der Großstadt, nicht auf dem Land, nicht im Westen, nicht im Osten?«

»Na ja, Männer gab und gibt es«, sie zwinkerte ihm zu, »nur Mr. Perfect war eben noch nicht dabei. Und die, die es sein könnten«, wieder Zwinkern, »sind verheiratet«.

Oliver hatte zwar überhaupt kein Bedürfnis, auf diesem Niveau weiterzumachen, aber er hatte es Katharina versprochen.

»Sie sind noch jung, lassen Sie sich Zeit, er wird schon auftauchen, Ihr Mr. Perfect. Ich werde mal zahlen.«

»Echt? Schon? Ich dachte, wir könnten uns noch ein bisschen unterhalten.« Jana wirkte fast ein wenig entsetzt. Gut, das war der Plan.

»Dazu hätte ich große Lust, aber ich bin müde. Die Börsenkurse sind für mich das beste Schlafmittel, Sie erleben es gerade live mit.«

Jana zog einen Schmollmund. »Und morgen sind Sie schon weg oder gibt es eine Chance, den müden Marcel näher kennen zu lernen?«

Oliver staunte über eine solch forsche Anmache. Das hatte er definitiv noch nicht erlebt. »Kann gut sein, dass ich morgen Abend hier Börsenkurse studiere. Der Fall, an dem ich gerade arbeite, ist noch nicht abgeschlossen.«

»Das ist die beste Nachricht des Abends. Ich freue mich. Bis morgen, Marcel.« Jana hauchte ihm einen Kuss auf die Wange und er wurde augenblicklich eingehüllt in den penetranten Geruch ihres Haarsprays. »Vielleicht bis morgen, Jana, gute Nacht.«

Oliver zahlte und rief sich ein Taxi. So konnte er am

besten kontrollieren, ob Jana ihm folgte. Tat sie aber nicht, das Taxi brachte Oliver allein nach Hause und er schrieb an Katharina, dass er den Ehering noch einen weiteren Abend brauchte. Das junge Eheglück der Nachbarinnen würde das wohl verkraften.

FREITAGMORGEN, MÜNCHEN HAIDHAUSEN

Zufrieden lauschte Katharina am nächsten Morgen am Telefon Olivers Schilderungen, wie Jana versucht hatte, als das mondäne It-Girl rüberzukommen.

»Wie willst du es heute Abend machen, Marcel? Schon einen Plan? Ich müsste jedenfalls mehr über sie wissen, vielleicht kannst du das Gespräch irgendwie auf Lukas bringen.«

Oliver stöhnte. »Klar, Katharina, nichts leichter als das, vor allem total unauffällig. Irgendwas werde ich schon rausbekommen. Ich habe nämlich ehrlich gesagt keine Lust, ab sofort meine Abende im R8 zu verbringen. In Sachen ›Kampf der Hypochondrie‹ muss ich dir jedenfalls dankbar sein. Trotz nur fünf Stunden Schlaf bin ich relativ fit. Das hätte ich mir noch vor Kurzem nicht zugemutet.«

»Oliver, du bist der Allerallerallerbeste! Ich schick dir zehn Kuss-Emojis durch den Hörer.« Katharina schmatzte hörbar und schob noch hinterher: »Der Ehering ist übrigens dein, Sibylla war nicht glücklich, aber sie meinte, es ist für eine gute Sache. Pass bitte auf ihn auf, genau wie auf dein Smartphone. Du weißt, die Kleine hackt gern drin rum.«

»Sie hatte gestern keine Chance und sie wird heute auch keine haben. Ich lasse das Teil nicht aus den Fingern.«

Punkt 23.30 Uhr ließ René Oliver grinsend ins R8, nicht ohne ein lautes: »Marcel, hey, super, dass es Ihnen bei uns gefällt.«

Oliver lächelte nonchalant zurück und steuerte Richtung Bar. Seine Rechnung war aufgegangen. Jana saß vor ihrem Mai Tai. Heute trug sie mehr den Casual Look, Designer Shirt und Röhrenjeans mit schwarzen Stiefeletten. So verkleidet wie gestern sah sie nicht aus, aber die Betonfrisur schien irgendwie ihr Markenzeichen zu sein. Vermutlich würde sie sogar einem Orkan an der Nordsee standhalten.

»Hey«, flüsterte Oliver ihr von hinten ins Ohr und wurde direkt eingehüllt von Haarspray-Aroma. Wie konnte ein Mann mit dieser Frau Sex haben, ohne dass sie sich vorher die Haare gewaschen hatte? Unbegreiflich.

»Hey, Marcel, wie schön, ich hatte gehofft, dass du kommst. Setz dich.« Gespielt erschrocken setzte sie nach: »Oh, wir waren ja gar nicht per du. Entschuldigen Sie bitte, Herr Anwalt.« Kokett legte sie den Kopf schief und lächelte.

Oliver setzte sich neben sie. »Du ist okay, hallo Jana.« Oliver bestellte sich ein alkoholfreies Bier.

»Umdrehungsfrei? Schon wieder müde?« Jana zwinkerte ihm zu, was normalerweise für Oliver ein absolutes No-Go war. »Müde bin ich heute eigentlich nicht, aber acht Euro für ein alkoholfreies Bier finde ich happig.«

»Da hast du allerdings recht. Pass auf, andere Idee: Lass uns einen Drink nehmen und danach gehen wir noch woanders hin. Einverstanden?« Janas blaue Augen leuchteten, als hätte Mama ihr gerade den Lieblingslutscher versprochen.

Oliver nickte: »Gute Idee.«

20 Minuten später standen sie auf der Straße, René hatte artig ein »Ciao, Marcel« hinterhergerufen, was Jana zu einem fragenden Blick veranlasste: »Der kennt dich?«

»Ach, wir sind gestern Abend kurz ins Gespräch gekommen, weil ich mitbekommen habe, wie er sich mit einem Kollegen darüber unterhalten hat, wann man jemanden wegen übler Nachrede anzeigen kann. Ich habe ihm meine anwaltlichen Dienste angeboten und er hat mich im Gegenzug reingelassen. Scheint ansonsten nicht gerade leicht zu sein, in den Schuppen reinzukommen, oder?«

Jana antwortete nicht gleich. Irgendwie schien sie ein bisschen von der Rolle zu sein. »Äh, nein, also, nein, äh, ja, da hast du recht, das ist nicht leicht. Vor allem nicht, wenn Vollpfosten wie René an der Tür stehen. Üble Nachrede, dass ich nicht lache, der Typ ist ein Idiot, ein brutaler Schläger, ein sexistisches Arschloch …« Jana starrte wütend zurück zum Eingang des R8 und machte eine eindeutige Geste Richtung René. Das war wohl die andere Seite der lieblichen Blondine, dachte Oliver. Spannend. Jetzt nur nichts falsch machen.

»Uiuiui, da ist aber jemand sauer. Schlechte Erfahrungen gemacht?«

»Allerdings«, schleuderte Jana heraus. »Der Typ ist gewalttätig. Habe ich selbst erlebt. Jetzt will er davon nichts mehr wissen. Arschloch! Üble Nachrede, ich lach mich tot.

Über den braucht niemand was Schlechtes zu erfinden, es gibt genug, was tatsächlich passiert ist. Einen Fußballer hat er zum Beispiel verkloppt, hat ihn dann aber irgendein Anwalt rausgehauen.«

»Hat er dir auch was getan?« Oliver tat geschockt.

Janas Miene verdunkelte sich. »Allerdings, aber ich will darüber eigentlich nicht mehr reden. Sonst kommt alles noch mal hoch.«

»Verstehe, Jana. Nur eins noch kurz: Geh bei solchen Dingen zur Polizei, sonst kommen diese Typen einfach durch mit solchen Nummern.«

»Da hast du recht, lieber Herr Anwalt. Wollen wir einfach zu mir gehen? Mir ist die Lust auf Kneipen und Türsteher für heute vergangen.«

Das Umschwenken ging schnell bei Jana Waldemat, stellte Oliver fest. Irgendwann musste er René nach seiner Version des Vorfalls fragen. Ansonsten ging Olivers Plan voll auf. »Gern, Jana, gern. Nur eins will ich dir gleich sagen.«

Jana drehte überrascht den Kopf in seine Richtung, die blonde Welle bewegte sich keinen Millimeter.

»Ich bin glücklich verheiratet, ich unterhalte mich gern mit dir, aber mehr will ich nicht.«

Jana warf – für Olivers Geschmack ein wenig gekünstelt – den Kopf in den Nacken und lachte laut. »Einverstanden. Du nimmst mir das Wort aus dem Mund. Ich hätte dir gleich noch genau dasselbe gesagt, unterhalten, mehr nicht.«

Eine Viertelstunde später stand Oliver in Janas Wohnung und schaute aus den riesigen Panoramafenstern auf München hinunter. Diese Wohnung musste ein Vermögen kosten, beste Lage Bogenhausen, riesengroß, top Ausstattung, wie bezahlte sie das?

»Das ist ja der Hammer hier.« Oliver drehte sich um, als Jana gerade mit einer Flasche Rotwein und zwei Gläsern ins Wohnzimmer kam. Sie stellte sie auf den gläsernen Couchtisch und warf sich auf das Ledersofa. »Finde ich auch. Ich liebe diese Wohnung. Ich will hier nie mehr weg. Ein Glas Wein?« Jana zeigte auf die Flasche, Oliver nickte und sie schenkte ein. Er setzte sich auf den Designersessel vor dem Fenster, so hatte er genug Abstand zum Haarspray. Und sein Smartphone hatte genug Abstand zur Gastgeberin. Sie stießen an und Jana sagte den Satz »Ich hoffe, du magst es lieblich« einen Moment zu spät.

Oliver hatte von der zuckersüßen Brühe bereits getrunken. »Äh, ehrlich gesagt, nicht so richtig. Das ist bestimmt ein toller Wein, aber trocken ist es mir lieber.«

Jana grinste, es schien ihr kein bisschen peinlich zu sein. »Ach echt? Ich stehe auf liebliche Weine. Tja, dann kann ich dir nur ein Bier anbieten.«

»Okay, gern, wenn es dir nicht zu viele Umstände macht.«

Jana stand schmunzelnd auf und kam mit einer Flasche zurück. »Lecker, das gute Helle aus dem Chiemgau. Danke.«

»Gerne, gerne.« Jana fläzte sich aufs Sofa. »Einer meiner Verflossenen hat mir beigebracht, dass es bei Bier nur zwei Alternativen gibt: das aus dem Chiemgau oder das aus dem Chiemgau.« Sie lachte über ihren eigenen Witz und hob ihr Weinglas. »Prost noch mal, Herr Anwalt. Schön, dass du mitgekommen bist.«

Oliver trank einen Schluck und war froh, den ekelhaften Geschmack des papp-süßen Weins aus dem Mund zu haben. »Wie kommt eine junge Frau wie du an diese Mega-Wohnung? Die ist sicher nicht ganz billig.«

Jana grinste. »Die Frage höre ich oft. Man muss nur mit Geld umgehen können, dann ist das kein Problem.«

»Den Trick musst du mir bei Gelegenheit verraten. Und was machst du sonst so, wenn du gerade nicht gut mit Geld umgehst?«

Jana lachte.

»Ich genieße das Leben. Ich cruise durch München, gehe shoppen, lerne interessante Männer kennen. Und ich helfe anderen Menschen. Damit verdiene ich mein Geld.«

»Das musst du mir genauer erklären. Wie geht das?«

»Na ja, sagen wir, ich übernehme gerne Freundschaftsdienste. Wenn die aufwendiger sind, verlange ich etwas dafür. Mal mehr, mal weniger. Da war schon die eine oder andere richtig lukrative Hilfe dabei.« Jana trank von ihrer süßen Plörre und strahlte Oliver an. »Mehr darf ich nicht verraten, meine Freunde verlassen sich natürlich auf meine Diskretion.«

»Klingt spannend. Scheint jedenfalls gut zu laufen.« Oliver deutete erneut auf die Möbel und die Aussicht.

»Ja, ziemlich gut. Aber jetzt will ich ein bisschen mehr über dich wissen. Warum bist du in München, wo kommst du her, wo gehst du hin, wann bist du das nächste Mal hier?«

Oliver nahm einen Schluck Bier und wollte gerade seine vorbereitete Biografie loswerden, als Janas Smartphone vibrierte. Es war mittlerweile kurz vor zwei Uhr morgens, da musste jemand auf vertrautem Fuß mit ihr stehen. Jana schaute auf das Display und für einen kurzen Moment versteinerten sich ihre Gesichtszüge. »Siehst du, das sind sie, die Freunde. Es gibt eben solche und solche. Manchen reicht man den kleinen Finger und sie wollen die ganze Hand. Aber nicht mit mir, nicht mit Jana Waldemat.« Ihre Augen begannen so böse zu funkeln, dass es Oliver fast ein bisschen mulmig wurde. Barbie hatte definitiv eine finstere Seite.

»Kann ich irgendetwas für dich tun?«, fragte er.

»Ja, kannst du: Sag mir, wie man eine Vereinbarung einfordern kann, wenn es keinen schriftlichen Vertrag gibt.«

»Das wird schwer. Geht es um viel Geld?«

Jana schaute aus den großen Panoramafenstern und sagte: »Ja, es geht um sehr viel Geld.«

»Gibt es Zeugen, die dabei waren, als diese Vereinbarung getroffen wurde?«

»Nein, die gibt es leider nicht mehr.« Janas Mundwinkel zuckten unwillig, die ganze Sache schien sie sehr zu beschäftigen.

»Was heißt nicht mehr? Man kann doch heutzutage so gut wie jeden Menschen irgendwo auf der Welt ausfindig machen.«

Jana schaute ihn ernst an. »Es gab nur einen Zeugen und den kann man nicht mehr ausfindig machen.«

»Ist er tot?« Jana nickte und schwieg. »Dann wird es natürlich schwierig. Du wirst wohl nur daraus lernen können, deine Freundschaftsdienste künftig schriftlich festzuhalten. Es sei denn, du arbeitest mit der italienischen Mafia oder sonstigen Kriminellen zusammen, aber das kann ich mir kaum vorstellen.« Oliver lachte freundlich, trank sein Bier aus und stand auf. »Ich mache mich auf den Weg, es ist ja schon recht spät.«

Jana saß gedankenversunken auf dem Sofa, die Fassade der selbstbewussten Superfrau hatte in den letzten Minuten gebröckelt.

»Hallo, Erde an Jana, ist da wer?« Oliver wedelte mit der Hand vor ihrem Gesicht, bis sie verwirrt aufschaute.

»Ja klar, es ist schon spät. Danke, Marcel. Wann bist du wieder in der Stadt?«

»Hm, das weiß ich noch nicht genau, wann hättest du Zeit?«

Die Antwort kam wie aus der Pistole geschossen: »Eigentlich abends immer, bis auf nächsten Dienstag, den

23. Ansonsten melde dich einfach, wenn du im Lande bist. Und, äh, falls ich in der Sache noch mal deinen Rat bräuchte, kann ich dich erreichen?«

»Klar, ich habe nur leider meine Handynummer nie im Kopf und habe es nicht dabei. Gib du mir deine, dann schreibe ich dir morgen 'ne WhatsApp.« Sie reichte ihm eine Visitenkarte, auf der nur eine E-Mail-Adresse und eine Handynummer standen – der Freundschaftsdienste-Job schien sehr im Verborgenen abzulaufen.

SAMSTAGMORGEN, MÜNCHEN HAIDHAUSEN

»Du bist der Größte.« Katharina hatte interessiert Olivers telefonischem Bericht gelauscht. »Das heißt, irgendjemand spurt nicht, wie Jana sich das vorstellt. Vermutlich Adelhofer höchstpersönlich. Fragt sich nur, warum sie so viel Geld von ihm bekommt.«

»Genau. Und deswegen schlage ich vor, dass irgendwer sich am 23. abends an ihre Fersen heftet. Sie hat keine Zeit für mich – ihre neue Beute –, es muss wohl wichtig sein.«

»Okay, Beute«, warf Katharina grinsend ein.

»Heute Abend bringe ich dir den Ring zurück, bis dahin musst du ohne Marcel auskommen. Ach, und überleg dir, welche Handynummer ich Jana geben soll. Birgit hat bestimmt zündende Ideen.«

»Danke, mein Lieber, alles klar. Einen schönen Samstag wünsche ich dir! Was hast du vor?«

»Ich geh auf den Markt und kauf mir ein paar Schweinereien bei dem Käsekuchenstand. Danach muss ich zu Hause ein bisschen arbeiten.«

»Echt, am Samstag?«

»Äh, ja, beste Freundin. Ich kam vergangene Woche öfters nicht dazu, vielleicht erinnerst du dich dunkel ...«

Katharina stockte kurz und seufzte vernehmbar in den Hörer.

»Du musst kein schlechtes Gewissen haben. Ich kümmere mich gern um Svenja, nur ein bisschen Geld muss ich trotzdem noch verdienen.« Nachdem sie sich verabschiedet hatten, ging Katharina zu Svenjas Kinderzimmer und linste durch die leicht geöffnete Tür. Ihre Tochter hatte einen Übernachtungsgast gehabt, Lotta. Sie würde erst mittags abgeholt werden. Lotta und Svenja lagen auf dem Teppich und spielten hochkonzentriert Memory.

Beide waren recht dominant und beäugten sich jeweils missgünstig, wenn die andere mehr wusste. Sie waren derart vertieft, dass sie Katharina nicht bemerkten. Beruhigt ließ sie sie allein und beschloss, die ruhigen Minuten zu nutzen, um Birgit anzurufen.

»Am 23. abends? Das ist nächsten Dienstag. Klar mach ich das. Das wäre wohl gelacht, wenn wir Frau Waldemat nicht auf die Schliche kämen.« Birgit Wachtelmaier war begeistert von Katharinas Bitte.

»Vom Outfit her machst du einen auf Esoterik-Freak. Du blickst es irgendwie nicht, suchst deinen Yoga-Kurs, hast dich verfahren, verlaufen, je nachdem, wie du ihr folgen musst. Okay?«

Birgit jauchzte: »Super, ich werfe mich in die Batikhose, die ich mir mit 15 selbst gemacht habe, die hat einen Gummizug, darum passt sie bestimmt noch. Dazu ein Hanfoberteil, Jesuslatschen natürlich und die Yogamatte im Auto oder unterm Arm. Ins R8 wird sie wohl nicht gehen, dafür wäre das Outfit nicht passend.«

Katharina konnte Birgits Strahlen förmlich vor sich sehen. Den Geräuschen nach zu urteilen, schälte sie gerade ein Ei. Die Eierdiät-Phase hielt offenbar noch an.

»Ich habe übrigens Neuigkeiten, liebe Katharina. Diesmal hat Adelhofer beim Mailen einen Fehler gemacht. Er hat gestern zwar auf die Mail an seine offizielle Adresse über den verschlüsselten Account geantwortet, aber er hat den anderen Account nicht zugemacht und aus Versehen die Antwort in beiden abgeschickt. Das heißt, ich konnte es lesen. Er schreibt: ›Ich warne dich. Du akzeptierst das, was ich anbiete, und schreibst nicht mehr an den privaten Account. Ansonsten lasse ich Nachforschungen anstellen. By the way: Du hast nicht alles richtig gemacht, ich weiß das.‹«

»Wow, hervorragend, Birgit. Hoffentlich passiert ihm das öfter.«

»Das muss es nicht. Jetzt habe ich ihn nämlich. Ich konnte diese Nachricht in bestimmten Suchmaschinen eingeben und so kam ich an den verschlüsselten Account. Allerdings sehe ich nur das, was ab sofort drin geschrieben wird, aber immerhin.«

»Spitze. Du hättest eigentlich zum BND gehen sollen.«

Fröhliches Gekicher am anderen Ende. »Was nicht ist, kann ja noch werden, gute Idee, meine Liebe! Vielleicht kann ich mir dann einen coolen Spion angeln.«

»Besser als ein Finanzbeamter wäre das für dich tatsächlich«, bestätigte Katharina und fragte Birgit gleich nach dem Handy, das Oliver brauchte.

»Bist du nachher daheim? Ich bring dir eines meiner alten Smartphones mit Prepaid-Karte vorbei. Die Nummer ist nirgends gespeichert, Jana wird das natürlich sofort checken und ihren neuen Fang für besonders wichtig halten. Es ist außerdem so eingerichtet, dass sie das Teil nicht überwachen oder hacken kann.«

»So viel noch mal zum Thema BND. Wahrscheinlich nehmen sie dich mit Kusshand. Okay, ich bin später daheim. Harte Eier kann ich dir übrigens auch kochen.«

Nach einer Stunde brachte Birgit das Handy und hatte bereits einen Plan für den kommenden Dienstag geschmiedet.

»Es wird eine besondere Vollmondkonstellation geben nächste Woche, kann durchaus Turbulenzen in manchen Seelchen auslösen. Dem wirkt Esoterik-Birgit mit einer Extra-Ration Vollmondyoga entgegen.«

Beschwingt war ihre Freundin abgezogen. Aus dem Kinderzimmer hörte Katharina weiterhin entspannte Geräusche, offenbar waren die beiden Mädchen vom Memory zum Barbiepuppen-Styling übergegangen. Katharinas persönliche Meinung zu diesen Plastik-Gegenentwürfen zur Emanzipation stand zwar fest, sie wusste aber, dass ein Verbot die langbeinigen Stöckelschuhmonster nur noch interessanter machen würde. Daher hatte sie Tobias' Mutter erlaubt, Svenja zum letzten Geburtstag eine Barbie zu schenken – mit Outfits für alle vier Jahreszeiten.

Lotta hatte offenbar ihr Exemplar mitgebracht. »Das sieht voll süß aus mit dem Minirock und den Plateausohlen«, kiekste es aus dem Kinderzimmer.

»Meine kriegt die blauen Sneakers, in denen kann sie viel besser laufen«, hörte sie ihre pragmatische Tochter.

Katharina schien jedenfalls nicht vonnöten zu sein, sie konnte sich kurz telefonisch mit Oliver abstimmen. Anschließend schickte sie von Birgits mitgebrachtem Handy eine SMS an Jana Waldemat.

»Liebe Jana, hier hast du meine Nummer. Wie wäre es nächsten Mittwoch mit einem Treffen? Ich bin Dienstag und Mittwoch in der Stadt, Dienstag kannst du ja nicht – schade ... Könnte am Mittwoch noch mal zu dir kommen in deine großartige Wohnung. Liebe Grüße Marcel.« Zufrieden lehnte Katharina sich zurück. Sie vermutete, dass es zwei bis drei Stunden dauern würde, bis Janas Antwort kam. Zunächst checkte sie bestimmt das Smartphone, wie Birgit vorausgesagt hatte. Danach würde sie ihre neue Beute ein bisschen zappeln lassen.

Katharinas eigenes Handy klingelte, Alfred Birnhuber. »Servus, schöne Frau, was macht München an einem strahlenden Samstagvormittag?« Katharina freute sich über den Anruf, Alfred Birnhuber hatte diesen bayerischen Charme, der sie zum Schmunzeln brachte.

»München steht, das Kind ist gesund, ich habe Arbeit. Was verschafft mir die Ehre Ihres Anrufs?«

»Erstens hat mich die Bedienung im Seewirt in Gstadt schon ungefähr zweihundertmal gfragt, warum die schöne Münchnerin nicht mehr vorbeischaut, da hab ich gedacht, ich frag Sie direkt. Und ich hab außerdem was für Sie, was Sie interessieren könnt'.«

Katharina schmunzelte.

»Ich bin gespannt. Der Bedienung im Seewirt können Sie übrigens ausrichten, dass ich allein schon wegen ihres sensationellen Dekolletés garantiert noch mal vorbeikommen werde. Dann hält sie mich für lesbisch und Sie haben Ihre Ruhe.«

Birnhuber lachte vergnügt in den Hörer. »Mach ich. Erfreulicher wär's für mich natürlich, wenn Sie wegen einem gut ausschauenden bayerischen Buben noch mal vorbeischauen würden.«

Katharina wurde schnell sachlich. »Äh, was wollten Sie mir erzählen?«

»Ich glaub, ich hab dem Lukas seine alte Flamme gesehen – im Auto gestern Nacht – in der Nähe vom Adelhofer-Hof.«

»Aha – und Sie sind sicher, dass sie das war?«

»Na ja, wie ich die blonde Föhnwelle im Auto gshen hab, hab ich mich dran erinnert, dass mir die damals schon auf dem Foto aufgfallen is', des mir der Lukas zeigt hat. Die is' schwer zu verwechsln.«

»Wann und wo haben Sie sie gesehen?«

»Halb 3 Uhr morgens, ich war länger als sonst karteln und zu Fuß auf dem Weg heim. Sie is' um die Ecke beim Adelhofer-Hof losgfahrn Richtung Autobahn, wahrscheinlich zurück nach München.«

»Hat sie Sie gesehen?«

»Ja, und sie hat mich ziemlich böse angschaut. Ich hab einfach einen auf vollgsoffen gmacht und bin Schlangenlinien gegangen … Die denkt bestimmt, dass ich mich am nächsten Tag an nichts mehr erinnern konnt'.«

»Herr Birnhuber, in Ihnen schlummern ungeahnte Talente, gut gemacht. Kennt Jana Sie aus der Zeit, als sie noch mit Lukas zusammen war?«

»Na, die hat er mir nie vorgestellt, ich hab nur Fotos gsehn.«

»Danke, dass Sie mich angerufen haben, das hilft mir wirklich.«

»Super, Frau Langenfels, freut mich. Und ansonsten ist Gstadt von München nicht weit weg, ein Stünderl im Auto, Sie wissen, wo Sie mich finden ...«

Katharina verabschiedete sich fröhlich. Dieses Telefonat hatte eindeutig ihre Stimmung gehoben. Es tat gut, ab und zu nicht nur als Mama oder beste Freundin wahrgenommen zu werden. Ein Blick auf die Uhr sagte ihr, dass in Breitbrunn Stammtischzeit war, der Bayer machte am Samstag keine Ausnahme. Sie konnte ungestört Rosa Adelhofer anrufen, weil Max im Adler saß. Das Telefon klingelte ein Weilchen und Katharina stellte sich vor, wie die alte Frau Adelhofer die Hände an ihrer Schürze abwischte und langsam durch den langen kühlen Flur des Bauernhofs zum Telefon ging.

»Adelhofer?« Rosas Stimme klang verängstigt und leise.

»Guten Morgen Frau Adelhofer, hier ist Katharina Langenfels aus München. Ich hoffe, ich störe Sie nicht?«

»Ah, Madl, des is' schön, dass Sie anrufn. Na, ich hab grad den Tafelspitz in den Ofen gschoben, der braucht noch. Hams was Neues für mich wegen dem Lukas?«

»Nein, leider noch nicht. Eine Bitte habe ich an Sie. Könnten Sie in Lukas' Zimmer hochgehen und schauen, ob irgendwas anders ausschaut als beim letzten Mal, als wir oben waren?«

Pause am anderen Ende, Katharina hörte nur das Schnaufen der alten Frau.

»Des kann nicht sein, Frau Langenfels, der Max geht nie hoch und ich war nimmer drin. Der Robert war auch nicht da.«

»Ich glaube es selber nicht, Frau Adelhofer, trotzdem wäre es furchtbar nett, wenn Sie schnell schauen könnten. Damit wir sicher sind.«

Rosa Adelhofer schien einen Moment zu überlegen. »Guad, weil Sie's sind, wartens gschwind, ich geh hoch.«

Katharina hörte, wie die Schritte sich entfernten. Kurz darauf knarzte die Holztreppe. Ein paar Minuten später war Rosa zurück. »Ich hab's gwusst, es sieht genau gleich aus. Ich hab gründlich gschaut.«

Katharina versuchte, die alte Frau ihre Enttäuschung nicht spüren zu lassen.

»Trotzdem vielen, vielen Dank und entschuldigen Sie, dass ich Sie die Treppe rauf gejagt habe.«

»Des macht nix, Frau Langenfels, a bissl Bewegung hat noch niemandem geschadet. Und außerdem war's doch für was gut, weil ich die beiden Handys vom Lukas endlich gfunden hab.«

Katharina horchte auf: »Wie, wo waren die?«

»Ah, wissns, da hama wahrscheinlich alle nie nachgschaud. Unterm Vorhang sinds glegn, am Fenster, und eins hat a bissl rausgschaut, drum hab ichs plötzlich gsehn. Vielleicht hat der Lukas die dahin gschmissn, bei dem Streit an dem Abend, davon hab ich Ihnen doch erzählt.«

Die Stimme der alten Frau, die bis eben noch energisch geklungen hatte, wirkte verzagt und traurig.

»Dem Robert sag ich des ned, wer weiß, was der damit macht. Wollen Sie's haben, Frau Langenfels? Vielleicht is' was drauf, was Ihnen hilft rauszufinden, was mit dem Lukas passiert is'.«

»Frau Adelhofer, ich glaube, dass Lukas alles von den Handys gelöscht hat. Ich fürchte, dass wir nichts mehr drauf finden. Versuchen Sie mal, sie einzuschalten.«

Mit Katharinas telefonischer Hilfe checkte die alte Frau Adelhofer die beiden Smartphones. Die Sim-Karten fehlten und beide Handys waren auf die Werkseinstellung zurückgesetzt worden – keine Kontakte, keinerlei Chats, nur die voreingestellten Apps waren drauf. Genau das hatte Katharina vermutet. Sie vereinbarte mit Rosa Adelhofer, dass sie die Telefone bei sich behielt für den Fall, dass Katharina sie noch brauchte.

Sie verabschiedete sich nachdenklich von der alten Bäuerin und rief kurz bei Birgit an, die gleich kombinierte:

»Wahrscheinlich hatte Jana aus irgendeinem Grund die Handys und will keinerlei Spuren mehr bei sich haben. Deswegen hat sie sie zurückgebracht. Vielleicht ging Roberts Droh-Mail ›du hast nicht alles richtig gemacht‹ an sie?«

»Kann gut sein, Birgit, danke! Und die Handys?«

»Die brauchen wir erst mal nicht. Ist sowieso nichts mehr drauf. Trotzdem gut, dass Frau Adelhofer sie bei sich unter Verschluss hat.«

»Und was machen wir mit dem Einbruch? Ich glaub, ich sage das den Adelhofers lieber nicht, oder?«

»Nein, erstens können wir es nicht beweisen und zweitens wird Jana wohl nicht noch mal kommen. Die will bestimmt keinen Ärger. Eine Aufregung weniger für Rosa Adelhofer.«

»Sehe ich genauso, meine Liebe.« Katharina legte auf mit dem Gefühl, der Wahrheit ein Stückchen näher gekommen zu sein.

Aus dem Kinderzimmer waren weiterhin vergnügte Unterhaltungen zu hören. Von Barbie waren Svenja und Lotta zu einer Diskussion über einzelne Mitglieder ihrer Klasse übergegangen. Das konnte dauern, wie Katharina in Erinnerung an ihre eigene Schulzeit wusste. Sie brachte den beiden ein paar Schokoküsse und Apfelschorle (»Danke, liebes Mamili, du bist toooooolllll«, »Danke, Frau Langenfels, das darf ich sonst nie essen«) und konnte die nächsten beiden Stunden, bis Lotta abgeholt wurde, mit Schreiben verbringen. Schließlich musste die Adelhofer-Serie auch irgendwann zu Papier gebracht werden – der Tod des Bruders, die Beerdigung, der trauernde Robert, die Sendung nach dem Selbstmord – Katharina hatte einiges an Stoff zusammen. Trotzdem wurde sie das Gefühl nicht los, dass das Wichtigste fehlte: die Wahrheit. Aber die würde sie mithilfe ihrer Freunde noch herausfinden.

Zwei Stunden später hatte sie den nächsten Artikel fast fertig. Lottas Vater stand pünktlich vor der Tür, um seine Tochter in Empfang zu nehmen. Deren begeisterten Bericht von Schokoküssen am Samstagvormittag nahm er gelassen entgegen. Svenja und Lotta verabschiedeten sich mit einer Dramatik, als würden sie sich ein Jahr lang nicht mehr sehen.

Um Svenjas Trauer ein wenig zu mildern, schlug Katharina ihr vor, in den Englischen Garten zum Kletterparcours zu gehen. Ihre Tochter war begeistert und eine Stunde später balancierten beide in luftiger Höhe gut angeseilt von Baum zu Baum. Fünf Meter über dem Boden las Katharina die Nachricht von Jana an »Marcel« – angekommen, wie sie es vorhergesehen hatte, drei Stunden nachdem sie »Marcels« Nachricht abgeschickt hatte:

»Lieber Marcel, nächsten Mittwoch passt super. Gerne bei mir. Schön, dass dir meine Wohnung gefällt – und du kennst noch nicht alle Zimmer … 19 Uhr? Tut mir übrigens leid, dass ich mich jetzt erst melde. Letzte Nacht ist es echt spät geworden.« Stimmt, dachte Katharina.

SAMSTAGNACHMITTAG, MÜNCHEN HAIDHAUSEN

Zufrieden schaute Jana auf die Nachricht. Er würde sich Gedanken machen, warum es spät geworden war – gut so. Am Mittwoch würde sie unauffällig ein wenig Software auf seinem Smartphone installieren – schließlich musste sie wissen, was Marcel trieb. Die Nummer war jedenfalls unauffindbar im Netz, was sie bei einem wichtigen Anwalt nicht weiter wunderte. Er besaß sicherlich mehr als ein Smartphone.

Dass er zu ihr in die Wohnung wollte, entlockte Jana ein Grinsen. Sie hatte es geschafft – irgendwie langweilig, dass die Männer so vorhersehbar waren. Aber ein bisschen Kitzel blieb noch. Immerhin war ihr Ziel, dass er seine Familie verließ. Dann würde sie sich ein paar Monate eine nette Zeit mit ihm machen. Wie immer. Er würde glauben, er sei die Liebe ihres Lebens, er würde Pläne schmieden, Reisen buchen, teure Geschenke kaufen. All das würde ihr irgendwann zu viel werden. Es gab schließlich noch andere Männer, die aus ihren Ehen geholt werden wollten.

Mit diesen tröstlichen Gedanken stand sie auf und schaute wie jeden Morgen runter auf das pulsierende München. Wobei 14.30 Uhr im eigentlichen Sinne nicht mehr »Morgen« war, aber sie war wirklich spät ins Bett gekommen. Bloß wegen diesem Volltrottel hatte sie sich die Nacht um die Ohren geschlagen und wäre fast noch gestürzt. War Gott sei Dank gut gegangen. Und alles an seinem Platz. Wenn auch nicht so, wie er sich das vorstellte. Schon wieder konnte Jana sich ein Grinsen nicht verkneifen. Wohlgelaunt ging sie ins Bad. Ihr Haar musste dringend gestylt werden.

Eine halbe Stunde später schaute sie abschließend in den Spiegel und war begeistert. Kein Wunder, dass sie die Männer reihenweise um den Finger wickelte. Sie sah einfach super aus. Der Einsatz ihres Lieblingshaarsprays machte sich ebenso bezahlt wie das Hungern. Nach drei Bissen Pizza pflegte sie hilflos zu ihrem Gegenüber zu schauen: »Magst du noch den Rest, ich bin total satt.« Das hatte noch jeden gerührt. Dass sie später drei Schokoriegel aß, musste der Jeweilige nicht wissen. Ebenso wenig wie die Tatsache, dass sie hin und wieder mit dem Finger im Hals nachhalf, zu viele Kalorien wieder loszuwerden. Ihren Erfolg hatte sie sich teuer erkämpft. Und das würde sie sich nicht kaputtmachen lassen. Sollte nächsten Dienstag am Kleinhesseloher See irgendeine Schweinerei auf sie warten, wäre sie darauf vorbereitet. Wer glaubte, dass er ihr blöd kommen konnte, der kannte Jana Waldemat nicht. Mit einem energischen Sicherheitsgriff in ihr Haar verließ sie das Bad. Und fand die Antwort von Marcel: »19 Uhr ist perfekt, ich und mein Mixer-Set werden pünktlich sein.«

Kein Champagner, stellte Jana nüchtern fest. Immerhin was Neues. Sie würde sich jedenfalls begeistert von dem Drink zeigen und Marcel tief in die Augen schauen.

DIENSTAGABEND, MÜNCHEN BOGENHAUSEN

22.30 Uhr und nichts tat sich. Seit 18 Uhr saß Birgit in ihrem Auto, mit perfektem Blick auf Janas Wohnung und den Hauseingang. Sie würde zur Not die ganze Nacht bleiben, wie mit Katharina vereinbart. Denn wie sie inzwischen wussten, entfaltete Jana ihre Aktivitäten gern zu späterer Stunde.

Birgit hatte sich zur Vollmond-Yogini gestylt. Sie trug ihre 1984 selbst genähte Batik-Flatterhose – grün-lila gemustert –, dazu ein pink-blau gestreiftes Hanfoberteil. An den Füßen Jesuslatschen, die sie – sollte es überhaupt zur Durchführung von Yogaübungen kommen – schnell ausziehen konnte, um barfuß zu üben. Auf dem Beifahrersitz lagen Katharinas Yogamatte und die Bänder für die Dehnübungen.

Birgit schaute gelangweilt aus dem Fenster und begann, sich das dritte, hart gekochte Ei zu schälen. Langsam konnte sie keine Eier mehr sehen und plante, ab der kommenden Woche zu einer Ananasdiät überzugehen. Ananas verbrannte angeblich Fett, hatte sie in einer Frauenzeitschrift gelesen, mal sehen.

Ihr Smartphone blinkte – Katharina, minimalistisch: »Und?«

»Nichts, esse gerade drittes Ei ...«

Zurück kam ein Ekel-Emoji mit drei Daumen nach unten. Birgit grinste. Für ihre Abnehmstrategien hatte ihre Freundin einfach kein Verständnis. Beneidenswerterweise konnte Katharina mit Svenja abendelang auf dem Sofa fläzen und nach einem Pizza-Abendessen Popcorn, Chips, Flips und

Erdnüsse in sich reinstopfen, ohne ein Gramm zuzunehmen. Birgit hatte vom bloßen Zuschauen am nächsten Tag 300 Gramm mehr auf der Waage.

»Wieg dich halt nicht andauernd, du hast doch eine gut definierte Figur«, war Katharinas Kommentar zu ihren Gewichtsproblemen. Klar, ein deutlich ausgeprägtes Hinterteil und Speckrollen an den Hüften konnte man als definiert beschreiben. In diesem Fall wäre es Birgit weniger definiert lieber.

In Janas Wohnung ging das Licht aus. Na endlich. Hoffentlich ging sie nicht ins Bett, sondern es tat sich endlich was. War immerhin kurz vor Mitternacht.

Das Licht im Treppenhaus ging an. Birgit ließ den Motor an, um sofort starten zu können, das Abblendlicht schaltete sie aus. Drei Minuten später öffnete sich das Tor der Tiefgarage. Jana war also mit dem Auto unterwegs, was Birgit entgegenkam, aber gegen ein Date irgendwo in der Innenstadt sprach – was Birgit ebenfalls entgegenkam. Je länger sie mit dem Auto folgen konnte, desto bequemer. Jana durfte sie nur nicht bemerken und das war um diese Uhrzeit an einem Dienstag, an dem in München nicht mehr die Masse an Autos unterwegs war, nicht einfach.

Der rote Flitzer kam aus der Garage und fuhr zügig Richtung Mittlerer Ring. Kurze WhatsApp an Katharina: »Es geht los, sie fährt mit dem Auto«. Birgit ließ Jana deutlichen Vorsprung. Auf Höhe des Englischen Gartens verließ Jana den Ring und bog nach Schwabing ab. Sie fuhren Richtung Englischer Garten. Kurz darauf parkte der rote Peugeot. Birgit suchte sich ein Stück entfernt einen Parkplatz, nahm die Yogamatte und die Bänder und folgte Jana. Die war tatsächlich auf dem Weg hinein in den Park. Mitten in der Nacht taten das eigentlich nur Junkies, Liebespaare und Betrunkene. Vielleicht gehörte Jana zu einer der drei Kategorien, das würde sich gleich rausstellen. Jana lief Richtung Kleinhesseloher See und blieb dort stehen. Sie schien zu warten.

Birgit beschloss, sich so weit zu nähern, dass sie sie aus der Entfernung beobachten konnte, und breitete zur Tarnung ihre Yogamatte aus. Katharina hatte bereits fünfmal gefragt, wo sie sich befand, Birgit schrieb: »Kleinhesseloher See, Jana wartet.«

Inzwischen war es halb eins. Jana saß auf einer Bank am See. Birgit beschloss, falls das hier eine Falle war, nun tatsächlich Yoga zu machen, damit ihre Tarnung glaubhaft wirkte. Sie konnte Jana perfekt sehen, der Vollmond beleuchtete den ganzen Park. Nach ungefähr zehn Minuten, sie stand gerade im herabschauenden Hund, bemerkte sie einen Schatten, der ein Stück entfernt vorbeihuschte. Birgit legte sich in die Kobra, weil sie aus dieser Position die Lage gut überblicken konnte und dennoch wirkte, als sei sie mitten in einem Yogazyklus.

Der Schatten umkreiste den See und machte sich an einem Baum am anderen Seeufer zu schaffen. Jana konnte er nicht gesehen haben, ihre Bank wurde durch Bäume verdeckt. Vermutlich hatte sie genau gewusst, was dieser Unbekannte tun und wo er hingehen würde, und sich deshalb an diesem versteckten Ort positioniert. Der Schatten verschwand in einer anderen Richtung. Jana blieb unbewegt sitzen, schaute aber gebannt zu dem Baum. Nach ungefähr einer Viertelstunde – Birgit hatte inzwischen circa 15 Sonnengrüße durchgeführt und war völlig erledigt – erhob sich Jana und ging ebenfalls in Richtung des Baums. Nach ein paar Minuten kam sie mit einer Plastiktüte zurück und machte sich auf den Weg – vermutlich zu ihrem Auto.

Obwohl sie Birgit eigentlich nicht sehen konnte, machte sie weiter ihre Übungen, bis sie glaubte, dass Jana beim Auto sein musste. Zu sehen war sie jedenfalls nicht mehr. Birgit beschloss, selbst nachzuschauen, was es mit diesem mysteriösen Baum auf sich hatte.

Katharina fragte per WhatsApp, was los war. Sie schilderte ihr kurz die Lage des Baumes und das Auftauchen des Unbekannten. Mit ihrer Matte unter dem Arm ging sie auf die andere Seite des Sees. Vor dem betreffenden Baum ließ sie sich nieder. Das Smartphone blieb in der Tasche, sie wollte den Eindruck kompletter Versunkenheit erwecken, falls sie jemand sah. Sie machte einige Atemübungen und schaute sich dezent um. Rundum alles ruhig und vom Mond beleuchtet – eine nahezu romantische Szenerie.

Nach einer Weile stand sie auf und ging zu dem Baum. Er hatte ein großes Loch, in das man bequem hineingreifen konnte, was Birgit gleich tat – nichts. Klar, Jana hatte das Objekt der Begierde bereits rausgeholt. Sie wollte gerade zu ihrem Smartphone greifen, um Katharina zu schreiben, als sie etwas Kühles in ihrem Nacken spürte. Eine Frauenstimme zischte: »Schluss mit der Yoga-Show. Du kommst schön mit mir mit, keine falsche Bewegung, sonst knallt's.«

Birgit nahm den penetranten Geruch von Haarspray wahr. Es war vermutlich Jana, die ihr den kalten Gegenstand in den Nacken drückte. Birgit beschloss, die Yoganummer weiter durchzuziehen. »Was wollen Sie von mir? Ich mache hier Vollmondyoga und habe gesehen, wie jemand in den Baum gegriffen hat. Ich dachte, dass das vielleicht ein Kraftort ist, und wollte mir Energie holen.«

Hinter ihr abschätziges Lachen. »Kraftort, kann man wohl sagen. Nimm deine Matte mit, dann hast du eine Unterlage, da, wo du dich in nächster Zeit aufhalten wirst.«

Birgit wurde es langsam mulmig. Was hatte die Dame mit ihr vor? Zumindest hatte sie noch ihr Smartphone in der Innentasche ihrer Batikhose. Sie dankte ihrer Weitsicht, dass sie die 1984 in die Hose eingenäht hatte, damals noch aus Angst, nachts an ihrem Schlafplatz am Strand auf Kreta ausgeraubt zu werden.

»Wie, wo ich mich in nächster Zeit aufhalten werde? Ich muss zu meinem Sohn, der kriegt Angst, wenn ich nicht nach Hause komme.«

Der Druck in ihrem Nacken wurde fester. »Das hättest du dir überlegen sollen, bevor du dich in fremde Angelegenheiten einmischst. Los, ich sage es dir kein drittes Mal.«

Birgit bekam einen heftigen Stoß von hinten und setzte sich mit der Yogamatte unterm Arm in Bewegung, während sie versuchte, überzeugend verängstigt zu murmeln: »Ich habe mich nicht eingemischt, ich habe Yoga gemacht und habe gedacht, das ist ein Kraftort, ich versteh das nicht.«

Erneuter Stoß von hinten. »Halt die Klappe. Noch ein Mucks, und ich werde richtig ungemütlich.«

Birgit beschloss, den restlichen Weg zu schweigen. Kurz darauf kamen sie zu Janas rotem Cabrio. »Einsteigen und kein Wort, ich schwöre dir, dass ich dich abknalle, sobald du rumschreist oder versuchst abzuhauen.«

Jana band Birgit von hinten etwas über die Augen, schob sie auf den Beifahrersitz und fixierte Hände und Füße mit Kabelbindern. Die Strecke war genauso lang wie die Hinfahrt und endete in einer Tiefgarage. Birgit war sich ziemlich sicher, dass Jana zu ihrer Wohnung zurückgekehrt war. Die ganze Fahrt über hatte sie versucht, in jammrigem Tonfall ihre Unschuld zu beteuern und um ihre Freilassung zu betteln – ohne Erfolg. Jana zerrte sie aus dem Auto, hielt ihr etwas – vermutlich eine Waffe – an den Hinterkopf und trieb sie bis zu einer Tür, die sie mit einem Schlüssel öffnete. Sie bestiegen einen Aufzug, der nach unten fuhr. Noch mal einige Schritte – Birgit hatte Mühe, sich mit den Kabelbindern um die Füße so schnell zu bewegen, wie Jana es forderte. Die verstärkte den Druck in den Nacken, was zu schmerzen begann. Schließlich schloss Jana noch eine Tür auf und schob sie hinein. Es war kühl und roch nach Beton. »Hier bleibst du, bis ich mir überlegt habe, was ich mit dir mache. Und damit du nicht herumschreist, das hier.« Jana steckte ihr irgendetwas in den Mund, was penetrant nach Haarspray schmeckte – vermutlich ein Kopftuch, das sie zu einem Knebel gewickelt hatte. »Ich bring dir gelegentlich was zu essen und zu trinken vorbei, allerdings nur, wenn du schön Ruhe gibst. Ich kriege alles mit, komm bloß auf keine dummen Gedanken.«

Damit knallte die Tür zu und Birgit setzte sich ratlos auf die Yogamatte, die Jana ihr noch hingeworfen hatte.

»Du fährst zum Englischen Garten und schaust, ob du irgendwas rausfinden kannst. Ich fahr zu Janas Wohnung und checke, ob sie daheim ist. Nicht die Nerven verlieren, Katharina. Jana will keinen Ärger, die will nur Kohle und Männer. Wir kriegen das hin.«

»Danke, Oliver, danke. Ich hoffe, dass du recht hast. Birgit darf nichts passieren, das würde ich mir nie …«

»Katharina, so weit denken wir nicht. Wie sagen die Yoginis: ›Das gibt schlechtes Karma.‹ Wir klären, was los ist, und finden Birgit. Das wäre doch gelacht.«

Als Katharina auflegte, ging es ihr zumindest ein bisschen besser. Oliver blieb Gott sei Dank cool, was man von ihr nicht behaupten konnte. Alle paar Minuten hatte sie Birgits Nummer gewählt, nachdem die auf ihre Whats-

Apps nicht mehr reagiert hatte. Katharina war zunehmend panisch geworden. Birgit war hundertprozentig verlässlich, es passte überhaupt nicht zu ihr, sich nicht zu melden, und erst recht nicht in dieser Situation. Sie wusste, welche Sorgen ihre Freundin sich machen würde. Katharina hatte bis 1.30 Uhr gewartet, und dann Oliver angerufen.

»Bis dahin habe ich mich aus der Kobra befreit«, hatte Birgit gewitzelt, als sie die Uhrzeit vereinbart hatten, ab der Katharina Hilfe holen würde. Inzwischen konnte Katharina sich beim besten Willen nicht mehr vorstellen, dass Birgit Yoga übend im Englischen Garten zugange war. Sie warf sich einen Mantel über ihren Schlafanzug, vergewisserte sich, dass Svenja tief und fest schlief, hinterließ ihr einen Zettel, dass sie sich keine Sorgen machen müsse, sie sei spätestens um 3 Uhr zurück und sie könne sie jederzeit auf dem Handy anrufen. Ohne irgendwelche Geschwindigkeitsbeschränkungen zu beachten, raste sie mit ihrem Auto Richtung Englischer Garten. Dort nahm sie CS-Gas und Smartphone aus der Tasche und ging Richtung Kleinhesseloher See. Es war nichts mehr zu sehen, weder an dem Platz, an dem Birgit Yoga gemacht haben musste, noch bei dem Baum, aus dem Jana irgendetwas geholt hatte. Nachdem sie gründlich nach Spuren gesucht hatte, ging sie schnell zurück in Richtung ihres Autos. Kurz vor dem Verlassen des Parks hörte sie eine schnarrende Stimme:

»Lady, wohin des Wegs? Nicht so schnell, immer mit der Ruhe. Hier ist heute Abend ja richtig was los.« Katharinas Herz raste noch mehr, als sie sich zu der Stimme drehte. Aus den Bäumen trat eine abgerissene Gestalt – langer, fleckiger Trenchcoat, durchgetretene Halbschuhe, fettige lange Haare – offensichtlich einer der Penner, die im Englischen Garten übernachteten. Der Mann kam weiter auf sie zu,

Katharina konnte die Mischung aus Alkohol, Schmutz, Schweiß und Knoblauch riechen.

»Was wollen Sie von mir?«, schnauzte sie ihn an und schaute ihm, wie sie es vor Jahren im Selbstverteidigungskurs gelernt hatte, genau in die Augen.

»Nur nichts für ungut Lady, keine Panik, alles bestens, ich brauch nur Diridari, Kohle, ein paar Euroooooo.« Er kam näher, Katharina zog das CS-Gas aus der Tasche.

»Sie bleiben augenblicklich stehen, sonst wird es schmerzhaft. Erzählen Sie mir, was Sie heute Nacht hier gesehen haben. Ich bringe Ihnen morgen Geld vorbei, heute habe ich keins mit.« Das stimmte sogar, zumindest lag ihr Geldbeutel im Auto.

»Lady, Lady, wie unvorsichtig, kein Geld mitzunehmen. Mal schaun ...«

Mit einem Sprung wollte sich der Penner auf Katharina stürzen, aber sie war jünger und nicht betrunken, trat einfach schnell einen Schritt zur Seite und schaute zu, wie der Mann vor ihr in die Wiese fiel. Sie richtete das CS-Gas auf sein Gesicht. »Noch mal: Was war heute Nacht hier los?«

»Sie kommen morgen mit Geld, Lady, versprochen?« Der Mann wollte sich hochrappeln, war aber in seinen Mantel verheddert und kam nicht auf die Füße.

»Schön unten bleiben und erzählen«, kommandierte Katharina. »Alles klar, Lady, alles klar. Erst is' ein Schönling gekommen und zu dem Baum da drüben gegangen, der, an dem du eben warst. Scheint irgendwie 'n Schatz drin versteckt zu sein – so viele Leute, wie den heute schon untersucht haben.«

»Wie hat der ausgesehen, der Schönling?«

»Na ja, gut eben, teure Klamotten, sah aus wie der Sänger, der früher Skifahrer war ...«

Adelhofer, dachte Katharina.

»Der hatte bestimmt Euroooooo dabei, hat mir aber auch nichts gegeben, niente, nüschd ... Mädchen, haste nich' vielleicht doch 'n Scheinchen hmmmmm.« Der Mann rückte wieder näher an sie heran, Katharina zielte mit dem CS-Gas direkt auf seine Augen.

»Schön weitererzählen und nicht bewegen, Freundchen«, zischte sie.

Erschrocken hielt sich der Penner die Hand vor die Augen.

»Is' ja gut, Lady, is' ja gut. Äh, als Nächstes is' 'ne Tussi aufgetaucht, blonde Haare, klein, hübsch, aber nich' mein Fall, ich ihrer wahrscheinlich auch nich'.« Der Penner kicherte versonnen vor sich hin. »Bis hierher hab ich das Haarspray gerochen. Pfui Daibel. Die war dann wieder weg. Dafür is' 'ne Yogatante angeschlichen und hat hier vor mir angefangen, sich zu verbiegen.«

»Und?«

»Oh, Lady, ich merk schon, du willst es genau wissen, lass mich erst aufstehen.« Er versuchte, auf die Beine zu kommen. Katharina hielt ihm das CS-Gas direkt vors Gesicht. »Bleiben Sie, wo Sie sind. Weiter.«

»Was für eine eiserne Lady. Wie hält das bloß dein Mann mit dir aus, ts, ts, ts.« Gekicher. Katharina hielt ihm stoisch die Spraydose vors Gesicht und versuchte, den Dunst aus Schweiß, Alkohol und Knoblauch auszublenden.

»Der Schnösel is' weg und plötzlich is' die Haarspray-Blondie wiederaufgetaucht, is' zu dem Baum und hat was rausgeholt. Dann is' sie abgezischt und die Yogatante rüber zu dem Baum und weitergeturnt. Wie ich grad am Einschlafen war, weht mir noch mal das Haarspray um mein Riecherchen und die Blondie is' zu der Yogatussi hin. Die sind zusammen ab, Blondie hinter Yogatussi. Haben beide nich' glücklich ausgesehen. Ich konnt' jedenfalls endlich schlafen. Weil, weißte, Lady, mein Motto is': zum Schlafen lieber Schnaps statt Sonnengruß.« Erneutes Gekicher.

»Und wann sind Sie aufgewacht?«

»Na, wie du gekommen bist, schöne Lady.«

»Okay. Sie bleiben genau so auf dem Boden, bis Sie mich nicht mehr sehen. Das CS-Gas reicht hundert Meter weit, keine Tricks, kapiert?«

»Lady, Lady, alles klar, wir sehn uns morgen, ich freu mich schoooooooooon.« Gekicher.

Katharina ging ohne ein weiteres Wort, und als sie sich noch mal umdrehte, verharrte der Penner tatsächlich brav auf dem Boden und winkte ihr zu. Unbehelligt kam sie zu ihrem Auto, schloss das Smartphone an die Freisprecheinrichtung, fuhr los und rief von unterwegs sofort Oliver an.

»Alles gut, meine Liebe?«, fragte er nach dem ersten Klingeln. »Bei mir schon, aber Birgit habe ich nicht gefunden. Ein Penner hat alles gesehen, was heute Nacht passiert ist, und es mir erzählt. Ich gehe davon aus, dass Jana Birgit entführt hat. Oliver, ich habe die totale Panik, trotzdem muss ich heim, Svenja ist allein …«

»Ruhig, Katharina, ganz ruhig. Svenja ist nicht allein, ich bin bei euch zu Hause. Ich war bei Janas Haus, sie war dort. Ich habe sie in ihrer Wohnung gesehen. Wir wissen also, wo sie steckt. Du fährst vorsichtig zurück und dann planen wir. Wir finden Birgit, ich verspreche es dir. Süße, nicht weinen bitte, wir finden sie.«

Katharina hatte gehofft, dass Oliver ihr Schluchzen nicht bemerkte. Ihre beste Freundin war verschwunden und sie war vermutlich daran schuld. Und der großartige Oliver fuhr unaufgefordert zu ihr nach Hause, damit Svenja nicht allein war. Katharina zog die Nase hoch und murmelte: »Bin gleich daheim.«

Ein paar Minuten später saßen Oliver und Katharina in ihrer Küche. Svenja hatte den Nachteinsatz der beiden Gott sei Dank komplett verschlafen.

»Oliver, ich rufe die Polizei an. Es geht um meine beste Freundin, da sind mir der Job und die Story ehrlich gesagt scheißegal.«

»Verstehe ich. Die werden nur noch nichts unternehmen. Sie ist gerade drei Stunden weg und der Zeuge, der Jana und Birgit vielleicht gesehen hat, ist zum einen ein versoffener Penner. Und zum anderen hat er nichts berichtet, was darauf hindeutet, dass Birgit etwas passiert ist. Lass uns noch ein paar Stunden warten. Wenn wir bis 9 oder 10 Uhr kein Lebenszeichen von ihr haben, rufen wir die Polizei. Übrigens ist Birgits Hackerei nicht ganz legal. Wäre wurscht, wenn es um Leben und Tod ginge. So ist es aber nicht, ganz bestimmt.« Widerwillig stimmte Katharina zu und hoffte, dass Oliver Recht behielt.

Wütend rannte Jana in ihrer Wohnung auf und ab. Nicht mal der Sicherheitsgriff half diesmal. Dabei saßen ihre Haare sogar morgens um drei 1 a. Nur was spielte das für eine Rolle? Sie hatte ein Megaproblem an der Backe und vor allem hatte sie das Gefühl, die Kontrolle zu verlieren – das durfte nicht sein. Jana Waldemat hatte die Dinge im Griff – immer. Und jetzt saß eine dämliche Tusse in ihrem Keller und sie hatte keine Ahnung, was sie mit ihr machen sollte. Hatte sie tatsächlich was mit der Sache zu tun? Hatte er sie geschickt? Um Beweise gegen sie zu sammeln? Wofür? Er hing genauso mit drin. Oder war sie wirklich nur eine verstrahlte Münchner Öko-Tante, die nachts nichts Besseres zu tun hatte, als im Englischen Garten Yoga zu machen? Sollte sie sie einfach freilassen? Ihr Gesicht hatte die Frau nicht gesehen. Wo sie sie hingebracht hatte, wusste sie auch nicht.

Jana ging in die Küche und aß zwei Schokoriegel. Und tatsächlich hatte sie plötzlich einen Plan. Sie öffnete diesmal den verschlüsselten Account. »Ich habe eine Geisel. Näheres erfährst du hier bei mir, morgen Nachmittag 17 Uhr. Für blöd verkaufen lasse ich mich von dir nicht.«

Jetzt fühlte sie sich besser. Jana Waldemat ging ins Bad, um die Schokoriegel loszuwerden. Danach fiel sie ins Bett und schlief sofort ein.

Sie musste irgendwie an ihr Smartphone kommen. Birgit hatte den Eindruck, dass sie es bereits seit Stunden versuchte.

Durch Anheben der Beine wollte sie das Gerät näher zu ihren Händen schieben. Immer, wenn sie es gespürt hatte, war es wieder nach unten gerutscht und sie konnte es nicht fassen.

Zwischendrin hatte sie ihr Gefängnis auf einen Weg nach draußen erkundet. Dank der Kabelbinder um ihre Beine hatte sie den Raum mehr hüpfend als gehend abgeschritten. Man sollte die Hoffnung zwar nie aufgeben. In diesem Fall schien es allerdings unmöglich, hier ohne fremde Hilfe herauszukommen. Es war stockdunkel, Birgit sah kein Fenster, keinen Lichtstrahl, nichts. Sie schätzte den Raum auf acht Quadratmeter. Die Luft würde ihr vorerst nicht ausgehen. An den Wänden standen Regale mit Kisten. Vermutlich saß sie schlicht in Janas Kellerabteil. Und Kellerräume hatten normalerweise Lichtschalter. Los, aufstehen, an den Wänden entlanghüpfen, hinter den Regalen tasten – kein Spaß mit den fixierten Händen. Ständig musste sie pausieren.

»Birgitchen«, hörte sie Katharinas Stimme, die sagen würde: »Du schaffst das, für irgendwas müssen die vielen hart gekochten Eier gut gewesen sein.«

Birgit grinste traurig in die Dunkelheit und tastete weiter. Nach einer Weile: Bingo – hinter dem gefühlt 345. Regal fand sie einen Schalter, drückte drauf und das Licht ging an.

Sie musste genau lauschen, ob jemand kam, um brav im Dunkeln zu sitzen, falls Jana auftauchte.

In der Zwischenzeit würde sie sich ein bisschen umschauen, vor allem nach einem Messer oder einer Schere.

Auch das stellte sich mit gefesselten Händen als fast unmöglich heraus. Es lag absolut nichts offen herum – die Dame schien eine Ordnungsfanatikerin zu sein. Überall nur kleinere und größere Kartons, verschlossen und ordentlich beschriftet. »Fotos«, »Bücher«, »Spielzeug«, »Finanzen«. Die Kisten standen in Zweierreihen hintereinander. Birgit musste in einem akrobatischen Akt jede vordere leicht vorschieben, um zu sehen, was auf der hinteren stand. Ein Karton namens »Werkzeug« fand sich nicht – keine Chance, die Kabelbinder aufzuschneiden. Fast am Ende der Reihe, hinter dem Karton mit der Aufschrift »Wolfersdorf«, stand eine größere Kiste, auf der nur eine Jahreszahl zu lesen war: »2014« – das war das Jahr des Bergwinters von Robert Adelhofer. Konnte Zufall sein. Oder auch nicht.

Mehr gab es derzeit für sie hier nicht zu tun, stellte Birgit frustriert fest und beschloss, sicherheitshalber das Licht zu löschen und sich auf den Boden zu setzen.

Enttäuscht ließ sie sich auf den kalten Stein plumpsen. Dabei rutschte ihr Smartphone plötzlich in der Innentasche ihrer Hose nach oben. Birgit konnte es greifen.

Nach einer Ewigkeit des Herumfuchtelns mit gefesselten Händen drückte sie auf »Senden«.

»Sitze vermutlich in Janas Keller. Es geht mir gut. Holt mich hier raus.« Ein graues Häkchen und noch eins. Es gab eine Internetverbindung aus diesem Loch, Katharina würde sie finden.

5.39 Uhr zeigte die Uhr ihres Smartphones, bevor Birgit auf ihrer Yogamatte in einen unruhigen Schlaf fiel.

MITTWOCHMORGEN, MÜNCHEN HAIDHAUSEN

»Gott sei Dank.« Katharina schrie ihre Erleichterung so laut hinaus, dass Oliver im Fernsehsessel gegenüber entsetzt die Augen aufschlug. Er war in verkrümmter Position eingeschlafen und entwirrte ächzend seine Knochen.

»Birgit hat sich gemeldet. Sie glaubt, dass sie in Janas Keller sitzt, und es geht ihr gut.« Ohne es zu wollen, liefen Katharina die Tränen übers Gesicht.

»Nicht schluchzen, wir holen sie raus, glaub mir.« Oliver setzte sich zu Katharina aufs Sofa, schob die Kuscheldecke, unter der sie vermutlich mehr schlecht als recht geschlafen hatte, auf die Seite und legte den Arm um sie.

»Ich habe heute Abend sowieso ein Date mit Jana, da wird sich bestimmt was machen lassen. Zur Not gebe ich ihr Schlaftabletten. Es reicht endgültig mit den merkwürdigen Machenschaften dieser Dame. Ich fahre jetzt auf meine Position von letzter Nacht vor Janas Haus. Sie ist sehr spät heimgekommen. Ich glaube nicht, dass sie bisher etwas unternommen hat. Ich beobachte das Haus und kriege mit, ob sie es verlässt oder ob sonst irgendwas Auffälliges passiert. Du verbringst einen normalen Morgen mit Svenja, begleitest sie in die Schule und fährst danach zu mir nach Hause. Dort holst du Klamotten, die ich zu meinem Date mit Jana anziehen kann.« Oliver schaute grinsend auf seine ausgeleierte Jogginghose und das T-Shirt mit der Aufschrift »der frühe Vogel kann mich mal«. »In diesem Aufzug wird sie mich wohl kaum empfangen. Machst du das? Und ich schiebe den ganzen Tag Wache.«

Katharina schaute ihren Freund an und würgte ein »danke« heraus, wobei sie gleichzeitig angestrengt versuchte, nicht noch mal loszuheulen.

»Okay, ich rufe im Büro an und sage, dass ich übers Handy zu erreichen bin. Ein paar Klienten rufe ich selbst an.«

»Und keine Polizei? Müssen wir das nicht machen, um Birgit zu schützen? Hacken hin oder her?«

Oliver rückte ein bisschen von ihr weg und überlegte: »Ich bin sicher, dass Jana Birgit nichts tut. Die ist ein Kollateralschaden. Ich versuche, sie heute Abend rauszuholen. Falls das nicht klappt oder heute tagsüber irgendetwas Seltsames passiert, rufen wir die Polizei. Okay?«

Katharinas Kopf war klar für Polizei, ihr Bauch sagte ihr, dass sie sich auf Oliver verlassen konnte. Wenn er als Sicherheitsfanatiker diese Lösung vorzog, konnte sie ihm vertrauen – hoffte sie zumindest und murmelte »okay«.

Nachdem sie besprochen hatten, Birgit nicht zu antworten – sie würde durch die beiden blauen Häkchen sehen, dass Katharina die WhatsApp gelesen hatte, und falls Jana das Handy fand, würden sie keine Hinweise geben –, ging Oliver aus dem Haus. Mit zittrigen Fingern begann Katharina, Frühstück zu machen.

Ihre Tochter stand eine Stunde später quietschfidel auf, umarmte ihre Mutter und rief: »Guten Morgen allerliebste Mamili, hast du gut geschlafen? Ich hab superduper geschlafen, mhm, mein Lieblingsfrühstück.«

Katharina war froh, dass ihre Tochter blendender Laune war. So konnte sie mit »echt?«, »super«, »klar«, »hm« durch den Morgen kommen, ohne dass Svenja irgendwelchen Verdacht schöpfte. Glücklicherweise war heute Oma-Tag, ihre Mutter würde Svenja von der Schule abholen und mit zu sich nach Hause nehmen. Katharina konnte daher jederzeit tun, was nötig war, um Birgit zu befreien.

Als Svenja in der Schule war, fuhr sie wie vereinbart nach einem Abstecher zu Olivers Wohnung zu seinem Beobachtungsposten und brachte ihm passende Kleidung für das Date. Weißes Designer-Polo, hellbraune Chinos und handgenähte dunkelbraune Mokassins. Dazu einen beigefarbenen Mohair-Pullover eines bekannten italienischen Labels – Jana stand bestimmt auf Markenkleidung, die ließ schließlich auf einen soliden finanziellen Background schließen.

Sie fuhr nah an Olivers Auto heran, damit sie von Janas Haus aus nicht gesehen werden konnte. Oliver saß recht gelangweilt auf dem Fahrersitz und biss gerade in einen Burger. »Nichts passiert. Sie ist in der Wohnung, ich sehe sie seit ungefähr einer Stunde hin- und herlaufen. Im Keller war sie meiner Meinung nach noch nicht. Ich werde über

den Tag versuchen rauszufinden, wo die Keller genau sind, damit ich heute Abend schnell dort bin. Alles wird gut.«
Beruhigend streichelte Oliver ihr über den Arm. »Mit dieser Garderobe«, er deutete grinsend auf die mitgebrachte Kleidung, »könnte es allerdings sein, dass Jana derart über mich herfällt, dass ich erst morgen früh zur Befreiungsaktion ansetzen kann. Wenn Frau Waldemat völlig ermattet in den Kissen ruht und sich kein bisschen für ihren Keller und dessen Inhalt interessiert.«
Katharina schaute ihn schmunzelnd an. »Dir werden bestimmt andere Methoden einfallen …« Sie küsste ihren Freund auf die Wange, klopfte ihm dankend auf den Oberschenkel und verließ seinen Ausguck.
Nachdem sie Birgit in der Redaktion krankgemeldet hatte (»Magen-Darm, sie hat mich gebeten, Bescheid zu sagen, kann grade schlecht telefonieren«), ging sie direkt in Birgits Büro, um zu prüfen, ob sie von ihrem Computer auf den verschlüsselten Chat von Jana zugreifen konnte. Sie fand zwar unzählige Adelhofer-Fotos und Bergwinter-Recherchen, nur die eigentlich interessanten Infos waren unter Verschluss – zumindest für sie.
Unruhig ging sie in ihr Büro zurück. Sie begann zu arbeiten, konnte es aber nicht lassen, alle zwei Minuten auf das Smartphone zu schauen. Nichts. Das ist kein Grund zur Besorgnis, tröstete sich Katharina. Birgit war klug, sie würde den Akku des Smartphones schonen, und dass Oliver sich nicht meldete, war eher ein gutes Zeichen.
An Tagen höchster Anspannung verging die Zeit grundsätzlich im Schneckentempo. Katharina war zu keiner kreativen Arbeit fähig, daher beschloss sie, ihre Recherchen zu Adelhofer zu sortieren und verschiedene Ordner anzulegen, um später leichter schreiben zu können.

Diese stupide Tätigkeit funktionierte einigermaßen. Tatsächlich hatte sie eine halbe Stunde nicht ihr Smartphone gecheckt, als es klingelte. Katharinas Herz begann sofort zu rasen, sie riss das Gerät hoch und las: »Adelhofer, Rosa«. Ihr Herzschlag beruhigte sich zumindest ein bisschen, obwohl sie keine Ahnung hatte, was die alte Frau Adelhofer von ihr wollte.

»Grüß Sie, Frau Langenfels, ich stör' Sie bestimmt grad bei der Arbeit.«

»Hallo, Frau Adelhofer, ich bin zwar bei der Arbeit, aber ich kann gerade ein bisschen Abwechslung gut gebrauchen. Wie geht es Ihnen?«

Die alte Frau seufzte schwer und sagte: »Mei, wissens, Unkraut vergeh ned, ich ruf wegen dem Max an. Der is' so komisch. Er hat im Schlaf geredet, des hat er vorher noch nie. Vom Lukas und dass es ihm leidtut, und gschrien hat er: ›Lass ihn in Ruh', lass ihn in Ruh', des is' a Sünd, des darfst du ned, lass ihn in Ruh.‹ Gar nimmer aufghört hat er, bis ich ihn gweckt hab. Und dann hat er sich an nix mehr erinnert. Ich hab ihn gfragt wegen dem Lukas, ob er irgendwas weiß, was er mir ned erzählt hat. ›Mei Rosa, lass ma mei Ruh, i will schlafn‹, des war des Einzige, was er gsagt hat.«

Katharina und Rosa Adelhofer schwiegen. Katharina, weil sie nicht wusste, was sie sagen sollte. Die alte Adelhofer wahrscheinlich, weil sie wartete, dass Katharina eine Idee hatte, was zu tun war. Aber die hatte sie nicht. Sie würde den alten Max erst recht nicht zum Reden bringen, das war klar.

»Haben Sie eine Ahnung, was los sein könnte, Frau Adelhofer?«

»Mei, seitdem dass der Lukas tot is', is' der Max scho' anders wie früher. Geredet hat er noch nie viel, bloß jetzt sagt er fast nix mehr und essen tut er nicht gscheid. Kein Kaiserschmarrn, kein Schweinsbraten, kein Tafelspitz, nix. Ich glaub halt, dass er furchtbar traurig is' wegen dem Lukas, und dass er ned drüber reden kann.«

»Könnte es sein, dass er irgendetwas weiß, was Sie nicht wissen?«

»Des hab ich auch schon gedacht. Jedenfalls war der Max an dem Abend, bevor der Lukas gstorben is', dahoam. Wie ich des Essen hochbracht hab, war er unten in der Stubn und hat ferngschaut. Ich bin mit dem Essen runterkommen und hab ihm erzählt, dass es oben beim Lukas an furchtbaren Krach gibt und dass ich ned weiß, mit wem. Er hat nix drauf gsagt, nur des Essen hat er angschaut. Wie ich's weggschmissn hab, hat er ned gschimpft, wie er des sonst macht, wenn i was wegschmeiss, sondern hat bloß gsagt: ›Schad um des scheene Essen.‹ Ich hab ihn gfragt, ob er's noch hätt' wolln, und da hat er gsagt: ›Na, des is' wie vergift. Des is' scho' recht, dass du's wegtust.‹ ›Wie vergift‹, hat er gsagt, Frau Langenfels, ›wie vergift‹. Und ich hab des Gleiche dacht: ›Des Essen, des der Bub ned essn kann, weil's ihm so schlecht geht, muss weg‹. Jedenfalls, dass der Max mehr weiß als ich, des kann scho' sein. Aber ich krieg des ned aus ihm raus und sonst auch keiner, glaub ich.«

»Was müsste passieren, Frau Adelhofer, was glauben Sie, damit Ihr Mann erzählt, was er weiß?«

Rosa Adelhofers Antwort kam schnell und tieftraurig: »Früher hätt' ich gsagt, wenn mir oder den Bubn jemand was antun wollt', würd' der Max alles tun, wenn's was helfen tät'. Da bin ich mir nimma sicher. Wenn's um den Robert geht, glaub ich's schon gar nicht, und wenn's um mich gehen tät, könnt' sei, dass es ihm wurscht wär'.«

Die letzten Worte konnte Katharina kaum noch verstehen, weil die alte Adelhofer bitterlich angefangen hatte zu weinen.

»Das glaube ich nicht«, versuchte Katharina die alte Frau zu trösten. »Er trauert bestimmt genauso wie Sie und kann es einfach nicht ausdrücken. Sie sind ihm nicht egal. Und dass Lukas ihm nicht egal war, das zeigt dieser Traum. Es spielt keine Rolle, ob er irgendwas weiß oder ob sich nur das Unterbewusste gemeldet hat. Dass er seinem Sohn nicht helfen konnte, scheint ihn sehr zu beschäftigen. Wundern Sie sich nicht, falls diese Selbstgespräche im Schlaf wiederkommen, und machen Sie sich keine Sorgen. Vielleicht merkt Ihr Mann so, dass er reden muss, weil er die Albträume nicht mehr aushält.«

»Vielleicht, ja. Heut' mach ich ihm Fleischpflanzl mit Gurken-Kartoffelsalat, vielleicht mag er bissl was.«

»Machen Sie das, Frau Adelhofer, klingt lecker, ich würde es sofort essen«, versuchte Katharina, das Gespräch ein bisschen fröhlich zu beenden. »Sobald ich was rausfinde, melde ich mich bei Ihnen.«

»Gut, Frau Langenfels, und vielen Dank. Und wenns Fleischpflanzl mögen, ich kann welche einfrieren. Irgendwann holens die ab.«

MITTWOCHVORMITTAG, MÜNCHEN BOGENHAUSEN

»Du nimmst Geiseln? Nicht mein Problem. Fick dich.«
Sprachlos starrte Jana auf die Mail. Wie konnte er es wagen? Hatte er vergessen, wie abhängig er von ihr war? Er wusste vermutlich genau, wer in ihrem Keller saß. Oder nicht? Sie konnte mit einem Federstrich alles beenden, alles auffliegen lassen. Und leiden würde er, nicht sie. Die Wohnung gehörte ihr, dafür hatte sie gesorgt. Und die monatliche Kohle war natürlich bequem, aber wenn sie sie nicht hätte …

Dass es egal wäre, konnte sie leider nicht sagen. Richtig kacke wäre es. Sie könnte natürlich künftig ihre Aufrisse mehr schröpfen. Aber so gestaltete es sich viel einfacher. Noch wütender rannte Jana ins Bad. Es war 10 Uhr morgens, sie war gerade erst aufgestanden, hatte höchstens vier Stunden geschlafen, die aber tief und fest. Und entsprechend sahen ihre Haare aus – das ging gar nicht. Eine Dreiviertelstunde später kam sie mit perfekter blonder Welle und besserer Laune aus dem Bad. Sie hatte einen neuen Plan, wie so oft, nachdem sie sich ordentlich gestylt hatte. »Und wenn die Geisel plaudert, wenn ich sie wieder gehen lasse? Ist es dann auch nur mein Problem? Ich könnte ihr alles erzählen. Falls du um 17 Uhr nicht hier bist, wird genau das passieren. Übrigens: Ich habe es nicht nötig, mich selbst zu ficken! Du?« Zufrieden drückte sie auf »Senden«.

MITTWOCHNACHMITTAG, REDAKTION »FAKTEN«, MÜNCHEN

Punkt 15 Uhr kam eine WhatsApp von Oliver: »Ich weiß, wo die Keller sind und welches Abteil zu Janas Wohnung gehört. Während ich weg war, ist nichts passiert. Habe mit meiner Dashcam gefilmt, alles ruhig, außer dass Jana weiterhin wie ein Tiger auf Ecstasy durch ihre Wohnung düst.« Drei Daumen-hoch-Emojis, drei Smileys. Oliver war weiterhin optimistisch und schien sich irgendwie Zugang zu Janas Wohnhaus verschafft zu haben. Hoffentlich hatte sie ihn nicht gesehen, überlegte Katharina und sah förmlich Olivers genervtes Gesicht vor sich, wenn sie ihm diese Frage stellen würde. »Natürlich nicht, ich bin doch nicht auf der Brennsuppn daher geschwommen«, wäre die Antwort.

Katharina schrieb zurück: »Du bist ein Held, ich gehe heute um 17 Uhr nach Hause, bin jederzeit einsatzbereit, melde dich, falls ich was tun kann.«

Ein Daumen-hoch-Emoji war die Antwort.

Nach zwei weiteren Stunden Aktensortieren wollte Katharina gerade das Büro verlassen, als eine WhatsApp von Oliver kam: »Ich fasse es nicht. Ich glaube, Adelhofer steht vor dem Haus. Sieht bisschen komisch aus, aber er ist es. Geht rein.« Katharinas Herz schlug bis zum Hals. Was, wenn die beiden Birgit etwas antun wollten, wenn Adelhofer eine Waffe mitgebracht hatte? Sie hielt es nicht mehr aus und rief Oliver an, um ihm zu sagen, dass sie sofort die Polizei rufen würde. Aber sie kam nicht zu Wort.

»Er ist oben in der Wohnung. Sie streiten, sieht jedenfalls danach aus. Jetzt rennen zwei Tiger auf Ecstasy durch die Wohnung.«

»Und wenn die Birgit was antun?«

»Ich gehe ins Haus und lausche an der Tür. Direkt neben Janas Wohnungstür ist eine Nische, in der ich mich verstecken kann. Sobald jemand die Wohnung verlässt, schicke ich dir eine WhatsApp und du rufst die Polizei. Falls ich irgendwas erfahre, schreibe ich dir. Sicherheitshalber komm her, ohne dein Auto. Das könnte Adelhofer erkennen. Ich lasse meinen Autoschlüssel auf dem hinteren rechten Reifen, du holst ihn dir, setzt dich in mein Auto und wartest. Okay?«

»Okay. Bitte kein Risiko eingehen, Oliver. Das ist es nicht wert. Sobald es nur ein bisschen brenzlig wird, melde dich und ich ruf die Polizei.«

»Versprochen, Katharina.«

MITTWOCHNACHMITTAG, MÜNCHEN BOGENHAUSEN

Er verstand kein Wort. Oliver hörte Jana und Adelhofer in der Wohnung reden. Es klang nicht gerade freundlich.

Bestimmt eine Stunde stand er schon vor der Wohnungstür, bisher hatte ihn niemand bemerkt. Die Banker und Broker, die hier wahrscheinlich in großer Überzahl wohnten, kamen vermutlich so früh nicht aus ihren Bürotürmen in Bogenhausen zurück.

Plötzlich wurde es richtig laut, Adelhofer brüllte:

»Noch mal, Jana, ich habe keine Ahnung, was für eine Tante du mitgenommen hast. Ich habe damit nichts zu tun.«

Jana antwortete leiser, dann waren Schritte zu hören. Anscheinend standen die beiden in der Nähe der Wohnungstür.

»Du hältst dich an die Bedingungen und es bleibt alles beim Alten. Ich sorge dafür, dass sie nichts ausplaudert. Bis morgen 16 Uhr hast du einen schnuckligen neuen Verbindungsmann besorgt und der trifft sich mit mir im ›Striezel‹ am Marienplatz. Einmalzahlung 15.000 Euro, das ist ein Schnäppchen. Deinen bescheuerten Baum im Englischen Garten kannst du von mir aus mit Pornoheften füllen, wenn dich das geil macht.«

»Du bist noch schlimmer, als ich es je vermutet habe, und irgendwann zahle ich dir das zurück, Jana Waldemat.«

»Ja, Süßer, und zwar morgen 16 Uhr. Und jetzt raus hier.«

Oliver konnte gerade noch in die Nische springen, bevor die Wohnungstür aufging und jemand die Treppen runterraste. Vor lauter Aufregung hatte Adelhofer wohl den Aufzug vergessen und rannte aus dem achten Stock nach unten.

Oliver schrieb an Katharina: »Adelhofer kommt raus. Hat anscheinend nichts mit Geiselnahme zu tun. Ich bleibe hier.«

Katharina beschloss, Adelhofer zu Fuß zu folgen, um sicherzugehen, dass er nicht zu Janas Wohnung zurückkehren und Oliver stören würde. Es war inzwischen 18.30 Uhr, in einer halben Stunde hatte Oliver sein Date. Die Klamotten hatte er wohl angezogen, jedenfalls lagen Jogginghose und »Früher Vogel«-Shirt auf der Rückbank.

Katharina hoffte, dass sie in ein paar Stunden die Nachricht bekommen würde »Habe Birgit, es geht ihr gut«.

Bis dahin durfte auch sie keinen Fehler machen.

Sie begann sich gerade zu fragen, ob das Haus noch einen anderen Ausgang hatte, weil Adelhofer so lange brauchte, als die Haustür aufging. Heraus kam ein Mann mit dunklen, schmalzigen Locken, einem Schnauzbart, ausgeleiertem Polohemd und schlechtsitzender Jeans. Hinter der Verkleidung erkannte Katharina deutlich die Gesichtszüge Adelhofers. Das hatte Oliver mit »er sieht ein bisschen komisch aus« gemeint. Er hatte sich getarnt, stellte sie interessiert fest und folgte Adelhofer mit großem Abstand. Sie waren ungefähr zehn Minuten gelaufen, als er in einen Hinterhof abbog. Katharina wartete. Kurz darauf kam Adelhofer zurück auf die Straße, die Verkleidung war verschwunden, anscheinend weggeworfen.

Katharina musste hoffen, dass ihr Plan aufging. Sie bog die nächste Seitenstraße rechts ab, links auf die Parallelstraße, und rannte los, einen Block, zwei Blocks, drei Blocks, dann links, und schon ging sie entspannt in die andere Richtung – Adelhofer genau entgegen, wenn er nicht irgendwo abgebogen war. Nein, war er nicht, er steuerte direkt auf sie zu. Glücklich sah er nicht aus.

»Herr Adelhofer, was für ein Zufall. Hallo.« Katharina lächelte ihn an.

»Das ist wohl wahr, mit Ihnen hätte ich nicht gerechnet, Frau Langenfels, äh, ja, schön, dass wir uns treffen. Was machen Sie hier?«

»Ach, ich bin auf dem Weg zu einer Freundin. Die hat irgendwie seit Langem einen komischen Typen am Hals und hat ihn eben aus der Wohnung geschmissen. Sie braucht Trost.«

»Das, das ist, äh, schlimm. Und sie wohnt hier in der Gegend?« Adelhofer wirkte regelrecht entsetzt.

»Es ist wirklich schlimm, der Typ hat die Wohnung bisher bezahlt. Sie selbst kann sich das in keinem Fall leisten, können Sie sich ja vorstellen bei den Preisen in Bogenhausen. Aber das darf ich Ihnen eigentlich gar nicht erzählen, Herr Adelhofer. Na ja, Sie kennen Sie ja Gott sei Dank nicht.«

»Wie heißt sie denn, Ihre Freundin?«

Im gleichen Moment bemerkte offenbar Adelhofer selbst, wie merkwürdig diese Frage war, und setzte nach: »Äh, geht mich natürlich nichts an, da haben Sie vollkommen recht.«

Katharina nickte freundlich. »Und Sie, Herr Adelhofer? Wohnen Sie in Bogenhausen? Leisten könnten Sie es sich, wenn ich mir diese direkte Bemerkung erlauben darf.«

Adelhofer blieb angespannt. »Äh, nein, doch, also, nein, ich wohne nicht hier. Ich habe, ich war, äh, ich war ›undercover‹ unterwegs. Wissen Sie, das ist mir ein bisschen peinlich. Es ist für meine nächste Sendung und eigentlich soll es niemand wissen. Ich bin als Hartz-IV-Empfänger herumgelaufen und habe die Leute angesprochen, um zu sehen, wie sie reagieren.«

»Spannend. Es hat Sie tatsächlich niemand erkannt? Da müssen Sie sich gut verkleidet haben.« Katharina merkte, wie Adelhofer sich entspannte.

»Das habe ich, das können Sie mir glauben. Nein, kein Mensch hat mich erkannt. Hartz-IV-Empfänger möchte ich in diesem Land jedenfalls nicht sein, das habe ich heute gelernt.«

»Zumindest hier in Bogenhausen ist das schwierig, da haben Sie recht. In die Lage werden Sie aber bestimmt nie kommen. Schönen Tag noch.« Katharina wandte sich zum Gehen.

Adelhofer unternahm einen erneuten Versuch: »Ich könnte Sie mit dem Auto mitnehmen.«

»Das ist nett von Ihnen, aber nicht nötig. Ich muss nur in die Beckmesserstraße, die ist direkt hier um die Ecke.«

Adelhofer strahlte sie an. »Ah, dann, alles gut. Okay, Frau Langenfels, wenn Sie noch Informationen brauchen, melden Sie sich einfach.«

»Danke, die brauche ich in jedem Fall. Ich werde mich bei Ihnen melden, sobald sich die Lage bei meiner Freundin beruhigt hat.«

»Alles klar, tun Sie das. Wann erscheint der nächste Artikel über mich?«

Die Eitelkeit hatte wieder die Oberhand gewonnen, stellte Katharina nüchtern fest. »Oh, in der nächsten Ausgabe natürlich. Ich brauche noch ein paar kleine Mosaiksteinchen für eine runde Geschichte.«

Ein kurzes unsicheres Aufflackern in Adelhofers Gesicht. »Ah, schön, viel Erfolg«, antwortete er kurz.

Gut, dass ihr das mit der Straße noch eingefallen war. Sonst wäre Adelhofer ihr womöglich gefolgt, um rauszufinden, ob sie tatsächlich zu Jana wollte. Katharina ging zur Beckmesserstraße und klingelte an irgendeiner Haustür. Glücklicherweise machte jemand auf. Sie ging hinein, lief in den zweiten Stock und schaute vorsichtig aus dem Treppenhausfenster. Adelhofer war nicht zu sehen. Vermutlich war sie recht überzeugend gewesen. Dass er mit an Sicherheit grenzender Wahrscheinlichkeit Janas Wohnung bezahlte, wusste sie jetzt. Nachdem er seine Verkleidung weggeworfen hatte, war nicht davon auszugehen, dass er noch mal zu Jana zurückkehren würde. Sie schrieb das Erlebte in Kurzform zufrieden an Oliver und fügte hinzu: »bin auf dem Weg nach Hause. Warte dort«.

Allerdings war klar, dass ihr Freund sich aktuell nicht melden konnte. Es war inzwischen 19.10 Uhr und das Date mit Jana hatte vermutlich begonnen.

MITTWOCHABEND, MÜNCHEN BOGENHAUSEN

»Einen Mai Tai für die Dame und einen Caipi für mich. Gerne.« Oliver deutete eine Verbeugung Richtung Jana an, die in dunkelblauer Stretch-Jeans und transparenter cremefarbener Bluse auf der Anrichte in ihrer Küche saß und Oliver begeistert zuschaute, wie er begann, Cocktails zu mixen. Er hatte alle Zutaten mitgebracht, sogar seine Eiswürfel lagen in Janas Gefrierfach. Die hatte er den ganzen Tag in der Eis-Box gelagert, die Katharina für die diversen Picknicks mit Svenja angeschafft hatte – »Mama, ich will ein Eis« war seitdem kein Problem mehr. Und die Eiswürfel hatte er noch in der Nacht bei Katharina tiefgefroren. So konnte er sichergehen, dass alles nach Plan lief.

Janas Plan sah anders aus. Sie machte ihn auch durch ihre Kleidung klar. Unter der Bluse konnte man einen vermutlich sündhaft teuren Spitzen-BH erkennen. Insgesamt wirkte sie auf Oliver wie eine Elfjährige, die sich mit Mamas Sachen schick gemacht hatte. Die Pose auf der Anrichte hielt Jana bestimmt für lasziv, hatte aber mehr was von einem angestrengten Nachwuchsmodel, das unbedingt ein Foto von Heidi Klum bekommen wollte. Die Betonfrisur saß, der fürchterliche Haarspray-Geruch hing in der Luft. Egal, nicht sein Problem. Er hatte hier einen Job zu erledigen und das würde er tun.

»Wie, alkoholfrei, der gestresste Herr Anwalt?« Jana zog einen Schmollmund, was Oliver an das kleine Mädchen und den Lutscher erinnerte, diesmal den, den die Mama ihr gerade weggenommen hatte.

»Ist besser, meine Liebe. Der Abend ist noch lang.« Er zwinkerte Jana verführerisch zu oder hoffte zumindest, dass es verführerisch wirkte. Er war definitiv aus der Übung.

Über Janas Gesicht ging ein Strahlen. »Oh, Marcel, das klingt aufregend. Ich freue mich, dass du da bist.«

Jana schwang sich von der Anrichte und trat von hinten an ihn heran. Sie fing tatsächlich an, ihn im Nacken zu kraulen.

»Mach schnell die Cocktails fertig, dann kann ich ein bisschen vorglühen. Du scheinst es ja nicht zu brauchen.« Jana kicherte über ihren eigenen Witz. Oliver war froh, dass sie gut einenhalb Köpfe kleiner war als er und nicht die Möglichkeit hatte, ihn am Ohrläppchen zu lecken oder ähnliche Manöver einzuleiten. Er grunzte Unverständliches, was man wohlwollend als freudige Erregung deuten konnte, und beschleunigte das Mixen. »Noch die Eiswürfel und fertig.«

Oliver ging zu Janas Gefrierschrank und drückte vier Eiswürfel in ihren und vier in seinen Cocktail, steckte noch eine Cocktailkirsche und einen Ananasschnitz auf Janas Glas und reichte ihr das Kunstwerk. Sie war beeindruckt: »Wow, das sieht super aus. Komm, lass uns rüber zur Couch gehen, wir wollen es doch kuschlig.« Jana warf ihm einen – ihrer Meinung nach – verführerischen Blick zu und bedeutete ihm, vor ihr Richtung Sofa zu gehen. Er ahnte, was ihr Plan war, das musste er in Kauf nehmen.

Er setzte sich auf die Couch und nippte an seinem alkoholfreien Caipi. Wie er es vorausgesehen hatte, setzte sich Jana mehr auf als neben ihn und begann, ihn zu streicheln und an seinem Hals zu saugen. Küssen konnte man das nicht nennen. Oliver ging ein wenig darauf ein, um keinen desinteressierten Eindruck zu machen. Zungenküsse und zu wildes Geknutsche vermied er mit dem Verweis auf »wir haben noch den ganzen Abend Zeit«. Nach einer Viertelstunde – Jana begann gerade, sein Hemd aufzuknöpfen, nachdem er sie bereits daran gehindert hatte, sich am Reißverschluss seiner Hose zu schaffen zu machen – murmelte er in ihr betoniertes Haar: »Süße, lass uns die Cocktails zumindest probieren.« Er fischte nach den beiden Gläsern, reichte Jana ihres und trank einen großen Schluck aus seinem.

Jana tat es ihm nach und war begeistert: »Mh, der ist superlecker, Marcel, du hast offenbar ungeahnte Talente. Ich bin gespannt, welche ich heute Abend noch entdecken werde.« Sie nahm einen zweiten kräftigen Schluck.

»Nicht alles auf einmal, Kleines, dann bist du doch betrunken«, flüsterte Oliver ihr zu. Der Haarspray-Geruch nahm ihm inzwischen fast den Atem.

»Das macht nichts, Herr Anwalt, du wirst es erleben.« Jana leerte das ganze Glas und rückte ihm erneut auf die Pelle. Diesmal musste er sie das Hemd aufknöpfen lassen. Dass er ihre Kleidung unberührt ließ, schien sie nicht weiter zu stören. Sie zog sich einfach selbst ihre Bluse aus und saß nun im BH vor ihm. Hätte Oliver nicht gewusst, mit wem er es zu tun hatte, er hätte Mitleid bekommen.

Ein paar Minuten streichelte er ihren und sie seinen Bauch, mehr wusste er zu verhindern. Janas Bewegungen wurden langsamer und mit einem »sorry, bin grade fürchterlich müde«, war sie eingeschlafen.

Mindestens acht Stunden würde sie schlafen. Das hatte sein Hausarzt Oliver erklärt, als er ihn am Vormittag angerufen hatte. Eine hypochondrische Attacke vorschützend – für seinen Arzt nichts Neues – hatte er von Schlafstörungen gesprochen, die ihn seit zwei Wochen plagten, und nach der Dosierung gefragt, um richtig tief und fest mindestens acht Stunden zu schlafen. Zwei Stück hatte sein Arzt ihm geraten, und nein, er werde nicht gleich abhängig davon, und ja, die, die er ihm vor zwei Jahren verschrieben hatte, könne er noch nehmen.

Jana hatte perfekt mitgemacht. Sie hatte ihren Mai Tai erst getrunken, als die Eiswürfel, in denen er das Schlafmittel aufgelöst und eingefroren hatte, fast aufgetaut waren. Und das restliche Eis hatte sie noch zerkaut. »Das habe ich schon in Hoyerswerda geliebt«, hatte sie ihm ins Ohr geflüstert. Die Dosis war komplett in ihr drin.

Oliver blieb noch kurz sitzen, löste dann Janas Körper aus der Umklammerung und begann leise, die Gläser in die

Küche zu bringen und abzuspülen. Er durfte keine Spuren hinterlassen. Im besten Fall würde Jana sich nach dem Aufwachen an nichts mehr erinnern. Das glaubte Oliver zwar nicht, aber einen Versuch war es wert.

Er packte seine Cocktail-Utensilien ein, ohne Jana aus den Augen zu lassen, die vollkommen unbewegt schlief. Dann machte er sich auf die Suche nach ihren Schlüsseln. Ganz die Ordnungsfanatikerin, die sie offensichtlich war, hingen in Reih und Glied am Schlüsselbrett: ihr Schlüsselbund und, eigens beschriftet, jeweils an einem Schlüsselring dreimal Keller-, dreimal Wohnungsschlüssel. Oliver machte je einen Schlüssel ab. Bevor er ging, hinterließ er einen Zettel auf dem Couchtisch: »Du hast tief geschlafen, ich wollte dich nicht wecken. Melde dich, ich bin gerne zu einer Fortsetzung bereit.« Darunter ein Smiley und ein Herz. Er warf einen letzten Blick auf Jana und verließ die Wohnung.

Im Keller angekommen schrieb er an Katharina: »Jana schläft tief und fest, bin im Keller. Melde mich.«

Wo konnte Birgit sein? Alle Kellerabteile sahen gleich aus, waren zwar nummeriert, nur hatte Oliver keine Ahnung, welche Nummer zu welcher Wohnung gehörte. Laut zu klopfen oder zu rufen traute er sich nicht. Es war erst kurz vor 20 Uhr, jederzeit konnten Autos in die Garage fahren, die direkt neben den Kellerräumen lag. Er würde einfach reden, das wäre unauffällig, falls es ein Fremder hörte. Sollte jemand in den Keller kommen, war er halt ein Spinner, der Selbstgespräche führte. Und er hoffte, dass Birgit ihn hören konnte. »Wo ist das nur? Sieht alles gleich aus, verdammt. Hier irgendwo muss der richtige Keller sein. Ich laufe noch mal vor, vielleicht kommt mir so die Erleuchtung. Hier ist Nummer eins, da zwei, gegenüber drei …«

»Huhu, huhu …«, hörte er plötzlich Birgits Stimme. Er stürzte auf den Keller zu, aus dem der Ruf gekommen war, und sperrte auf. Birgit saß auf dem Betonfußboden. Oliver schaltete das Licht an und sah, dass ihre Hände und Füße mit Kabelbindern fixiert waren und sie einen komischen Knebel im Mund hatte, ansonsten wirkte sie unverletzt. Er umarmte sie kurz, was sie in Anbetracht ihrer Lage nicht erwidern konnte. Als Erstes nahm er ihr den nach Haarspray riechenden Knebel aus dem Mund. Während er mit dem Messer, mit dem er vor Kurzem noch den Ananasschnitz für Janas Mai Tai vorbereitet hatte, die Kabelbinder aufschnitt, erklärte er Birgit kurz die Situation. Die rieb sich stöhnend die Handgelenke, das Plastik hatte tief in die Haut eingeschnitten.

»Bei dem Gefummel, um an mein Smartphone ranzukommen, habe ich gedacht, ich schneide mir die Pulsadern durch«, schilderte Birgit dramatisch ihre Lage.

»Ich schreibe schnell Katharina, du machst ein paar Gehversuche und wir hauen sofort ab«, sagte Oliver und schrieb: »Ich habe sie. Wir kommen raus.«

Birgit stand, gestützt von Oliver, vorsichtig auf und ging ein paar Schritte ohne größere Probleme.

Erst jetzt fiel ihm ihr Outfit auf. »Du siehst aus, als wärst du gerade aus einer Hippiehöhle auf Kreta gekrochen, Birgit. Dass Jana dir die Esoterikerin nicht abgenommen hat, verstehe ich nicht.«

Birgit machte ein unfeines Handzeichen Richtung Oliver. »Dafür siehst du aus wie der Edel-Anwalt aus Nymphenburg auf Beutefang.«

»Stimmt«, grinste Oliver. »Lass uns hier verschwinden.«

»Halt, wir müssen noch etwas mitnehmen. Ich habe auf der Suche nach dem Lichtschalter eine spannende Entdeckung gemacht.« Birgit ging das Regal entlang bis zu den Kartons mit der Aufschrift »2014« und »Wolfersdorf«. »Das ist das Jahr, in dem Adelhofer angeblich seinen Bergwinter verbracht hat, und ›Wolfersdorf‹ könnte interessante Infos über Jana liefern, dachte ich.«

»Birgit Wachtelmaier, auch in Gefangenschaft stets im Einsatz«, schmunzelte Oliver und hob die beiden Kartons aus dem Regal. Sie waren nicht sonderlich schwer. Er packte gerade den Inhalt des Kartons »Wolfersdorf« in seine Kiste mit den Cocktail-Zutaten, als von Birgit ein überraschtes »Ach was« kam.

Auf den Boden des Regalbretts war mit Tesafilm ein Schlüssel geklebt. Birgit und Oliver schauten sich kurz an, Oliver riss den Tesafilm ab und steckte den Schlüssel in die Hosentasche. Den leeren »Wolfersdorf«-Karton stellte er zurück ins Regal. Dass der Karton dahinter fehlte, fiel so nicht weiter auf. Sie verließen den Keller, den Oliver sorgfältig absperrte. Die Schlüssel musste er mitnehmen, noch mal in Janas Wohnung zu gehen, wäre keine gute Idee. Obwohl sie vermutlich noch lange tief schlafen würde.

»Wir können durch die Tiefgaragen gehen und kommen aus einem der nächsten Häuser auf die Straße zu meinem Auto. Katharina wartet zu Hause.«

»Herr Arends, unglaublich, du hast an alles gedacht. Hast du von Miss Moneypenny noch schießende Kulis und ein Auto mit Tragflächen bekommen?«

»Sehr witzig. Was meinst du, was Katharina mit mir machen würde, wenn dir auch nur ein Haar gekrümmt wird bei dieser Befreiungsaktion? Ich musste sie mehrfach davon abhalten, die Polizei zu rufen.«

Birgit zuckte kurz zusammen. »Äh, das ist gut, dass ihr das nicht gemacht habt.«

Oliver grinste sie an: »Ich weiß, meine Liebe. Deine Internetaktivitäten verlassen immer mal den Bereich der Legalität, nicht wahr.«

Birgit schwieg ausnahmsweise den ganzen Weg bis auf die Straße.

Kurze Zeit später fiel eine weinende Katharina einer peinlich berührten Birgit um den Hals.

»Geht es dir gut? Was hat sie mit dir gemacht, was ist mit deinen Handgelenken, hast du Durst oder Hunger?«

»Alles gut, Katharina, alles gut. Ich bin die ganze Zeit gemütlich auf meiner Yogamatte gesessen und habe gewartet, dass ihr mich rausholt. Hat super geklappt.«

Birgit grinste verlegen. »Etwas zu trinken wäre tatsächlich nicht schlecht. Die blöde Nuss hat mir den ganzen Tag nichts vorbeigebracht.« So schnell konnte Birgit kaum schauen, wie ein Riesenglas Mineralwasser vor ihr stand, von dem sie einen großzügigen Schluck nahm. »Und vielleicht noch vier bis fünf harte Eier?«

Katharina grinste. »Okay, dir scheint es echt gut zu gehen. Gott sei Dank. Harte Eier habe ich nicht, ich kann dir eine Pizza aufbacken mit Ei drauf.«

»Mm, lecker, gerne, heute pfeife ich auf Kalorien.«

»Kriege ich auch eine?«, meldete sich Oliver, der inzwischen in die Wohnung gekommen war und den Karton »2014« und den Inhalt des »Wolfersdorf«-Kartons abgestellt hatte. Katharina fiel ihm auch um den Hals und musste gleich noch mal schluchzen.

»Logisch, du Held des Abends. Mit Ei oder lieber Piccante? Vegan habe ich leider nicht.«

»Vegan war gestern, heute ist Piccante. Kannst noch eine Extraladung Chili draufhauen.«

Katharina schob glücklich die beiden Pizzen in den Ofen.

»Erzähl, Birgit, was wollte Jana von dir?«

Birgit hatte inzwischen das Mineralwasserglas geleert und bekam es sofort neu gefüllt. »Ich habe keine Ahnung. Sie hat mich gesehen, als ich in den Baum gefasst habe, kam von hinten, hat mir irgendwas Metallenes, Kaltes in den Nacken gedrückt und was von ›Ende mit der Yoga-Show‹ und ›Mitkommen‹ gesagt. Dann hat sie mich in ihren Keller gesetzt und war weg. Irgendwie glaube ich, sie hatte überhaupt keinen Plan, hat nur plötzlich Schiss bekommen, dass ich irgendetwas mit der Sache zu tun haben könnte, und hat mich sicherheitshalber mitgenommen.«

»Jedenfalls hat sie Adelhofer mit dir erpresst«, kam es von Oliver. Er berichtete den beiden Frauen von dem, was er an der Wohnungstür gehört hatte.

»Wenn wir wüssten, womit Jana Adelhofer ansonsten noch erpresst, wären wir einen großen Schritt weiter«, sagte Katharina und stellte ihren beiden Freunden die Pizzen vor die Nase. »Mahlzeit, ihr zwei.«

»15.000 Euro noch mal oben drauf, dafür, dass niemand was ausplaudert. Es muss um einen Knaller gehen. Schließlich kriegt Frau Waldemat vermutlich sowieso jeden Monat ein ordentliches Sümmchen von beautiful Robert«, überlegte Birgit laut, während sie sich ein ordentliches Stück Pizza abschnitt. Katharina schaute glücklich dabei zu. Sie war extrem erleichtert, dass ihre Freundin weder körperlichen noch seelischen Schaden genommen zu haben schien.

Oliver trank gerade ein großes Glas Mineralwasser leer und versuchte zu überspielen, dass er mit seiner großspurigen Bitte um mehr Chili auf der Pizza übertrieben hatte. Seine rot unterlaufenen Augen sprachen eine eigene Sprache. Ungerührt grübelte er trotzdem mit:

»Irgendwie hat Lukas' Tod mit dem Ganzen zu tun, das

ist klar. Hat Robert seinen Bruder doch umgebracht? Oder umbringen lassen? Das ist jedenfalls das Naheliegendste.« Unauffällig sortierte Oliver kleine rote Chilistückchen von seiner Pizza und aß weiter. Katharina hatte inzwischen eine Flasche Rotwein geöffnet und allen dreien ein Glas eingeschenkt. »Prost, ihr Lieben. Wunderbar, euch beide gesund und munter an meinem Tisch zu haben. Tausend Dank!« Sie stießen zufrieden an.

»Was sind das eigentlich für Sachen, die ihr mitgebracht habt?« Katharina stand auf und las die Jahreszahl 2014 auf dem Karton. »Aus Janas Keller?«

Birgit nickte und schaute traurig auf ihren leeren Teller. Katharina ging zum Kühlschrank, holte aus dem Gefrierfach eine Pizza Funghi und hielt sie den beiden hin. Birgit streckte den Daumen hoch, Oliver winkte ab. Seine Augen nahmen langsam wieder eine normale Farbe an.

»Wollen wir uns die Sachen gleich anschauen?«, fragte Oliver, der die roten Reste auf seinem Teller in den Mülleimer kippte.

Birgit nickte monoton vor sich hin.

»Nein«, kam es von Katharina, »ihr beiden habt die letzten 24 Stunden wirklich genug getan. Svenja übernachtet bei ihrer Oma, wir haben den ganzen Abend und morgen Zeit. Für RG hast du Magen-Darm«, sagte sie Richtung Birgit. »Ich arbeite von zu Hause und du, mein Lieber, kannst überlegen, ob du arbeiten gehst. Ich will dich nicht weiter vom Geldverdienen abhalten.«

»Oh, meine vernünftige Freundin. Du hast recht. Wir sollten alle eine Runde schlafen. Morgen arbeite ich und die Damen wühlen sich durch alte Ansichtskarten und Liebesbriefe und kippen irgendwann ob des penetranten Haarspraygestanks um.« Oliver grinste.

»Es ist tierisch spät, wollt ihr einfach beide hier schlafen? Svenjas Bett ist frei und Birgit und ich schlafen in meinem.«

»War klar, wer ins Kinderbett muss«, seufzte Oliver theatralisch. »Gut, dass mein Bedarf nach Sex nach dem Abend mit Jana für längere Zeit gestillt ist.«

Birgit und Katharina schauten sich fragend an. »Spaß«, rief Oliver entsetzt. »Ihr glaubt nicht ernsthaft, dass ich mit der … nein, wirklich nicht. Die Schlaftabletten haben gerade noch rechtzeitig gewirkt. In diesem Sinne, habe die Ehre, ich geh spielen.« Mit diesen Worten verschwand Oliver im Kinderzimmer.

DONNERSTAGMORGEN, MÜNCHEN BOGENHAUSEN

Sie trug ihren schicksten BH. Ihre Röhrenjeans von Gucci. Die Seidenbluse lag auf dem Boden, sie selbst auf dem Sofa. Sonst keine Spuren einer durchfeierten Nacht. Sie hatte kein Kopfweh. Es ging ihr blendend. Wieso lag sie hier? Und wie sah ihre Frisur wohl aus? Das musste sie als Erstes klären. Jana ging ins Bad und war wie jeden Morgen bestürzt über die Unordnung auf ihrem Kopf. Sie zog sich aus, duschte ausgiebig und vollzog ihr morgendliches Ritual – mit viel Haarspray. Währenddessen ließ sie sich den gestrigen Tag durch den Kopf gehen und wurde sofort wütend. Was hatte der Arsch ihr in den Kaffee gekippt, dass sie derart weggetreten war – und ihr Date mit dem netten Anwalt versaut hatte? Und warum, was wollte dieser Blödmann von ihr? Klar, er hatte keinen Bock zu zahlen, nur würde ihm nichts anderes übrigbleiben. Bei dem Gedanken ging ein böses Grinsen über ihr Gesicht. Das war eine brillante Idee, ihn mit der Tante im Keller zu erpressen. Dass die von nichts wusste, musste er nicht erfahren. Er hatte mit dem Auftauchen der Dame im Englischen Garten jedenfalls nichts zu tun, das war klar. Sein Unverständnis über ihre Schilderung, was sich vor dem Baum zugetragen hatte, war echt gewesen.

Siedend heiß fiel ihr ihre Geisel ein. Sie saß inzwischen seit fast 36 Stunden in ihrem Keller, ohne zu essen und zu trinken. Hoffentlich hatte sie eine gute Konstitution, umbringen wollte sie sie auf keinen Fall – eher so schnell wie möglich loswerden. Sie holte zwei Flaschen Wasser und ein paar Schokoriegel aus der Küche, schnappte sich ihren Schlüsselbund und fuhr mit dem Aufzug nach unten. Sie sperrte die Kellertür auf und schnauzte hinein: »Schön umdrehen, meine Liebe. Ein Blick auf mich und du bist eine tote Frau. Da nützt kein Sonnengruß.« Sie hörte nichts, keine Bewegung, kein Schnaufen, nichts. War die Dame womöglich über den Jordan gegangen? Das durfte nicht sein, das durfte einfach nicht sein. Jana drückte auf den Lichtschalter und erstarrte. Hier war niemand. Nichts. Weg. Auch die Yogamatte. Wieder kam diese rasende Wut in ihr auf. Hatte dieser Mega-Arsch sich den Kellerschlüssel geschnappt und die Tante hier einfach freigelassen? Und noch den großartigen Retter gegeben? Würde er etwa die Polizei verständigen? Jana wurde kalt. »Ruhig bleiben, nicht durchdrehen.« Sicherheitsgriff zu den Haaren. Die Frisur saß, nichts konnte schiefgehen. Er würde nicht die Polizei verständigen, das wäre auch für ihn viel zu riskant. Er hatte nur die Tusse freigelassen, um ihr ihr Druckmittel zu nehmen. Jana knallte die Kellertür zu und fuhr wutentbrannt mit dem Aufzug zu ihrer Wohnung.

DONNERSTAGMORGEN, MÜNCHEN HAIDHAUSEN

Sie hatten ausgiebig gefrühstückt – Katharina hatte mehrere Eier hart gekocht, frische Semmeln und fettarme Milch geholt, ihr selbst gemachtes Nussmüsli mit frischen Beeren und Joghurt zubereitet – und Birgit hatte voller Begeisterung drei Eier, drei Semmeln und das Müsli in sich hineingeschaufelt. Danach traute sich Katharina, ihre Freundin zu fragen: »Geht's dir eigentlich gut? Man darf das nicht auf die leichte Schulter nehmen, falls was wäre, ich kenne eine gute Psychologin ...«

Birgit schaute Katharina fast ein wenig verständnislos an.

»Mir geht's blendend, meine Liebe, kein Grund zur Sorge. Ich habe das Ganze irgendwie nicht richtig ernst genommen. Mir war klar, dass die nichts von mir wollte, und als ich euch die Nachricht geschickt hatte, war ich sehr zuversichtlich. Wenn noch was hochkäme, gebe ich Bescheid, großes Indianer-Ehrenwort.«

Katharina nickte und streichelte Birgit über den Arm. Zehn Minuten später saßen sie vor dem Inhalt des Kartons »Wolfersdorf«. Sie hatten beschlossen, erst die Wolfersdorf-Unterlagen zu durchforsten und danach den Karton mit der Aufschrift »2014«.

»Wolfersdorf« beinhaltete hauptsächlich Fotos und Fotoalben, Klein-Jana im Dirndl, Klein-Jana mit Schultüte, Klein-Jana beim Eis-Essen. Katharina und Birgit sagten fast gleichzeitig: »Die Haare«, nachdem sie einige der Fotos durchgeschaut hatten. Als Mädchen sah Jana süß aus und hatte vollkommen normale Mädchenfrisuren – Zopf, Haarreif, das Übliche. Je tiefer sie in den Inhalt des Kartons vordrangen, desto klarer wurde, dass die jüngeren Fotos sich unten befinden mussten. Und zunehmend merkwürdig wurde, was sie fanden: Es kamen keine Fotos von Jana mehr, sondern Fotos von Jungs und Männern. Meist mit einem Mädchen oder einer Frau im Arm. Und auf den Fotos standen die Namen der Paare plus Datum, zum Beispiel »Klaus und Maria, 2005 – Mai 2010«. Oft gab es mehrere Fotos der gleichen Pärchen, die Datumsangabe jeweils nur auf einem Foto.

Birgit und Katharina schauten sich fragend an und machten weiter. Irgendwann bekam Katharina ein Foto in die Finger, das sofortiges Herzrasen auslöste: »Tobias und Katharina, 2006 – September 2011«. Katharina warf das Bild weg, stand schweigend auf und schaute aus dem Fenster. Im September hatte sie Tobias damals rausgeschmissen. Im Dezember war Svenja auf die Welt gekommen.

Birgit trat hinter sie und umarmte ihre Freundin: »Eine blöde Schlampe ist das, genau wie wir es uns gedacht haben. Sollen wir weitermachen? Ich glaube, wir wissen beide, was noch kommt. Willst du dir das antun?«

Katharina drehte sich um, drückte ihrer Freundin einen Kuss auf die Wange und sagte entschlossen: »Ja, will ich.«

Die beiden zogen weitere Fotos hervor. Tatsächlich: Bald kamen nur noch Bilder von Jana mit den entsprechenden Herren und Datumsangaben. Verglich man die Daten mit denen der vorherigen Beziehungen der Männer, war Jana immer mit einem liierten Mann zusammen gewesen, bevor es zu einer Trennung kam und sie die Neue wurde. Bei Jana und Tobias stand: »Mai 2011 – Oktober 2011«.

»Die hat es tatsächlich darauf angelegt, den Frauen die Männer auszuspannen. Der Thrill ist wahrscheinlich ›liebt er mich mehr als die‹? Genau, wie Tobias es dir gesagt hat.« Birgit warf die letzten Fotos angewidert auf den Boden.

Katharina saß blass auf ihrem Sofa und trank einen Schluck Tee. »Unfassbar. Und wie hängt diese perverse Leidenschaft mit Lukas Adelhofer zusammen? Da hat sie sich wohl in keine Beziehung drängen können, weil es keine gab. War es das? Dass es ihr zu langweilig wurde und sie ihn deswegen hat fallen lassen? Hat er sich aus diesem Grund umgebracht? Oh, Birgit, wir wissen eigentlich noch nichts über das Ganze, langsam habe ich keine Lust mehr.«

»Quatsch, wir wissen eine ganze Menge. Und wir setzen ein Steinchen nach dem anderen zusammen. Nicht die Geduld verlieren. Wir schauen uns als Nächstes die Kiste ›2014‹ an und dann fahre ich ins Büro und schaue, was sich in dem Mailverkehr unserer beiden Schätzchen tut – bestimmt interessant.«

Birgit zog die Kiste zu sich heran und öffnete sie. Darin lagen Zeitungsartikel. Die beiden Freundinnen falteten Artikel um Artikel auf und fanden vermutlich die komplette Berichterstattung über Robert Adelhofers Bergwinter vor, fein säuberlich ausgeschnitten und mit Datum versehen.

»Das ist todlangweilig«, stöhnte Birgit, »wie ich Fan von beautiful Robert sein konnte, verstehe ich überhaupt nicht mehr. Der mutige Robert, der sich vielen Gefahren ausgesetzt hat, würg. Ich fahre ins Büro, das hier ist mir echt zu doof.«

Katharina nahm weiter sorgfältig Artikel für Artikel aus der Kiste und schaute sich jeden genau an. Auch hier waren die oberen Artikel die ältesten und die jüngeren folgten weiter unten, bis ganz unten eine Masse von Ausschnitten kam zum Wiederauftauchen von Adelhofer. An einem hing ein gefalteter Zettel mit einer handgeschriebenen Notiz. Katharina las: »Lieber Janaschatz, du kannst dich jederzeit überzeugen, dass alles aussieht, wie du es willst. Hier der Schlüssel. In Liebe, deine Mama.«

Katharina schaute ihre Freundin an: »Total langweilig?«

Birgit ignorierte den Kommentar und sagte: »Es geht garantiert um den Schlüssel, den Oliver mitgenommen hat. Hier, den hat er mir gestern noch gegeben, bevor er ins Bett ist.«

»Sieht aus wie ein Zimmerschlüssel eines älteren Hauses«, stellte Katharina fest. »Es sollte wohl jemand nach Wolfersdorf fahren.«

In dem Moment klingelte Katharinas Handy: »Hallo, Herr Riesche-Geppenhorst, ich wollte mich heute auch unbedingt bei Ihnen melden.« Katharina verdrehte die Augen Richtung Birgit und hörte eine Weile den Ausführungen ihres Chefs zu.

»Das verstehe ich. Genau deshalb wollte ich Sie anrufen, um Ihnen zu sagen, dass ich heute von zu Hause arbeite. Ich habe interessantes Material zugespielt bekommen …« Katharina hörte zu, nicht ohne das Gehörte mit genervten Handzeichen Richtung Birgit zu kommentieren. »Die Quelle würde ich Ihnen gern erst nennen, wenn ich weiß, dass die Infos hundertprozentig wasserdicht sind … Ja, dabei bleibt es, Herr Riesche-Geppenhorst, klar, habe ich Ihnen schließlich zugesagt … Richtig, die Adelhofer-Serie ist bis dahin fertig … Danke, morgen bin ich in der Redaktion … Der geht es glaube ich wieder gut, gestern Abend sagte sie mir, sie geht heute arbeiten. Sie sollte jeden Moment auftauchen.«

Birgit machte ein Victoryzeichen und verließ die Wohnung.

»Bis morgen, Herr Riesche-Geppenhorst.«

Katharina legte auf und setzte sich mit einem Roibuschtee auf ihre Eckbank. Unsicher ging sie anschließend zum Telefon. Trotz der entspannteren Lage war es für sie weiterhin eine Herausforderung, ihren Ex anzurufen. Als würde die Vorsehung darauf Rücksicht nehmen, klingelte ihr Handy und Birgit rief bereits aus dem Büro an. »Es fliegen die Fetzen zwischen den beiden. Großartig. Und weißt du, was das Beste ist, Katharina? Jana denkt, dass Adelhofer mich befreit und ihr irgendwas in den Kaffee gerührt hat. Wunderbar!«

»Das hast du aus dem verschlüsselten Chat?«

»Genau. Sie hat ihn wüst beschimpft, dass er ihre Geisel freigelassen habe, und ihm erneut gedroht, alles auffliegen zu lassen, wenn das Treffen um 16 Uhr im ›Striezel‹ nicht klappt. Er hat ihre Beschimpfungen ignoriert und nur kurz geantwortet: ›Du spinnst komplett. Falls du den Preis hochtreiben willst, vergiss es. 16 Uhr ›Striezel‹, Mann mit rotem Polohemd.‹ Dann war Ruhe, auch von ihr ist nichts mehr gekommen. Katharina, wer geht eigentlich heute Nachmittag ins ›Striezel‹? Sie kennt uns inzwischen alle, das sollten wir selbst mit noch so guter Verkleidung nicht tun.«

Katharina erläuterte ihrer Freundin ihren Plan. Birgit war begeistert.

Nach dem Telefonat nahm Katharina noch einen Schluck Tee, atmete tief durch und rief Tobias an. Er meldete sich ungewohnt freundlich und fragte sofort: »Wie ist der Stand der Dinge? Seid ihr so weit, der Dame das Handwerk zu legen?«

Katharina schilderte ihrem Ex das, was sie inzwischen über Jana herausgefunden hatten. Die verschiedenen Pärchen-Fotos verschwieg sie nicht.

»Und von uns gibt es auch so ein Foto?«

»Mit ›uns‹ meinst du dich und mich oder dich und Jana? Es gibt beides, mit genauen Datumsangaben«, antwortete Katharina trocken.

Tobias schwieg einen Moment und sagte dann leise: »Es tut mir wirklich total leid, Katharina. Ich bin auf eine echt blöde Kuh reingefallen. Wenn es dir hilft, dass wir nach Wolfersdorf fahren, tun wir das. Ich habe am Wochenende Zeit. Was machen wir mit Svenja?«

»Die kommt mit. Sie ist offiziell sogar der Grund meines Besuchs, verstehst du? Wir besuchen ihre Großeltern, Svenja will die beiden unbedingt mit der Mama besuchen. Und während wir zu Janas Mutter gehen, beziehungsweise du, bleibt Svenja bei Oma und Opa.«

»Das hast du perfekt geplant, Wahnsinn.« In Tobias' Stimme klang die Bewunderung mit, die er ihr gegenüber früher öfter gezeigt hatte. Fühlt sich gut an, stellte Katharina fest.

»Meine Eltern werden sich in jedem Fall freuen, sie haben dich eine Ewigkeit nicht mehr gesehen.« Was nicht an mir liegt, dachte Katharina und spürte den alten Groll in sich hochsteigen. Sie hatte ihre Fast-Schwiegereltern gern gemocht. Nur wäre es nach der Trennung für sie zu schmerzhaft gewesen, mit dem Enkelkind zu den Fisslers zu fahren. Svenja liebte ihre Großeltern väterlicherseits und verbrachte großartige Wochenenden bei ihnen mit Federballspielen mit dem Opa, Kuchenbacken mit der Oma, abends so viel Chips und Gummibärchen essen, wie sie wollte, und tagsüber ein Lieblingsessen nach dem anderen.

Svenja würde sich freuen, mit Papa und Mama zu den Großeltern zu fahren. Nur falsche Erwartungen durften sie nicht wecken. Darauf würde Katharina achten.

»Du glaubst, der Schlüssel gehört zu irgendeinem Zimmer im Haus von Janas Mutter?«

»Sieht jedenfalls nach einem Zimmerschlüssel aus.« Dann erklärte sie ihrem erstaunten Ex ihren genauen Plan. Er wirkte zwar nicht begeistert, aber es war ihm wohl klar, dass er keinen Rückzieher mehr machen konnte.

»Es gibt noch was, Tobias. Jana bekommt heute Nachmittag um 16 Uhr von Adelhofer Geld. Sie treffen sich im ›Café Striezel‹ am Marienplatz. Es kommt nicht er selbst, sondern irgendein Verbindungsmann in rotem Polohemd, den er bis dahin auftun muss. Damit hat sie ihn erpresst. Weder ich noch Birgit noch Oliver können hin, weil sie uns alle inzwischen kennt. Ich muss wissen, wer da auftaucht. Kennst du irgendjemanden, der für ein Stündchen ins ›Striezel‹ gehen könnte?«

»Absolut, das passt bestens. Wir haben einen neuen Kollegen, der hat mitbekommen, wie ich mit zwei ihrer Abgelegten über Jana gesprochen habe, und er meinte, die müsste wohl irgendwas an sich haben, wenn die Männer derart auf sie fliegen. Der übernimmt das bestimmt. Ich werde ihm sagen, er soll unauffällig Fotos machen und wir melden uns danach. Okay?«

»Okay.«

»Und ansonsten, Samstagmorgen 10 Uhr hole ich euch ab. Einverstanden?«

»Einverstanden«, sagte Katharina und beendete mit weiterhin gemischten Gefühlen das Telefonat. Irgendwie fühlte sich gerade alles an wie früher, vor dem großen Chaos – Tobias, der für sie da war, der ihr half, der ihr bester Freund und ihr Liebhaber war. Großes Chaos – so nannte sie den Betrug und die Trennung für sich. Das tat nicht ganz so weh. Ob dieser Schmerz am Wochenende wiederkäme? In Tobias' altem Zimmer, in dem sie vermutlich Svenja gezeugt hatten? Wo würde er überhaupt schlafen? Bei Svenja und ihr jedenfalls nicht, dafür würde sie sorgen.

Katharina verbrachte den restlichen Tag damit, den nächsten Teil der Adelhofer-Story zu schreiben. Sie wollte auf keinen Fall mit Riesche-Geppenhorsts Zeitplan in Stress kommen.

Punkt 16 Uhr klingelte es an der Tür und Svenja stand draußen. »Hallo, mein Schatz, wo ist die Oma?«

»Hallöchen, Mami, Oma musste gleich weg, hat eine Yogastunde hier irgendwo, ich soll dir einen dicken Kuss geben.« Svenja sprang an ihrer Mutter hoch, um den Auftrag auszuführen. Wie früher fing Katharina ihre Tochter auf und drückte sie an sich – ein kurzes Vergnügen, Svenja war »schließlich kein Baby mehr«. Es gab einen feuchten Schmatzer auf Katharinas Wange und schon sprang ihre Tochter runter und raste in ihr Zimmer. Dort flogen alle möglichen Sachen aus ihrem Rucksack. »Auspacken« hieß das in der Welt ihrer Tochter. »Svenjalein, den Rucksack kannst du gleich in deinem Zimmer behalten, wir besuchen nämlich am Wochenende Oma und Opa in Wolfersdorf.«

Svenja jauchzte: »Jippiiee! Mit Papa?«

»Ja, mit Papa. Er holt uns ab und wir fahren alle zusammen hin.«

Svenja schaute ihre Mutter forschend an: »Bist du Papa nicht mehr böse?«

Katharina lächelte: »Nein, ich bin ihm nicht mehr böse. Vor allem wollen Oma und Opa dich wiedersehen.« Durfte man seine Tochter anschwindeln?, fragte sich Katharina gerade, als sie von der schlauen Svenja die Antwort bekam: »Dann müsstest du nicht mit.«

»Stimmt. Ich muss nach Wolfersdorf wegen meiner Arbeit. Papa weiß das. Oma und Opa werden wir es auch sagen. Nur ansonsten niemandem, wir haben ein Geheimnis, okay?«

»Cooool«, sagte Svenja ehrfürchtig und bekam ein klein wenig rote Wangen. Katharina wusste noch aus ihrer eigenen Kindheit, wie aufregend es war, von den Erwachsenen behandelt zu werden, als ob man eine von ihnen wäre.

»Mama, seid ihr wieder verlieeebt?« Sie kicherte.

»Nein, wirklich nicht.«

Katharina erkannte ein klein bisschen Enttäuschung in Svenjas Gesicht, als sie versuchte, ein cooles »Okay« zu murmeln.

Eineinhalb Stunden später hatten Katharina und Svenja gegessen: Gemüse mit Currypaste, Cashew-Mus und Basmatireis – ein schnell gekochtes Essen, das sie beide liebten. Da klingelte das Telefon. Svenja stürzte hin und meldete sich routiniert mit »Svenja Langenfels«. »Papa, das ist super, dass wir Oma und Opa besuchen. Seid ihr wieder verlieeebt?« Katharina zuckte zusammen. Damit hatte sie nicht gerechnet.

Svenja kicherte. »Aha, dann überleg. Ich geb dir die Mama. Tschüss, bis Samstag.«

»Er hat gesagt, das muss er sich noch überlegen, der Blödi. Das kann man sich nicht überlegen, gell Mama, das weiß man einfach.« Grinsend reichte Svenja den Hörer an ihre Mutter weiter und hüpfte in ihr Zimmer.

»Hast du gesagt, du musst darüber nachdenken, ob wir verliebt sind? Bitte mach Svenja keine falschen Hoffnungen, Tobias. Die Situation ist für sie sowieso nicht leicht.« Katharinas Ton war schärfer, als sie es beabsichtigt hatte.

»Tut mir leid, ich war überrumpelt. Es ist mir einfach rausgerutscht. Tut mir echt leid, wird nicht mehr passieren.«

Tobias Fissler entschuldigte sich? Hatte er solch ein schlechtes Gewissen? Oder war er wirklich ... Diesen Gedanken verbot Katharina sich, zu Ende zu denken.

»Ist okay, mach es einfach beim nächsten Mal besser. Erzähl, wer war heute im ›Striezel‹?«

»Ein ziemlich alter Mann wohl. Der saß schon da in seinem roten Polohemd, als mein Kollege reinkam um Viertel vor vier. Er hatte ein Wasser vor sich stehen und wirkte unglücklich. Punkt 16 Uhr muss Jana aufgetaucht sein. Sie hat sich suchend umgeblickt, den Alten entdeckt, ist an seinen Tisch, hat sich hingesetzt und unfreundlich auf ihn eingeredet. Was sie gesagt hat, konnte mein Kollege nicht verstehen. Der Mann hat die ganze Zeit nichts erwidert. Nach ein paar Minuten hat er ihr einen Umschlag hingelegt, ist aufgestanden und gegangen. Mein Kollege ist hinterher und konnte ein Foto von ihm machen. Ich schick's dir gleich, vielleicht kennst du ihn. Na ja, und Jana kam wohl kurz drauf auch aus dem ›Striezel‹ raus. Das war's.«

»Alles klar, danke, ich schaue mir das Foto an. Ach, äh, Tobias, wie fand dein Kollege Jana?«

»Keine Ahnung«, gab er kurz angebunden zurück. Katharina legte auf und kam sich ein kleines bisschen gemein vor.

Als sie die WhatsApp von Tobias öffnete und das Foto von dem Mann im roten Polohemd anschaute, wurde ihr Verdacht bestätigt. Max Adelhofer verließ darauf das »Café Striezel«.

DONNERSTAGABEND, MÜNCHEN BOGENHAUSEN

Sie hatte keinen Plan. Vor ihr lagen die leeren Packungen von fünf Schokoriegeln, drei Gläser Erdbeersecco – süß, wie sie es liebte – hatte sie intus, die Frisur saß perfekt, das hatte sie gleich als Erstes überprüft, als sie nach Hause gekommen war. Drum saß sie mit einem Kissen im Nacken auf ihrem Designer-Sessel. So wurden ihre Haare nicht ruiniert. Missmutig schaute sie runter auf die Stadt. Jana Waldemat ohne Idee. Das kannte sie nicht. Sie war stinksauer darüber, wen dieser Idiot ihr ins »Striezel« geschickt hatte.

Was sollte sie mit dem Alten anfangen? Bisschen was Knackigeres hätte es sein müssen. Was zum Kucken, ein Junger, der sie anhimmelte. Entsprechend hatte sie den Opa rundgemacht. Die Erinnerung daran entlockte ihr ein zufriedenes Grinsen. Sie wusste, dass sie trotzdem nicht zu hoch pokern durfte. Wenn er nicht mehr zahlte, was sollte sie tun? Zur Polizei gehen? Das wäre wohl keine gute Idee. Astrein waren ihre Aktionen auch nicht gewesen. Zweimal bei Adelhofers einzusteigen, war noch das Harmloseste ...

Und zumindest hatte sie das Geld bekommen. 15.000 Euro, nicht schlecht, redete sie sich gut zu. Sie würde wohl mit Max Adelhofer als Kurier leben müssen, den Baum im Englischen Garten hatte sie immerhin von der Backe. Das Wichtigste war, dass die Kohle pünktlich kam.

Blieb noch die Frage, was mit der blöden Yoga-Tusse geschehen war. Adelhofer behauptete weiterhin, dass er nichts damit zu tun hätte. Das war selbstverständlich gelogen. Natürlich hatte er die Tante freigelassen. Marcel hätte es theoretisch auch sein können, aber warum sollte er? Der war spitz wie Lumpi an dem Abend, der wollte nur das eine, da war sich Jana sicher.

Nicht sicher sein konnte sie, ob die Yoga-Tante irgendetwas unternehmen würde, Polizei oder so. Aber selbst wenn. Was wusste sie? Nichts. Sie hatte sie nicht gesehen, es konnte nichts passieren.

Zufrieden betastete Jana ihr Haar, genehmigte sich noch ein Glas Erdbeersecco und schaltete mit der Fernbedienung das Farbspiel ein, das ihr Wohnzimmer in wechselnden Tönen beleuchtete. Sie würde sich das alles nicht nehmen lassen.

Angeheitert, wie sie war, beschloss sie, sich mit einer WhatsApp an den geilen Marcel noch mehr in Stimmung zu bringen. Und by the way konnte sie am Ton seiner Antwort bestimmt abschätzen, ob Schuldbewusstsein durchklang.

»Hallo, Herr Anwalt, ich bin wieder wach (drei Smileys). Keine Ahnung, was mit mir los war (nachdenkliches Emoji). Ich habe mich gefühlt, als hätte ich Schlaftabletten genommen. Habe ich natürlich nicht, ich wusste doch, dass du kommst (drei verliebte Emojis). Können wir unser Date fortsetzen? (drei küssende Emojis).«

Während sie auf die Antwort wartete, setzte sie ihr neues Soundsystem in Gang, das ein schnuckliger Mitarbeiter aus Münchens teuerstem HIFI-Laden ihr installiert hatte. Leider ein Single, wie sie im Gespräch herausgefunden hatte.

Max Giesinger dröhnte gerade durch die Wohnung, er sei einer von 80 Millionen, als ihr Smartphone eine neue Nachricht ankündigte: »Oh, haben wir ein bisschen länger geschlafen? (zwinkerndes Emoji) Klar setzen wir unser Date fort!! Bin diese und wahrscheinlich nächste Woche nicht in München, melde mich, sobald ich den neuen Termin kenne. Schlaf dich aus bis dahin, du solltest fit sein (drei verliebte Emojis, vier küssende Emojis). Ich kann es kaum erwarten, vielleicht erfinde ich einen Termin (drei zwinkernde Emojis).«

Nachdem sie mit einem Kuss-Emoji geantwortet hatte, lehnte Jana sich zufrieden zurück. Der hatte angebissen – und definitiv nichts mit ihrer Schlaferei zu tun. Nach ein paarmal Sex würde es laufen wie gehabt: Er würde sie mit ernster Stimme anrufen und ihr sagen, sie müssten dringend reden. Um ihr später bei einem Treffen mit Champagner und allem, was dazugehörte, mit leuchtenden Augen zu sagen: »Ich habe meine Frau verlassen, ich will mit dir zusammen sein.«

Und schon hätte sie ein neues Foto für ihre Sammlung. Ein paar Monate würde sie es sich gutgehen lassen, und wenn der Sex schlechter und die Geschenke und Essenseinladungen seltener wurden, würde Jana Waldemat weiterziehen.

DONNERSTAGABEND, MÜNCHEN HAIDHAUSEN

Sie machte sich gut als Marcel, der notgeile Anwalt, dachte Katharina, nachdem sie Janas letztes Kuss-Emoji als Antwort auf ihre WhatsApp gesehen hatte. Die schien tatsächlich keinen Verdacht zu schöpfen, dass »Marcel« ihr irgendwas eingeflößt haben könnte. Oder sie war eine hervorragende Schauspielerin, was Katharina nicht komplett ausschloss. In jedem Fall hatte sie durch ihr Hinhaltemanöver Oliver ein weiteres Date erspart.

Katharina beschloss, Rosa Adelhofer anzurufen. Vielleicht wusste die etwas über den Münchenbesuch ihres Mannes. Es war 19 Uhr, der alte Bauer würde vermutlich am Stammtisch sitzen. Katharina musste es einige Male klingeln lassen, bis Rosa ans Telefon kam.

»Mei, Frau Langenfels, schön, dass Sie anrufn. Hams was rausgfundn?« Die immer gleiche Frage der Mutter, die dringend erfahren wollte, was ihrem Sohn zugestoßen war. Erneut konnte Katharina ihr keine Antwort geben.

»Frau Adelhofer, viel mehr über den Tod von Lukas weiß ich noch nicht. Ich bin allerdings auf viele andere spannende Dinge gestoßen. Irgendwann wird sich daraus ergeben, was mit Lukas los war. Sie werden die Erste sein, die es erfährt, das habe ich Ihnen versprochen und daran halte ich mich auf jeden Fall.«

»Des glaub ich Ihnen. Sie san a gutes Madl, des hab ich gleich gwusst, wie ich Sie des erste Mal gsehn hab. Mei Frau Langenfels, der Max, der is' halt so komisch.«

»Deswegen rufe ich an, Frau Adelhofer. Weil ich fragen wollte, wie es Ihrem Mann geht und ob Sie wissen, dass der heute in München war?«

»In München war der heut'? Na, des hat er mir ned gsagt. Der Robert hat angrufen gestern und ich hab nur ghört, wie der Max gsagt hat: ›Muss des sein, Bub, ich bin a alter Mann, ich mag ned.‹ Und später hat er brummt: ›Ich hab's verstanden, du musst's mir ned noch mal erklärn.‹ Dann hat er aufgelegt und hat furchtbar traurig ausgsehn, wie er in die Küch' kommen is'. Ich hab gfragt, was der Robert wolln hat. ›Nix, Rosa‹, hat er gsagt und is' gangen. Den ganzen Tag hab ich ihn nimmer gsehn. Abends, wie ich ins Bett bin, is' er dringlegn, ich glaub ned, dass er gschlafn hat. Heute Morgen hat er gsagt, er muss was erledigen, er wär' abends zurück, und weg war er. Vorhin is' er kurz kommen und gleich direkt an den Stammtisch.«

»Und Sie haben ihn nicht gefragt, wo er war?«

»Oh mei, Madl, wissens, wenn der Max nix erzähln will, erzählt der nix. So isser halt.«

Katharina überlegte kurz, ob sie der alten Frau berichten sollte, was ihr Mann in München gemacht hatte. Nein, das würde sie nur unnötig in Unruhe versetzen. Stattdessen behauptete sie, sie hätte ihn zufällig auf der Straße gesehen, er sie nicht, und sie hätte sich eben gefragt, was er wohl in München zu tun hatte.

»Er hat bestimmt was für den Robert machen müssen. Mei der Bub, Frau Langenfels, ich weiß ned, warum der Herrgott mi so bestraft.«

Katharina hörte tiefes Schnaufen in der Leitung und vermutete, dass die alte Frau mit den Tränen kämpfte.

»Oh, Frau Adelhofer, sein Sie nicht traurig, das klärt sich bestimmt auf.« Katharina merkte selbst, wie wenig überzeugend ihre Worte klangen, und plauderte noch ein paar Minuten mit Rosa, um sie auf andere Gedanken zu bringen.

Zum Abschluss des Arbeitstages rief Katharina noch bei Oliver an und berichtete ihm von ihrem Chat mit Jana, in dem sie sich als Anwalt Marcel ausgegeben hatte, und von Janas recht forschen Anbagger-Versuchen.

»Danke, dass ich die nächsten ein bis zwei Wochen nicht kann. Das hast du gut gemacht, liebste Freundin«, seufzte Oliver erleichtert auf. »Das Schärfste finde ich, dass sie anscheinend überhaupt nicht auf dem Schirm hat, dass ich sie schlafen gelegt haben könnte. Ich hatte mich schon darauf eingestellt, künftig mit Habachtblick durch München zu laufen und einen großen Bogen um blonde Föhnwellen zu machen. Scheint nicht nötig zu sein. Umso besser.«

»Ich glaube noch nicht ganz dran«, erwiderte Katharina, »weil solche Biester in der Regel nicht doof sind. Aber irgendwie hat sie sich total auf Adelhofer eingeschossen.«

Nachdem sie Oliver von ihren Wolfersdorf-Plänen berichtet und der sie dringend ermahnt hatte, vorsichtig zu sein, legte Katharina in bester Stimmung auf. Sie hatte eine gute Strategie für Janas Heimatort.

SAMSTAGVORMITTAG, WOLFERSDORF

»Oma, Opa, ich komm mit Mama und Papa.« Svenja raste vom Auto quer über den Rasen zum Haus von Tobias' Eltern, die beide an der Tür standen und strahlend ihr Enkelkind in den Arm nahmen.

»Svenjalein, toll, wir haben es gesehen, das ist super.« Tobias' Mutter, eine große, attraktive Frau in den Sechzigern, schüttelte Katharina, die ein wenig zurückhaltender hinter ihrer Tochter herkam, herzlich die Hand und umarmte sie. »Ich freue mich, dich zu sehen, liebe Katharina. Ich habe extra Marillenknödel für dich gemacht.«

»Das hast du dir gemerkt, dass ich die gerne esse? Das ist wahnsinnig lieb, Anni.« Katharina konnte ihre Rührung kaum verbergen.

»Komm, Sohn, wir sind hier überflüssig«, dröhnte der

tiefe Bass von Tobias' Vater Bernhard. Er begrüßte Katharina freundlich und schob den ratlos herumstehenden Tobias Richtung Garten.

»Oma, was hast du für mich zum Essen gemacht?«, fragte Svenja atemlos, während sie ihren Rucksack in den Flur warf, weiter Richtung Küche rannte und auf einen der Barhocker kletterte, die an der Theke zu Annis Küche standen. »Hmm, lecker, Fischstäbchen! Mit Pommes! Und was dazu?«

Anni Fissler lachte und sagte: »Gurkensalat« – enttäuschte Anspannung in Svenjas Blick – »und für dich natürlich Erbsen.«

Svenja strahlte, hüpfte vom Barhocker, rannte zu ihrer Oma und umarmte sie, winkte ihre Mutter heran, und alle drei standen eng umschlungen in der Einbauküche in Wolfersdorf. Svenja flüsterte: »Ich hab euch sooo lieeeb.« Katharina und Anni lächelten sich an.

Das Mittagessen verlief, als hätte es nie eine Trennung zwischen Tobias und Katharina gegeben. Tobias' Eltern verhielten sich vollkommen normal, stellten keine bohrenden Fragen und es gab keine Anspielungen auf den Beziehungsstatus ihres Sohnes. Katharina hatte den Eindruck, dass sie sich einfach freuten, dass Svenja und sie da waren. Tobias wirkte nicht so locker, er hörte der Unterhaltung zum Teil nicht richtig zu und Katharina bemerkte, wie sich in seinem Blick Verunsicherung, Freude und Stolz abwechselten.

Sie selbst war ebenfalls nicht vollkommen entspannt, fühlte sich aber so herzlich aufgenommen, dass sie beschloss, sich wohlzufühlen und nicht über die Zukunft und noch weniger über die Vergangenheit nachzudenken.

Nach dem Nachtisch hätte sich Katharina am liebsten schlafen gelegt. Sechs Fischstäbchen mit reichlich selbst gemachten Pommes und Gurkensalat und danach noch zwei Marillenknödel mit Buttersauce, das war die Ration, die sie normalerweise an zwei Tagen aß.

Aber sie musste sich an ihren Plan halten. Sie erlaubte Svenja, im Wohnzimmer auf ihrem Laptop ein Computerspiel zu spielen, bis die Erwachsenen ihren Kaffee getrunken hatten.

Diese Zeit nutzte Katharina, um dem Ehepaar Fissler zu erklären, warum sie mitgekommen war.

Sie berichtete von dem Auftrag, eine Serie über Robert Adelhofer zu schreiben, und vom Auftauchen des Fotos, auf dem Jana Waldemat zu sehen war, wie Tobias dieses Foto bei ihr entdeckt und seine Hilfe angeboten hatte – Tobias' Tobsuchtsanfall verschwieg sie – und wie sie auf Umwegen – Details von Entführung und Kellerverliesen verschwieg sie ebenfalls – vermutlich an einen Schlüssel aus dem Haus von Janas Mutter gekommen war. Sie schilderte ihren aufmerksam lauschenden Fast-Schwiegereltern auch, was sie nun mithilfe von Tobias vorhatte.

Als sie fertig war, herrschte Schweigen im Raum. Bernhard Fissler rührte nachdenklich in seinem Kaffee, Anni schaute von Katharina zu Tobias und fragte für ihre Verhältnisse sehr leise: »Jana Waldemat, das war doch die, wegen der …?«

Sie musste nicht zu Ende sprechen, Tobias fiel ihr ins Wort: »Ja, das war die und das war Scheiße von mir, Riesenscheiße sogar. Ich habe Katharina gesagt, dass es mir unendlich leidtut. Ich kann es nur leider nicht rückgängig machen. Was ich machen kann, ist, Katharina in der Sache zu helfen, wenn es schon diesen Zufall gibt, dass Jana irgendwas mit dieser Adelhofer-Kiste zu tun hat. Und das hat sie anscheinend.«

Bernhard Fissler stand auf, ging um den Tisch und klopfte seinem Sohn mit einem »gut so« auf die Schulter.

Dann setzte er sich wieder hin. Anni räusperte sich unsicher – das hatte Katharina bei ihr noch nie gesehen – und fragte vorsichtig: »Katharina, du willst das wirklich aus rein beruflichen Gründen machen?«

Katharina staunte, wie schnell Anni genau die Frage stellte, die sie für sich hin und her gewälzt hatte. Daher konnte sie direkt antworten. »Am Anfang, als die Verbindung klar wurde, habe ich das Ganze erst weit weggeschoben. Weil ich diese Vermischung nicht wollte, weil ich von all dem, was damals passiert ist, nichts mehr wissen wollte.« Trauriger Blick von Tobias.

»Das Gute daran war aber, dass Tobias und ich miteinander geredet haben. Und dass er mir hilft, freut mich. Ich habe gemerkt, dass Jana Waldemat mich eigentlich nur als Teil der Story Adelhofer interessiert. Ich glaube, dass eine große Schweinerei gelaufen ist oder noch läuft, und die will ich kennen – und dafür sorgen, dass die Mutter von Lukas und Robert Adelhofer die Wahrheit erfährt. Das hat sie verdient und darum hat sie mich gebeten.«

Bernhard Fissler nickte, seine Frau ging gleich ans Praktische:

»Okay, Katharina, ich kann das verstehen und finde es gut, wie ihr beide das macht. Dann geht ihr also heute Abend aus dem Haus, und wir sind hier als Babysitter. Kein Problem. Hast du dich bei Frau Waldemat schon angekündigt?«, fragte sie Richtung Tobias.

»Ja, ich habe gesagt, dass ich an einer Dorfchronik arbeite, von ihr als ›Zugereister‹ gern ein paar Anekdoten wüsste und für Fotos dankbar wäre. Sie hat sich riesig gefreut, als ich mich gemeldet habe, will was zu essen machen und Fotoalben raussuchen, das kann also dauern.«

»Und von Katharina weiß sie nichts?« Anni Fissler war

schon voll in der Materie drin, stellte Katharina amüsiert fest.

»Doch, ich habe ihr gesagt, dass wir ein Wochenende mit Svenja bei euch verbringen, das fand sie spitze und wollte wissen, ob wir wieder zusammen sind. Und sie hat noch mal lang und breit erzählt, wie schade sie das damals fand, dass wir doch so gut zusammengepasst hätten und dass es vielleicht jetzt beim zweiten Anlauf …« Tobias brach ab, weil ihm wohl selbst gerade klar wurde, dass die letzte Äußerung in dieser Runde etwas heikel war. Er traute sich nicht, zu Katharina zu schauen, und schien erleichtert zu sein, dass seine Mutter sofort die nächste Investigativ-Frage parat hatte: »Ich sehe Frau Waldemat nie, irgendwie scheinen wir unterschiedliche Zeiten zu haben. Drum habe ich auch noch nie mit ihr gesprochen. Weiß sie nicht, dass Jana und du mal zusammen wart?«

Wenigstens eine sprach es aus, stellte Katharina nüchtern fest.

»Nein, das weiß sie nicht. Wir waren damals nie hier und nach dem, was wir inzwischen über Janas Liebesleben wissen, kann ich mir nicht vorstellen, dass sie das ihrer Mutter erzählt hat.« Tobias blickte fragend zu Katharina, die nur zustimmend nickte.

Bernhard Fissler stand auf: »Ihr Lieben, lasst uns den schönen Nachmittag genießen, und für heute Abend drücken wir die Daumen. Tobias, wie wäre es mit einer kleinen Radtour mit Einkehrschwung?« Der Vater zwinkerte dem Sohn vergnügt zu. Anni ergänzte: »Und wir, Katharina, könnten mit Svenja in den Wald gehen. Es gibt Pfifferlinge in Hülle und Fülle. Was meinst du?«

Katharina wollte zwar eigentlich an ihren Adelhofer-Artikeln weiterschreiben, aber es war Samstag und sie fühlte sich mit Anni so wohl, dass sie lächelnd sagte: »Gern, wenn meine Tochter nicht auf einem Oma-Enkelin-Date besteht.«

Anni winkte ab und brüllte ins Wohnzimmer rüber: »Svenja, nimm die Kopfhörer ab, wir gehen in den Wald.« Sekunden später stand die Kleine bei den Erwachsenen.

»Die Mama geht auch mit und wir dachten, wir sammeln Pilze. Damit ich heute Abend Pfifferlinge mit Semmelknödeln machen kann. Einverstanden?«

Svenja jauchzte: »Au ja, super. Mama, haben wir das Zeckenspray dabei?« Anni und Katharina wechselten einen amüsierten Blick und Anni konnte es sich nicht verkneifen: »Wo sie den Pragmatismus wohl herhat?«

»Na, von der Oma väterlicherseits natürlich, meine Mutter würde Zecken mit Heilsteinen vertreiben«, erwiderte Katharina ungerührt.

Zehn Minuten später brach der weibliche Teil mit einem großen Korb, Messern und eingehüllt in eine Wolke Zeckenspray Richtung Wald auf. Tobias und Bernhard schwangen sich auf die Räder. Diese Harmonie kam Katharina fast ein bisschen seltsam vor. Gleichzeitig spürte sie, wie glücklich es sie machte, mit Tobias hier zu sein.

Diesmal verbot sie sich das nicht, sondern ging fröhlich neben Anni und ihrer dauerplappernden Tochter zum Pilzesammeln.

Einige Stunden später lag Svenja zufrieden schlafend im Bett, nachdem sie sich drei Semmelknödel mit reichlich Pfifferlingsauce einverleibt hatte. Katharina war noch von mittags satt gewesen und außerdem zu aufgeregt, um etwas zu essen.

Tobias verzichtete auch, Frau Waldemat würde vermutlich auftischen.

»Geht ihr zusammen essen?«, hatte Svenja grinsend gefragt, während sie ihre Knödel zerteilte.

»So ähnlich, Svenja, wir gehen zumindest zusammen aus«, hatte Tobias diplomatisch geantwortet und Katharina hatte zustimmend genickt. Svenja hatte daraufhin die Hand vor den Mund gehalten und ihrer Oma so laut zugeflüstert, dass es der ganze Tisch hören konnte: »Ich glaub, die sind wieder verlieeebt.«

Es folgte eine brillante Reaktion von Anni, die zurückflüsterte: »Warst du denn auch schon mal verliebt?« Svenja antwortete mit endlosem Gekicher und erklärte dann ausschweifend, wie blöd alle Jungs um sie herum seien – und das Thema Tobias und Katharina war vom Tisch.

Um 19 Uhr waren sie beide bereit zum Aufbruch. Tobias würde vorgehen, Katharina in einer halben Stunde nachkommen.

Tobias hatte ihr genau erklärt, wo sie hinmusste.

Richtig glücklich sahen Anni und Bernhard Fissler nicht aus, als Katharina sich kurz darauf verabschiedete. Tapfer versuchten sie, locker und unaufgeregt zu bleiben. Tobias' Vater rief ihr noch hinterher: »Du weißt Bescheid, wenn irgendwas komisch ist, wähl meine Nummer, ich komme sofort.« Katharina warf ihm eine Kusshand zu und ging.

Wie besprochen nahm sie einen Umweg durch ein kleines Wäldchen zum Haus von Frau Waldemat. Es sah aus, als sei sie auf einem abendlichen Spaziergang. Das Haus der alten Dame lag am Ortsrand von Wolfersdorf direkt am Wald. Sie lebte dort allein, war laut Tobias ohne Mann, nur mit ihrer Tochter hergezogen.

Das Haus wirkte heruntergekommen, hätte dringend einen neuen Anstrich gebraucht. Die Fenster nach hinten raus waren klein und es bröckelte Farbe ab. Innen hingen rot karierte Vorhänge. Das Fenster ganz links hatte mattiertes Glas, das musste das Badezimmer sein. Es öffnete sich wie vereinbart. Tobias schaute nach allen Seiten, es war kein Mensch zu sehen. Er winkte Katharina heran. Das Fenster war so niedrig, dass sie sich mit einem kräftigen Klimmzug nach oben ziehen und einsteigen konnte. Auch das Badezimmer hatte bessere Zeiten gesehen. Braun gemusterte Kacheln mit recht altersschwachen grauschwarzen Fugen, braune Frotteeläufer und Waschbecken, Badewanne und Toilette in Olivgrün. Das war todschick in den Achtzigern, schoss es Katharina durch den Kopf. Tobias flüsterte: »Ich muss zurück. Es wird ein Zimmer im oberen Stock sein. Hier unten stehen alle Zimmertüren offen, da ist nichts Besonderes. Ich unterhalte Frau Waldemat, du hast schätzungsweise eine Stunde Zeit. Falls sie das Zimmer verlässt, schreibe ich dir, wo sie ist. Jetzt ist es halb acht. Wenn ich bis neun keine WhatsApp habe, alarmiere ich meinen Vater. Viel Glück.« Tobias klopfte ihr kurz auf die Schulter und verließ das Badezimmer. Die Tür ließ er einen Spalt offen, sodass sie geräuschlos rausgehen konnte.

Katharina lauschte ein paar Minuten und hörte Gemurmel aus einem weiter entfernten Zimmer. Verstehen konnte sie nichts, daher ging sie davon aus, dass man sie dort auch nicht hören würde.

Sie fühlte nach dem Schlüssel in ihrer Hosentasche und ging mit vorsichtigen Schritten nach oben. Die Treppe knarzte nicht, der Teppichboden schluckte alle anderen Geräusche. Oben angekommen fiel ihr die Auswahl leicht. Von vier Türen waren zwei offen. Eine führte in die Toilette, eine offensichtlich zu Frau Waldemats Schlafzimmer. An der geschlossenen dritten Tür hing in Kinderschrift und mit Prilblumen beklebt ein vergilbter Zettel: »Janas Zimmer«. Blieb nur die Frage, was sich hinter der letzten Tür verbarg. Katharina horchte noch mal nach unten – nichts. Sie drückte langsam die Türklinke herunter – die Tür war verschlossen. Aber der Schlüssel passte. Vorsichtig steckte sie ihn ins Schloss und drehte ihn langsam herum, um kein Geräusch zu verursachen. Von unten kam weiter Stimmengemurmel. Sie drückte die Klinke in Zeitlupe herunter. Gott sei Dank quietschte nichts. Die Tür ging auf. Dieses Zimmer lag zur anderen Seite, eine Straßenlaterne spendete ein bisschen Licht.

Es wirkte bewohnt, ein bewohntes Männerzimmer. Katharina sah ein Bett – nicht gemacht, sondern, als sei gerade jemand rausgestiegen. Daneben ein Waschbecken mit einem fleckigen Spiegel darüber. Ein Schreibtisch, auf dem alte Zeitungen lagen. Ein verwohnter Fernsehsessel aus braunem Cord, davor ein kleiner Fernseher. Neben dem Fenster stand eine Kommode. Am Fenster hingen nicht die rot karierten Vorhänge wie im Erdgeschoss, sondern dünne schwarze Fensterläden, die man von innen vor das Fenster klappen konnte – entweder, um absolute Dunkelheit im Zimmer zu haben, oder – für Katharina wahrscheinlicher – damit man von außen nicht sehen konnte, wenn drin Licht brannte. Sie ging kurz zurück in den Gang und lauschte nach unten. Weiterhin alles ruhig. Leise zurück ins Zimmer. Dort schaute sie sich die Zeitungen an, die auf dem Tisch lagen. Alle aus den Jahren 2014 und 2015, alle waren an der Stelle aufgeschlagen, wo es um Robert Adelhofer ging.

»Wo ist der Bub aus den Bergen?«, »Lebt der bayerische Kletterer noch?«, »Adelhofer seit drei Monaten in den Bergen«, so ging es weiter.

Katharinas Herz raste, sie lag offensichtlich richtig mit ihrem Verdacht. Sie öffnete die Kommodenschubladen. Darin Männerunterhosen, Hemden, Fleecejacken, drei Hosen. Unter anderem sah sie das Hemd und die Hose, die Robert Adelhofer getragen hatte, als er in die Berge aufgebrochen war. Katharina hatte unendlich oft das letzte Foto von Adelhofer vor seinem Verschwinden gesehen und erkannte die Kleidung sofort. Aufgetaucht war er sechs Monate später in anderen Klamotten, die er – wie er danach in einem der unzähligen Interviews erzählte – zum Wechseln für den Fall eines Unwetters dabeihatte. Die anderen Sachen seien komplett zerfetzt gewesen nach einiger Zeit, er habe sie in den Bergen gelassen. Hier lagen sie. Katharina wollte gerade anfangen, Fotos zu machen, da fuhr sie zusammen. Sie meinte, vor der Tür ein Knacken gehört zu haben. Sie blieb still stehen und lauschte. Nichts. Nur gedämpfte Lacher von unten. Wahrscheinlich hatte irgendwo Holz geknarzt. Schnell fotografierte Katharina die Zeitungen, das Zimmer, den Inhalt der Kommode. Dann beschloss sie, schleunigst zu verschwinden. Hinweise hatte sie reichlich und mit der Hose und der Jacke einen handfesten Beweis, dass Adelhofer gelogen hatte. Zufrieden drehte sich Katharina um, um zu gehen.

In der Tür stand Jana Waldemat.

»Katharina Langenfels. Im Haus meiner Mutter. Darf ich fragen, was Sie hier tun?« Sie blitzte sie wütend an. Katharinas Herz begann zu stolpern und in ihrer Aufregung starrte sie fasziniert auf die Frisur, die tatsächlich so fest saß, wie Oliver es erzählt hatte. Dass sie nicht antwortete, brachte Jana noch mehr in Rage: »Was wollen Sie hier?«, schnauzte sie. Katharina gelang es irgendwie, sich cool zu geben: »Jana, wie nett. Verbringen Sie das Wochenende bei Ihrer Mutter? Was für ein Zufall. Ihre Mutter hat Tobias gar nichts davon gesagt, als er sich mit ihr verabredet hat.«

Jana griff sich an die Haare.

Übersprungshandlung, dachte Katharina. Jana war also auch nervös.

»Frau Langenfels, Sie sind unbefugt in das Haus meiner Mutter eingebrochen, Sie haben Dinge gestohlen, es gäbe reichlich Gründe, die Polizei zu rufen.« Janas Gesicht hatte mittlerweile eine Rotfärbung angenommen, die nicht zum grellen Blond der Haarpracht passte.

»Sie haben recht, Frau Waldemat, Sie haben vollkommen recht. Wobei, nein, eigentlich nicht. Gestohlen habe ich nichts. Absolut nicht. Und eingebrochen bin ich auch nicht. Tobias hat mich hereingelassen und als Freund der Familie dachte er sicher, dass niemand etwas dagegen hat. Aber offenbar doch, das tut mir wirklich leid. Wenn Sie die Polizei rufen wollen, um den Sachverhalt zu klären, kann ich das verstehen. Tun Sie es ruhig.« Gut gemacht, Katharina, du schaffst das, sprach sie sich und ihrem rasenden Herz Mut zu. Erneut fasste Jana sich an die Haare. Das schien eine Art Tick zu sein. Ein Schutzpanzer aus Haarspray?

»Frau Langenfels, ich hätte tatsächlich gute Lust, die Polizei zu rufen und Ihnen richtig Ärger zu machen. Aber ich will das meiner alten Mutter nicht antun, dass hier die Polizei auftaucht und sie mitbekommt, dass jemand in ihr Haus eingestiegen ist. Das würde sie furchtbar in Angst versetzen. Deshalb, und nur deshalb, biete ich Ihnen eine andere Lösung an.« Griff an die Haare. »Sie löschen alle Fotos von Ihrem Handy, Sie werden niemals über das schreiben, was Sie hier gesehen haben, und wir vergessen die Sache. Sollten Sie sich daran nicht halten, wird es ungemütlich für Sie, glauben Sie mir.«

»Wollen Sie mir drohen, Frau Waldemat?« Katharina war selbst überrascht über ihren süffisanten Tonfall. Sie musste durchhalten, obwohl das Herz ihr bis zum Hals schlug. Tobias würde sie bestimmt gleich hören und nach oben kommen. »Ich habe eine andere Frage: Woher kennen Sie mich eigentlich? Während Sie eine Affäre mit meinem damaligen Freund hatten, sind wir uns nie begegnet, und danach auch nicht, soweit ich weiß. Dass Sie sich für die Medell-Sache interessiert haben und mich daher kennen, kann ich mir eigentlich nicht vorstellen.«

Janas Blick wurde unsicher, ein weiterer Griff zu den Haaren. Katharina schlug sich vor die Stirn. »Stimmt, richtig, in Ihrer Fotosammlung komme ich ja auch vor. Klar, das hätte ich fast vergessen.« Jana wurde weiß im Gesicht. Katharina fuhr fort: »Das ist eine interessante Idee, die Männer, deren Beziehungen Sie zerstört haben, in einem Ordner abzuheften mit ihren Verflossenen, mitsamt Datum, eine präzise Affären-Datei sozusagen. Wie allerdings Marcel es finden würde oder all die anderen, die Sie in Zukunft noch anbaggern wollen, hm, könnte schwierig werden.«

Jana schien zu beben, nur die Haare bewegten sich keinen Millimeter. Sie griff kurz hinter sich und hatte jetzt eine kleine Pistole in der Hand. »Reden Sie ruhig weiter. Ich sitze am längeren Hebel. Ich sitze immer am längeren Hebel, wissen Sie.«

Katharinas Herz schlug so schnell, dass sie sich wunderte, wie sie überhaupt noch stehen konnte. Sie dachte an Tobias und fragte sich, wo er blieb. Irgendwann würde auch Bernhard Fissler aktiv werden. Hoffentlich bald. Bis dahin musste sie durchhalten. Die Waffe ignorieren, einfach weitersprechen.

»Aha, und was wollen Sie tun – am längeren Hebel? Mich umbringen? Das bringt die Fotos nicht zum Verschwinden, ich habe sie nämlich nicht. Ich weiß nur, dass es sie gibt. Und zwar in diversen Kopien an diversen Orten – die ich nicht alle kenne.«

Jana kam mit einem Schritt auf sie zu und drückte ihr

die Pistole an den Hals. »Lügen Sie mich nicht an. Sie wissen genau, wo die Fotos sind, und Sie werden es mir jetzt sagen, jetzt, sonst …«

Katharina schaute Jana starr in die Augen. Sie musste Janas Blick halten, damit ihr nicht auffiel, dass Katharina angefangen hatte zu zittern. Die Stimme musste fest klingen, sie sprach deshalb sehr laut. Vielleicht würde man sie dann auch endlich unten hören. »Oh, Frau Waldemat, ich würde es Ihnen sofort sagen, wenn ich es wüsste, schließlich ist mir mein Leben ja lieb. Aber ich weiß es wirklich nicht.« Der Geruch nach Haarspray nahm Katharina fast den Atem.

Jana starrte sie an und drückte die Waffe noch fester an ihren Hals. »Frau Waldemat, das bringt doch nichts. Wenn ich tot bin, gibt es trotzdem die Fotos, es gibt trotzdem Robert Adelhofers Versteck hier und Ihre große gemeinsame Lüge. Ob ich das aufdecke oder jemand anders, ist völlig egal.«

Katharina sah die wilde Entschlossenheit in Janas Blick und hörte das Klicken, mit dem sie die Waffe entsicherte. Mit einer schnellen Handbewegung schlug sie Jana Waldemat die Waffe aus der Hand. Die flog durch den Raum und blieb vor der Kommode liegen. Jana drehte sich um und wollte hinstürzen. Katharina packte sie von hinten und fasste ihr in die Haare. Einen kurzen Moment konnte sie ihr durch die Frisur fahren, als wollte sie ihre Kopfhaut massieren, da fuhr Jana wie eine Furie herum. »Nicht meine Haare«, kreischte sie, fasste sich verzweifelt an den Kopf und rannte zum Spiegel. Genau das hatte Katharina gehofft und schnappte sich die Waffe. Ohne sie auf Jana zu richten, sagte sie: »Es reicht mit Ihrer kleinen Vorstellung. Ich fürchte, Frau Waldemat, Sie müssen neue Konditionen mit

Herrn Adelhofer aushandeln. Mit dem Bergwinter können Sie ihn nicht mehr erpressen. Die Wahrheit wird bald zu lesen sein.« Purer Hass zeichnete sich auf Janas Gesicht ab, die sich mit zerstörter Frisur vor Katharina aufbaute – das Haar stand nach allen Seiten vom Kopf ab, das Haarspray tat weiter seine Wirkung.

»Ich mach dich fertig, du Zeitungsschlampe. Ich werde aller Welt erzählen, wie langweilig du im Bett bist und dass Tobias dich deswegen hat sitzen lassen. Weil er es mit 'ner richtigen Frau machen wollte und nicht mit 'ner frigiden Madame Superschlau.« Jana funkelte sie böse an. Katharinas Herz raste weiter, äußerlich schaffte sie es, gelassen zu wirken.

»Na, dann hat er mit Ihnen ja die richtige Wahl getroffen, sonderlich schlau zu sein, ist offenbar nicht Ihr Problem. Wenn Sie mich bitte durchlassen würden.«

In diesem Moment ging die Tür auf und endlich, endlich kam Tobias herein. Er ging auf Jana zu und riss ihre Arme nach oben. »Bleib genau so stehen, bis ich dir sage, dass du dich bewegen kannst«, fuhr er sie an. Dann tastete er ihre Hosentaschen und ihren Oberkörper ab.

»Oh, jetzt machen wir es vor deiner Ex, cool.« Jana wollte ihr Shirt anheben, als Tobias sie losließ.

»Spiel ruhig deine Spielchen weiter, aber ohne uns. Komm, Katharina, sie hat keine anderen Waffen dabei.« Katharina ging an Jana vorbei Richtung Zimmertür, drehte sich dann noch mal um und sagte: »Ich habe übrigens gute Kontakte zur Polizei und für diese Waffe hier und was da an DNA-Spuren drauf ist, interessiert die sich bestimmt. Drum kann ich Ihnen nur empfehlen, die Füße stillzuhalten. Schönen Abend.«

Mit einem Puls von gefühlt 230 verließ Katharina mit

Tobias das Zimmer. Im Flur stand Janas Mutter. Sie streckte Katharina die Hand hin und sagte freundlich: »Guten Abend, Frau Langenfels. Ich bin Margit Waldemat, Janas Mutter.«

Irritiert blickte Katharina zu Tobias, der mit einer beschwichtigenden Geste klar machte, dass keine weitere Gefahr drohte. Mit einem Blick zu ihrer Tochter sagte Frau Waldemat senior: »Was bist du nur für ein Mensch, Jana. Schleichst dich in das Haus deiner eigenen Mutter, ohne dass ich davon weiß. Hast eine Waffe dabei und bedrohst diese Frau hier.«

»Die Pistole ist nur ein Fake. Hat Frau Superschlau nur nicht gemerkt«, höhnte Jana.

»Halt deinen Mund«, zischte ihre Mutter sie an und Jana zuckte tatsächlich ein bisschen zusammen. »Du hörst jetzt mal mir zu. Das Versteckspiel habe ich noch mitgemacht, weil ich dir helfen wollte, weil ich gedacht habe, da kommt niemand zu Schaden und Robert kriegt das, was er will, und du kriegst Geld. Ein gutes Gefühl hatte ich nicht. Man kann nämlich auch arbeiten für sein Geld, weißt du.« Der Frau liefen Tränen über die Wangen. Sie hatte optisch wenig mit ihrer Tochter gemein. Frau Waldemat senior hatte hellbraune Haare, die vermutlich noch nie mit Haarspray in Kontakt gekommen waren, und trug einen praktischen Kurzhaarschnitt. Ihre Jeans und ein verwaschenes, blassgrünes T-Shirt hatten schon bessere Zeiten gesehen. Vom Reichtum ihrer Tochter hatte sie offensichtlich nicht profitiert, das sah man bereits am Zustand des Hauses.

»Und ich arbeite hart, sitze jeden Tag acht bis zehn Stunden an der Kasse. Es zieht von der Tür, ich habe ständig einen steifen Hals, Arthrose in den Fingern und in der Schulter und dauernd Schmerzen. Das ist mir aber egal.

Ich verdiene mein eigenes Geld, kann mir den Unterhalt dieses Hauses einigermaßen leisten und mir ab und zu eine Schachtel Pralinen kaufen. Und mir geht es gut, verstehst du, Jana?« Die warf ihrer Mutter einen wutentbrannten Blick zu und rannte die Treppe hinunter. Kurz darauf schlug die Haustür zu. Katharina und Tobias standen ratlos an der Treppe. Tobias hielt die Pistole in der Hand. »Die tut nichts, ist wirklich ein Fake.« Zum Beweis hielt er sie in die Luft und drückte ab. Nur ein Klicken war zu hören.

Frau Waldemat wischte sich die Tränen ab, räusperte sich und fragte, als handle es sich um eine normale Einladung: »Möchten Sie beide noch einen Tee?«

Katharina versprach, gleich nachzukommen, während Tobias mit nach unten ging. Dann schickte sie eine WhatsApp an Birgit mit der Bitte, Janas Handy zu überwachen und zu checken, ob sie Wolfersdorf verließ. Auch Nina Obermann verständigte sie und schilderte, was passiert war. Die Waffe war zwar ein Fake, aber wer wusste, was Jana sich als Nächstes einfallen ließ. Immerhin war wohl gerade ihr bequemes Leben zu Ende gegangen. Diesmal lachte die Kommissarin nicht, sondern versprach, eine Streife zu Janas Haus in München zu schicken und die Polizei in Wolfersdorf zu verständigen. »Mehr können wir derzeit nicht tun. Die Erpressungsspielchen der beiden sind zunächst nicht strafbar. Die falsche Waffe ist allerdings verboten und Sie damit zu bedrohen auch. Eine große Fahndung kann ich trotzdem nicht einleiten. Vielleicht finden wir die Dame auch so«, erklärte die Polizistin optimistisch. Katharina bedankte sich und rief Bernhard Fissler an, um ihm in abgeschwächter Form die Geschehnisse zu schildern. Details – beispielsweise die Waffe – ließ sie weg. Bernhard reagierte erleichtert, dass Katharina und Tobias nichts passiert war, und überrascht über die Nachricht, dass sich Deutschlands beliebtester Fernsehmoderator monatelang in ihrem Wolfersdorf versteckt hatte. »Feigling«, murmelte er und kündigte an, dass er bei Svenja im Zimmer warten werde, bis Katharina zurückkäme. »Svenja schläft tief und fest. Aber diese Jana ist vielleicht noch in Wolfersdorf und vermutlich nicht gut zu sprechen auf dich. Ich passe auf Svenja auf, du brauchst dir keine Sorgen zu machen.« Konnte ihr Fast-Schwiegervater Gedanken lesen? Sie bedankte sich und legte erleichtert auf. Als Letzten rief sie Oliver an, der bereits ein paar besorgte WhatsApps geschickt hatte, und berichtete ihm den Stand der Dinge.

»Gut gemacht, ich bin stolz auf dich, Katharina. Klingt, als müsste ich der Dame keine Mai Tais mehr mixen, eine gute Nachricht. Und wo ist Svenja? Falls die Tante noch in dem Kaff unterwegs ist?« Katharina lächelte und beruhigte ihn.

»Na, dann geh ich jetzt ins Bett. Das Smartphone liegt daneben, wenn was ist, melde dich sofort.«

Ein paar Minuten später saß sie mit Tobias und Frau Waldemat am Küchentisch. Janas Mutter stellte Katharina eine große Tasse Tee hin. Einen Schnaps (»für die Nerven«) hatte sie abgelehnt. Obwohl Katharina die Situation äußerst bizarr fand – immerhin saß sie hier mit dem Vater ihres Kindes und der Mutter der Frau, die diese Beziehung zerstört hatte –, fühlte sie sich einigermaßen wohl. Frau Waldemat hatte glücklicherweise nichts mit ihrer Tochter gemeinsam. Sie war eine geerdete, warmherzige Frau, die vermutlich kein einfaches Leben hinter sich hatte. Dass sie sich von Jana in die Adelhofersche Lügengeschichte hatte hineinziehen lassen, daran knapste sie schwer. Sie erzählte, wie Jana bei irgendeinem Fest vom Alpenverein einen Mann kennengelernt hatte und vollkommen begeistert war. Weil er so gut aussah und so charmant war. Irgendwann habe Jana erzählt, dass er berühmt werden wolle und sich dafür etwas Lustiges ausgedacht habe. Sie habe ihm angeboten, ihn zu verstecken unter der Bedingung, dass viel Geld fließen müsse, wenn er später ein Star wäre. Dass sie ihm gesagt habe, sie werde den Betrug öffentlich machen, falls er sich nicht an die Vereinbarung hielte. Und sie, Frau Waldemat senior, habe sich trotz großer Bedenken darauf eingelassen, vor allem, weil sie es beruhigend fand, dass ihre Tochter keine Geldsorgen haben würde. Die kannte sie mehr als gut und wollte sie Jana ersparen.

Katharinas Handy kündigte eine WhatsApp an. Birgit schrieb: »Jana ist nicht mehr in Wolfersdorf, keine Sorge, die wird euch nichts mehr tun. Sobald ich meinen Verdacht bestätigen kann, melde ich mich.« Fünf Kuss-Emojis. Katharinas Blutdruck senkte sich und sie gab kurz die Informationen weiter.

Margit Waldemat nickte traurig: »Ja, ich habe gehört, wie sie davongelaufen ist. Eine Mutter hört das. Sie hat den Weg in den Wald genommen. Da steht ihr Auto an einer bestimmten Stelle, die niemand findet. So hat sie den Robert her- und wieder weggebracht. Die ist verschwunden und ich glaub nicht, dass ich sie noch mal sehe.«

»War Jana eigentlich mit dem Robert Adelhofer zusammen, wissen Sie das?«

Frau Waldemat verzog das Gesicht. »Anscheinend nicht. ›Eine reine Geschäftsbeziehung‹, hat sie während der Zeit, als er hier war, mal gesagt. Ich glaub, dass er einfach nichts von ihr wollte, sie hätte wohl schon Interesse gehabt. Hat sich mit dem Bruder kurzzeitig getröstet. Armer Kerl. Den hat sie später abserviert und er musste ihr trotzdem jeden

Monat irgendwo das Geld übergeben – hat sie mir stolz erzählt. ›Weißt du, Mama, der Lukas, der frisst mir aus der Hand‹, hat sie gesagt. Und dass sie solche Männer langweilig findet.« Frau Waldemat rührte traurig in ihrem Tee. »Wie konnte ich nur so eine Tochter großziehen? Ich verstehe es nicht.«

»Und woher wusste Jana, dass ich heute hier sein würde?«, fragte Katharina vorsichtig.

»Ich glaube nicht, dass sie das wusste.« Margit Waldemat schaute Katharina freundlich an. »Ich habe es Tobias schon gesagt. Wir haben gestern telefoniert und ich habe ihr erzählt, dass Tobias kommt und mit mir wegen dieser Dorfchronik sprechen will.« Frau Waldemat lächelte leicht. »Da habt ihr mich schön reingelegt. Na ja, jedenfalls habe ich mich gefreut, dass ich den Tobias mal wiedersehen würde. Übrigens, dass die Jana damals, also, Ihnen den Tobias, äh, das wusste ich ja gar nicht, das tut mir so leid. Aber bei allem Schlechten, was man über meine Tochter sagen kann, vielleicht wusste sie das auch nicht.«

Tobias räusperte sich: »Doch, Frau Waldemat, sie wusste das. Sie wusste es von mir, weil ich am Anfang viel von Katharina und dem Baby erzählt habe, das wir erwartet haben. Sie wusste es genau, die Schuld dafür kann ich ihr trotzdem nicht in die Schuhe schieben. Ich habe Katharina betrogen und das tut mir unendlich leid.« Betretenes Schweigen in der Küche, Katharina rührte ihren Tee, als müsste sie ein Pfund Zucker darin auflösen. »Ich habe ihr jedenfalls gestern erzählt, dass du kommst«, beendete Margit Waldemat die unangenehme Stille. »Sie hat genau wissen wollen, warum, was du willst, ob du schon mal da warst und ob das sein muss. Ich habe ihr gesagt, dass es nichts zu bedeuten hat und dass ich mich freue, dass du kommst.

Dass du eigentlich deine Eltern besuchst mit deiner Tochter. Von Frau Langenfels hattest du mir ja nichts erzählt. Na ja, und irgendwie muss sie dann Verdacht geschöpft haben und ist wohl hergekommen und hat sich ins Haus geschlichen, ohne mir etwas zu sagen.«

Tobias schaute Katharina an und ergänzte: »Wir haben irgendwann von oben eure Stimmen gehört und sind hoch. Da hattest du ihr schon die Pistole abgenommen. Gott sei Dank.«

Frau Waldemat liefen ein paar Tränen über das Gesicht. »Irgendwie muss Jana geahnt haben, dass ihr jemand auf der Spur ist. Sie hatte große Angst, dass das mit dem Robert rauskommt, sie war wie besessen davon. Ich musste ihr hoch und heilig versprechen, dass ich niemals irgendjemandem etwas erzähle. Habe ich auch nicht. Bis heute Abend.« Sie lachte bitter auf. »Das Zimmer sollte ich genau so lassen, wie es der Robert damals verlassen hat. Warum, weiß ich nicht, aber auch das musste ich ihr versprechen.«

»Sie wollte etwas in der Hand haben, um Adelhofer zu erpressen, falls er sich weigert, ihr weiter Geld zu geben«, sagte Katharina und legte die Hand auf den Arm von Frau Waldemat. »Gut, dass Sie dem Spuk heute ein Ende gesetzt haben, das war mutig von Ihnen.«

Margit Waldemat schaute Katharina traurig an und schnäuzte sich kräftig. »Ja, ich fühl mich ein bisschen erleichtert, auch wenn das alles furchtbar ist. Als Tobias mir vorhin reinen Wein eingeschenkt hat, bevor wir zu Ihnen hoch sind, habe ich nur gebetet, dass Ihnen nichts passiert ist, und war richtig froh, dass diese Lügengeschichte endgültig vorbei ist. Wissen Sie, diese Zeit damals, das war eigentlich ein einziger Albtraum. Ständig woanders zum Einkaufen hinfahren, damit niemand mitkriegt, dass ich mehr kaufe als für eine Person. Jeden Abend schauen, dass die Fenster gut abgedunkelt sind. Immer war ich unruhig, wenn jemand zu Besuch kam. Seit der Zeit habe ich eigentlich keine Freunde mehr, weil alle gedacht haben, ich will nichts mehr von ihnen wissen. Und dann der Tag, an dem er sich den Finger abgehackt hat. Das war entsetzlich.«

Katharina und Tobias wechselten einen Blick.

»Damit es glaubwürdig ist, hat er gesagt, damit er sagen kann, der Finger sei abgefroren und es hätte schon erste Anzeichen von Wundbrand gegeben und deswegen hätte er ihn sich abschneiden müssen. Und ich konnte ja keinen Arzt holen. Ich habe es halt verbunden und stundenlang draufgedrückt und ihm sicherheitshalber Antibiotika gegeben. Dafür habe ich mir eine Infektion angedichtet, damit mein Hausarzt mir die Pillen verschreibt.«

»Frau Waldemat, wo war eigentlich Jana die ganze Zeit?«

»Na ja, am Wochenende ist sie gekommen, sie hat in München gewohnt und als Kellnerin gearbeitet. Das wäre zu auffällig gewesen, wenn sie mich auf einmal ständig besucht hätte. Die meiste Zeit waren der Robert und ich alleine hier im Haus.«

»Sie haben sich also eigentlich allein um Adelhofer gekümmert und das Geld hat Jana eingesteckt?« Katharina hoffte, dass sie mit dieser Frage nicht zu weit ging.

Aber Margit Waldemat erzählte bereitwillig weiter: »Ja, so war das und so ist es bis heute. Wobei ich nichts von dem Geld wollte, nur den Unterhalt von Robert, mehr nicht. Jana hat damals gesagt, Mama, wenn das vorbei ist, renovieren wir das Haus, dann bekommst du neue Möbel, wir streichen die Fassade, machen das Bad neu. Dir soll es endlich richtig gut gehen, Mama, das hat sie gesagt.« Frau Waldemat konnte die Tränen nicht mehr stoppen. »Und nichts ist passiert. Als Robert weg war, habe ich die Lügengeschichte in der Zeitung gelesen und wie berühmt er dann geworden ist. Jana hat mir Fotos von ihrer Wohnung in München geschickt. Die hat er ihr als Allererstes geschenkt. Zu dem Haus hier hat sie nie mehr was gesagt. Und ich auch nicht, bis vor zwei Jahren, in diesem kalten Winter, da habe ich sie gefragt, ob sie mir Geld leihen könnte, um die Fenster abzudichten, weil es nicht mehr richtig warm wurde hier drin, und sie meinte, nein, das ginge nicht, sie hätte selbst gerade einen Engpass.« Janas Mutter schnäuzte sich und blickte mit rot verweinten Augen auf die abgewetzte Wachstuchdecke vor ihr.

»Und in Wahrheit hatte sie keinen Engpass.« Tobias wirkte zunehmend schockiert.

»Natürlich nicht. Sie hat jeden Monat Tausende von Euro von Robert bekommen und bekommt sie weiterhin. Na ja, und nach dieser Geschichte habe ich angefangen, meine Tochter in einem anderen Licht zu sehen. Das ist furchtbar traurig, aber jetzt herrscht zumindest Klarheit.«

»Frau Waldemat, danke für Ihre Offenheit. Und entschuldigen Sie bitte, dass ich in Ihr Haus eingestiegen bin.« Katharina war ihre Aktion zumindest, was die nette Frau vor ihr betraf, sehr unangenehm.

»Ist schon in Ordnung, gehen Sie einfach durch die Haustür raus.« Frau Waldemat lächelte traurig.

Tobias und Katharina verabschiedeten sich. Als sie auf dem Weg zu Fisslers waren, rief Nina Obermann an.

»Frau Langenfels, die Dame ist nicht in ihrer Wohnung. In Wolfersdorf konnten wir sie auch nicht finden. Wir haben einen Zivilwagen vor der Waldemat-Wohnung in München platziert und vor ihrer Wohnung in Haidhausen fährt heute Nacht öfter ein Wagen vorbei. In Wolfersdorf und Umgebung ist ebenfalls mehr Polizei unterwegs.«

»Danke, Frau Obermann.«

»Melden Sie sich bitte gleich, wenn Sie irgendwas Neues erfahren in der Sache«, kam es ernst von der Kommissarin.

»Klar«, versprach Katharina. Schweigend gingen sie weiter zu Tobias' Elternhaus. Dort war es dunkel. Als Katharina nach oben zu Svenja ins Zimmer ging, streichelte Tobias ihr kurz über die Schulter und sagte: »Ich bin wahnsinnig froh, dass dir nichts passiert ist. Schlaf gut.«

In Tobias' altem Kinderzimmer erwarteten sie eine tief schlafende Svenja und Bernhard Fissler, der sie freundlich anlächelte und den Hockeyschläger beiseitelegte, mit dem er auf Tobias' altem Klappstuhl sitzend auf Svenja aufgepasst hatte.

»Leg du dich hin und schlaf, ich bleibe hier und halte Wache. Sicher ist sicher«, flüsterte Bernhard.

In dem Moment kam noch mal eine WhatsApp von Birgit: »Jana ist in München unterwegs, ich habe weiterhin einen Verdacht und denke, dass sie euch nichts tut. Melde mich, schlaf gut, ich bleibe wach.«

SAMSTAGNACHT, MÜNCHEN BOGENHAUSEN

Jana war mit 180 Sachen nach München zurückgerast. Wut war das Einzige, was sie spürte. Riesige Wut, die ihren Herzschlag beschleunigte und vermutlich für eine unschöne rote Gesichtsfarbe sorgte. Überprüfen wollte sie das nicht. Bei einem Blick in den Spiegel hätte sie ihre zerstörte Frisur gesehen und das würde sie nicht ertragen. Nichts hatte sich im Bad ihrer Mutter gefunden, um die Haare wiederherzustellen. Kein Haarspray, kein Gel, nichts. In ihrem eigenen Zimmer auch nicht. Klar, sie fuhr kaum noch in dieses gottverlassene Kaff und wenn, dann nur für ein paar Stunden, da brauchte sie keine Haarpflegemittel. Also war sie in diesem Zustand aus dem Badezimmerfenster gestiegen – würdelos. Was glaubte ihre Mutter eigentlich, wer sie war. Gut, sie hatte ihr all die Jahre kein Geld gegeben, aber warum sollte sie? So viel Arbeit hatte ihre Mutter mit Robert nicht gehabt. Sie vor dieser Langenfels und Tobias rundzumachen, das ging gar nicht. Sie würde schon sehen, was sie davon hatte. Eine Tochter jedenfalls nicht mehr.

Kurz vor München fuhr Jana an eine Raststätte und kaufte sich Haarspray und einen Kamm. In ihre Wohnung konnte sie nicht. Vielleicht hatte die blöde Journalistentrulla tatsächlich die Polizei verständigt. Aber ihre Haare mussten GUT AUSSEHEN. Erst als sie mit dem Ergebnis vollkommen zufrieden war, fuhr sie weiter. Eins musste sie noch wissen. Sie parkte drei Blocks von ihrer Wohnung entfernt, setzte sich eine Sonnenbrille und ein Kopftuch auf – vorsichtig, damit die Haare nicht zerdrückt wurden – und ging durch die Tiefgaragen der anderen Häuser, die zu ihrem Block gehörten, in ihres. Dort direkt in den Keller. Tatsächlich: Die Schachtel mit den Fotos fehlte, »Wolfersbach« war leer, der Schlüssel weg. Und sie hatte gedacht, Tobias hätte ihrer Mutter den Schlüssel geklaut, mit dem die Journalistin in das Zimmer eingedrungen war.

War diese ganze Aktion geplant gewesen? Hatte die Yoga-Tusse doch mit der ganzen Sache zu tun? Arbeitete sie vielleicht für die Langenfels? Oder hatte Robert einfach die günstige Gelegenheit genutzt und bei seiner Befreiungsaktion gleich die Fotos mitgehen lassen? War der Herr Anwalt auf sie angesetzt? Hatte er ihr was in den Mai Tai gemischt?

Jana stellte fest, dass ihre Laune sich auf dem absoluten Tiefpunkt befand. Man hatte sie gelinkt, sie, Jana Waldemat, die immer alles im Griff hatte. Sie hatte keine Lust mehr. Eigentlich war es ihr egal, wer sie verarscht hatte. Sie ging zurück zu ihrem Auto. Jetzt musste Plan B greifen.

SONNTAGVORMITTAG, ARCHIV »FAKTEN«, MÜNCHEN

»Sie sitzt im Flieger nach Palma de Mallorca – seit einer halben Stunde. Hat sie schon am Freitag gebucht.« Morgens um halb sechs war diese WhatsApp von Birgit gekommen. Katharina, die sowieso nicht schlafen konnte, sagte ihrem ebenfalls wach auf seinem Stuhl sitzenden Fast-Schwiegervater Bescheid, küsste die schlafende Svenja und fuhr Richtung München. Sie hatte sich mit ihrer Freundin im Büro verabredet. Birgit war wohl die ganze Nacht dort gewesen. Wenig später stand Katharina vor ihr und nahm sie in den Arm. »Danke, Birgit, du bist die Beste! Noch nie habe ich deine Überwachungskünste so geschätzt.« Verlegen klopfte Birgit ihrer Freundin auf die Schulter und löste sich aus der Umarmung.

»Gibt's ansonsten Neuigkeiten?«

»Nö, wenn sie ihn nicht getroffen und es ihm persönlich gesagt hat, dann weiß er nichts. Sie haben nicht gemailt und nicht telefoniert. Und bei ihm zu Hause oder in der Firma war sie nicht, das hätte ich über das Handy gesehen. Inzwischen habe ich sie verloren. Flugmodus im Flieger. In einer Stunde wissen wir mehr.« Birgit Wachtelmaier hatte sich vor ihren Computer gesetzt und aß Ananasschnitze. Ananasdiät war angesagt und passend dazu trug sie Mini-Ananas als Plastikohrringe. Ansonsten ein türkisfarbenes Shirt mit Glitzermuster über dem Busen, giftgrüne Stretchjeans und blaue Stilettos. »Die Mutter war kooperativ und ist einverstanden, dass du die Fotos veröffentlichst?« Birgit schluckte und gabelte nach dem nächsten Stück.

»Wir haben besprochen, dass ich nicht schreiben werde, wo sich das Ganze ereignet hat, und wir keine Fotos von dem Haus von außen zeigen. Nur das Zimmer von innen. Damit war sie einverstanden.«

»Und wie willst du jetzt vorgehen? Robert Bescheid sagen oder einfach schreiben und veröffentlichen?«

Das waren genau die Fragen, die Katharina um den Schlaf gebracht hatten. Letztendlich hatte sie beschlossen, Adelhofer zu kontaktieren. Vielleicht ließ er noch was raus, was den Selbstmord von Lukas erklären würde. Und vor allem musste sie mit Rosa Adelhofer sprechen. Sie würde es ihr nicht antun, die Geschichte einfach zu schreiben, ohne dass sie Bescheid wusste. So hatte sie es auch telefonisch mit Riesche-Geppenhorst am heiligen Sonntag frühmorgens besprochen, bevor sie sich zu Birgit aufgemacht hatte.

»Ich werde mit ihm reden. Mal schauen, was dabei rauskommt. Kannst du mich bis dahin auf dem Laufenden halten, falls Jana sich bei ihm meldet?«

Birgit hatte den Ananasteller inzwischen geleert. »Klar. Äh, Katharina?«, fragte sie leise. »Wie war es mit der Familie in Wolfersdorf?«

Katharina drehte sich um. »Schön, Tobias' Eltern sind echte Schätze, Bernhard war den ganzen Abend auf dem Sprung, um mich aus dem Waldemat-Haus zu retten, und hat die Nacht über auf uns aufgepasst. Anni hat uns bekocht wie eine Weltmeisterin, ich habe bestimmt drei Kilo zugenommen, ja, war schön.«

Forschender Blick und Ananasohrringe in gespannter Ruhe.

»Ach so, mit Tobias war es auch okay. Keine Ahnung, er ist irgendwie verändert, richtig nett und besorgt. Mehr nicht.«

Birgit kam auf ihren Stilettos zu ihrer Freundin gestelzt, umarmte sie und flüsterte ihr ins Ohr: »Nur das wollte ich wissen. Schön.« Strahlend setzte sie sich hinter ihren Schreibtisch und warf ihrer Freundin zum Abschied eine Kusshand zu.

»Hallo, Frau Adelhofer, wie geht's?«

»Mei Frau Langenfels, immer gleich, gell. Der Max red' halt die ganze Zeit im Schlaf, der quält sich gscheid, aber mir sagt er nix. In der Kirch war er heut Morgen ned – am Sonntag. Des hat er noch nie gmacht und wo er jetzt is', weiß i' ned. Heut am Nachmittag will der Robert kommen, des hab ich dem Max noch gar nicht sagn können. Des wird ihn noch mehr aufregen. Ich weiß auch nicht, was er will, der Robert, nur dass es wichtig is', hat er gsagt. Wissens denn irgendwas wegen meim Lukas?«

Katharina zog sich der Magen zusammen bei dem Gedanken, was sie der alten Frau würde sagen müssen – auf keinen Fall am Telefon. »Ich habe ein paar interessante Dinge herausgefunden, das würde ich Ihnen gern persönlich erzählen. Wenn es Ihnen passt, kann ich auch gleich vorbeikommen? Oder ist Ihnen das am Sonntag nicht recht?« Frau Adelhofer sollte von ihr die Wahrheit erfahren, bevor Robert seinen Eltern seine Version auftischte. Und Svenja war bei Oma, Opa und Papa gut aufgehoben.

»Des wär' mir sehr recht, Frau Langenfels. Ich will alles wissn, was mit dem Lukas und dem Robert zu tun hat. Des hat's, oder?«

»Ja, Frau Adelhofer, das hat es. Bis nachher.«

SONNTAGNACHMITTAG, BREITBRUNN AM CHIEMSEE

Eineinhalb Stunden später standen in der Adelhoferschen Küche eine Tasse Kräutertee und ein Stück lecker duftender Streuselkuchen vor Katharina. Ihr gegenüber saß Rosa Adelhofer in ihrer blauweiß karierten Kittelschürze, die grauen Haare sorgfältig zu einem Dutt hochgesteckt. Sie knetete nervös ihre Hände im Schoß und drängte Katharina trotzdem, erst in Ruhe ihren Kuchen zu essen. Die nahm einen Bissen, um der alten Frau sagen zu können, wie lecker er schmeckte. Dann wollte sie Rosa Adelhofer nicht länger auf die Folter spannen und legte los.

Sie erzählte von Jana Waldemat und wie Tobias Jana vor Kurzem auf einem Foto wiedererkannt hatte, wie sie dadurch auf ihre Spur gekommen waren. Auch von den Gesprächen, die sie mit Robert geführt und bei denen sie sich gefragt hatte, ob das wirklich stimmte mit dem Bergwinter, berichtete sie. An dieser Stelle wurde Rosa unruhig.

»Aber des mit dem Finger, des kann er ned …«

»Doch, Frau Adelhofer, genau so war es wohl. Er hat sich den Finger abgeschnitten, während er in einem gut geheizten Zimmer saß und dort den Winter verbracht hat. Die junge Frau und ihre Mutter haben ihn dort versteckt, das hat mir die Mutter selbst erzählt. Robert hat genau eine Nacht unterhalb vom Watzmann verbracht. Am nächsten Morgen hat Jana Waldemat ihn unten abgeholt, er hatte sich mit Perücke und Mütze so verändert, dass ihn andere Wanderer nicht erkannt hätten. Am gleichen Tag kam er bei

Janas Mutter in Wolfersdorf an. Hier habe ich Fotos von dem Zimmer und von den Kleidern, mit denen Robert in die Berge gegangen ist und die er in den Monaten angeblich komplett zerschlissen hat.« Katharina gab Rosa Adelhofer ihr Smartphone und zeigte ihr all die Fotos, die sie in Wolfersdorf gemacht hatte. Die Hände der alten Frau zitterten, Tränen liefen ihr über das Gesicht. Katharina stand auf und holte das Geschirrtuch, das zum Trocknen am Ofen hing. Sie reichte es Rosa. Die nahm es nicht wahr. Sie zitterte am ganzen Körper und ihr Weinen war in ein verzweifeltes lautes Stöhnen und Schluchzen übergegangen.

»Warum macht der denn so was?«, schrie sie irgendwann in die Küche hinein.

Katharina streichelte Rosa sanft über den Rücken und sagte eine Weile nichts. Irgendwann wurde das Schluchzen weniger und Rosa Adelhofer schnäuzte sich kräftig in das Geschirrtuch.

Sie schaute Katharina auffordernd an und wiederholte ihre Frage: »Warum macht der so was?«

»Weil er berühmt werden wollte, Frau Adelhofer«, sagte Katharina leise. »Und weil er glaubte, dass er das auf diesem Weg schafft. Hat er ja auch.«

Weiter rannen die Tränen über die faltigen Wangen der alten Frau. Richtig blass war sie geworden. »Bloß wegen so einem Schmarrn schneid' der sich den Finger ab und lügt sei eigene Mutter an?« Wieder wurde Rosa Adelhofer laut. »Und was hat des mit dem Lukas zu tun? Des is' doch kein Zufall.« Verzweifelt starrte Rosa Adelhofer Katharina an.

»Das glaube ich auch, Frau Adelhofer. Wie es genau zusammenhängt, kann ich aber noch nicht sagen.«

»Dann soll des nachher der Robert erklärn.« Die alte Frau strich ihre Kittelschürze auf ihrem Schoß glatt und wirkte entschlossen. »Bleibns doch bitte da, Frau Langenfels, bis der Robert kommt. Und dann erzählens ihm, was Sie mir erzählt ham. Sein Gsicht will ich sehn, wenn er zugebn muss, dass er seine eigne Mutter die ganze Zeit anglogen hat. Und dann soll er mir sagen, was er mit seinem Bruder gmacht hat.«

Katharina, froh, dass sich Frau Adelhofers Verzweiflung in Wut gewandelt hatte, versprach zu bleiben. Sie rief in Wolfersdorf an und hatte eine fröhliche Anni am Telefon.

»Klar, Katharina, kein Problem, uns geht's gut hier und Tobias lässt dir ausrichten, dass er Svenja heute Abend nach Hause bringt.« Katharina legte auf und lächelte. Tobias unterstützte sie, wenn sie sonntags arbeiten musste, das hatte es früher nicht gegeben. Sie rief noch kurz Oliver an, damit auch der Bescheid wusste. Er versprach, in Katharinas Wohnung vorbeizuschauen. Sie wollte sicher sein, dass Jana sich nicht dort herumdrückte. Obwohl Birgit dies vermutlich digital mitbekommen hätte. Oliver war die Ruhe selbst. »Glaub mir, Jana ist nicht an noch mehr Ärger interessiert. Die will nur Kohle und Männer.«

Katharina ging zurück in die Adelhofersche Küche. »Frau Langenfels, wir könntn zusammen zu Mittag essn. Ich wollt' Fleischpflanzl machen mit Kartoffelbrei und Rotkraut.«

»Wollen Sie jetzt wirklich kochen?«

»Des ist die beste Ablenkung nach dem Kuchenbacken. Des mach ich immer, wenn's Leben dunkel is', kochen oder backen.«

Die alte Frau hatte bereits das Hackfleisch aus dem Kühlschrank geholt und begann, es mit Semmelbröseln und Ei zu mischen. »Wenns wollen, könnens eine Zwiebel schneiden.«

Und schon stand Katharina in dem alten Chiemsee-Bauernhof und bereitete ein Mittagessen zu, als sei es ein vollkommen normaler Tag.

»Wie schaffen Sie das, Frau Adelhofer, einfach weiterzumachen?«, fragte Katharina später beim Essen.

»Mei Frau Langenfels, was soll ich sonst machn? Des is' des Leben, des der Herrgott mir gebn hat, und des leb ich. Traurig is' schon oft, aber wissns, ich hab alles für meine beiden Buben gmacht und des hams auch gwusst. Wenn's schiefgeht, is' des furchtbar. Aber ich weiß, dass ich des Beste gebn hab. Und des sag ich mir und dann geht's weiter. Dass der Robert meint, des Wichtigste im Leben is', berühmt zu sein, des haben der Max und ich ihm bestimmt ned beibracht. Des is' ein gutes Gefühl, auch wenn die ganze Gschicht furchtbar traurig is'.«

Katharina hoffte, dass sie das über Svenja und sich später auch sagen könnte, und noch viel mehr hoffte sie, dass ihre Tochter nicht so verquere Wege einschlagen würde wie die Adelhofer-Brüder. Gemeinsam räumten sie den Tisch ab und Katharina half beim Geschirrabtrocknen.

»Jetzt is' der Max immer noch ned da«, murmelte Rosa, während sie ihre Spülhände an der Schürze abwischte. »So is' des jedn Tag, manchmal is' er den ganzen Tag im Schlafzimmer, manchmal geht er spaziern. Ich lass ihn einfach, wissens, Frau Langenfels.«

Eine Viertelstunde später hörten sie knirschenden Kies und quietschende Bremsen, ein Auto war offenbar recht rasant vorgefahren. Rosa Adelhofer strich sich die Schürze glatt und saß kerzengerade am Küchentisch.

Die Tür ging auf und Robert Adelhofer stürzte herein. »Servus, Mama, wo is' der Papa?«

Rosa reagierte nicht, sondern zeigte nur stumm Richtung Katharina. Die saß auf dem Sofa im hinteren Teil der Küche, sodass Adelhofer sie noch nicht hatte sehen können. Seine Miene erstarrte und diesmal hatte er offenbar keine Lust, Theater zu spielen.

»Was machen Sie hier?«, fragte er eisig.

»Die Frau Langenfels is' scho' öfters da gwesn, ich mags sehr. Und heute wollts eigentlich schon gehn, aber ich hab sie gebeten, dass bleibt.«

Adelhofer wurde blass. »Ja, des is' schön, Mama, wenns ihr euch gut verstehts, aber sag mir bittschön, wo der Papa is'.«

»Des weiß ich ned, Robert. Dem Papa geht's ned gut, der träumt furchtbar, wenn er überhaupt schläft, red nix mit mir und is' den ganzen Tag fort. Langsam versteh ich auch, warum.«

Adelhofer schaute seine Mutter fragend an. Unter dem rot-weiß karierten Trachtenhemd bildeten sich kleine Schweißflecke. »Ich weiß ned, wovon du redst, Mama«, kam es wenig überzeugend.

»Dann setzt dich da her und hörst dir an, was die Frau Langenfels mir heut' erzählt hat.«

»Sag amal, Mama, wie redst denn du mit mir? So hast du noch nie mit mir geredet. Ich bin's, dein Sohn, der Robert.« Adelhofer ging auf seine Mutter zu und wollte den Arm um sie legen.

Die alte Frau machte eine abwehrende Geste und starrte ihn mit eisigem Blick an. »Wie ich mit dir red'? Wie ich wahrscheinlich scho' längst mit dir hätt' reden solln. Setz dich hin.« Rosa Adelhofer stand auf, packte ihren Sohn unterm Arm und schob ihn Richtung Küchenstuhl.

»Was gibt's denn so Spannendes, Frau Langenfels?« Robert fläzte auf dem Stuhl und grinste süffisant Richtung Katharina.

Die hatte sich inzwischen neben Rosa Adelhofer gesetzt.

»Ich habe Ihrer Mutter erzählt, wo Sie ihren Bergwinter verbracht haben.«

»Aha, des is' ja spannend. Sind Sie raufgekraxelt und haben in der Höhe recherchiert? Mutig für eine zierliche junge Frau.«

»Nein, Herr Adelhofer, ich musste nirgends hinaufsteigen. Ich bin nur nach Wolfersdorf gefahren und Frau Waldemat hat mich durch ihr Haus geführt.«

Robert Adelhofer erstarrte. Seine Mutter und Katharina schauten ihn einfach nur an.

Er schien fieberhaft zu überlegen, nach einer Weile fragte er nur: »Und jetzt?«

Die Antwort kam von seiner Mutter: »Jetzt is' Schluss mit deinen Lügengschichten. Die Frau Langenfels wird des in ihrer Zeitung schreiben. Ich hab ihr gsagt, dass sie des unbedingt machen soll. Weil wir anständige Leut' san und weil wir nie gelogen ham, und des wird auch in Zukunft so sein. Und genau des wird die Frau Langenfels aufschreiben, dass du deine eigenen Eltern anglogen hast, dass du deinen Vater zum Hanswurscht gmacht hast. Dass der sein Haus jedem dahergelaufenen Deppn hat zeign müssn. Des is' jetzt vorbei. Außerdem will ich wissn ...«

Weiter kam die alte Frau nicht. Ihr Sohn war aufgesprungen und auf Katharina zugestürzt. Er baute sich vor ihr auf und zischte: »Du, du ... Des wirst du büßen.«

Er holte aus, aber die kräftige Hand seiner Mutter riss ihn so heftig zurück, dass er nach hinten umfiel und auf dem Hintern in der elterlichen Küche landete.

»Pass auf, Bürscherl«, kam es von Rosa. »Du wirst nie mehr jemand ein Leid zufügen, nie mehr, verstehst? Und wenn sonst niemand dafür sorgt, dann werd' ich des tun.

Wag es nicht, der Frau Langenfels zu nah zu kommen. Du wirst es bereun, glaub's mir, du wirst es bereun. Und jetzt will ich von dir wissen, was ihr mit dem Lukas gmacht habts? Wieso hat der sich umbracht?«

Adelhofer rappelte sich mit knallrotem Gesicht vom Küchenboden auf. Er klopfte sich die dunkelblaue Designerjeans ab und blieb mitten in der Küche stehen. »Mei der Lukas, Mama, des weißt du doch selber, dass der depressiv war. Der hat halt nimmer wolln. Ich hab wirklich alles versucht, um ihm zu helfen, aber es hat halt nix gnützt.«

In diesem Moment ging die Küchentür auf und Max Adelhofer kam herein. Er war totenblass, seine Lederhose schlackerte. Von dem stattlichen Bauer war nichts mehr übrig.

»Setz di' hin«, sagte er leise zu seinem Sohn. Robert gehorchte wortlos und starrte zwischen seinen Eltern hin und her. Katharina schien er nicht wahrzunehmen.

»Gar nix hast du dem Lukas gholfn, zugschaut hast, wie die Jana ihn fertiggmacht hat. Grad wurscht is' dir's gwesn.«

Max Adelhofer ging mit schweren Schritten zum Tisch und setzte sich neben seine Frau. Er legte die Hand auf ihre und rubbelte unbeholfen darauf herum. »Dei' Mutter hast unglücklich gmacht und mich sowieso. Ich hab denkt, du bist a mutiger Bub, der sich was traut und der gern in die Berg geht, und ich bin stolz auf dich gwesn. Dabei hast einfach die ganze Zeit nur gelogen. Und der Lukas hat des bestimmt als Einziger gwusst und mit dir gelogen – für seinen Bruder. Ich hab denkt, er is' a fauler Hund, der halt nix auf die Reih bringt, dabei war er der Mutige von euch zwei. Er hat alles riskiert, um dir zu helfen.«

Robert Adelhofer sackte auf seinem Stuhl in sich zusammen. Es brauchte keine weitere Bestätigung, dass sein Vater recht hatte mit dem, was er sagte.

»Du zwingst deinen eigenen Vater dazu, in deiner Sendung, deiner grausligen, über den Lukas zu erzähln. Ich bin hingegangen, weil ich Angst ghabt hab, dass wir den zweiten Bub sonst auch noch verliern und die Mama des ned schafft. Und dann bin ich da gsessn und alle haben mich angstarrt und nix hab ich sagn können, keinen Ton. Aber des langt ja noch ned. Jetzt soll ich mich einmal im Monat mit diesem Flitscherl treffn und ihr an Haufn Geld gebn. Weil du einen großen Fehler gemacht hast, hast mir gsagt. Einen großen Fehler, des stimmt. Dass des Schweigegeld für den verlognen Bergwinter is', des hast mir nicht gsagt. Und ich blöder Hund hab dir geholfen. Genau wie die Führungen durchs Haus. Erpresst hast mich, deinen eigenen Vater. Weilst gwusst hast, dass wir des Geld brauchn. Ich hab des ned sehen wolln, hab alles für mein Bub gmacht, für mein Robert, weil ich so stolz war. Aber nur auf den einen Bub, den anderen hab ich im Stich gelassen, des verzeih ich mir nie.«

Max Adelhofer ließ die Hand seiner Frau los und saß vollkommen regungslos da. Tränen liefen ihm über das Gesicht und tropften in seinen Schoß.

Katharina nutzte die Stille, um Rosa Adelhofer zuzuflüstern: »Ich geh wohl besser.«

Da schaute der alte Bauer auf: »Frau Langenfels, bitte bleibens da, wenn's Ihnen nix ausmacht. Sie müssen des alles aufschreiben, genau wies die Rosa gsagt hat. Wir sind keine Lügner, mei Rosa und ich. Und der Lukas is' auch keiner gwesn, der hat des nur für seinen Bruder gmacht. Des muss in der Zeitung stehn, damit der Lukas seinen Frieden kriegt.«

Katharina nickte stumm, der alte Adelhofer nickte zurück und wandte sich wieder Robert zu: »Ich weiß genau, was ihr mit dem Lukas gmacht habts, und ich werd's der Mutter jetzt erzähln. Sie soll endlich Bescheid wissen.«

Rosa Adelhofer saß kerzengerade und kreidebleich auf ihrem Stuhl. Robert Adelhofer schaute seinen Vater entsetzt an – kein Großkotz mehr, eher ein Häufchen Elend.

»Ich hab alles ghört an dem Tag. Genauso wie ich grad eben alles ghört hab. Eigentlich hab ich dich ned sehn wolln heut. Seitdem du mich in die Sendung gschleppt hast, seitdem hab ich eh nicht mehr wolln. Nicht mehr dir helfn, nicht mehr die Mutter trösten, nicht mehr nachdenkn, gar nix mehr. Aber eben hab ich die Mutter ghört, so laut wars noch nie. Da bin ich hinter der Tür stehnblieb und hab glauscht. Und hab mitkriegt, was die Frau Langenfels erzählt hat. Und du? Statt dass du sagst, dass es dir leidtut, fängst scho' wieder an zu lügen. ›Du hast alles versucht, aber der Lukas war halt depressiv‹ – so ein Schmarrn, ein verlogener.«

Der alte Adelhofer fasste die Hand seiner Frau. »Rosa, mir tut des leid, dass ich die ganze Zeit nix gsagt hab. Ich hab's ned besser gwusst. Ich hab mi gschämt für den Bubn, ich hab mi so gschämt.«

»Was is' passiert, Max?« Die tränenerstickte Stimme von Rosa Adelhofer klang durch die Küche.

»An dem Abend, bevor sich der Lukas umbracht hat, war der Streit in seim Zimmer. Durchs ganze Haus hat ma des ghört, wie die gschrien ham. Ich bin rauf und wollt des beenden. Du hast gsagt ghabt, dass du oben warst mit deinem Essen und wieder gangen bist. Und ich wollt' des beenden, den Streit, dem Lukas sein komisches Benehmen, alles. Aber wie ich ghört ab, um was es geht, bin ich vor der Tür stehn blieb und hab nix gmacht. Ich hätt' meinen Bub vielleicht retten können und ich hab nix gmacht.«

Max Adelhofer knetete Rosas Hand und starrte vor sich hin.

»Max, was ist passiert?« Rosa schrie hysterisch.

»Wie ich hochkommen bin, hat der Lukas gebrüllt: ›Jana, ich kann so nimma weitermachen, ich halt des nimma aus.‹ Da hab ich gwusst, dass er mit dem Madl streit', mit dem er mal zusammen war, und hab dacht', dass die vielleicht einen andern hat und der Lukas eifersüchtig is'. Aber dann hat die Jana gsagt: ›Wenn du das tust, werde ich dich zerstören. Du wirst keinen glücklichen Tag mehr in deinem Leben haben.‹ Genau so hat sie des gsagt. Der Lukas hat gschrien: ›Was willst denn machen, ha? Gegen mich hast nix in der Hand.‹ Und die Jana hat ihm gedroht mit ... mit ...«

Max Adelhofers Hände zitterten, er schaute auf den Boden.

Rosa flüsterte: »Erzähl's, Max, des is' des Beste für alle.«

Max Adelhofer sprach weiter, seine Stimme war fast nicht zu verstehen.

»Sie hat gsagt, dass sie Filme ins Internet stelln wird, dass alle sehn können, dass der Lukas ...« Verzweifelt schaute der alte Mann seine Frau an. Sie nickte ihm zu.

»Dass der Lukas ned, wenn er mit der Jana ... ›dass du im Bett eine Null bist‹, des hat sie zu ihm gsagt.«

Max Adelhofer weinte hemmungslos. Rosa legte den Arm um ihn und schaukelte ihn wie ein kleines Kind. »Max, erzähl weiter.«

»Den Lukas hab ich nix mehr sagn hörn und sie hat einfach weitergmacht. Dass sie des alles gfilmt ham, dass sie sagen wird, dass er selber die Filme gmacht hat, wie einen Porno. Und dass sie davon nix gwusst hat und dass des strafbar is' und dass der Lukas dafür ins Gefängnis kommen kann. Dann hat sie noch gschrien: ›Eigentlich wollte ich dich sowieso nie, ich habe das bloß gemacht, damit der Deal klappt, du bist ein Versager.‹ Ich hab den Lukas schluchzen hören und bin gegangen. Ich hab mich so gschämt, ich bin einfach gegangen. Statt dass ich reingeh und die Jana aus meinem Haus rausschmeiß und zu meinem Sohn halt, bin ich einfach gegangen.«

Es war totenstill in der Küche. Robert Adelhofer blickte starr aus dem Fenster. Rosa streichelte den Arm ihres Mannes. Der saß da und schaute die Tischplatte an.

Katharina hätte sich am liebsten unsichtbar gemacht.

»Was sind des für Filme, Robert?« So eisig hatte sie Rosas Stimme noch nie gehört.

»Ich hab keine Ahnung. Wahrscheinlich hat sie sich des ausdacht, die Jana, die blöde Kuh«, kam es verächtlich von Robert.

Jetzt stand Max Adelhofer auf, ging zu seinem Sohn und schlug ihm ins Gesicht.

»Kannst du noch was anderes außer lügn? Du hast selber des kleine Loch in sein Schlafzimmerschrank gmacht, durch des ihr gfilmt habts. Und die Kamera in seine alte Spiegelreflex reingebaut und in den Schrank glegt, da wo sie immer gelegen is', damit er's ned merkt. Des hat die Jana ned wissen können, wo die liegt, des hast nur du wissen können, du, sein eigener Bruder, und du hast des zusammen mit der Jana gmacht. Die Jana hat die Kamera eingeschaltet, wenn sie beim Lukas war. Nur deswegen wars a Zeitlang mit ihm zusammen, damit ihr die Filme kriegts zum Erpressn.«

»Des war a Spaß mit der Kamera, deswegn muss man sich doch ned gleich umbringa ...«, kam es von Robert.

Max Adelhofer brüllte: »Also stimmt's. Ich hab's mir so zusammengreimt, jetzt weiß ich, dass des genau so war. Du, du ...«

Rosa legte beschwichtigend die Hand auf Max Adelhofers Arm. Der war dunkelrot im Gesicht und musste sich offensichtlich schwer beherrschen, um nicht noch einmal zuzuschlagen.

»Außerdem war ich heut' beim Alfred, weil ich's nimma ausghalten hab. Er hat mir die Kamera gezeigt, die hat der Lukas ihm noch vorbeibracht am Abend vor seinem Tod. Er hat dem Alfred gsagt, dass er die gut aufheben und niemandem was sagen soll – außer mir und der Mutter, wenn wir was wissen wolln. Der Alfred hat sich angschaut, was drauf is' auf der Kamera. Er hat's mir zeign wolln, ich konnt's ned. Es hat mir schon gelangt, dass er's mir erzählt hat. Aber die Beweise gibt's.«

Es war totenstill in der Küche. Rosa Adelhofer starrte ihren Sohn an.

Dann kam es fast tonlos von Max Adelhofer: »Den eignen Bruder filmen und erpressn, deinen eignen Bruder. Du bist nimma mei Sohn. Verschwind und lass dich hier nie mehr blickn.«

Robert Adelhofer hielt sich die Hand an die Wange und schaute zu seiner Mutter. »Geh«, war das Einzige, was sie sagte.

Schweigend stand Robert auf und verließ die Küche. Kurz darauf hörten sie sein Auto wegfahren.

Katharina sagte vorsichtig: »Vor lauter Verzweiflung, dass Jana und Robert Rufmord an ihm begehen würden und auf ewig diese Filme in der Hand hätten, um ihn zu erpressen, hat Lukas sich umgebracht.«

»Ja, so muss es gwesn sein. Und ich hab nix dagegen gmacht. Ich bin einfach gegangen.« Unsicher schaute Max Adelhofer zu seiner Frau. Die saß weinend da und starrte ins Leere.

»Lukas wollte auf der Pressekonferenz erzählen, dass der Bergwinter erfunden war und Robert alle belogen hat.«

Max und Rosa Adelhofer blickten Katharina an. »Das weiß ich nicht sicher, aber ich habe mich ja auch mit dem Alfred Birnhuber getroffen. Dem hat Lukas gesagt, dass er auf der Pressekonferenz eine Bombe platzen lassen wird. Das war bestimmt die Sache mit dem Bergwinter. Jana und Robert wollten das natürlich verhindern. Jana wegen ihrem Geld, Robert wegen seiner Karriere.«

Die beiden alten Leute schauten mit leerem Blick vor sich hin. Max Adelhofer rieb erneut unbeholfen Rosas Hand. Katharina räusperte sich: »Ich werde mal gehen. Sie können in Ruhe überlegen, ob Sie wirklich wollen, dass ich das schreibe. Wenn Sie Hilfe brauchen, lassen Sie es mich wissen. Ich werde tun, was ich kann.«

»Frau Langenfels, schreibens des, dass der Lukas ein würdiges Andenken hat. Dass alle wissn, was für ein guter Bruder und Bub dass er war.« Rosa Adelhofer sah Katharina flehend in die Augen, bevor ein Weinkrampf die alte Frau schüttelte.

Max Adelhofer stand auf, stellte sich hinter seine Frau und streichelte ihr hilflos über die Schultern. »Is' gut, Rosa, is' gut. Des macht die Frau Langenfels bestimmt richtig.«

»Ich werde Ihnen auf jeden Fall zeigen, was ich schreibe, bevor wir es veröffentlichen. Sie haben das letzte Wort. Was Sie nicht wollen, wird nicht erscheinen.« Katharina hatte selbst einen Kloß im Hals.

»Wiederschaun.« Katharina gab Max Adelhofer die Hand. Rosa Adelhofer stand auf und umarmte Katharina zum Abschied. »Wiederschaun, Frau Langenfels, wiederschaun. Sie sind a gutes Madl, a gutes Madl sind Sie.«

Auf dem Heimweg rief Katharina Nina Obermann an

und berichtete von der neuen Entwicklung. Die Kommissarin sagte zu, sofort die Münchener Polizei zu verständigen, damit Adelhofer befragt und vor allem sein Computer beschlagnahmt wurde. Direkt danach warnte Katharina Birgit, ihre Spuren auf Roberts Computer zu löschen, falls es welche gab.

»Ich hinterlasse nie Spuren, meine Liebe«, kam es sofort zurück. »Und bei Jana ist sowieso nichts mehr zu finden. Ihre digitale Identität gibt es nicht mehr. Ihr Handy ist nicht mehr erreichbar, alle Daten aus Computer und Handy sind weg.«

»Hat also einen Plan B gehabt«, bemerkte Katharina trocken.

EIN HALBES JAHR SPÄTER, MÜNCHEN HAIDHAUSEN

»Er kriegt wirklich die Krise – beautiful Robert zu Sozialstunden verknackt«.

»Sozialstunden statt Schampus – Robert Adelhofer wegen heimlicher Sexvideos verurteilt«.

»Alles für den Ruhm – Robert Adelhofer und der Selbstmord seines Bruders«.

Oliver schaute vom Computer hoch und machte ein Victoryzeichen Richtung Katharina und Birgit. Sie hatten sich für den Abend nach der Urteilsverkündung bei Katharina verabredet.

Ein Jahr auf Bewährung hatte Adelhofer bekommen, die Bewährungszeit war auf drei Jahre festgesetzt. Pro Jahr musste er 200 Sozialstunden ableisten. Oliver hatte vorher bereits vermutet, dass es eine Bewährungsstrafe werden würde. Das heimliche Anfertigen von Sexvideos war zwar verboten und konnte mit einer Gefängnisstrafe von bis zu einem Jahr belegt werden. Aber zum einen war Adelhofer Ersttäter und zum anderen war der Richter der Meinung, dass »es für einen egozentrischen Menschen wie Sie, Herr Adelhofer, eine sinnvolle Strafe ist, für das Gemeinwohl zu arbeiten und Gutes zu tun.« Dass er am Selbstmord von Lukas Adelhofer nicht unschuldig war, davon war das Gericht zwar überzeugt. Aber da es keine strafbaren Handlungen gab, die direkt zu Lukas' Tat geführt hatten, wurde er nur wegen der Anfertigung der Videos verurteilt.

»Hätten sie die Videos tatsächlich noch ins Netz gestellt, müsste es Knast geben«, hatte Oliver Katharina vor der Urteilsverkündung erklärt. »Aber es blieb ja ›nur‹ bei der Drohung. Für Lukas' Selbstmord kann er nicht belangt werden.«

Immerhin hatte der Richter in seiner Urteilsbegründung seine Haltung gegenüber Adelhofer deutlich kundgetan: »Wie Sie Ihren Bruder behandelt haben und wozu das geführt hat, damit müssen Sie für den Rest Ihres Lebens klarkommen. Ich empfehle Ihnen dringend eine Psychotherapie.«

Außerdem bekam Adelhofer einen Bewährungshelfer an die Seite gestellt, der ihn dabei unterstützen sollte, auf ehrliche Weise sein Geld zu verdienen.

In Katharinas Küche in Haidhausen knallte ein Champagnerkorken. »Wie haben es die Adelhofers verkraftet?«, fragte Oliver, der mit dem Champagner in der Hand ungewohnt aussah.

»Gut. Rosa hatte ein Foto von Lukas vor sich auf den Tisch gestellt. Der hat ihnen wohl die ganze Zeit Kraft gegeben. Max hat tatsächlich gegen Robert ausgesagt und das berichtet, was er an dem Abend vor dem Selbstmord gehört hat. Und sie haben ihren Sohn auch heute keines Blickes gewürdigt. Dabei hätte er es sich so gewünscht, er hat immer wieder flehentlich zu seinen Eltern geschaut. Ich schätze mal, dass er nur wegen seiner Eltern alles zugegeben hat. Zwar mit dem Verweis, die Videos seien Janas Idee gewesen, trotzdem hat er gleich nach Max Adelhofers Aussage gestanden. Hat ihm, was seine Eltern betrifft, aber nichts genützt. Er war Luft für sie. Mir kam es wie eine große Entschuldigung an Lukas vor, als müssten sie gutmachen, was sie nicht sehen konnten oder wollten, als er noch lebte.«

Katharina seufzte. Die Erinnerung an die alten Adelhofers im Gericht setzte ihr zu.

»Wo macht er diese Sozialstunden?« Birgit füllte sich ihr Glas nach, heute wurden keine Kalorien gezählt.

»In einer psychiatrischen Klinik«, berichtete Katharina. »Der Richter meinte, dort käme er mit depressiven Menschen in Kontakt und könne sich vielleicht ein bisschen in seinen Bruder hineinversetzen. In welcher Klinik sagen sie natürlich nicht. Es muss sich sowieso erst eine finden, die ihn nimmt.«

»Jedenfalls ist das Risiko, dass die Adelhofer-Community dorthin pilgert, nicht mehr besonders groß.« Birgit grinste. »Im Netz gibt es einen riesigen Shitstorm. Klar, die ganzen enttäuschten Fans, ihr Held hat sie belogen und betrogen. Das verzeihen sie nicht so schnell.«

»Er kann es ja wieder als Bergführer und Skilehrer versuchen. Falls ihm irgendjemand noch einen Job geben will«, sinnierte Oliver.

»In der Medienbranche dürfte es jedenfalls schwierig werden, seine Sendung ist ab heute eingestellt, läuft halt nicht mehr gut, um nicht zu sagen, läuft beschissen.«

Nach Katharinas erstem Bericht über den Betrug Adelhofers waren die Quoten von »Krise« weiter gestiegen, alle wollten den schönen Betrüger sehen. Und diese Erfolgswelle wollten die Verantwortlichen im Sender mitnehmen. Es ging schließlich nur um Quote, nicht um Moral. »Monaco TV« hatte daher eine hohe Kaution hinterlegt, damit Adelhofer bis zu seinem Prozess auf freiem Fuß blieb. Er selbst hatte zugestimmt, sich zweimal pro Woche bei der Polizei zu melden. Mit Gästeeinladungen war es allerdings nicht mehr so einfach. Offenbar wollten viele vom Schicksal Gebeutelte nicht von einem Lügner interviewt werden.

Daher gab es oft nur zwei bis drei zum Teil recht nichtssagende Gäste – vom Italiener, dessen Eisladen nicht mehr lief, über die Fünfzehnjährige, deren Bruder nicht nett zu ihr war, bis zur Friseurin, die sich weigerte, Dauerwellen zu machen und deshalb weniger Kunden hatte. Im Laufe der Monate sank die Quote ins Bodenlose und mit dem heutigen Urteil hatte »Monaco TV« einen guten Grund gefunden, Adelhofer loszuwerden.

Katharina nippte nachdenklich an ihrem Champagner. Die Adelhofer-Serie bei »Fakten« war zu Ende. Zwölf Teile hatte sie geschrieben. Es war ein Riesenerfolg geworden, viele Zeitungen, Hörfunk- und Fernsehstationen hatten das Thema aufgegriffen, »Fakten« wurde überall als Quelle genannt. Katharina hatte Radio- und Zeitungsinterviews gegeben und war in Talkshows aufgetreten – nach Absprache mit den alten Adelhofers, die sich dem Medienrummel nicht aussetzen wollten.

Daher war dies Katharinas Bedingung bei jeder Interviewanfrage: »Nur, wenn Sie die Eltern in Ruhe lassen.« Erstaunlicherweise hatte das geklappt.

Die Identität von Jana Waldemat hatte Katharina nicht preisgegeben. Sie war keine Person des öffentlichen Interesses. Dass Adelhofer mit einer jungen Frau gemeinsame Sache gemacht und die mit seinem Bruder ein Verhältnis angefangen hatte, um Erpressungsmaterial zu produzieren, das hatte sie geschrieben. Und dass diese Frau verschwunden war, seitdem Katharina den Betrug aufgedeckt hatte. Wer sie war und wo sich Adelhofer während jenes Winters aufgehalten hatte, das erfuhr die Öffentlichkeit nicht. Dadurch war Frau Waldemat von Reporterattacken verschont geblieben.

Von ihrer Tochter hatte sie seit dem Tag, als Jana aus dem Haus gestürmt war, nichts mehr gehört.

Über Katharina hatte Frau Waldemat erfahren, dass Jana nach Mallorca geflogen war – am Morgen nach ihrem Zusammentreffen in Wolfersdorf.

Wie Birgit vorhergesagt hatte, gab es keinerlei Anhaltspunkte für eine Suche. Jana Waldemat existierte nicht mehr. Sie war nirgends gemeldet, das hatte die deutsche Polizei mit den spanischen Behörden geklärt. Man hätte auch sie zumindest wegen der Filmaufnahmen gern angeklagt – von Birgits Entführung wusste die Polizei weiterhin nichts. Aber: Jana Waldemat war wie vom Erdboden verschluckt.

»Wenn ihr mich fragt, hat die sich noch am Flughafen von Palma in eine andere verwandelt. Entweder hat sie sich inzwischen einen reichen Schnösel geangelt und mit falschen Papieren geheiratet und heißt jetzt anders oder sie lebt weiter ihr Leben als On-off-Single, nur mit falscher Identität.« Weiterhin gab es keinerlei digitale Spuren von ihr. Das checkte Birgit fast täglich.

Die drei waren bei der zweiten Flasche Champagner angekommen. Svenja war bei ihrer Oma, sie konnten es krachen lassen. Katharina reichte eine Platte Antipasti herum.

Als sie sich gerade eine gefüllte Peperoni in den Mund schieben wollte, klingelte ihr Smartphone. »Tobias«, flüsterte sie ihren Freunden zu, als könnte er sie bereits hören, bevor sie das Gespräch annahm. »Hey«, meldete sie sich freundlich, und dann sahen Oliver und Birgit ihre Freundin erröten.

»Danke, das ist lieb.« Schweigen, dann: »Ohne deine Hilfe wären wir nie auf ihre Spur gekommen … Die ist weiterhin außen vor, von Wolfersdorf weiß niemand was und Jana bleibt verschwunden … Gerne, nächsten Donnerstag, da hat Svenja früher Schule aus, wir könnten …« Schweigen, Erröten. »Ah, super, okay, ja. Alles klar. Tschüss.«

Erwartungsvoll starrten Birgit und Oliver sie an.

»Er gratuliert mir und will mit mir ein Wochenende verbringen, nächstes. Svenja bringt er zu seinen Eltern, er hat alles organisiert.« Unsicher schaute Katharina in die Runde.

»Und du hast Zeit, Wochenenddienste hat Frau Redaktionsleiterin ja keine.« Birgit stupste ihre Freundin an. »Komm, freu dich.«

Katharina konnte ihr Lächeln kaum verbergen und stieß mit ihren beiden besten Freunden an.

GLEICHE ZEIT – MALLORCA

1.600 Kilometer weiter kam eine junge Frau mit schwarzer Föhnwelle aus einem Frisiersalon, peluquería hieß das hier. Ihr Spanisch war inzwischen ganz passabel. Justus würde beeindruckt sein. In zwei Stunden traf sie ihn. Er machte gerade seine Platzreife in Palma und war allein auf der Insel. Allein in seiner großen Villa – eine von fünf, die er auf der ganzen Welt verstreut besaß.

Frau und Kinderlein waren zu Hause geblieben. Ein Grinsen breitete sich auf dem Gesicht der Schwarzhaarigen aus. Als sie an einem Schaufenster vorbeiging, sah sie sich – das Haar saß perfekt. An die neue Farbe hatte sie sich ebenso gewöhnt wie an ihre neue Identität. Gott sei Dank hatte sie in München vorgesorgt.

In einem Internetcafé las sie die deutschen Schlagzeilen. Am besten gefiel ihr »Sozialstunden statt Schampus«. Ihr Grinsen wollte gar nicht mehr verschwinden. Sie setzte sich vor die nächste Bar und bestellte »una copa de champán« – ein Glas Sekt.

DANKE

Fünf großartige Testleser*innen haben konstruktiv Kritik geübt, mich geduldig begleitet und mir vor allem Mut gemacht!

Danke an: Winnie Bartsch, Christine Brombacher, Kai Karsten, Chris Rudolph und Evi Schmidt.

Auch bei Computerproblemen, Rezept-Details oder sonstigen spezifischen Nachfragen (»was findet eine Siebenjährige an Elyas M'Barek toll?«) waren sie verlässliche Informationsquellen.

Meinem Mann Winnie Bartsch gebührt ein besonderes Dankeschön fürs Da-Sein, die gute Laune, das leckere Essen immer und vor allem dann, wenn es nötig war.

Das Team des Gmeiner-Verlags hat mich ausgesprochen freundlich und engagiert durch die Arbeit an der Veröffentlichung gelotst. Allen voran meine kompetente und sorgfältige Lektorin Teresa Storkenmaier. Es ist eine Freude, mit solchen Menschen arbeiten zu dürfen.

Wie Polizeiarbeit aussieht, dazu habe ich wertvolle Tipps von Fritz Bachholz bekommen, langjähriger Mitarbeiter der Pressestelle des Polizeipräsidiums Karlsruhe.

Klaus Hempel, Redakteur der SWR Rechtsredaktion, hat mir juristische Einschätzungen zu Vorgängen im Buch gegeben.

Der passionierte Bergsteiger Jürgen Brombacher erläuterte mir, ob und wie ein Winter in den bayerischen Bergen zu überleben sein könnte. Auch die Besonderheiten einzelner Gebirgszüge hat er mir nähergebracht.

Etwaige Fehler oder Ungenauigkeiten gehen ausschließlich auf mein Konto.

DIE NEUEN Lieblingsplätze

ISBN 978-3-8392-2628-5 — SCHWARZWALD

ISBN 978-3-8392-2615-5 — DONAU PASSAU – WIEN

ISBN 978-3-8392-2620-9 — LAHNTAL

ISBN 978-3-8392-2635-3 — ZWISCHEN NORD- UND OSTSEE

ISBN 978-3-8392-2618-6 — IN UND UM PASSAU

ISBN 978-3-8392-2623-0 — REGENSBURG UND OBERPFALZ

ISBN 978-3-8392-2630-8 — TÖLZER LAND – TEGERNSEE – SCHLIERSEE

ISBN 978-3-8392-2631-5 — VOGELSBERG UND WETTERAU

ISBN 978-3-8392-2632-2 — VON DER EIFEL BIS IN DIE ARDENNEN

ISBN 978-3-8392-2405-2 — ROMANTISCHER RHEIN

ISBN 978-3-8392-2622-3 — OSTFRIESISCHE INSELN

ISBN 978-3-8392-2545-5 — WEINVIERTEL

ISBN 978-3-8392-2629-2 — SPREEWALD

ISBN 978-3-8392-2634-6 — WILDERMARSCH

GMEINER KULTUR

WWW.GMEINER-VERLAG.
Mensch, Kultur, Region